BADAL

D1143682

DU MÊME AUTEUR

Programmeurs à gages. Roman.
   Montréal : VLB, 1986.

Cannibales. Roman.
   Montréal : XYZ, 1991.

Sanguine. Roman.
   Montréal : VLB, 1994. (épuisé)
   Beauport : Alire, Romans 050, 2002.

Gueule d'Ange. Roman.
   Montréal : Libre Expression, 1998. (épuisé)
   Beauport : Alire, Romans 042, 2001.

Badal. Roman.
   Montréal : Libre Expression, 2006.
   Lévis : Alire, Romans 104, 2007.

BADAL

JACQUES BISSONNETTE

ALIRE

Illustration de couverture : LAURINE SPEHNER
Photographie : JOSÉE LAMBERT

Distributeurs exclusifs :

Canada et États-Unis :
Messageries ADP
2315, rue de la Province,
Longueuil (Québec) Canada
J4G 1G4
Téléphone : 450-640-1237
Télécopieur : 450-674-6237

France et autres pays :
Interforum editis
Immeuble Paryseine, 3,
Allée de la Seine, 94854 Ivry Cedex
Tél. : 33 (0) 4 49 59 11 56/91
Télécopieur : 33 (0) 1 49 59 11 33
Service commande France Métropolitaine
Tél. : 33 (0) 2 38 32 71 00
Télécopieur : 33 (0) 2 38 32 71 28
Service commandes Export-DOM-TOM
Télécopieur : 33 (0) 2 38 32 78 86
Internet : www.interforum.fr
Courriel : cdes-export@interforum.fr

Suisse :
Interforum editis Suisse
Case postale 69 – CH 1701 Fribourg – Suisse
Téléphone : 41 (0) 26 460 80 60
Télécopieur : 41 (0) 26 460 80 68
Internet : www.interforumsuisse.ch
Courriel : office@interforumsuisse.ch
Distributeur : OLS S.A.
Zl. 3, Corminboeuf
Case postale 1061 – CH 1701 Fribourg – Suisse
Commandes :
Tél. : 41 (0) 26 467 53 33
Télécopieur : 41 (0) 26 467 55 66
Internet : www.olf.ch
Courriel : information@olf.ch

Belgique et Luxembourg :
Interforum editis Benelux S.A.
Boulevard de l'Europe 117, B-1301 Wavre – Belgique
Tél. : 32 (0) 10 42 03 20
Télécopieur : 32 (0) 10 41 20 24
Internet : www.interforum.be
Courriel : info@interforum.be

Pour toute information supplémentaire
LES ÉDITIONS ALIRE INC.
C. P. 67, Succ. B, Québec (Qc) Canada G1K 7A1
Tél. : 418-835-4441   Fax : 418-838-4443
Courriel : info@alire.com
Internet : www.alire.com

Les Éditions Alire inc. bénéficient des programmes d'aide à l'édition de la
Société de développement des entreprises culturelles du Québec (SODEC),
du Conseil des Arts du Canada (CAC) et reconnaissent l'aide financière du
gouvernement du Canada par l'entremise du Programme d'aide au développement de l'industrie de l'édition (PADIÉ) pour leurs activités d'édition.
Gouvernement du Québec – Programme de crédit d'impôt pour l'édition
de livres – Gestion Sodec.

Dépôt légal : 2e trimestre 2007
Bibliothèque nationale du Québec
Bibliothèque nationale du Canada

10   9   8   7   6   5   4   3e MILLE

Ce livre est dédié à Dominique, Félix, Raphaël,
Mes soleils de grâce

TABLE DES MATIÈRES

Qu'on fasse partie des bons ou des méchants,
On possède toujours un soleil de grâce
Dans le giron de l'Invisible

Farid al-Din Attar,
Le Colloque des oiseaux, XIIIe siècle

*Tous les personnages et organisations
cités dans ce livre sont fictifs.*

CHAPITRE 1

Barberousse

Les camions à remorque bondissaient furieusement sur l'asphalte cahoteux de la rue Notre-Dame, rappelant à Khan les transports de troupe soviétiques qu'il voyait défiler dans son village. Encore enfant, il assistait à leur passage avec un sentiment d'effroi mêlé de haine. Les engins monstrueux qui circulaient à toute allure afin d'éviter les tirs des moudjahidin semblaient toujours sur le point de percuter leur frêle maison de boue crue.

La voiture longea l'interminable barrière grillagée démarquant la zone du port de Montréal, puis stoppa au feu de circulation. Khan s'empara de son rosaire et entreprit de réciter quelques oraisons. Le conducteur à ses côtés demeurait silencieux ; jamais il n'aurait osé troubler la concentration dévote de son patron.

Le feu vira au vert, le coupé Toyota blanc passa lentement devant les commerces aux devantures décrépies. Les structures des manèges de la Ronde aménagées sur l'île Sainte-Hélène défilaient à leur droite sous un soleil timide. Le chauffeur ralentit pour enfiler une bretelle. Il s'arrêta devant une barrière tenue par un jeune surveillant à l'air suspicieux. Le véhicule ne possédait pas la carte d'accès réglementaire sur son pare-brise.

— Désolé, mais les accès au port sont sévèrement réglementés. Seules les personnes autorisées peuvent pénétrer dans cette enceinte.

Khan le dévisagea pensivement, lissant son épaisse barbe broussailleuse aux reflets cuivrés.

— Gus Giggs m'attend...

Nouveau dans le métier, le gardien s'habituait depuis peu aux curieuses gens qui fréquentaient les installations portuaires. Quand ce n'étaient pas des marins saouls, c'étaient des motards ou des débardeurs en colère. Ce type à la barbe teinte appartenait de toute évidence aux hurluberlus de tous poils qui travaillaient normalement au port. Le conducteur le considérait d'un regard vide qui le mit mal à l'aise.

— Si vous venez pour monsieur Giggs...

Le surveillant téléphona au bureau syndical. Deux hommes à l'air endurci arrivèrent aussitôt. Ils exhibaient sur leurs gros biceps des tatouages d'oiseaux féroces au bec dégoulinant de sang. Ils firent signe de les suivre. Le surveillant retourna vers la cabine d'où il actionna l'ouverture de la barrière. La voiture alla se garer dans une zone réservée au syndicat. Khan s'engouffra dans un édifice, escorté par les deux *hang around*[1].

Le crâne chauve et le nez un peu fort, Gus Giggs était doté d'un ventre formidable et affichait un sourire aimable sculpté sur des lèvres épaisses. Des affiches syndicales ornaient les murs, exhortant les membres à résister aux manœuvres d'intimidation du patronat. Une photo près de la porte présentait Marlon Brando en courageux débardeur, prêt à en découdre avec les méchants dans le film *On the Water Front*.

---

1. Motard en période de probation auprès d'un club.

Gus Giggs posa une paire de lunettes épaisses sur ses yeux, puis s'empara d'une feuille dactylographiée où était inscrite une longue série de chiffres.

— Nous avons isolé votre conteneur, Khan.

Khan jouait négligemment d'un auriculaire sur son genou. Deux doigts de sa main gauche, fortement arqués, témoignaient d'un accident subi lors de son adolescence au Waziristân Sud, une province autonome du Pakistan. Un âne, rendu fou par les coups de fouet, avait rué jusqu'à renverser sa charrette, écrasant les doigts de Khan. Cet événement lui avait offert une leçon de vie : s'énerver ne donnait rien, que ce soit après un âne ou un humain.

Le responsable syndical reluqua son vis-à-vis : surnommé Barberousse dans le milieu, à cause des reflets rouges qui enflammaient sa barbe, ce n'était pas un homme à prendre à la légère. Giggs approchait de la cinquantaine ; motard depuis trente ans, il avait survécu à plusieurs guerres de clans. Durant sa jeunesse, les Italiens tenaient la ville. Tenaces et dangereux, les gangs irlandais s'étaient par la suite taillé un fief par la force. Les trafiquants colombiens, puis les gangs asiatiques étaient ensuite apparus. Quoique moins organisés, les groupes pakistanais et iraniens montaient maintenant en puissance.

Homme d'expérience, Giggs comprenait que sa position de force rendait encore plus nécessaire le respect envers ses clients. Il traitait avec tous les groupes ; il ne montrait aucun favoritisme, hormis envers les Bloody Birds, le club de motards dont il portait les couleurs. À force de ruse, de persuasion, d'intimidation, le club avait réussi à noyauter certaines sections du mouvement syndical des débardeurs, ce qui lui laissait toute latitude pour organiser la réception singulière de certains conteneurs. Le club s'offrait la part du lion, mais laissait les autres groupes criminels s'enrichir du commerce.

Giggs prélevait une quote-part des marchandises qu'il faisait transiter illégalement dans le port. Mais, avec ce Barberousse, il en allait autrement, et cela le contrariait.

— Vous désirez toujours payer en liquide, Khan ?

— Exact, de la façon habituelle, répondit le Pakistanais d'une voix calme.

La réputation de Haji Khan Hajan, alias Barberousse, était de ne jamais s'irriter. Personne ne l'avait aperçu dans un tel état, hormis une demi-douzaine de trucidés, victimes de sa colère. Il était notoire qu'il ne pardonnait jamais le moindre manquement à l'honneur. Sa définition du respect étant de contours imprécis, il fallait toujours traiter courtoisement le personnage.

— Peut-on vous demander ce que vous transportez cette fois-ci, Khan ?

— Bien sûr : de l'héroïne.

Giggs remonta la taille de son large pantalon, replaçant sa bedaine derrière le bureau. Ses traits lourds se durcirent, puis il scruta son vis-à-vis :

— L'héroïne se fait rare : nous en voulons un lot.

Assis confortablement sur sa chaise, les doigts arqués passés dans sa ceinture, Khan répondit avec calme :

— Cela me fera plaisir de vous en fournir, à un prix d'ami.

— Pourquoi ne pas alors remplacer l'argent liquide par une quote-part ?

— Ce n'est pas prévu dans nos arrangements.

Souriant, Khan exhiba des dents en or qui scintillèrent au milieu de la barbe rougeoyante :

— Arrangements qui, soit dit en passant, vous sont très profitables.

— C'est certain. Mais nous pourrions les modifier.

Khan fit cette fois un sourire sans chaleur :

— Je ne déroge jamais à mes arrangements.

— Les arrangements que nous faisons à nos autres clients sont : moitié en liquide, moitié une quote-part de la marchandise.

Giggs avait appuyé sur le « nous », pour signifier qu'il parlait au nom du club des Bloody Birds. Le chef syndical s'irritait du fait qu'il ne pouvait contrôler la marchandise de Khan qui transitait par ses soins ; leur entente spécifiait qu'une malle devait être récupérée d'un conteneur contre le versement d'une somme substantielle. L'entente durait depuis des années ; Khan importait une malle de ce type, chaque trimestre. Tout se passait à merveille. Cependant, l'imagination de Giggs s'échauffait depuis quelques mois. Il avait toujours cru que Khan transportait de l'héroïne, mais peut-être le trafiquant lui cachait quelque chose, évitant ainsi de payer une taxe plus élevée aux Bloody Birds. Mais que pouvait-il dissimuler dans ses transbordements de plus grande valeur que l'héroïne, l'or gris des ports ?

Des toussotements s'élevèrent du corridor, soulignant la présence des *hang around* qui avaient pris position derrière la porte afin d'assurer la tranquillité des transactions.

— Si nous concluions notre affaire ? demanda Khan d'une voix tranquille.

Examinant une grosse montre en or, il reprit :

— Mon banquier attend notre appel.

Giggs hocha sa tête massive en soupirant. Il devait admettre que ce trafiquant paki savait se tenir. Ce n'étaient pas les *hang around* derrière la porte qui l'impressionneraient. Giggs saisissait mal le personnage, mais il comprenait d'instinct qu'il ne plierait jamais devant la menace. La seule manière d'en venir à bout était de l'abattre ; toutefois, cela tarirait la source de profit qu'il représentait.

Giggs se leva derrière le bureau, adoptant une attitude bourrue afin de camoufler sa défaite :

— Bon, allons récupérer la marchandise.

L'immense hangar de tôle abritait des milliers de conteneurs, chacun fermé par son sceau d'origine. Des ouvriers s'affairaient à les déplacer à l'aide de grues mobiles. Les signes inscrits sur leurs flancs métalliques indiquaient leur provenance des quatre coins de la planète. La majorité était destinée au Canada, mais une forte proportion prendrait le chemin des États-Unis. Deux camions à remorque disposés dos à dos attendaient dans un coin, gardés par deux individus au physique imposant.

Les deux gardiens acquiescèrent d'un signe de tête à la venue de Giggs, puis quittèrent les lieux. Giggs invita Khan à pénétrer dans la boîte du camion dont le hayon encadrait l'arrière du porte-conteneurs. Ainsi à l'abri des regards, ils stoppèrent devant l'ouverture scellée du conteneur. Les ouvriers qui travaillaient aux alentours prenaient soin de regarder ailleurs ; les *hang around* entourant le camion enlevaient toute envie d'y voir de plus près. Giggs déposa sa puissante lampe de poche sur le sol et brisa le sceau apposé sur les portières.

Les portes s'ouvrirent, dévoilant un amoncellement de boîtes de carton sur lesquelles était inscrit *Peshawar Garments*[2].

— Troisième caisse à gauche, dit Khan.

Giggs entreprit de tirer une lourde caisse jusqu'aux portes du conteneur. Khan exhiba un poignard à lame

---

2. Vêtements de Peshawar.

recourbée, richement orné de pierreries, trancha le ruban gommé qui retenait les bords, puis ouvrit la boîte. Une grosse malle verte apparut. Khan en examina les flancs afin de s'assurer qu'elle était inviolée. Satisfait, il composa le numéro de son banquier des îles Caïmans sur son cellulaire. Il transigea par instructions codées le versement de un million de dollars américains sur le compte de Giggs. Le motard appela ensuite sa propre banque des Caïmans. Le paiement confirmé, il hocha sa lourde tête :

— C'est O. K.

Giggs s'empara d'un sceau intact scotché contre un flanc du conteneur et l'apposa sur les portières refermées. Il examina le tout à l'aide de sa lampe de poche : rien n'y paraissait. Le conteneur pourrait être ramené parmi ses pairs afin de poursuivre son itinéraire usuel. Satisfait, Giggs fit signe au trafiquant de le raccompagner. Khan descendit par une porte latérale percée dans le camion à remorque. Il peinait en transportant la lourde mallette. Il refusa néanmoins l'offre d'assistance des *hang around*. Depuis la mésaventure que son âne lui avait fait subir, il ne faisait confiance à aucune bête de somme.

La voiture se dirigeait lentement en direction de la sortie où le gardien s'empressa d'élever la barrière. Khan fit rouler quelques billes de son rosaire entre ses doigts arqués, tandis que Yar Muhammad, son garde du corps, accélérait pour plonger dans la circulation de la rue Notre-Dame. Yar Muhammad conduisait de manière défensive, prenant soin de suivre une voie dégagée, surveillant les motos dans son rétroviseur, manœuvrant pour éviter de se retrouver coincé entre deux véhicules à un feu rouge. La voiture fila sous le tablier du pont Jacques-Cartier, puis s'enfonça dans le tunnel de l'autoroute Ville-Marie. Les véhicules filaient autour d'eux comme des guêpes anxieuses de retourner au nid.

Yar Muhammad coupa brutalement trois voies pour accéder à la sortie menant à la rue Saint-Jacques, puis rétrograda sèchement à la sortie de la bretelle. La Toyota blanche fila sur Saint-Jacques, changeant sans cesse de voie, accélérant ou ralentissant sans arrêt. Khan délaissa un instant son rosaire pour consulter sa montre :

— Dans trois minutes.

Yar Muhammad écrasa l'accélérateur, puis enfila Trenholme sur les chapeaux de roue. Le grondement du train de banlieue les suivait comme un orage prêt à éclater. Les signaux lumineux du passage à niveau clignotèrent, les cloches tintèrent, la barrière se mit à descendre, le museau du train apparut entre les arbres. Deux véhicules à l'arrêt bloquaient la voie. La Toyota emprunta le trottoir, passa en trombe sous la barrière, frôlant la locomotive. Ils gravirent la pente qui débouchait sur Sherbrooke. Les freins crissèrent, la voiture rebondit dans un nid-de-poule, prit une rue transversale et roula plein nord jusqu'à Fielding.

La voiture circulait maintenant au milieu du quartier de Notre-Dame-de-Grâce. De jeunes Africaines poussaient des landaus fleuris, des adolescents désœuvrés s'attroupaient près d'un café, des hommes barbus émergeaient d'épiceries *halal* en charriant des sacs emplis de victuailles. Ils longèrent de longs pâtés de maisons en briques abritant des logements à prix modique, puis empruntèrent Ellendale, une rue tranquille où s'alignaient de jolis cottages. Une porte de garage s'ouvrit à leur approche. Le véhicule disparut à l'intérieur, se gara près d'une Audi argentée, qu'un jeune homme grassouillet astiquait.

Abou Ziride essuya une dernière fois l'aile effilée de sa voiture, déposa la peau de chamois dans le coffre, puis s'empara de la valise que lui tendait Yar Muhammad. Il la transporta avec une extrême douceur, prenant bien soin de ne pas la heurter contre une porte s'ouvrant sur un atelier. Un grand établi occupait le fond de la pièce, surmonté de tablettes où s'empilaient des outils de toutes sortes. Des photos de rapaces étaient collées aux murs de ciment.

Au signe de son chef, Abou Ziride s'empara d'un minuscule fer à souder et entreprit délicatement de desceller l'ouverture de la valise. Le couvercle métallique enfin dégagé, Abou Ziride se retira afin que Barberousse puisse s'approcher. Il fit jouer les deux serrures à numéros. La mallette s'ouvrit, dévoilant des sacs de plastique remplis de poudre grise. Khan les dégagea doucement, les cédant à mesure à Yar Muhammad qui les enfournait dans un sac en cuir. Après avoir extirpé la drogue, Barberousse souleva un faux fond pour dévoiler des colis étiquetés : *PLASTIC EXPLOSIVE, Pakistan Army. Handle with EXTREME CARE*[3].

Abou Ziride dégagea la trappe qui recouvrait la fosse réservée à la pompe sous-marine qui vidangeait régulièrement les eaux du sous-sol. Il désactiva le piège inséré dans la tête de la pompe : un détonateur déclenché par la sonnerie d'un cellulaire. Il inséra les paquets d'explosifs sous le faux plancher de ciment, referma le tout, réactiva le piège. Les grondements du siphon résonnèrent sourdement quand il bloqua l'ouverture.

---

3. Explosifs, Armée pakistanaise. Manipuler avec grands soins.

Chapitre 2

L'égorgé de la rue Walkley

Le souffle en provenance du lit s'estompait doucement dans les lueurs de l'aube. Les traits gonflés, les yeux murés, la peau froide : tout démontrait un trépas imminent. Julien Stifer serra doucement la main dans la sienne en chuchotant des mots d'apaisement. Le souffle cessa soudainement ; le visage se figea lentement jusqu'à devenir un masque de chair dure. Stifer reposa doucement la main inerte sur le bord du lit.

Il observa un instant les traits pétrifiés du vieillard solitaire qu'il venait d'assister dans son dernier voyage. De cet homme, il ne connaissait que les angoisses d'une fin de parcours triste et solitaire. Chacun des mourants ressentait son passage de façon unique, mais tous partageaient la même crainte. Celui-ci n'avait pas fait exception. Stifer avait tenté de l'apaiser, mais les quelques heures passées en sa compagnie n'y avaient pas suffi.

Les bruits affairés de l'hôpital troublèrent ses réflexions. Les infirmières s'activaient afin de terminer leur quart nocturne. Stifer enfila son veston, porta un dernier regard vers le défunt, puis quitta la chambre. Les murs verdâtres luisaient doucement sous les lueurs d'une aurore triste qui traversait les fenêtres. Il parvint au poste d'accueil de l'étage. Des petits pots de médicaments s'alignaient sur le comptoir comme des rangées de soldats prêts à un nouveau baroud d'honneur; tant de maladies incurables sévissaient sur l'étage. Une dame replète, cheveux gris noués en chignon, l'accueillit d'un sourire las.

— Une longue nuit, Julien?

— La dernière pour notre ami. Il a trépassé à 4h47.

L'infirmière-chef reçut la nouvelle d'un air morose. Stifer s'émerveillait de l'empathie des infirmières pour leurs malades, même si ceux-ci ne profitaient que d'un séjour fort temporaire dans leur département.

— Je ferai le nécessaire. Un peu de café?

— Pourquoi pas?

L'infirmière lui servit un gobelet. Le breuvage coulait dans la gorge de Stifer comme un torrent tiédasse. Il espérait que la caféine dissipe le léger mal de tête qui l'assaillait. La sonnerie stridente d'un appel d'urgence le fit sursauter. Il vit deux infirmiers se ruer vers une chambre, peut-être pour une réanimation éphémère. Finalement, la mort reculerait de quelques heures à l'étage.

Il froissa le verre de carton, puis le projeta dans une poubelle.

— Passe une bonne journée, France.

L'infirmière délaissa le rapport qu'elle rédigeait sur le décès. Il lui paraissait inutile de vérifier les dires de Stifer: celui-ci profitait d'une ample expérience des défunts. Elle offrit un sourire réconfortant à l'homme à la chevelure de braise dont le dos paraissait se voûter légèrement sous le poids d'une nuit blanche.

— Toi aussi, Julien.

Stifer appela l'ascenseur. Les patients en phase terminale occupaient le dernier étage de l'édifice. Les parois réfléchissaient l'image d'un homme costaud, vêtu d'un veston de tweed, d'une cravate aux couleurs écossaises, au regard las. Stifer croisa des auxiliaires habillés de vert qui descendaient prendre leur pause-café, déboucha sur un couloir encombré de lits et de malades en attente, puis marcha d'un pas lourd en direction des grandes portes vitrées du pavillon d'accueil. Le gardien délaissa ses pages sportives pour le saluer d'un geste amical de sa cage de verre. Stifer retourna un sourire las, puis sortit dans l'aube blanchâtre.

Une lumière terne dévoilait les édifices gris de Montréal. Les voitures semblaient se camoufler sous des bancs brumeux. Stifer franchit la rue Sherbrooke et foula l'herbe mouillée du parc La Fontaine. Il déambula longuement sous les arbres vénérables, les chaussures trempées, croisant au passage quelques canards s'ébattant au milieu du large étang parsemé de volutes de brouillard.

Il avait erré souvent dans ce parc, il en connaissait les moindres recoins. Mais l'aube offrait une perspective différente. Les arbres surgissaient de nuées blafardes comme des menhirs feuillus. Les eaux de l'étang brillaient d'une étrange lueur aqueuse. Prêts à emporter leurs passagers vers un voyage d'éternité, les bancs de bois paraissaient flotter sur le sol. Il prit place sur l'un d'eux, alors que son cellulaire vibrait dans la poche de son pardessus. Il farfouilla dans la large cavité encombrée de gants, menottes et mouchoirs, pour finalement agripper l'appareil.

— Lieutenant ?…

— Oui, Lucien.

La voix de son adjoint crachotait curieusement dans son oreille trempée par la bruine, lui rappelant les clameurs matinales d'une vieille corneille. Lucien reprit d'une voix embarrassée :

— Vous êtes encore à l'hôpital ?

— Je suis assis dans le parc.

— La Fontaine ?

— Avec les canards.

— Votre copain a trépassé ?

Stifer reconnut le ton gêné de ses confrères quand il s'agissait d'aborder cette curieuse passion qui l'avait saisi, d'accompagner les moribonds lors de ses temps libres.

— Ouais, un de plus dans la cohorte des ombres.

Il y eut un silence, puis la voix rauque de Lucien crachota de nouveau :

— En voilà un autre : nous avons un égorgé sur les bras.

— Qui date de quand ?

— Il est tout frais…

— Des indices ?

— Les techniciens sont sur place. Ils nous diront ça bientôt.

— Crime passionnel ?

— Ça ne donne pas l'impression…

— Bon, attends…

Stifer fouilla de nouveau au milieu de ses poches profondes, extirpant cette fois un calepin écorné et un crayon à mine émoussée.

— Je note…

C'était un appartement de la rue Walkley, du quartier Notre-Dame-de-Grâce, localisé dans l'ouest de la ville.

— Désirez-vous que je vous envoie une voiture ?

— Je prends la mienne.

Stifer passa une main dans ses cheveux trempés, ajustant son chapeau mou. Une nouvelle mort à résoudre le rassérénait ; sur celle-ci, il aurait au moins l'impression d'exercer un certain contrôle. Il pourrait y découvrir une cause, identifier un coupable, tenter d'y appliquer un semblant de justice. Il tracerait ainsi quelques bornes imaginaires dans l'éternité.

Il releva son corps massif du siège mouillé et emprunta le sentier conduisant aux confins nord du parc, bordé par la rue Rachel où il avait garé son véhicule. Le soleil apparut entre les arbres, dispersant les volutes de brume, scintillant sur la surface grise de l'étang. Des oiseaux gazouillèrent, des écureuils gris bondirent, la clochette d'un cycliste résonna tout près. La vie et la mort se chevauchaient ; Stifer se retrouvait prêt à les affronter.

De petits drapeaux cernaient des tâches sanglantes sur le plancher. Stifer effectua un slalom morbide afin d'éviter les zones délimitées, puis parvint jusqu'à l'homme qui reposait sur le ventre en une posture tortueuse au milieu d'un lit posé à même le sol. La tête à moitié détachée ressemblait à une fleur fanée ceinturée d'une corolle sanglante. Les yeux, entrouverts, fixaient le néant, tandis qu'un rictus d'hébétude s'était figé sur les lèvres pâles.

— Personne n'a pensé à lui fermer les yeux ? grogna Stifer.

— On laisse habituellement ce travail au pathologiste, riposta le chef de l'équipe technique penché à ras du sol près de l'entrée.

L'épaule calée contre un mur, le sergent-détective Lucien Bernard se tenait en équilibre précaire, écrasant un mégot fumant contre la semelle d'une chaussure élimée, tout en recueillant soigneusement la pluie de cendres dans sa paume gauche. Il se redressa, enfouit mégot et cendres au fond de sa poche gonflée, enfila des gants de plastique, puis se dirigea vers le macchabée auquel il abaissa les paupières.

Stifer soupira; Lucien aurait montré autant d'égard en fermant des disjoncteurs. Depuis qu'il accompagnait des mourants à l'hôpital, Stifer prenait de plus en plus conscience du respect dû aux dépouilles. Il devait sans arrêt prendre sur lui afin de pas houspiller ses adjoints sur les scènes de crime.

— Bon, des détails? demanda-t-il.

Une grimace plissa le visage de fouine du sergent quand il entreprit de relire ses notes. Stifer connaissait la raison de son malaise: Lucien écrivait en sténo, format patte de mouche, ce qui lui causait moult problèmes quand il s'agissait de réviser ses propres écrits. Stifer n'avait jamais réussi à découvrir si son adjoint lisait vraiment ses notes, ou s'il récitait de mémoire.

— Voilà... Deux heures quarante ce matin, coup de fil au central; appel anonyme; voix de femme en provenance d'une cabine publique, rue Fielding.

— Que disait le message?

— «Vous retrouverez un mort, rue Walkley.» Puis elle a donné l'adresse.

— Rien d'autre?

— Elle a paru sangloter, puis a raccroché.

Stifer effectua un tour précautionneux, pistant le parcours sanglant circonscrit par les petits étendards, jusqu'au cadavre gisant sur son grabat. Le corps était orienté vers le fond de la pièce, tandis que la tête pointait vers un mur latéral. À moitié détaché du tronc, le chef produisait un curieux angle avec le tronc, rappelant à Stifer un caractère de langue asiatique. Il enfila des gants de plastique et déplaça doucement la tête afin d'apercevoir les traits du visage. La victime paraissait d'âge mur, quarante, cinquante ans, d'origine moyen-orientale. Les cheveux courts et les traits anguleux, elle portait une chemise blanche et un pantalon de toile.

Stifer chercha un coin de matelas sec, posa le genou, puis se pencha afin d'étudier la plaie. La trachée béante laissait paraître des aspérités de la colonne au travers des chairs sombres. La coupure devait provenir d'un coup puissant, porté par un instrument tranchant comme un rasoir. Il examina les mains : fines, elles ne portaient pas de blessures apparentes.

— Les photos de scène sont terminées ?

— Bien sûr, répondit le technicien-chef Miron. Nous peinons ici depuis des heures.

Celui-ci se releva péniblement, s'essuyant le front d'un pli de sa manche. Il s'assouplit le cou à l'aide de quelques mouvements circulaires qui firent virevolter une longue tresse de cheveux blonds. Il était vêtu d'un chandail noir sur lequel POLICE était inscrit en lettres blanches fluorescentes. Sur sa casquette, visière retournée, était peint un pingouin masqué comme insigne.

— Pourquoi ne m'avez-vous pas appelé plus tôt ?

— On vous savait à l'hôpital, répondit Lucien d'une voix rocailleuse.

Surpris par la discrétion de son adjoint, Stifer le considéra un instant en train d'examiner ses ongles rongés.

— OK, on le retourne.

Lucien s'empara des pieds, et Stifer maintint la tête, tandis que le technicien-chef faisait pivoter lentement le corps sur le dos. Stifer replaça ensuite la tête en position décente, en ligne avec le tronc. Satisfait de cette nouvelle dignité apportée au défunt, il examina la poitrine : fort maigre, celle-ci paraissait voilée de plis noirs, tels les pans d'une toge de sang séché. Stifer fit glisser ses doigts sur le torse croûté : il ne détecta pas de lésions. Il se releva, reculant de quelques pas afin d'étudier la scène.

La victime reposait maintenant sur le dos, les pieds écartés, tête en place, dans sa couche sanglante. La blessure, béante, apparaissait dans toute son horreur. On n'avait pas égorgé l'homme, on l'avait plutôt à moitié décapité. Stifer s'adressa de nouveau au technicien-chef qui saisissait les données de scènes de crime sur un bloc-notes électronique.

— On a son identité ?

Miron pianota sur son clavier, puis répondit en relevant la tête :

— Ismaël Gunaratna, immigrant algérien. Nous avons retrouvé une carte d'Immigration Canada à son nom, ainsi qu'un bail pour ce logement, plus différents relevés bancaires.

Il pointa une commode abîmée dans un coin :

— Il gardait ses vêtements là-dedans, pas grand-chose. Il semblait vivre seul.

— De la drogue ?

— Non, seulement un narguilé dans la pièce voisine, répondit Miron. Il contient des herbes à moitié consumées.

— Des armes dans le logement ?

— Aucune. Pas même celle du crime.

Stifer s'approcha de nouveau de la victime afin de regarder l'horrible plaie :

— Avec quoi lui a-t-on fait ça ?

— À mon avis, un ouvre-boîtes géant, dit Lucien.

— Ouais, avec une lame bien effilée, conclut Miron.

— Des traces de lutte ?

— Rien ne le suggère. On a dû l'exécuter.

— On n'a pas retrouvé des traces de sang de l'exécuteur ?

Le technicien-chef grimaça en pointant la pièce maculée :

— Difficile à déterminer, il y a tellement de sang. Si cela s'est produit, il sera impossible de reconnaître une signature ADN viable. Tout est amalgamé.

Stifer sentait ses chaussures couiner sur le plancher taché.

— Rien d'autre ? Un reste de cigarette ? Une tasse de café défraîchi ?

— Tout est défraîchi, ici. Le gars devait se meubler à l'Armée du salut. Le vol de mobilier n'est sûrement pas le mobile… Ah oui, il gardait un curieux collier à la main.

Miron interpella un technicien en train de collecter des échantillons sanguins en plusieurs endroits de la scène de crime.

— Paul, montre le collier au lieutenant !

Un homme barbu au pantalon trop large tendit un sac de plastique en direction de Stifer qui extirpa le bijou de son enveloppe : une sucette bleue, maculée de sang, pendait au bout d'une chaînette d'argent.

— Tu dis qu'il gardait ça dans la main ?

Miron replaça sa casquette au pingouin menaçant sur sa tête abondamment chevelue.

— Tout à fait ça, lieutenant.

— Peut-être une médaille de nounou olympique, grommela Lucien en examinant la parure.

La chaîne paraissait vieillie, la couleur de la sucette était fade. Stifer soupira en songeant aux souvenirs que cet étrange bijou devait colporter. Ceux-ci s'étaient maintenant dissous dans l'abîme du néant. Il remit l'objet au technicien, portant de nouveau son attention sur le corps que les flashs du photographe peignaient de teintes livides. Il examina ensuite longuement le matelas gorgé, puis les murs aspergés, pour conclure finalement d'une voix lourde :

— L'exécution a été foudroyante. On l'a fait pirouetter vers le mur, on l'a égorgé. Les murs ont recueilli les giclées, le matelas a aspiré les coulées : ce type savait ce qu'il faisait.

— Ce gars ne doit pas être à sa première expérience du genre, ajouta Lucien d'une voix aigre. En vingt-quatre ans de carrière, je n'ai jamais rien observé de tel. Je parie qu'il s'en est sorti sans une tâche de sang sur sa cravate !

Stifer retira ses gants, les tendit au technicien-chef qui les enfouit dans un sac, puis quitta la chambre en évitant les petits fanions censés isoler les marques sanglantes sur le plancher. Il suivit le corridor jusqu'à une petite salle de séjour où un ordinateur était installé sur un pupitre endommagé. Une énorme pipe reposait au milieu d'une table bancale, trois tubes à becs allongés près du socle comme autant de tentacules au repos.

S'approchant par-derrière, Lucien s'empara d'un tube d'une main gantée :

— Nous l'avons laissé afin que vous puissiez voir la scène, lieutenant. J'ai demandé aux techniciens de prélever des échantillons afin de découvrir de possibles traces d'ADN. Peut-être le tueur a-t-il aspiré quelques bouffées avec sa victime ?

— Bonne idée, commenta Stifer.

Ce dernier doutait qu'un tel assassin puisse se montrer aussi négligent. Il dégagea le couvercle du fumoir fixé sur le dessus du narguilé. Une poudre cendreuse et noircie exhalait une odeur âcre. Stifer en prit une poignée, qu'il examina. Des feuilles de tabac non consumées se mêlaient aux cendres.

Lucien tapota le dossier d'une chaise où reposait un petit tapis enroulé.

— Une seule chaise était tirée : le bonhomme devait inhaler la fumée quand le meurtrier s'est présenté.

— Par où est-il entré ?

Lucien haussa ses maigres épaules :

— Il a dû sonner à la porte.

— On a commencé à interroger les voisins ?

— Nous sommes arrivés en plein milieu de la nuit… personne ne s'est précipité pour nous donner des informations.

Stifer passa dans une minuscule cuisine où un vieux réfrigérateur émettait quelques râles. Une porte arrière débouchait sur un modeste balcon. Des fonds d'immeubles décrépis servaient de panorama. Des escaliers en spirale s'accrochaient aux immeubles environnants comme des lierres rouillés.

S'aventurant dans les marches qui descendaient en vrille, Stifer était attentif à tout indice qu'il pourrait découvrir. Les marches grinçaient sous son poids alors qu'il inspectait les alentours. Un arbre solitaire s'élevait tout près, plongeant ses racines entre les interstices de l'asphalte craquelé qui couvrait l'espace entre les immeubles. Les cordes usées d'une balançoire pendaient d'une branche. Des enveloppes de friandises l'entouraient comme des bouquets souillés.

Stifer porta son attention sur les pousses de plantain se dressant au milieu des gravats. L'une d'elles lui offrit ce qu'il cherchait : une tache sombre, collée sur l'un de ses brins. Il remarqua le même type de flétrissure sur une autre plante, puis sur une troisième. La piste ainsi tracée menait vers un trottoir, entre deux immeubles.

— Tu as un sac, Lucien ?

Le détective extirpa un sac de plastique de sa poche, puis le lui tendit. Le lieutenant ouvrit un couteau d'arrêt, s'accroupit, puis entreprit de découper les brins tachés, prenant garde à ne pas endommager les tiges. Il déposa ses spécimens dans le sac, le scella, puis tendit le tout à Lucien.

— Des taches de sang ? s'enquit le détective.

— De la victime, ou de l'agresseur. Peut-être s'est-il blessé durant l'affaire. Peut-être traînait-il du sang de sa victime sous ses chaussures. En tout cas, il est sorti par l'arrière. Peut-être est-il entré par la même porte. J'espère que nous pourrons en identifier la signature ADN.

Lucien examina le sac, puis porta son attention sur les immeubles environnants, passant une main émaciée dans ses cheveux épars :

— Il devait faire sombre, il est peu probable qu'un des habitants ait pu apercevoir l'assassin quitter les lieux.

— On va quand même les interroger, dit Stifer.

Lucien jeta son mégot brûlant sur le sol, reprit le chemin des escaliers en piétinant les pousses. Stifer aperçut les brins de plantain se redresser aussitôt, leurs tiges efflanquées pointant de nouveau hardiment vers le ciel grisâtre du matin. La vie continuait.

CHAPITRE 3

Bouzkachi

Assis à même le sol, le dos calé contre de riches coussins brodés, des hommes aux regards acérés et aux corps noueux sirotaient leur thé vert dans la demeure du Dr Ullamah de Nangarthar, village pakistanais du Waziristân Sud.

Des cris d'enfants provenaient de la clinique adjacente à la demeure, où l'on procédait à une vaccination sous les auspices de la Fondation pour la charité des croyants, association caritative basée au Canada.

Des crissements de freins déchirèrent le silence alourdi du bourg, suivis du martèlement de bottes d'hommes bondissant pour prendre position. Par une fenêtre sale, on pouvait apercevoir le bout menaçant d'une mitrailleuse transportée par une camionnette qui se garait dans la cour. L'escorte de l'invité d'honneur se déployait autour de la maison.

Un individu à forte carrure, l'œil gauche strié par une large cicatrice, un fusil-mitrailleur en bandoulière, entra lentement dans la pièce pour examiner les invités avec circonspection. Il alla s'assurer qu'un rideau tiré contre le mur ne dissimulait aucune menace, puis quitta les lieux d'un pas pesant. Un homme au regard sévère, le menton orné d'une barbe rêche et grise, fit ensuite son apparition. Le Dr Ullamah s'empara des mains du nouvel arrivé et lui embrassa les joues desséchées avec effusion.

— Mes amis, dit-il en se tournant vers l'assemblée, permettez-moi de vous présenter Mahazza Bin Émir, l'un des chefs respectés de La Légion du courroux divin.

Les hommes quittèrent leurs coussins pour venir le saluer avec grande déférence. Le Dr Ullamah introduisit d'abord un vieillard au port altier et farouche, expliquant d'une voix grave que son fils aîné avait péri en martyr en combattant contre les Américains en Afghanistan. L'émir hocha sobrement la tête, puis posa les lèvres sur le visage décharné du vieillard qui psalmodiait une incantation pour l'arrivée de son fils au paradis.

Le Dr Ullamah présenta ensuite le maire du village, un homme rondelet portant une dense barbe noire comme une écharpe moutonnée. Le dignitaire se targua d'une formule ampoulée en s'inclinant profondément. L'invité d'honneur effectua ainsi le tour de la pièce, offrant ses joues piquantes à baiser, sous l'œil circonspect de son imposant garde du corps. Il s'immobilisa finalement devant deux jeunes hommes qui l'observaient avec respect. Le premier s'approcha de l'émir afin de recevoir une chaleureuse accolade.

— Safiya, brave compagnon, que je suis heureux de te revoir !

Le Dr Ullamah posa ensuite ses mains sur les minces épaules du second jeune homme dont la djellaba blanche brillait comme la robe d'un ange :

— Mahazza Bin Émir ! Voici Nabil Sabir Ullamah, mon neveu. Il a grandi à Montréal. Il vient de terminer un engagement chez les frères du Cachemire. Il désire participer à la guerre sainte à tes côtés.

Mahazza Bin Émir considéra longuement le jeune homme. Nabil avait un visage aminci par le jeûne, un corps endurci par les combats dans les montagnes. Il était entièrement vêtu de blanc, signe qu'il aspirait à rejoindre le rang des martyrs. Ses yeux brûlaient de cette fièvre propre aux croyants prêts aux plus grands sacrifices. Il présentait de plus cet air d'humilité et de courage caractéristiques des bons combattants.

— Es-tu prêt à te sacrifier ? demanda l'émir d'une voix dense.

— La Mort sainte est l'Arche du Paradis, répondit Nabil selon la formule consacrée.

Satisfait, un brin ému, l'émir le serra contre lui et l'embrassa. Le Dr Ullamah rayonnait de fierté. Les anciens du village égrenaient les billes noires de leurs rosaires tout en souriant d'aise : la flamme du djihad s'embrasait encore intensément au Waziristân Sud.

Un vent mordant faisait virevolter les turbans noués des hommes réunis près d'un vaste champ aux herbes folles. Un dais s'élevait à l'une des extrémités du terrain. L'émir y siégeait en compagnie du Dr Ullamah qui offrait les festivités en honneur de son hôte. Un cercle de gardes les entourait, non loin de l'automitrailleuse dont les canons pointaient nonchalamment sur les nuages. Un faucon gerfaut était attaché près de la tente.

Les notables de Nangarthar se pressaient, tels des gamins barbus et excités, près des chevaux qui piaffaient sous les coups de talons fiévreux de leurs cavaliers. Une foule d'une centaine de personnes, soit presque la totalité des hommes du bourg, les entouraient en les encourageant. Un groupe semblable, hormis qu'il provenait d'un village voisin, occupait l'autre extrémité de l'esplanade. Un homme armé d'un grand sabre se présenta près d'un bouc attaché au milieu du terrain. Le bourreau, qui faisait aussi office de juge, cria aux joueurs de se présenter. Les deux équipes éperonnèrent leurs montures et avec force cris s'avancèrent pour former deux tenailles piaffantes autour de l'animal.

Nabil, placé près de l'estrade où trônait Mahazza Bin Émir, essayait d'apercevoir la silhouette élancée de Safiya, son cousin qui dirigeait l'équipe de bouz-kachi du village. Ce sport datait du règne de Gengis Khan. À l'époque, le rôle de la chèvre était joué par le corps décapité d'un vaincu. On devait porter la carcasse jusqu'à l'extrémité adverse du terrain pour ensuite revenir la balancer dans le centre. Tous les coups étaient permis.

Le sacrificateur leva haut son sabre et l'abattit sur le cou du bouc. Le corps décapité de la bête avait à peine touché le sol que la scène disparut dans un nuage de poussière. Quelques bêtes ruèrent de frayeur tandis que leurs cavaliers s'accrochaient désespé-rément à leur monture. Nabil aperçut son cousin plonger vers le sol et empoigner la carcasse sanglante. Une pluie de mottes de terre l'entoura alors qu'il réussit à s'échapper et à galoper furieusement en direction du côté opposé du terrain. La foule hurla d'un seul cri. Des encouragements mêlés à du dépit.

Safiya fit virevolter son cheval en direction du centre où il devait maintenant aller déposer la car-casse sanguinolente. Dans un hurlement sauvage, où se mêlaient à la fois le défi et l'excitation, Safiya fonça en direction de la horde qui courait à sa rencontre ; il fut ralenti par deux cavaliers à moitié désarçonnés qui s'agrippèrent à ses basques. Le bouc s'écrasa au milieu des herbes piétinées, aussitôt empoigné par un cavalier de l'équipe adverse qui décampa dans la direction opposée. Les hommes du village voisin crièrent leurs encouragements. Mais Safiya, entouré de son escadron de braves, donnait déjà la chasse.

Les cavaliers se déployèrent en demi-cercle afin d'empêcher l'adversaire d'atteindre la zone de but centrale. La bande ne se laissa pas intimider. Le groupe entoura le porteur et se rua à l'avant en vociférant des injures. Le choc entre les deux hordes fut brutal. Des chevaux se cabrèrent, certains s'écroulèrent sur le sol, des cavaliers furent désarçonnés. Mais le porteur réussit à franchir la mêlée sous l'immense clameur de ses supporteurs.

À l'instant où le cavalier adverse s'apprêtait à balancer l'animal dans le cercle, il fut agrippé sauvagement par Safiya qui le projeta sur le sol. S'abaissant sur ses étriers, celui-ci agrippa le cou sanglant de la bête et détala jusqu'au quadrilatère à l'extrémité du terrain. Puis Safiya tourna bride et fila vers le centre. Ses adversaires tentèrent de s'opposer, mais les équipiers de Safiya se mirent à les repousser à coups de cravache. Safiya traversa la mêlée et balança la carcasse désarticulée au milieu du cercle.

Les villageois rassemblés autour du chapiteau rugirent de plaisir. Deux joueurs entreprirent de se fouetter furieusement au bout du terrain. Un groupe s'élança pour les séparer. Il y eut un violent conciliabule, puis l'arbitre cria la mise au jeu, la carcasse fut happée par le camp adverse, et la partie reprit de plus belle.

Les vêtements tachés de sang et de poussière, Safiya riait de bonheur et d'excitation après la partie qui venait de s'achever. Les deux groupes de cavaliers se congratulaient à l'aide de solides claques dans le dos. Quelques excités se mirent à fusiller les nuages à l'aide de leurs kalachnikovs, perturbant le vol paresseux d'une buse. Le village triomphait, mais la partie adverse n'était pas mécontente. Les festivités avaient été organisées par leurs hôtes, et il n'était que justice qu'ils remportent la victoire. On servit du thé et des gâteaux, tandis que la dépouille malmenée du bouc fut abandonnée aux chiens du hameau.

Un groupe de femmes voilées apparut au milieu de la kermesse, en compagnie d'une ribambelle d'enfants criards. Elles erraient gracieusement comme des anges camouflés aux yeux des hommes. Nabil ne put s'empêcher d'observer avec avidité ces formes dérobées, ces beaux yeux striés de khôl. Il reconnut Aicha, la sœur de Safiya, à ses agiles chevilles cernées de bracelets d'or et à sa démarche ondulante. Les plis de son tchador bleu battaient doucement sous la caresse d'un vent frileux. Ses lèvres dessinaient un ourlet dans la mince crêpe de sa voilette. Son regard croisa le sien, de grands yeux bruns vifs comme des faucons dans l'azur, alors qu'elle examinait le groupe assemblé sous la tente.

Le Dr Ullamah sollicita l'attention de l'assistance, puis tendit un paquet à l'émir en le priant d'octroyer le trophée au capitaine de l'équipe victorieuse. Le chef de guerre descendit de son siège élevé et, avec un sourire, présenta la récompense au jeune homme aux vêtements souillés :

— Safiya Ibrahim Ullamah, puisses-tu traiter ces chiens d'infidèles comme ce vieux bouc !

Une ovation monstre accueillit les paroles du vieux chef, et une nouvelle rafale troua le ciel. Safiya reçut son présent avec force effusions, en défit les plis avec soin, puis brandit au-dessus de sa tête un magnifique poignard à poignée d'argent ciselé.

Le jeune homme à la barbe drue et aux yeux de braise prit la parole au milieu des spectateurs soudainement silencieux :

— Permettez-moi de réciter un poème :

« Les mots de Dieu doivent avoir préséance en ce Monde,

Tous sont sourds, tous sont aveugles,

Nous tous, ici présents,

Offrirons nos vies pour le chemin divin,

Puisse ce poignard ouvrir le cœur du Malin ! »

Les anciens du village écoutaient les vers avec ravissement. Tous se souvenaient avec émotion de leur jeunesse quand ils affrontaient les blindés russes dans les défilés afghans. Nombre des leurs n'étaient pas revenus, ou exhibaient les marques de terribles blessures. L'ennemi occupait de nouveau leurs montagnes. Un ennemi différent, certes, mais tout aussi exécrable.

Fasciné par l'éloquence de son cousin, Nabil enviait sa parole fluide, l'ardeur de sa foi, son courage physique. Sa vie résonnait de la farouche poésie des montagnes. Il soupira en se rappelant son existence passée à Montréal. Que n'eût-il pas passé sa jeunesse à jouer au bouzkachi plutôt que de traînasser dans les parcs de Notre-Dame-de-Grâce !

Nabil distingua Aicha alors qu'elle caressait les ailes du faucon aux yeux recouverts d'une capuche. Le petit groupe de femmes s'était approché de l'oiseau de proie, peut-être sous l'insistance des enfants qui les accompagnaient. Il s'aperçut avec stupeur que le fauconnier, un étranger, lui adressait la parole. Aicha parut même l'écouter ! Le cercle de femmes voilées parut se figer dans l'instant, ce dont ne sembla pas se soucier Aicha qui se permit même de rire aux propos du dresseur.

Ivre de colère, Nabil se leva, cherchant le regard de son cousin. Le pavillon résonnait des rires des hommes qui se rappelaient les moments forts du bouzkachi en engloutissant des pâtisseries au miel. Des dignitaires entouraient l'émir qui discourait de la paix nécessaire entre tribus. Dans un coin retiré de la tente, Safiya devisait avec le cheikh Isamuddan qui caressait pensivement son œil balafré. Nabil se retourna afin de poursuivre sa veille sur la vertu de sa cousine. Le fauconnier perpétra alors un geste inouï : il toucha le bras d'Aicha.

Ce fut le cheikh Isamuddan qui perçut le visage embrasé de leur nouvelle recrue. Intrigué, il donna un léger coup de coude à Safiya qui surprit aussitôt la scène épiée par Nabil. Le guerrier pâlit, la main crispée sur le poignard à crosse d'argent passé à sa ceinture. Safiya quitta la tente d'un pas rageur. Le cheikh Isamuddan ordonna à l'un des gardes de suivre le jeune homme, puis interrompit respectueusement la conversation de l'émir.

Les yeux d'Aicha étincelaient au-dessus des traits de khôl. Elle s'amusait des paroles aimables de son interlocuteur. Ses compagnes paraissaient pourtant scandalisées de cette causerie anodine. Converser avec un étranger, un homme d'un village voisin en fait, était un événement rare, utile pour la soustraire à l'ennui dans laquelle elle se morfondait depuis son retour du collège féminin d'Islamabad[4]. Un homme qui possédait la science des oiseaux, en plus ! Elle avait frémi lorsque la main du jeune homme l'avait

---

4. Capitale du Pakistan.

frôlée, peut-être par inadvertance, lorsque le faucon s'était braqué sous une caresse.

Lorsque Safiya parut, Aicha s'apprêta à lui présenter Ouri, le dresseur, mais ses paroles s'asséchèrent devant sa mine terrible. Son frère s'immisça dans le couple comme un lion et brandit son poignard à la gorge du fauconnier.

— Sale bouc libidineux, perfide suborneur, fourbe sans honneur, voleur de femmes ! Tu mériterais que je t'égorge !

L'homme demeura immobile, même lorsqu'une goutte de sang perla sous la lame. Toutefois, les gens de son clan encerclèrent aussitôt Safiya et sortirent leurs revolvers, en dépit du bannissement des armes sur les lieux d'un bouzkachi. Les gardes de l'émir les entourèrent de leurs fusils-mitrailleurs, la lourde mitrailleuse pivotant sur son axe pour couvrir la scène. Le faucon, comme les hommes, demeurait immobile au milieu des injures qui fusaient de toutes parts. Une vieille sagesse des montagnes enseignait qu'on pouvait toujours crier sous la menace des armes, mais ne jamais bouger.

Mahazza Bin Émir apparut bientôt, encadré par le cheikh Isamuddan et Nabil. Suivait un rang de dignitaires courroucés. Mahazza glissa un regard contrarié en direction d'Aicha, la fauteuse de troubles, et se planta devant le dresseur, coincé entre l'automitrailleuse et la lame de Safiya.

Aicha gardait les yeux baissés. Un escadron de vieilles femmes l'enveloppait d'un mur de voiles, peut-être plus pour l'emprisonner que pour la protéger. Nabil l'observait soigneusement. Elle paraissait confuse, ne sachant quelle attitude adopter devant cette éruption de violence dont elle semblait la cause. Une insolente aurait été fière de son fait. Mais elle paraissait si humble et si timide qu'il ne douta pas de sa naïveté. Son séjour dans la capitale avait sûrement obscurci son sens des convenances.

Le prestige de l'émir imposa le silence.

— Frères, l'honneur des femmes ne doit pas empiéter sur celui qui nous sera octroyé quand nous chasserons les infidèles de notre contrée. S'il y a eu un manquement à l'honneur, que cela soit jugé par les Qazis[5] et que le prix versé le soit en conséquence.

Tous connaissaient les plaidoyers de l'émir en faveur de la paix entre tribus. Il prêchait la réconciliation dans les vallées, expliquant aux clans ennemis que leurs disputes ne faisaient que les affaiblir face aux infidèles. Le canon de la mitrailleuse ajoutait du poids à ses arguments. Ils abaissèrent les armes, sauf Safiya qui gardait sa lame brandie. Il parut à tous qu'il allait égorger le fauconnier sans se soucier des paroles de l'émir. Nabil sentit sa gorge s'assécher en imaginant le massacre qui s'ensuivrait dans la vallée. L'homme appartenait au village voisin, de l'ethnie commune des Waziris. Le clan poursuivrait le meurtrier d'un des siens jusqu'au fond de l'enfer.

Safiya abaissa sa lame, puis éclata d'un grand rire. Il asséna une solide claque sur l'épaule du fauconnier, qui afficha un large sourire, et invita les protagonistes à l'accompagner sous sa tente. Nabil chercha Aicha du regard. La jeune fille avait disparu, sans doute emmenée par ses compagnes. Ce dernier suivit les guerriers avec soulagement : la vertu de sa cousine était sauve, mais l'explosion de violence que sa conduite aurait pu engendrer l'avait secoué. Lui-même, éduqué à Montréal, s'étonnait souvent de la fureur que pouvait provoquer le pachtounwali, le

---

5. Juge chargé d'appliquer la charia, la justice islamiste.

farouche code d'honneur des tribus pachtounes. Il codifiait la valeur du sang versé, des femmes enlevées, du pillage de bétail.

Le prix du pachtounwali demeurait toujours le même : le Badal, la vengeance féroce. C'est le degré de violence qui variait. L'ardeur à l'appliquer dépendait de l'histoire des vallées, des annales des vendettas, du degré de cousinage des tribus en cause. Cependant, la vertu des femmes représentait l'honneur suprême des tribus. De retour à la tente, le dresseur de faucons effectua une confession publique où il s'excusa de son manque d'égards envers ses hôtes. Puis, on avala beaucoup de thé à la menthe en l'honneur de l'amitié éternelle des clans de la vallée des Waziris.

Demeuré seul sur son perchoir, le faucon au regard aveuglé contemplait un azur inconnu des hommes.

CHAPITRE 4

L'égorgé à la sucette

Le soleil d'une fin d'après-midi se déversait par les stores. Stifer se leva, en proie à une agitation dont il ne comprenait pas le sens. Il n'avait dormi que quelques heures. Il avala un verre d'eau, puis erra dans le salon. Une photo de Chloé, sa jeune fille adolescente décédée huit ans plus tôt, ornait discrètement une petite table plaquée contre un mur. Des fleurs coupées ornaient la desserte. Depuis son divorce, sa fille morte représentait la seule femme dans sa vie.

De retour sous les couvertures, il s'efforça de faire le vide, mais la scène de crime hantait son esprit. L'égorgement n'était pas courant, surtout par l'arrière, d'une manière aussi brutale qu'expéditive. Les meurtriers locaux préféraient la simplicité des armes à feu. Quelques disputes se réglaient certes à l'arme blanche, mais les coups se portaient de face. Il imagina la victime, la gorge s'ouvrant sous le fil froid de l'acier. Qu'avait-elle ressenti durant cet horrible instant : de la peur, du regret, de l'abandon ?

Ses pensées se déplaçaient du macchabée de la rue Walkley au moribond sur son lit d'hôpital. Il se rappela la nuit où le malade avait souillé ses draps d'une mixture sanglante et malodorante, puis avait éclaté en sanglots en lui tenant la main. Alors qu'il glissait dans le sommeil, Stifer crut entendre le souffle éthéré du moribond qui s'enfonçait dans l'éternité.

Le sergent-détective Lucien Bernard engloutit trois cuillères de sucre dans le verre de café que lui tendait le lieutenant Stifer, noya le tout dans un déluge de lait et avala goulûment. La détective Anémone Laurent refusa le philtre fétiche du lieutenant d'un signe de tête, continuant à taper à l'ordinateur de la salle tactique dans laquelle ils s'étaient réunis. Stifer emplit finalement un dernier gobelet pour lui-même. Il but son café noir, d'un trait.

Les yeux verts d'Anémone scintillaient sous les reflets de l'écran. Elle portait un ensemble trois pièces bien ajusté, bleu sombre. Une broche constellée de pierreries rouges brillait au revers de sa veste.

Stifer portait l'épinglette de l'escouade sur le col de son veston de tweed vert. Son épaisse chevelure rousse se réfléchissait dans l'écran, sombre comme un soleil levant. Lucien, assis de l'autre côté d'Anémone, jouait machinalement de ses doigts tachés de nicotine avec un paquet de Players, observant d'un air consterné le pictogramme anti-cigarette collé contre le mur.

Anémone ragea d'un ton fébrile :

— Que c'est long se relier au réseau…

Elle enfonça une dernière touche, puis une image rougeoyante apparut sur l'écran plasma accroché au mur : la victime allongée sur son grabat poisseux.

Lucien s'approcha pour commenter :

— C'est comme les jeux vidéo de mon neveu, en moins sanglant.

Les photos du mort défilaient, mais peu importait l'angle de vue, la scène demeurait toujours aussi horrible.

— On a déjà assez vu ça, commenta Lucien, on ne va pas recommencer.

Anémone obtempéra, et de nouvelles images surgirent, dévoilant les différentes pièces de l'appartement. Les petits fanions escortant les traces sanglantes s'alignaient dans le corridor jusqu'à un ordinateur sur une table.

— On l'a examiné? demanda Stifer en le pointant du doigt

— On l'a envoyé au labo du SCRS[6], répondit Lucien.

— Cela risque d'être long, remarqua Stifer. Nos gars ne pouvaient pas effectuer un premier examen?

— Les données sont cryptées, répondit Anémone. Le SCRS est équipé pour briser le code.

— Bizarre, pour un type qui logeait si pauvrement, ce besoin de crypter ses données.

Les scènes prises à l'appartement défilaient au rythme des commandes d'Anémone. La porte arrière parut, puis le panorama extérieur, ensuite les fenêtres ayant vue sur le dos de l'immeuble. Anémone stoppa l'image.

— La photo sera utile : nous allons interroger les voisins qui auraient pu assister au départ de l'assassin de ces fenêtres.

— Des nouvelles du labo au sujet des traces de sang retrouvées dans l'herbe?

— Les gars y travaillent, grogna Lucien. Je les pousse. Ils m'ont promis les résultats en fin d'après-midi.

— Et l'autopsie?

---

6. Service canadien du renseignement de sécurité.

Anémone soupira, replaçant sa brochette rubiconde.

— Elle évolue selon le rythme du Dr Munser… Ce n'est pas le genre de personne qu'on peut bousculer.

— Inutile de s'énerver, grogna Lucien, l'autopsie ne nous apprendra pas grand-chose. Il est mort d'un mal de gorge, ce type.

Stifer ne releva pas le jeu de mots ; il désapprouvait l'humour noir que maniaient trop aisément certains inspecteurs d'expérience. Il considérait la familiarité comme irrespectueuse envers ses clients, que ceux-ci reposent sur un lit d'hôpital en phase terminale, ou sur une table de la morgue, en phase définitive.

— J'aime avoir tous les indices en main avant de débuter. J'essaierai de la convaincre d'accélérer le mouvement… Autre chose ?

— Nous avons commencé à interroger les habitants de l'immeuble, mais ils ne sont pas trop coopératifs, continua Anémone. Le logement face à celui de la victime semble occupé par une dame, mais elle n'a pas daigné nous ouvrir.

— Retournez sur place. Ils s'habitueront à vous. Avez-vous obtenu les données d'Immigration Canada ?

Anémone sourit, heureuse de présenter les possibilités de son joujou électronique :

— Inutile d'en faire la demande. Depuis les nouvelles mesures de sécurité antiterroristes, nous avons accès à toutes les banques de données en direct.

Les pages sécurisées du site d'Immigration Canada parurent, puis la photo de la victime fut affichée, ainsi que son dossier. Stifer le parcourut rapidement : Ismaël Gunaratna, né à Relizane, en Algérie, quarante-sept ans plus tôt. Diplôme d'enseignant en poche, il avait immigré au Canada quatre années auparavant. Pas de famille déclarée au pays. Il travaillait comme vendeur dans une boutique de téléphones cellulaires d'une grande compagnie canadienne.

— Le SCRS n'a rien sur lui, reprit Anémone. Ni Interpol ni le FBI. Il payait ses impôts, ne devait aucune contravention, un citoyen exemplaire.

Stifer hocha la tête.

— Ses relevés bancaires ?

— Crédits et débits normaux.

Le lieutenant pencha son torse massif en direction des photos d'objets retrouvés sur la scène de crime qui apparaissaient maintenant à l'écran : vêtements, livres, portefeuille, plus la misérable sucette bleue.

— Cette sucette… Vous avez découvert d'autres effets de bébé ?

— Rien du tout.

— Peut-être qu'il gardait un enfant pour des voisins ?

— Possible, dit Anémone, qui s'en voulut aussitôt de n'y avoir pas songé.

— Demandez aux familles du voisinage.

— C'est plein de familles immigrantes dans ce quartier, geignit Lucien. Faudra interroger toute la rue !

Stifer haussa ses épaules massives :

— Alors, interrogez.

— Est-ce qu'on aura le budget ? demanda candidement Anémone.

Stifer soupira : quadriller un quartier à cause d'une sucette passerait mal le test du comité de coordination que présidait le capitaine Rochard. Il se rappela que la prochaine session devait avoir lieu dans l'après-midi.

— Le capitaine me semble assez préoccupé par les états financiers de l'escouade par les temps qui courent, reprit Anémone d'un ton neutre.

Stifer trouvait pénible le fait d'avoir à justifier l'ampleur de ses investigations. Mais en cette période électorale, le maire ne pensait qu'à alléger les taxes. Le capitaine rognait donc sur les budgets, toujours heureux de plaire à ses maîtres politiques.

— Commencez, je trouverai un moyen...

Lucien grimaça de scepticisme ; il entrevoyait déjà de nombreuses heures supplémentaires non ré-munérées pour l'équipe réduite du lieutenant Stifer.

Des effluves de produits chimiques entouraient le Dr Munser comme un parfum âcre. Assise derrière un énorme bureau, elle paraissait encore plus menue. Ses traits figés, ses lèvres minces révélaient sa déter-mination. Une chevelure grise et raide déferlait sur ses épaules. Des ciseaux chirurgicaux accrochés à son sarrau luisaient comme un bijou menaçant.

— Que voulez-vous, lieutenant Stifer ?

— Du nouveau sur le dernier client, Dr Munser ?

Ses yeux flamboyaient de contrariété derrière les lunettes épaisses, rappelant à Stifer la paroi vitrée de la fournaise à l'huile de son grand-père. Elle répliqua d'une voix acide :

— Le délai pour un rapport préliminaire est d'une semaine. Tout sera dans le procès-verbal.

Stifer tiqua : Munser s'offrait habituellement un délai de deux jours. Perplexe, il observa la patho-logiste qui s'était replongée dans l'examen des papiers épars de son bureau.

— J'aimerais obtenir une simple opinion, docteur, un *feeling*...

Elle ricana, puis répliqua, sans même daigner relever la tête :

— La détective Laurent a utilisé les mêmes termes : vous l'avez bien instruite ! Vous ne pouvez donc pas respecter les règles administratives ?

Stifer n'avait jamais vu le Dr Munser d'une humeur aussi massacrante. Il répondit néanmoins avec candeur :

— J'essaie toujours de les contourner, docteur…

Munser releva la tête, cette fois pour l'apostropher :

— Les passe-droits, c'est fini ! Allez dire à votre capitaine Rochard qu'il me redonne mes budgets ! Je dois maintenant me passer d'une assistante – c'est un comble ! Vous croyez donc que je vais travailler la nuit pour vous ?

— C'est regrettable, en effet, mais peut-être avez-vous simplement effectué un examen préliminaire… Où en est-on avec les analyses de sang ? Nous aimerions savoir si le criminel s'est enfui par-derrière…

Munser se leva de son bureau, s'approchant furieusement de Stifer. Elle entreprit de le dévisager de sa petite taille, souris enragée défiant un tigre :

— Quand je me suis plainte au capitaine de ma trop grande charge de travail, savez-vous ce qu'il m'a répliqué ?

Pour toute réponse, Stifer se permit de hausser les sourcils.

— Il m'a suggéré d'étirer les délais. Eh bien, je suis ses instructions : ce sera une semaine pour les rapports préliminaires !

Stifer cherchait encore sa réplique, quand Munser franchit comme une tornade les portes battantes de son laboratoire.

Le capitaine Rochard plissait les yeux devant la liste imprimée des affaires en cours. Il la détaillait d'un air ennuyé, comme s'il se désolait de l'effet néfaste de ces homicides sur son budget. Replet, il dissimulait son embonpoint sous les plis d'un veston ample et bien taillé. L'épinglette de l'escouade étincelait au milieu d'une large cravate. Grand, large, le ventre dur, les cheveux frisés comme des ronces, le lieutenant Conrad Vadnais était vautré sur sa chaise. Il portait un veston bleu marine orné d'un écusson aux couleurs de son club de yachting.

Stifer venait de terminer l'exposé de la dernière affaire, « L'égorgé de la rue Walkley », comme l'avait baptisée Lucien. Il s'agissait à présent d'établir les priorités accordées aux enquêtes en cours. Celles-ci variaient de semaine en semaine, selon les obstacles rencontrés, l'apparition de nouvelles investigations, les considérations politiques, ou plus prosaïquement, l'état du budget.

Stifer lorgna le liquide fadasse produit par la nouvelle machine installée dans le corridor, qualifiée pompeusement de cafetière par Rochard, que l'on devait maintenant stipendier d'un dollar à cause des restrictions budgétaires. Il attendait la première salve de Vadnais, ce qui ne saurait tarder. Rochard consulta une nouvelle fois sa montre, comme s'il officiait une course olympique. Stifer en déduisit que le capitaine devait avoir rendez-vous avec l'un de ses maîtres politiques qu'il côtoyait assidûment.

Vadnais débuta les hostilités :

— Jusqu'à présent, rien ne justifie une modification des priorités. Surtout pas cette pauvre histoire d'un égorgé à sucette. « Harfang » reste en tête de liste.

Stifer repoussa le misérable verre de carton, puis répliqua d'une voix agacée :

— L'enquête sur les Bloody Birds piétine, elle aspire tout l'oxygène. Plus moyen de respirer dans ce département. Il est temps de conclure pour attaquer les autres dossiers.

Vadnais se raidit sur sa chaise.

— L'enquête fournit de bons résultats. Les procureurs sont satisfaits, le ministre de la Justice nous appuie. Harfang est la plus grosse opération que nous ayons menée depuis longtemps !

Stifer grimaça ; Vadnais venait d'exposer le nœud du problème. L'enquête sur le club de motards Bloody Birds avait enflé jusqu'à emplir tous les esprits. Stifer ne profitait plus de ressources suffisantes pour mener ses enquêtes.

— Toutes les autres enquêtes sont au point mort. Si cela dure, les proches des victimes manifesteront devant nos portes. J'ai déjà reçu des plaintes. Ça ne peut plus durer comme ça.

Le visage tacheté de cicatrices d'acné de Vadnais s'embrasa de fureur :

— Les Bloody Birds sont responsables de la majorité des crimes dans cette ville, ils assassinent à tour de bras ceux qui osent leur tenir tête ! Le ministre nous a ordonné d'y aller à fond de train !

— Le bureau du ministre nous enjoignait « d'offrir un effort significatif », corrigea Stifer, pas de bloquer toutes les affaires en cours.

Rochard intervint d'une calme autorité :

— Les journaux sont remplis de méfaits attribués au Bloody Birds. Ils contribuent grandement à l'insécurité de notre ville. Cette enquête nous concerne donc au premier degré.

Stifer soupira d'exaspération : le ministre de la Justice avait fait de la guerre aux motards un enjeu électoral. Stifer n'y voyait pas d'objections, les motards tuaient leurs ennemis en toute impunité depuis trop longtemps. Une opération de grande envergure, baptisée « Harfang », avait donc été déclenchée contre eux, impliquant les principaux corps de police. Les procureurs associés à Harfang désiraient porter des accusations de banditisme, mais surtout de meurtre, parce qu'elles entraînaient les peines les plus lourdes.

La contribution de l'escouade des homicides de la police de Montréal avait donc été sollicitée ; d'abord pour son expertise, ensuite parce que les Bloody Birds guerroyaient contre leurs ennemis mafieux sur le territoire de la métropole.

— Ainsi, tes enquêtes piétinent, déclara perfidement Vadnais.

— Je me débrouille avec deux inspecteurs, fulmina Stifer. Tu as confisqué tous les gars disponibles, la caisse est à sec, mais les assassinats continuent. Comment crois-tu que je vais faire justice à un pauvre type comme celui de la rue Walkley ?

Vadnais lissa distraitement l'écusson de son veston où un gros yacht doré tranchait des flots bleus.

— La rumeur court que tu ferais interroger le voisinage au sujet d'une sucette, répliqua Vadnais d'un ton grognard. Fais appel à S.O.S. GARDIENNE pour mener l'enquête !

Stifer se retint de répliquer. Il se décida à avaler une gorgée de la liqueur noirâtre dont l'amertume le fit grimacer.

— Quelle priorité devrait-on donner à cette enquête ? poursuivit Rochard, en jetant un coup d'œil à sa montre.

— Donnons-lui une haute priorité de départ, répondit Stifer. Trois jours pour recueillir les premiers indices. Nous aviserons selon les données recueillies.

— Nous devrons donc réduire le rythme de certaines enquêtes, reprit le capitaine. Des gens se sont plaints ?

L'air soucieux de Rochard trahissait sa hantise : des journaux pleins de récriminations hurlées par les proches des victimes. La sympathie du public envers les macchabées s'évanouissait vite. Par contre, il s'identifiait volontiers aux proches taraudés par la souffrance et la rancune. Les journalistes jouaient facilement ce registre. On s'alarmait à l'hôtel de ville, les coups de téléphone assaillaient alors le bureau du capitaine.

— Je les ai reçus avec tous les égards, répliqua Stifer. Je leur ai expliqué que ces enquêtes exigeaient du temps. Mais il y en un, dénommé Adams, qui revient régulièrement s'informer du déroulement de l'enquête sur sa femme pasteur.

— Cet Adams ne se plaindra pas aux journaux, j'espère.

— Il est rassuré. Enfin, pour le moment.

Rochard grimaça, une lueur d'irritation couvant dans ses yeux pâles. Il se leva avec empressement.

— Bon, je dois jouer au golf avec des échevins municipaux dans une demi-heure. Nous aviserons au prochain comité de coordination.

— Il me faudrait des inspecteurs, reprit patiemment Stifer.

Le capitaine le toisa d'un air solennel :

— Julien, la priorité est donnée aux Bloody Birds. Il faut casser cette organisation criminelle. Le public l'exige. Le ministre nous observe.

— Un ou deux inspecteurs arrachés à l'armée de Conrad ne feront pas capoter Harfang.

Vadnais, qui allait franchir la porte, revint précipitamment, soucieux de ne pas se faire court-circuiter :

— Mes inspecteurs sont occupés à cent cinquante pour cent ! Aucun n'est disponible !

Stifer s'adressa de nouveau au capitaine qui montrait des signes d'impatience.

— Alors, laissez-moi utiliser des patrouilleurs pour mener les entrevues.

Le capitaine sourcilla : cette suggestion impliquait une dépense en heures supplémentaires.

— Impossible. Notre situation financière est trop difficile.

Stifer alla balancer son café dans les toilettes. La chasse d'eau gronda comme une rivière en crue. La glace lui renvoya l'image d'un homme à la tignasse de feu, au regard éteint.

CHAPITRE 5

Le faucon enlève sa proie

Sous une lune blafarde, deux camionnettes bondissaient sur les pistes désertiques. Un mur de montagnes trapues se profilait dans le ciel étoilé, annonce de l'arrivée prochaine du convoi à la frontière afghane. Une bâche couvrait le véhicule de queue afin d'escamoter la lourde mitrailleuse et de tromper la vigilance des drones américains, ces avions-espions sans pilote qui survolaient la zone frontalière.

Nabil tenait compagnie à Safiya qui conduisait le véhicule de tête. Mahazza et Isamuddan occupaient le siège arrière ; des moudjahidin en armes s'entassaient dans l'automitrailleuse qui les escortait. Les phares masqués dévoilaient un paysage de pénombres menaçantes. Les pneus crissaient sur la terre craquelée du désert. Nabil devait s'agripper afin de ne pas s'assommer contre la vitre latérale. Ses compagnons ne paraissaient pas trop incommodés par les cahots qui secouaient la voiture. Il était pourtant le seul à avoir bouclé sa ceinture.

Les voyageurs demeuraient silencieux. Parfois, au détour d'une bosse, on entendait les échos d'une cassette de prières qui jouait dans le véhicule d'escorte. L'air vif des montagnes piquait les narines. On roulait depuis des heures. L'émir Mahazza tenait à passer la frontière avant le lever du jour. Des unités de l'armée pakistanaise patrouillaient la région, mais on pouvait compter sur leur discrétion nocturne.

Les régions tribales étaient réputées peu sûres pour les militaires. L'armée tenait les casernes et les routes afin d'assumer la tutelle symbolique du pouvoir central. Mais les soldats ne s'engageaient qu'à contrecœur dans les zones montagneuses occupées par des tribus fortement armées et très chatouilleuses au sujet de leur autonomie. La nuit les voyait s'enfermer prudemment dans leurs casemates.

Il en allait différemment des commandos américains. Le gouvernement pakistanais assurait à son opinion publique qu'aucun soldat étranger ne foulait le sol du pays. Mais les moudjahidin savaient pertinemment que des ombres frappaient leurs frères comme des djinns[7] maquillés de noir, puis s'évanouissaient dans les montagnes. Les échos étouffés des rotors d'hélicoptères résonnaient ensuite dans les vallées ténébreuses comme leurs ricanements vengeurs.

L'émir Mahazza n'était pas un homme à prendre des risques à la légère. Le convoi roulait donc à toute allure sur des pistes méconnues et ne s'arrêterait qu'en lieu sûr. La prière et le thé à la menthe attendraient le moment propice.

La vision de minces chevilles cerclées d'or envahit les rêveries de Nabil. Il imagina sa main s'élever doucement, relevant les voiles de la burka d'Aicha jusqu'à ses cuisses pleines et douces. Ses yeux cernés de khôl étincelaient, aspirant à l'amour. Son corps bougeait avec la gracieuseté d'un cygne. Nabil soupira en se remémorant un poème pachtoune :

---

7. Démons de la mythologie arabe.

« L'Amour emporte mon cœur,
Comme le faucon enlève sa proie. »

Mais que pouvait-il offrir à ce doux oiseau ? Il n'était qu'un combattant désargenté. Ayant offert sa vie à la cause, il ne possédait que sa foi. Serait-ce suffisant pour la jeune femme ?

Un énorme volatile de métal vrombissait doucement dans cette claire nuit de septembre. Les puissantes caméras du drone ne pouvaient percer l'obscurité, mais les capteurs infrarouges scrutaient le paysage tourmenté de la région frontalière. Les informations étaient relayées à la base al-Udeid, dans le désert du Qatar, où des agents de la CIA les analysaient.

La zone était fort fréquentée : caravanes de chameaux, convois de camions, trafiquants en tous genres. On ne pouvait les surveiller tous. Les hommes armés étaient légion. Il n'était pas rare de suivre du ciel un convoi lourdement armé qui se rendait à la célébration d'un mariage. Toutefois, les analystes demeuraient à l'affût de tout comportement suspect. Deux véhicules roulant à toute allure en un endroit où aucune piste n'était recensée méritaient attention. Ces renseignements furent saisis dans la banque de données centrale du Far East Command[8], et la base de Lwara fut alertée.

Le contrôleur de Lwara, ville frontière du sud de l'Afghanistan, reçut un avertissement électronique sur l'image cartographique de son ordinateur de commandement. Des petits points verts indiquaient la position des véhicules de reconnaissance, un repère clignotait sur la dernière localisation du convoi suspect, une flèche pointée sur la frontière révélant le

---

8. Banque de données militaire américaine pour l'Asie du Sud-Est.

lieu de sa traversée probable. Il prit la décision d'y dépêcher un Humvee[9] afin de l'intercepter.

Les hautes silhouettes des falaises enveloppaient le paysage d'un voile noir. Les camionnettes approchaient rapidement du territoire afghan.

— On y est presque, grogna Safiya, les mains serrées sur le volant.

On apercevait la fin des murailles abruptes qu'ils côtoyaient depuis des heures et l'ouverture de la passe menant au pays des aigles, appellation de l'Afghanistan à l'époque d'Alexandre le Grand.

Un ordre sec fusa du banc arrière :

— Fonce.

Safiya éteignit ses phares tamisés et écrasa l'accélérateur. La camionnette vola sur une pierre, aplatit un banc de sable et bondit dans la nuit. Safiya conduisait presque à l'aveuglette ; la pierraille mitraillait le plancher de la caisse. Le véhicule franchit la ligne au-dessus d'une butte et atteignit le pays des aigles dans une giclée de roches. La bouche d'une vallée noire s'ouvrit devant eux. À la stupéfaction de Nabil qui n'y voyait goutte, Isamuddan grommela :

— Au fond, il y a une grotte sur le versant de droite.

Le véhicule stoppa sous une vaste paroi rocheuse. Les hommes de l'escorte bondirent hors de l'automitrailleuse et entreprirent de recouvrir les véhicules de toiles de camouflage. Les moudjahidin s'enroulèrent ensuite dans des couvertures afin de résister à la froidure de cette fin de nuit. Ils assistèrent au passage du Humvee lancé à leur recherche en sirotant leur thé bouillant.

———————————————

9. Véhicule tout-terrain de l'armée américaine.

Ils étendirent ensuite leurs couvertures pour la prière de l'aube.

Le convoi progressait entre les parois des canyons et dans le lit des torrents aux berges constellées de pierres peintes en rouge signalant la présence de mines. Ils apercevaient parfois des carcasses de tanks et de camions soviétiques dans les bas-côtés d'une piste menant à un village isolé. Les villageois les ravitaillaient en eau potable et les renseignaient sur la présence, dans les environs, de patrouilles américaines.

Arrivés à proximité de la ville afghane de Lashkar Gah, ils empruntèrent la route principale. La mitrailleuse demeurait dissimulée sous la bâche, mais les gardes exhibaient leurs armes, ce qui facilitait grandement les formalités aux barrages érigés par les troupes disparates faisant plus ou moins régner l'ordre dans la région. Ils n'étaient pas les seuls. Des convois d'Iraniens, d'Ouzbeks et de Tchétchènes armés jusqu'aux dents convergeaient vers la ville.

Les deux voitures circulaient au milieu de mobylettes criardes, de bus surchargés vomissant de la fumée noire, de charrettes tirées par des chevaux faméliques, d'ânes titubant sous leurs charges. Une foule dense, souvent armée, marchait dans les rues sales et poussiéreuses. Une patrouille américaine surveillait parfois le trafic, à la recherche de suspects.

Parvenus dans la vieille partie de la ville, les véhicules se frayèrent un chemin à coups de klaxon dans les ruelles étroites. Ils s'arrêtèrent au fond du bazar, devant une échoppe payant peu de mine. Trois gardes armés en surveillaient l'accès. Safiya et le cheikh Isamuddan avaient dû leur donner leurs fusils.

Laissant l'escorte près des véhicules, les moudjahidin tirèrent un rideau crasseux pour accéder à un
réduit aux plafonds voûtés, le plancher recouvert
d'un tapis sale, les murs ensevelis sous des gros sacs
de jute. Hachai Bouran, négociant en opium, les reçut
avec effusion.

Un serviteur prévenant apporta une petite table de
bois sculpté ainsi qu'une magnifique théière d'argent
remplie de thé bouillant. Les moudjahidin furent ser-
vis avec égard. Nabil sirota le délicieux breuvage,
dont les reflets verts brillaient avec éclat au milieu
de la pièce sordide et suintante. On échangea quelques
potins d'usage, puis le marchandage débuta.

Hachai Bouran déplora d'abord la sécheresse qui
affectait durement les récoltes, regretta la taxe que
prélevait Bar Akhund, le seigneur de la guerre qui
tenait la ville, s'apitoya sur ses frais généraux, mais
conclut néanmoins par une note positive : le pavot de
la saison était le meilleur depuis des générations.

Assis en tailleur dans le fond, Nabil observait son
chef : Mahazza sirotait silencieusement son thé sans
paraître s'émouvoir outre mesure de la diatribe de
son hôte.

— La qualité de la dernière livraison n'était pas à
la hauteur, laissa tomber Mahazza.

Le gros homme s'emporta :

— Comment ! Mes clients iraniens me harcèlent
sans pitié pour en obtenir davantage ! Ils me disent que
tout Amsterdam gémit en attendant le nouvel arrivage !

— Ce n'est pas ce que j'entends à Montréal,
Toronto et New York, répliqua Mahazza.

— Les Iraniens sont des idiots, renchérit le cheikh
Isamuddan avec une moue dédaigneuse, exprimant
ainsi la sourde rivalité entre Pakistanais et Iraniens

sur le marché international. Ils confondent la came avec du bicarbonate de soude.

Diplomate, le marchand omit de répéter ce que les Iraniens lui avaient confié au sujet de leurs compétiteurs pakistanais. Hachai Bouran profitait d'une position solide dans les tractations. Le pavot se négociait au prix fort, à la suite des pressions américaines exercées sur le gouvernement de Kaboul afin de réduire la production. La qualité du produit était excellente, peu importaient les ragots. Les trafiquants affluaient donc en ville, anxieux de se procurer la marchandise.

Mais les négociations avec Mahazza Bin Émir exigeaient du doigté. Quelques années plus tôt, l'émir se promenait en maître dans la ville, alors qu'il profitait des bonnes grâces du gouverneur taliban. Celui-ci se cachait maintenant dans les montagnes. Mais pour combien de temps ? Les affaires de Hachai Bouran avaient débuté sous le régime communiste, s'étaient poursuivies sous celle de l'Alliance du Nord, avaient prospéré sous les talibans et se portaient à merveille sous le protectorat américain. Bouran savait que les talibans se regroupaient au Pakistan et que des moudjahidin s'entraînaient dans les montagnes. Qui contrôlerait l'Afghanistan l'année prochaine ?

Il houspilla le serviteur pour qu'il apporte du thé frais, puis éleva les bras en signe d'abdication :

— Je ne suis qu'un simple marchand. Comment oserais-je me disputer avec Mahazza Bin Émir ? Je vous offre la marchandise au prix de l'année dernière.

L'émir accepta le marché de bonne grâce. Les prix avaient fortement augmenté en raison d'une longue sécheresse. Le marchand fit signe au commis qui dégagea prestement un sac parmi l'amoncellement placé contre le mur. Il l'ouvrit, dévoilant une épaisse pâte d'opium. Il y plongea une lamelle métallique qu'il fit ensuite chauffer au-dessus d'un réchaud à gaz.

Après quelques secondes, la pâte opiacée commença à produire des bulles que le cheikh Isamuddan se mit en devoir d'inspecter. Des bulles non brisées indiquaient que l'opium n'avait pas été coupé avec d'autres produits. Isamuddan saisit la drogue chaude dans sa main, l'écrasa entre ses doigts et huma la pâte. Satisfait, il grogna son assentiment et sortit chercher ses hommes.

Safiya tendit une mallette au marchand qui s'empressa de compter les liasses de dollars américains. Nabil aida les hommes de l'escorte à charger les lourds sacs à l'arrière de la camionnette. Isamuddan partit le dernier, essuyant sa main sur le mur pour y laisser une large empreinte verte, aux côtés d'une myriade d'autres.

La camionnette se frayait un chemin à coups de klaxons à travers les rues bondées. Soudain, la circulation bloqua à la suite d'un accrochage. Des mendiants en profitèrent pour solliciter les passagers. Isamuddan ordonna qu'on ferme les fenêtres. Les sacs empilés à l'arrière enveloppaient Nabil d'une odeur âcre. Il aperçut un groupe d'hommes assis à même le sol auxquels s'était jointe une femme infirme. Ils aspiraient la fumée produite par de l'héroïne rôtie sur une feuille d'aluminium étalée sur une chandelle.

Leur fièvre à s'intoxiquer le mit mal à l'aise. La drogue devait pourrir les infidèles, pas les croyants. Il se rappela sa vie antérieure où il consommait de la drogue afin d'insensibiliser sa douleur de vivre.

Mahazza Bin Émir s'impatientait du retard. Il tendit une liasse d'afghanis crasseux à Safiya en ordonnant d'aller voir. Le moudjahid se dirigea vers les lieux de l'accident où les deux protagonistes s'injuriaient copieusement en prenant les passants à témoin. Il leur offrit de l'argent en exigeant qu'ils dégagent la route. Les conducteurs ébahis obéirent promptement. Safiya distribua les billets restants aux mendiants et grimpa dans la camionnette qui roulait à sa rencontre.

Au passage du véhicule, la femme accroupie tendit son cornet de papier au-dessus de la fumée grise. Son mouvement rapide écarta les plis de sa burka. Nabil discerna deux jambes terriblement meurtries, sûrement à cause d'une mine. Alors, il se remémora sa mère Zaouïa demeurée à Montréal. Il espéra que le geste de son martyre ne la meurtrirait pas. Il lui avait écrit quelques lettres, transmises par des frères au Canada. Il n'y relatait que des banalités : il œuvrait à la Fondation, il progressait dans ses études religieuses. Il prit la décision de tout tenter pour la convaincre de revenir au Pakistan quand il la reverrait à Montréal.

Le convoi cheminait au milieu de mobylettes bruyantes et d'ânes butés. Les venelles étroites angoissaient le cheikh Isamuddan qui redoutait une embuscade. La marchandise qu'ils transportaient rapporterait cinquante millions de dollars dans les rues d'Amérique. La circulation ralentit brusquement, et Nabil fut envoyé à son tour en éclaireur. Il stoppa net au détour. À un barrage, des miliciens avec deux Humvee américains contrôlaient les véhicules.

Il se hâta de rejoindre les camionnettes. Les moudjahidin enfilèrent une ruelle transversale qui déboucha sur l'entrée du cimetière. Le lieu était occupé par les victimes des longues guerres civiles afghanes. Les pick-up voguèrent parmi les pierres tombales, mémoires douloureuses de l'histoire sanglante du pays. Ils évitèrent le cortège d'un soldat fédéral, mais ralentirent devant une petite foule rassemblée devant une sépulture talibane.

Des drapeaux verts flottaient sur des tiges de bambous, couverts de strophes pachtounes honorant l'anniversaire de la mort d'Our Muhammad Loung, héros de la résistance contre les Soviétiques et précédent gouverneur taliban de la province.

Mahazza Bin Émir fit stopper le convoi.

Il descendit pour présenter ses respects à son vieux compagnon de lutte, tandis que Nabil reluquait avec inquiétude les affiches I LOVE NEW YORK collées sur les flancs des Humvee stationnés à quelques centaines de mètres. L'émir paraissait insouciant du danger. Le dignitaire fut entouré par la famille du défunt à laquelle il offrit des paroles de réconfort. Il récita une prière, puis glissa d'épaisses liasses de billets dans les mains des trois veuves du guerrier.

Nabil sentit son cœur brûler d'une intense vénération envers son chef. Jamais la menace de l'ennemi ne le contraindrait à négliger son devoir religieux. À voir la foule de fidèles, ce devait être aussi le cas du défunt. Les strophes glorieuses dédiées à sa mémoire claquaient dans le vent, louangeant sa vertu :

« Our Muhammad Loung a combattu vaillamment les athées,
Il a châtié les mécréants sans pitié,
Il a fondé vingt écoles coraniques à Harat,
Qu'il nous protège de son siège au Paradis. »

Quelques éclopés psalmodiaient des prières afin d'obtenir la grâce du disparu, supposé détenir des pouvoirs miraculeux propres aux martyrs de l'islam.

Nabil se demanda si son sacrifice commanderait une telle dévotion.

Ils roulèrent longtemps à travers le désert des hauts plateaux, où ils croisèrent des caravanes de chameaux vivants et des cadavres de chameaux morts. Ils laissaient derrière eux un rideau de poussière arrachée à la surface croûtée des déserts. Des aigles noirs tournoyaient au-dessus des falaises.

Ils évitaient les routes trop fréquentées, tout en pistant de vieilles traces afin d'échapper aux mines, et prenaient soin de camoufler la mitrailleuse aux yeux du ciel. Isamuddan scrutait sans arrêt la barrière du désert avec ses jumelles. Deux fois, il avait ordonné un changement de cap afin d'esquiver une colonne de véhicules. Dans ce coin de pays, il était dangereux de présumer des intentions de ceux qu'on allait croiser. Les seules pauses qu'ils s'accordaient servaient à vider les jerrycans d'essence dans les réservoirs.

Safiya psalmodiait les vers d'un vieux conte pachtoune tout en conduisant :

« Sur la route de Kandahar,
Nous croisions des hordes de djinns,
Des tourbillons de sable.

Sur la route de Kandahar,
Nous cheminions sous la lune blanche,
Priant sans cesse,
Le cœur brûlant, le regard ardent,
Le pied humble,
Foulant la terre desséchée.

Sur la route de Kandahar,
Nous croisions des hordes de djinns,
Des tourbillons de sable. »

Ils s'enfoncèrent entre les gorges à la tombée de la nuit. L'émir, qui avait combattu des années dans la région, les conduisit vers un havre sûr. Ils garèrent leurs véhicules à l'ombre du surplomb rocailleux d'une falaise. Une grotte s'ouvrait en saillie dans la roche. Ils y entreposèrent armes et munitions. La mitrailleuse fut mise en batterie face à l'entrée du canyon. Un tour de garde fut instauré sur les hauteurs. Le périmètre défensif en place, ils s'installèrent pour la nuit.

Des caisses couvertes de caractères cyrilliques encombraient le fond de la grotte. Ces vestiges de l'invasion soviétique suscitèrent les confidences de l'émir. Assis près du feu sur son tapis, Mahazza dépeignit l'art avec lequel les détachements de cavaliers pilonnaient les blindés russes avec leurs bazookas, tout en cavalant entre les pics rocheux des vallées. Puis il reprit son discours sur l'union sacrée des tribus. Les pachtounes devraient se liguer contre l'Occident, non contre le clan voisin. Le code d'honneur pachtoune ne devait pas semer la zizanie entre les clans.

— Nous devons réserver le Badal aux infidèles et arrêter de l'infliger à nos peuples, conclut-il devant les guerriers perplexes.

Tout en dégustant le thé apprêté par Safiya, il parla finalement de son oncle, qui exhibait les oreilles coupées des communistes à la mosquée afin de permettre à leur âme impie de profiter de la voix du salut. Mahazza expliqua qu'au-delà de l'aspect folklorique de ce rituel, il fallait y discerner la vraie portée du djihad :

— Sami Sama Khan était un homme simple, peu instruit. Mais il avait compris que le djihad contre les infidèles n'est pas issu de la haine, mais du respect de la volonté divine. Si les infidèles font pénitence, nous devons les accueillir parmi la communauté des croyants. L'amour divin est tellement puissant que, même mort, un apostat peut espérer parvenir au salut.

Les moudjahidin méditèrent ces paroles. Puis, Mahazza sourit méchamment, se rappelant les bombardements des B-52 qui les attaquaient du haut des airs :

— Les Américains se cachent derrière leur technologie. Ce ne sont que des scélérats boursouflés d'arrogance. Mais notre Badal sera terrible. Nous ferons comme Moïse : nous les frapperons des fléaux d'Égypte. Vous les entendrez gémir, la mort à leurs trousses. Leurs oreilles s'ouvriront alors à l'appel divin.

Sous une lune blanche, la silhouette de la sentinelle se détachait sur les crêtes. Nabil et Safiya dégustaient leur thé dans le silence glacé des montagnes, enroulés dans leurs couvertures à l'entrée de la grotte. Safiya s'intéressait à tous les aspects de la vie à Montréal. Il ne connaissait l'Occident que par quelques films d'actions qu'il avait visionnés à Peshawar[10].

— Quelle chance as-tu de posséder un passeport canadien ! Tu pourras frapper ces chiens d'Américains dans leur sanctuaire.

Nabil, qui jugeait son éducation occidentale comme une tare, fut surpris d'entendre ces paroles envieuses de son cousin. Il ne sut que répondre, lui qui jalousait tellement son compagnon de lutte. À ses yeux, Safiya représentait la quintessence du guerrier pachtoune : un combattant farouche, capable d'éclats poétiques, porté sur le divin.

---

10. Ville religieuse d'Afghanistan.

— La vie est dure et triste, là-bas. On ne pense qu'à l'argent, on travaille sans arrêt. La vie au Waziristân est meilleure.

— Elle l'est de moins en moins, répliqua Safiya avec une moue sombre. Même Peshawar est polluée par la décadence occidentale. On nous inonde de musiques obscènes et de produits inutiles comme des séchoirs à cheveux. Plutôt que de prier, les jeunes ne font que travailler pour se payer des biens superflus. Les pays musulmans se transformeront bientôt en vaste foire.

Safiya lissait distraitement sa barbe mince, paraissant perdu dans ses pensées.

— Je veux te donner ma sœur en mariage, dit-il subitement.

Nabil n'en croyait pas ses oreilles. Dieu exaucerait-il ses prières muettes ? Il se remémora la gracieuseté de sa cousine que même la lourde burka ne parvenait pas à dissimuler.

— Tu feras un bon époux, dit sentencieusement Safiya, pourtant célibataire endurci.

— Je n'ai que peu de ressources, répliqua Nabil, qui ne pouvait compter que sur la petite rente que lui versait la Fondation pour la charité des croyants, administrée par le Dr Ullamah.

— L'émir te versera un salaire si tu es marié. Encore plus si tu laisses une descendance.

— Je serai mort bien jeune.

— Ton fils sera honoré par le martyre de son père. Le clan veillera sur Aicha après ton sacrifice. La Légion du courroux divin ne laisse jamais une famille de moudjahidin dans le besoin.

Nabil ne croyait pas à sa chance. Ses expériences amoureuses s'étaient toutes soldées par de lamentables échecs. Les adolescentes occidentales se riaient de

sa timidité ; les musulmanes montréalaises le trouvaient trop instable. Voilà qu'on lui offrait un ange.
Selon les coutumes pachtounes, une offre semblable
ne pouvait que déboucher sur un mariage. Le consentement de l'épousée ne représentait qu'une formalité.
Le Tout-Puissant devait sûrement le récompenser pour
sa lutte.

On entendit le hululement rauque d'une chouette
pourchassant sa proie entre les rocs.

CHAPITRE 6

Le manoir Tranquillité

Les immeubles carrés s'alignaient sur Walkley comme des monolithes de briques. Un vent frisquet secouait les branches des jeunes arbres, annonciateur de l'automne qui s'installait. Les lourds cheveux bouclés d'Anémone flottaient autour du col de son manteau cuivré. Quelques mèches grisâtres ondoyaient autour du crâne poli de Lucien ; les pans de son veston battaient sous la brise. Le sergent tirait les dernières bouffées d'une Players dont le feu rougeoyait entre ses dents.

Ils avaient garé leur véhicule au coin de Fielding, sillonnée d'autobus déchargeant des écoliers excités. Ils déambulaient devant les immeubles, essayant de déterminer lequel abritait les voisins qu'il serait propice d'interroger.

— La tâche ne sera pas facile, grogna Lucien. Le lieutenant nous envoie trouver une sucette de bébé dans une botte de foin.

Quelques adolescents noirs s'échangeaient des cigarettes près d'une voiture. L'un d'eux demanda du feu. Lucien leur offrit son briquet. Il en profita pour montrer la photographie de la victime ; aucun adolescent ne sembla la reconnaître. Ils croisèrent ensuite deux femmes portant foulard et toilette sombre qui devisaient sous un porche, berçant des bébés dans des landaus.

Anémone s'identifia, montrant une nouvelle fois le cliché.

— Vous dites qu'on l'a assassiné ! dit une dame à l'air abasourdi. Cela s'est passé tout près de chez nous !

— En apercevant l'ambulance, dit l'autre d'un ton inquiet, nous avons cru à un accident.

Anémone sourit avec compassion, laissant le temps aux femmes de revenir de leur stupeur. Elle remarqua que l'une d'elles s'empara d'un rosaire entre ses doigts effilés.

— Connaissiez-vous monsieur Gunaratna ?

— Pas personnellement. Mais je l'apercevais à l'arrêt de bus le matin. Pour se rendre au travail, je suppose. Il partait à la même heure que le bus scolaire de ma fille.

Les femmes pouffèrent d'un rire nerveux à la suggestion de la policière que l'homme pouvait garder des bébés dans le voisinage.

— Aucune femme de ce quartier ne confierait son enfant à un homme.

— Elle le confierait plutôt à une adolescente de son immeuble, répondit la deuxième.

— Vous l'aperceviez quelquefois avec un ami ?

Une des femmes s'empara vivement de son bébé qui avait commencé à pleurer, comme si elle craignait le retour de l'assassin.

— Il semblait toujours seul, ça, c'est certain.

— Un comportement bizarre ?

— Ce n'est pas notre style d'espionner nos voisins, répondit sa compagne avec un sourire qui éclaira son visage cerclé par un foulard sombre.

— Il n'avait pas l'air d'un homme à problèmes, si c'est ce que vous voulez dire, reprit sa compagne. Il paraissait assez tranquille.

Anémone les remercia, continuant son périple. Lucien interrogea deux hommes penchés au-dessus du moteur d'une voiture au capot ouvert. À la vue de la carte de police, les visages se fermèrent. Ils grognèrent un semblant de réponse, puis reprirent leur vidange d'huile. Lucien s'enquit ensuite près d'un jardinier arborant une énorme tuque rasta en train de tailler nonchalamment de maigres arbustes. L'homme lui offrit à peine un regard, puis retourna d'un pas lent vers son immeuble à la façade décrépie.

Avec la patience optimiste d'un vieil enquêteur, Lucien se permit d'interpeller un barbu avec une calotte blanche sur la tête, transportant des sacs d'épicerie halal. L'homme sourit aimablement, puis déposa ses lourds paquets afin d'examiner la photographie.

— Oui, je le reconnais, il fréquente souvent notre mosquée. Vous dites qu'il a été assassiné ? Quelle horreur !

— Vous le fréquentiez ?

— Pas vraiment. Nous avons échangé une parole ou deux, pas plus. Il était Algérien, je crois. Un homme discret, bon pratiquant.

— Venait-il avec des amis ?

— Toujours seul. Il ne semblait pas avoir de famille.

Le passant examina une nouvelle fois l'image du disparu, soupira, puis conclut :

— Nous prierons pour lui.

Anémone prit note des coordonnées de la mosquée, puis ils continuèrent leur route. Des écoliers revenaient à la maison, générant un joyeux tohu-bohu dans la rue.

— Ce quartier n'a pas la même allure en plein jour, dit Anémone. La nuit, c'est lugubre.

Ils étaient arrivés face à l'immeuble du crime. Le bâtiment comptait quatre étages, pas d'ascenseur. Son frontispice de ciment craquelé annonçait Manoir Tranquillité. Le crime ayant été perpétré au deuxième, Lucien suggéra de débuter par le dernier palier :

— Les gens captent des discussions dans le corridor, puis nous entendent monter. Si on descend, ils se méfient moins. Une fois qu'ils nous ont ouvert la porte, ils peuvent difficilement se défiler.

Ils pénétrèrent dans le vestibule de l'immeuble. Un tableau défoncé annonçait quelques noms de locataires. À la suite de leur première visite, Anémone savait que la majorité des boutons de sonnette étaient défectueux. Une dame coiffée d'un foulard bleu farfouillait dans un grand sac. Elle sortit finalement une clé et ouvrit la lourde porte. Les inspecteurs se glissèrent derrière elle.

— Nous ne voulons pas être importunés par des témoins de Jéhovah, dit froidement la dame en reluquant Lucien. Anémone présenta sa carte de police :

— Nous enquêtons sur le drame survenu dans votre immeuble. Est-ce possible de vous poser quelques questions ?

La dame parut prise de court. Elle cherchait sa réplique, quand Anémone reprit gentiment :

— Cela ne prendra que quelques minutes, madame.

— Je suis vraiment très occupée...

— Monsieur Gunaratna ne l'est plus, répliqua doucement Anémone. Nous aimerions lui porter justice...

— Et arrêter son meurtrier, renchérit Lucien d'un air lugubre, avant qu'il ne recommence.

La locataire pâlit, puis hocha faiblement la tête. Elle les conduisit jusqu'au deuxième palier ; elle occupait le logement face à celui de la victime. Les rubans jaunes interdisant l'accès au logement de Gunaratna luisaient doucement sous un faible plafonnier. La dame les introduisit dans un appartement humblement meublé. Des fleurs séchées égayaient les pièces pâles, des napperons enjolivaient les meubles ébréchés. Elle prit place au salon, conservant foulard et manteau, omettant de leur offrir un siège.

Anémone sourit, puis s'assit sur un sofa. Lucien demeura debout, un peu en retrait, et extirpa un calepin écorné de son veston.

— Pourriez-vous me donner votre nom, s'il vous plaît ?

— Zaouïa Sabir Ullamah, répondit la dame, les yeux baissés.

— Habitez-vous l'immeuble depuis longtemps, madame Ullamah ? reprit Anémone.

— Près de dix ans.

Des photos s'alignaient sur une table basse près de la fenêtre. Des hommes barbus à l'air sévère, un adolescent au regard ténébreux, des femmes souriant modestement.

— Combien de gens habitent avec vous ?

La dame répondit d'une voix si basse qu'Anémone dut se pencher afin de saisir ses paroles :

— Je vis seule. Mon mari est mort, mon fils étudie à l'étranger.

Anémone demeura muette, par égard pour le disparu. Lucien coupa le silence quelques instants plus tard :

— Nous avons déjà frappé à votre porte afin d'obtenir de l'information, vous n'avez jamais répondu. Pourquoi ?

— Je vis seule, je ne réponds jamais à des inconnus.

Le ton paraissait sans réplique : Lucien n'insista pas. Anémone reprit :

— Vous êtes au courant du drame survenu chez votre voisin de palier ?

Pour toute réponse, elle hocha la tête. Son foulard ondoya doucement, vague bleue et soyeuse. Le tissu dissimulait sa chevelure, relevant la modeste condition de la femme, mais aussi une certaine élégance.

— Connaissiez-vous la victime ?

— De vue.

— Vous rappelez-vous son nom ?

Elle parut fouiller dans ses souvenirs :

— Monsieur Gunaratna, je crois.

— Le fréquentiez-vous ?

La dame sursauta et dévisagea Anémone d'un air furibond.

— Cette question ne sous-entend pas de relations particulières, madame Ullamah, seulement des pratiques de bon voisinage, vous comprenez ?

La dame se détendit. Elle soupira doucement, puis répondit :

— Il semblait travailler sans arrêt. Je ne l'apercevais que rarement dans l'immeuble.

— Habitait-il avec un colocataire ?

Madame Ullamah haussa les épaules, ce qui souleva son manteau sombre. Anémone remarqua qu'il la couvrait jusqu'aux chevilles.

— Beaucoup de personnes vivent ici. Des familles nombreuses, avec quantité de cousins. Il est difficile de savoir.

— Aperceviez-vous des personnes autres que monsieur Gunaratna entrer dans l'appartement ?

— Non.

— La nuit du crime, avez-vous entendu des cris, des bruits ?

— Je me couche tôt, répondit-elle d'une voix crispée. Je n'ai rien entendu.

Anémone soupira en se rappelant le rapport manquant du Dr Munser. Selon les techniciens, le meurtre avait dû se produire vers la fin de la soirée. Mais cette estimation demeurait trop vague pour orienter un interrogatoire.

— Discutiez-vous avec lui ? Paraissait-il préoccupé ? reprit Lucien.

— Cela n'aurait pas été convenable.

— Je comprends, dit Anémone. Savez-vous s'il gardait des enfants de l'immeuble ? Nous avons retrouvé une sucette de bébé sur lui.

Anémone ouvrit son sac à main, en extirpa la sucette qu'elle avait prise aux fins de l'enquête. La femme considéra l'objet d'un air bizarre, déglutit, puis laissa errer son regard dans la pièce.

— Vous avez compris ma question ? reprit Anémone.

— Oui, oui, il est difficile d'observer un objet ayant appartenu à un mort, spécialement dans le genre de celui-ci.

— L'auriez-vous aperçu discuter avec d'autres locataires de l'immeuble ?

La dame se massa doucement le front, puis conclut d'une voix faible :

— Je suis fatiguée. Je vous prierais de sortir. Vous pourriez vous informer auprès du concierge, monsieur Oman. Il saura vous répondre. Il habite au premier sous-sol.

Le vent secouait les vitres. Le temps paraissait incertain, annonciateur de pluie. La cafetière frémissait sur le rebord de la fenêtre, pendant que Stifer étudiait les dossiers en cours, s'attardant à chaque fait rapporté, soupesant tout indice, dressant des listes de points à éclaircir. Comme il manquait cruellement d'effectifs, il envoyait ses adjoints enquêter sur place pendant qu'il assurait la supervision. Pour l'instant, l'égorgé de la rue Walkley les occupait. Dans une semaine, ce serait une nouvelle affaire. Il s'empara du combiné téléphonique qui s'était mis à vibrer.

— Bonsoir, Julien, vous allez bien ?

Stifer reconnut la voix chaleureuse de l'infirmière-chef.

— Oui, merci, France. Et vous ?

— Ça va.

Son interlocutrice sembla hésiter, puis reprit :

— Écoutez, Julien, nous aurions un nouveau patient pour vous. Seriez-vous prêt à l'escorter ?

Stifer venait à peine d'accompagner le vieillard solitaire dont la triste fin l'avait affecté. Il lui fallait prendre une pause.

— Je crois… que je vais laisser passer mon tour.

— Je comprends. Je suis désolée de…

Stifer était conscient que l'infirmière ne l'aurait pas sollicité si rapidement s'il ne s'agissait pas d'une affaire spéciale. Curieux, il demanda :

— Il s'agit d'un policier ?

— Pas tout à fait : un adolescent, nommé Éric.

La proposition le surprit.

— Pourquoi avoir pensé à moi ? Je n'ai aucune expérience avec les jeunes en phase terminale.

— Je sais, il s'agit d'un cas difficile. Il est en proie à une profonde révolte, vous comprenez. Nous ne savons comment l'aborder. Je… J'ai cru que vous pourriez le soutenir.

Stifer se rappela son premier cas, six mois plus tôt. Il avait accompagné un confrère qui périssait d'un cancer très douloureux. Stifer l'avait d'abord visité par courtoisie. La détresse de cet homme, veuf et sans descendance, l'avait ému. Il l'avait toujours respecté pour son professionnalisme dans le métier. Il l'avait revu de nombreuses fois, pour, finalement, lui tenir la main à son départ. L'infirmière-chef, avec laquelle il s'était lié, lui avait ensuite demandé d'escorter vers la mort un militaire, puis un pompier. Des personnes de devoir, que Stifer comprenait bien.

Depuis peu, Stifer se rendait compte combien la mort s'imbriquait avec la vie. Ce constat le surprenait. Il passait ses journées à résoudre la fin violente que subissaient des centaines de victimes. Mais il n'avait jamais autant appris sur la mort, et sur la vie, depuis qu'il escortait les mourants.

— Il n'y a personne d'autre ?

— Quelques bénévoles ont tenté de l'approcher, mais personne n'a réussi à l'apprivoiser. Il refuse même de voir sa famille. Vous savez, il est vraiment en rébellion.

— Contre la mort ?

L'infirmière demeura silencieuse, puis rétorqua d'une voix triste :

— Contre la vie, et il lui en reste si peu.

Une odeur de piments frits flottait dans l'air. Lucien mâchonnait un mégot de cigarette qu'il n'osait allumer, de peur d'effaroucher un possible témoin non-fumeur. Les enquêteurs descendaient l'escalier délabré, croisant des garçons rieurs qui les frôlèrent en courant. L'un d'eux clopinait en poursuivant ses frères et perdit pied. Anémone le rattrapa de justesse.

— Ça va, mon garçon ?

L'enfant répondit d'une voix intimidée :

— Oui, merci, madame.

Elle lui sourit, puis lui montra la photo de la victime.

— Tu connaissais monsieur Gunaratna ?

— Celui qui est mort ?

— Oui, c'est ça.

Le garçon les considéra un moment. L'air déluré, assez maigre, vêtu d'un chandail jaune et d'un pantalon bleu dont une déchirure au genou laissait entrevoir un bandage.

— Vous êtes de la police ?

— Tout juste, dit Lucien en présentant son badge.

— Tizi ! Où es-tu ?

Des enfants revinrent sur leurs pas. Ils demeurèrent interdits devant le badge tendu par Lucien, puis agrippèrent leur petit frère, avant de s'enfuir vers leur logement.

— Attendez un instant !

— Ma mère nous interdit de parler à des étrangers, répliqua le plus vieux en disparaissant dans la cage d'escalier.

Dépités, ils continuèrent leur route. Ils contournèrent un parc de bicyclettes, enjambèrent quelques boîtes, puis s'arrêtèrent devant une porte du soussol. Ils sonnèrent : la porte s'ouvrit sur un homme noir aux cheveux très frisés et au sourire jovial.

— Bonjour ! Vous désirez louer un appartement ?

Anémone présenta sa carte de police, puis s'identifia.

— Monsieur Oman ? Nous enquêtons sur la mort de monsieur Gunaratna.

Le regard du concierge s'assombrit.

— Ah oui, ce pauvre Ismaël.

— Nous pouvons entrer ?

Ils furent introduits dans un petit appartement encombré de statuettes de bois et de livres. Des sabres recourbés se croisaient sur un mur. Une photo de la Pierre noire de La Mecque pendait au rebord d'une bibliothèque. Un gros tambour de bois s'élevait dans un coin. Le concierge les mena à une minuscule cuisine dont les fenêtres laissaient entrevoir les pousses de gazon clairsemées de la cour arrière. Ils prirent place sur des chaises de plastique.

Une théière reposait au milieu de la table. Anémone accepta un verre de thé, Lucien refusa d'un signe de tête embarrassé. Anémone apprécia le breuvage vert, parfumé à la menthe, très sucré. Le concierge sirotait doucement le sien en attendant les questions. Son corps maigre et légèrement voûté, sa chevelure tachetée de mèches grises, ses lunettes rondes, rappelaient à Anémone un professeur africain qu'elle avait côtoyé à l'université.

— Ainsi, vous connaissiez monsieur Gunaratna ?

— Oh, juste un peu. Ismaël était un homme renfermé, très discret.

— Quand lui aviez-vous parlé la dernière fois ?

Le concierge se gratta le menton piqué d'une barbe naissante, puis répondit :

— Voyons, ce devait être la semaine dernière. Il est venu régler son loyer. Nous avons pris le thé.

Il haussa les épaules :

— Voilà.

— Paraissait-il troublé, absent ?

Oman sourit tristement.

— Il ressemblait tout le temps à ça.

— Donc, pas de comportement particulier depuis quelque temps.

Le concierge fit la moue :

— Non.

— Avez-vous entendu des bruits suspects, une discussion violente, lors de cette soirée-là ?

— J'habite au sous-sol, vous savez. Je fais du taxi en soirée. Je travaillais, je n'ai donc pu rien entendre.

— Croyiez-vous qu'il ait pu être mêlé à des histoires louches, comme le trafic de drogue ? demanda Lucien.

Oman considéra le policier d'un air surpris.

— Ismaël ? De la drogue ? Ce n'était pas son genre !

Une lueur de compréhension s'alluma alors dans les yeux attristés du concierge.

— Ah oui, je comprends, vous avez découvert son narguilé ! Oh, vous savez, Ismaël ne fumait que du tabac. Il m'a déjà invité à partager quelques pipes. C'était un signe d'amitié chez lui que de vous inviter à fumer. Une communion dans la fumée, quoi. Cela se pratiquait ainsi dans sa famille en Algérie. Avec du kif, je crois, mais on n'en trouve pas à Montréal.

Le concierge considéra un instant les policiers, puis conclut :

— Vous savez, Ismaël Gunaratna était un homme bien.

Anémone opina d'un signe de tête.

— Monsieur Gunaratna vivait-il avec un colocataire ?

Oman haussa ses maigres épaules :

— Ismaël m'a toujours semblé vivre seul.

— Une petite amie ?

— Il vivait en solitaire. Sa famille était demeurée en Algérie.

— Il se meublait très modestement, dit Lucien. Il travaillait, non ?

— Oh, vous savez, cela est fréquent chez les nouveaux arrivants. Ils économisent beaucoup parce qu'ils se sentent dépaysés. Avec les années, ils prennent de l'assurance.

— Personne ne paraît très coopératif pour nous renseigner, dit Anémone.

L'Africain eut une moue singulière, peut-être le rappel de douloureux souvenirs :

— Dans certains pays, mieux vaut se tenir loin de la police.

La modeste chambre comprenait un lit métallique, une armoire grise et un poster rock collé contre le mur. Sur l'affiche, un chanteur aux cheveux ras exhibait des tatouages monstrueux sur une poitrine maigre. Il était penché sur son micro comme s'il s'apprêtait à le dévorer. Un jeune homme pâle, vêtu d'une jaquette verte, était vautré dans un fauteuil de cuirette verte. Il fixait intensément le poste télé accroché au plafond où jouait un match de soccer.

Stifer donna quelques petits coups sur la porte :

— Éric ?

Comme le jeune homme ne répliquait pas, Stifer cogna de nouveau :

— J'ai besoin de rien. Laissez-moi tranquille.

Il hésitait sur la conduite à suivre. Il décida finalement d'avancer dans la chambre. Le jeune homme gardait son attention sur le match qui semblait traverser une phase décisive, la voix du commentateur enflant sous l'excitation. Stifer examina un instant les joueurs s'activant sur l'immense terrain, puis reporta son regard sur le jeune patient.

Éric avait la tête entièrement chauve, un visage anguleux, fortement grêlé d'acné, un torse maigre, de longues jambes, des pieds chaussés d'énormes chaussures sport délacées. Son air épuisé contrastait avec la vigueur des personnages qui se démenaient à l'écran. Stifer se rappela le dossier qu'il avait consulté au poste de garde. Le jeune homme, âgé de dix-sept ans, souffrait d'un cancer généralisé foudroyant. La maladie était apparue trois mois auparavant ; on ne lui donnait que quelques semaines à vivre. Il refusait tout traitement depuis une semaine.

— Je m'appelle Julien Stifer. Je suis un accompagnant bénévole. L'infirmière-chef m'a dit que nous pourrions discuter.

Le jeune homme ne présenta aucune réaction :

— Si tu le souhaites, bien sûr.

Sans même se retourner, l'adolescent laissa tomber d'une voix éraillée :

— Je ne veux rien.

Les bruits de la rue s'infiltraient par la fenêtre à demi ouverte. La vue donnait sur les édifices environnants, gris et trapus, alignés sur une avenue dévalant la forte butte de la rue Sherbrooke. Les eaux du fleuve Saint-Laurent scintillaient dans le lointain. Les roulements de chariots à médicaments véhiculés par des infirmières attentionnées leur parvenaient des corridors. La pièce était triste, la vue, terne. Même les propos exaltés du commentateur sportif ne parvenaient pas à donner un semblant de gaieté à la chambre.

— Est-ce que je peux m'asseoir ?

Le jeune homme ne réagit pas à l'invite. Stifer demeura debout, s'approchant afin d'obtenir un meilleur angle face au téléviseur. Il assistait rarement aux événements sportifs à la télé. Le gardien s'apprêtait à contrer le tir d'un opposant. Le joueur bloqua facilement, puis décocha le ballon en direction de l'un de ses coéquipiers.

— C'est un bon gardien.

— C'est qu'un bon à rien, il serait incapable d'arrêter un hot-dog lancé par un spectateur.

— Tu gardes les buts, toi aussi ?

L'adolescent se tourna vers Stifer, le dévisageant de ses yeux pâles.

— Je ne vous avais pas demandé de vous en aller ?

— Je n'ai rien entendu de ce genre, répondit Stifer en haussant les épaules.

— Eh ben, c'est que vous êtes sourd, laissez-moi tranquille, répliqua le jeune homme d'une voix enrouée.

Stifer salua d'un signe de tête, puis quitta la chambre.

CHAPITRE 7

Zombies

Le faucon pèlerin agrippait le tronc planté au milieu de sa cage grillagée. L'oiseau surveillait nerveusement les alentours, à l'affût d'une proie possible au-delà des barreaux. Haji Khan Hajan manœuvra une petite clé afin de décadenasser l'ouverture aménagée au bas de la cage. Yar Muhammad tendit un coffret que Khan inséra dans l'orifice.

Le mulot hésitait à sortir. Yar Muhammad ricana en assénant des coups de pied dans la boîte. La bête se hasarda prudemment à l'extérieur ; la porte claqua derrière elle. Elle tenta de s'enfuir en direction d'une roche, mais des serres impitoyables lui broyèrent la nuque. De retour sur sa branche, le faucon entreprit de lui déchirer les chairs.

Des claquements de bottes retentissaient dans le sentier. Yar Muhammad recula pour s'embusquer sous les ombres d'un grand érable dont les feuilles commençaient à durcir dans les froidures automnales. Haji Khan Hajan admirait l'appétit féroce du rapace, tandis que les pas lourds se rapprochaient. Le faucon délaissa son repas pour observer la silhouette sombre qui apparaissait devant sa cage.

— Votre faucon va bien, Khan ?

Les cordeaux de la barbe effilochée de Barberousse se balançaient sous un petit vent frisquet. Il
sourit à Gus Giggs qui s'était manifesté à ses côtés,
les mains enfouies dans les poches profondes de son
énorme pantalon. Il arborait un dossard orné de l'aigle
au bec sanglant des Bloody Birds. Deux *hang around*
prirent position en éventail derrière lui.

— Il dévore sa collation. J'espère le relâcher avant
l'hiver, répondit Khan.

Une plaque vissée aux panneaux de la cage remerciait l'apport financier de Haji Khan Hajan à
l'organisme PROIES, dédiée à la protection des
rapaces du Québec. Les bénévoles de PROIES re-
cueillaient les rapaces blessés. Ils les soignaient,
puis les remettaient en liberté dans la mesure du possible.

— Vous vouliez me voir, Khan?

Giggs examinait avec intérêt la vigilance nerveuse
de l'oiseau. Si les *hang around* qui l'escortaient se
montraient aussi alertes, songea-t-il, il pourrait vraiment se sentir en sécurité.

— J'ai une affaire à vous proposer.

Giggs demeura silencieux mais attentif, tout en
fouillant une de ses poches. Il extirpa un sachet de
noix salées. Il entreprit d'en croquer quelques-unes,
puis en lança à travers le grillage.

— Les faucons sont carnivores, expliqua calmement Barberousse.

— Cela attirera les écureuils dans la cage, répliqua
Giggs avec un gros rire.

Barberousse sourit en se rappelant le mulot terrifié quittant sa boîte. Un écureuil ne se montrerait
jamais aussi stupide, mais il omit d'en faire la remarque. Il s'empara plutôt du rosaire dissimulé dans
une pochette sous sa ceinture. Le rosaire représentait

son arme secrète, celle qui lui permettait de conserver son calme mental. Le moment était propice, cette rencontre était de la plus haute importance pour Khan. De ses doigts arqués, il fit défiler la première bille en entamant son oraison silencieuse. Il reprit finalement d'une voix impassible :

— Vous m'aviez offert de faire du troc : drogue contre argent, vous vous souvenez ?

Giggs se permit une grimace, il se rappelait trop bien le refus de Khan.

— Changeons de programme : drogue contre armes.

La proposition surprit le motard. On pouvait facilement se procurer des armes de poing à Montréal. Il avala une poignée de noix supplémentaires, puis tourna sa lourde masse en direction de Khan, plus petit mais carré.

— Dans quel genre ?

Barberousse extirpa une feuille pliée de sa poche et la tendit à son vis-à-vis. Giggs porta d'épaisses lunettes à ses yeux, puis lut avec attention la page imprimée par ordinateur. Il releva enfin sa grosse tête ronde pour considérer pensivement le trafiquant dont la barbe lui parut plus rousse que d'habitude.

— Vous désirez partir en guerre, Khan ?

— Des amis qui désirent régler quelques comptes avec les triades de Hong Kong, répondit Khan d'une voix placide.

— Vous voulez plutôt dire « raser les Triades » ?

Khan se garda de toute réaction. Il se devait de faire preuve d'une attitude détachée ; les billes roulaient doucement entre ses doigts cassés. Giggs gardait la liste en main, ce qui, pour Khan, parut bon signe : du moins, il ne l'avait pas fripée. Le gros homme paraissait songeur. Le chapitre des Bloody Birds de la côte ouest bataillait ferme contre les gangs asiatiques pour le contrôle du marché de la drogue. Une guerre lancée contre eux ne pourrait que leur plaire, espérait Khan.

— Je vous offre cinquante kilos en échange des armes.

Les yeux globuleux de Giggs s'agrandirent derrière les verres épais de ses lunettes.

— Cinquante kilos?

— Non coupée, pure à cent pour cent.

Giggs parut secoué. Il consulta de nouveau la liste.

— Évidemment, ce sont des trucs difficiles à dénicher. Comme ces armes anti-tank… Vous m'étonnez vraiment, Khan. Ce sera cher. Enfin, cinquante kilos…

Khan se surprenait toujours de l'avidité insatiable des motards. Ils gagnaient tellement d'argent qu'ils ne savaient comment le dépenser. Pourtant, ils mordaient toujours à l'hameçon du profit: l'avidité de ceux qui ne craignent pas le Tout-Puissant. Durant ses tournées en charrette au Waziristân Sud, Khan avait croisé de nombreux brigands. Ceux-ci détroussaient sans vergogne les voyageurs. Mais ils tuaient rarement, et ils offraient toujours une part rituelle de leur butin à l'aumône. Ils cessaient de voler après un certain point, anxieux de ne pas offenser l'Éternel par leur trop grande richesse. Khan en profitait alors pour doubler ses transbordements sur les pistes poussiéreuses du comté. C'est lors d'une de ces trêves qu'il avait fait culbuter son âne par une trop grande charge, ce qui lui avait estropié deux doigts. *Inch Allah!* Le Tout-Puissant l'avait puni de son avidité.

Khan fit glisser quelques billes supplémentaires entre ses doigts arqués, languissant après la réponse. Giggs se mit à réfléchir de nouveau; Khan pouvait deviner les pensées avides qui assaillaient le motard. Il le soupçonnait depuis longtemps d'escamoter l'argent qu'il touchait pour introduire les malles de Khan au pays. Les virements bancaires outre-mer avaient l'avantage de camoufler ces transactions à son organisation, les Bloody Birds. La taille de Giggs expliquait peut-être sa boulimie pécuniaire. La rapacité de Bat Plante, le chef des Bloody Birds, était notoire. De nombreux membres de l'organisation tentaient de lui camoufler leurs profits. Khan espérait que Giggs utiliserait le même concept frauduleux pour le paiement de ses armes. Personne ne soupçonnerait alors l'acquisition de son matériel.

Giggs agita la feuille imprimée en direction de Khan.

— Vos amis savent se servir de ces trucs ?

— Je saurai leur montrer, répondit placidement Barberousse.

Giggs ricana grassement :

— Vous êtes un homme de ressources, Khan.

Le trafiquant opina par un mince sourire. Le motard ne pouvait imaginer le programme guerrier que l'on inculquait aux garçons pachtounes dans son village natal.

— Il s'agit d'un gros volume, peut-être voudrez-vous le scinder en plusieurs livraisons, reprit-il d'une voix accommodante. Mettons, trois livraisons, vingt kilos comme paiement pour chacune.

Appâté par la surenchère, Giggs enfouit la feuille dans sa poche :

— Je verrai ce que je peux faire.

Haji Khan Hajan profita du retour pour faire admirer quelques spécimens d'oiseaux à son partenaire. Yar Muhammad et les deux *hang around* les suivaient dans le sentier comme des vautours. Le sentier serpentait entre différentes cases grillagées. Les vallées environnantes parsemées de pommiers moutonnaient dans le lointain, près de la frontière américaine qui apparaissait tout près. Les hommes contemplèrent quelques chouettes, des crécerelles, pour enfin s'arrêter devant un grand ensemble grillagé abritant un pygargue à tête blanche. Giggs s'approcha afin de contempler l'oiseau majestueux dressé sur un bloc de roche.

— Jamais je n'en avais aperçu d'aussi près, dit le motard d'un air impressionné.

— Un fermier l'a recueilli il y a une semaine et nous l'a apporté, dit une jeune femme qui sortait de la cage. Vous allez bien, monsieur Khan ?

— Bien, merci. Dites-moi, Catherine, cet aigle est-il blessé ?

— Un chasseur l'avait abattu. Nous avons dû l'opérer. Il passera sûrement l'hiver parmi nous.

Khan hocha la tête, dégoûté devant la barbarie de ces gens qui tuaient des oiseaux aussi fabuleux. De vieilles légendes pachtounes, d'une époque antérieure à l'islamisation, relataient que les oiseaux de proie hébergeaient les âmes des guerriers valeureux. Les rapaces étaient les seuls animaux qu'il respectait. Même entravés et capuchonnés, ils présentaient un poitrail altier ; ils caractérisaient la fierté du guerrier.

— Je pourrais convaincre le gang de parrainer cet oiseau, dit Giggs d'un air songeur.

Barberousse regarda son vis-à-vis avec surprise. Il fréquentait le motard depuis dix ans pour traiter d'affaires de contrebande. C'était bien la première manifestation de générosité qu'il voyait chez lui.

Abou Ziride consultait un large écran découpé en deux fenêtres. Sur la première, de petites icônes scintillantes figuraient les serveurs Internet dont il avait acquis le contrôle. Sur la seconde, l'ordinateur de courrier d'Islamabad vers lequel il désirait transmettre son message. Abou pianota quelques commandes, passant en revue l'activité des serveurs qu'il utilisait à leur insu.

Depuis des mois, Ziride avait infecté ces ordinateurs à l'aide de chevaux de Troie. Des logiciels-espions s'exécutant sur ces machines attendaient qu'il émette ses commandes. Abou ouvrit une nouvelle fenêtre, sur lequel il tapa son message en ourdou, une langue tribale du Pakistan :

« Marchandise reçue. Moïse aura ses lances. Attendons colis. »

Abou Ziride chiffra le texte à l'aide d'un logiciel acquis sur Internet, puis le déposa sur le serveur zombie auquel il commanda de le transmettre au serveur d'Islamabad. Ainsi, l'adresse Internet de l'expéditeur insérée dans le message serait celle de l'ordinateur piraté.

Le moment lui paraissait maintenant propice pour télécharger des films vidéo à partir d'un serveur londonien. Des causeries sur Internet débattaient fébrilement du nouveau sermon produit par l'imam Ajama. Il s'empara des fonctions de téléchargement de l'un de ses ordinateurs piratés. Un message l'informa bientôt que le serveur zombie téléchargeait les images vidéo à bonne vitesse. Il se hâta ensuite de les ramener dans son ordinateur, non sans les avoir chiffrées afin d'éviter les interceptions des agences d'écoute électronique. Il s'installa ensuite confortablement afin de les visualiser à l'écran.

Le premier, publié par le Hamas, présentait deux moudjahidin palestiniens. Les jeunes hommes paradaient avec des kalachnikovs devant une large bannière exhortant au martyre. Ils annonçaient fièrement leur intention de se faire sauter dans un autobus de Jérusalem. Comme ils s'exhibaient à visage découvert, Abou en conclut qu'ils avaient accompli leur mission. Il envia fortement ces personnages. Leur destin lui semblait si simple : s'entourer le torse d'une ceinture explosive, acheter un billet de bus, actionner un détonateur. Ils ne ressentaient pas l'angoisse d'Abou qui craignait d'être torturé comme son père.

Le second film vidéo présentait l'égorgement d'un otage népalais capturé en Irak. Les journaux commentaient abondamment le fait, mais aucun réseau de télé ne l'avait présenté. Abou fit jouer plusieurs fois au ralenti la scène où le ravisseur masqué relevait la gorge de la victime, avant de la trancher d'un geste foudroyant. Des giclées de sang jaillissaient sur le plancher comme une fontaine pourpre. Il lui sectionna ensuite la tête, qu'il brandit à bout de bras. Abou visionna plusieurs fois la scène de décapitation, fasciné par la maestria du bourreau.

Il fit jouer finalement le dernier film, le sermon du célèbre imam Ajama. L'air sévère, un turban noir sur la tête, l'imam pointa des yeux de braise face à la caméra :

« Guerriers de la foi !

« L'univers est séparé en deux : Dar-ul-Islam, le monde parfait, et Dar-ul-Harb, la partie restante du monde. Vous combattez avec les parfaits. Vous luttez pour détruire les perversions de ce monde immoral qui entache la création divine. Ces mécréants pervertissent Dar-ul-Islam avec leur débauche, leur alcool, leur indignité. Ils utilisent des missiles, des avions, des machines diaboliques afin d'abattre l'islam.

« Répliquez par votre foi !

« Vous êtes les combattants du renoncement, les guerriers du djihad ! Cette illusion qu'est la vie ne

doit pas vous leurrer. La vie n'est qu'une cage de
laquelle nous espérons nous échapper. Ne craignez
rien, ni personne. Nous souhaitons la mort glorieuse
du martyr. Nos adversaires recherchent le plaisir, la
jouissance, la luxure. Ils s'attachent à leurs misérables
vies. Devant votre martyre, ils sont stupéfaits. Ils vous
redoutent.

« Soyez impitoyables envers le Mal qui remplit
leur cœur. Frappez ces pécheurs mécréants, ces gens
qui élisent des gouvernements criminels. Comme
Moïse envers le pharaon, faites-les gémir ! Emplissez
leurs cœurs de frayeur ! Abattez leur orgueil !

« Tous reviendront alors humblement à Dar-ul-
Islam.

« Le monde, ce jour-là, deviendra parfait. »

Avec ardeur, Abou astiquait ardemment les flancs
métalliques de sa voiture qui scintillaient sous les
rayons du soleil. Un tuyau d'arrosage laissait échapper
quelques gouttelettes sur le rebord du trottoir. Une
musique nasillarde provenait d'une épicerie voisine.
Des enfants jouaient à la balle dans la rue. Les autobus
de la rue Fielding frôlaient Abou, absorbé dans sa
lessive.

Il frottait intensément ; une odeur de cire flottait
autour de lui comme un encens païen. Cet exercice
lui permettait de calmer son mental. Le mot de l'imam
sur Moïse l'avait bouleversé. Ainsi, le monde entier se
doutait de leur illustre combat. Abou entrerait dans
la légende en compagnie des grands moudjahidin.

Toutefois, il lui fallait éteindre cette fébrilité qui
lui embrasait le cœur. Un moudjahid se devait d'être
patient comme le vautour, impitoyable comme le
gerfaut. Voilà ce que l'imam Ajama lui avait enseigné
dans un camp au Waziristân. L'imam Ajama conseillait

aux moudjahidin de s'immerger dans la prière ou la respiration lente afin de reprendre le contrôle de leurs émotions. Pour Abou, rien ne valait le nettoyage de sa voiture. Il frictionnait délicatement les courbes de tôle brillante. Il les enduisait ensuite d'une cire parfumée. Puis les astiquait à l'aide d'un linge aussi doux que les voiles des vierges du paradis.

Si Abou Ziride devait périr dans un véhicule piégé, il espérait que cela le soit au volant de sa belle Audi.

CHAPITRE 8

Les piliers du Temple de l'oubli

Stifer remplit à ras bord le réservoir de sa cafetière. Il garnit ensuite le filtre métallique de café très noir, vissa soigneusement les deux parties, puis déposa la machine en acier sur le réchaud branché près de la fenêtre. Les arbres de la rue semblaient figés dans le frimas de la nuit précédente. Une fois le café prêt, Stifer fit couler le liquide épais dans une tasse de grès, puis examina d'un air songeur les piles de dossiers accumulés sur sa table de travail, qu'il surnommait les «piliers du Temple de l'oubli».

Il s'agissait d'histoires sordides de meurtres de vieillards, de prostituées, de petits trafiquants de drogue. Des affaires sans indices, ni témoin, presque insolubles. Stifer gardait des dizaines de dossiers de ce genre. Les enquêtes courantes relevaient des deux officiers supérieurs, Vadnais et Stifer. Cependant, depuis quelques années, Vadnais délaissait les instructions confuses, appréciant davantage les enquêtes rondement menées. Stifer, lui, refusait qu'une victime d'un crime nébuleux pourrisse dans un tombeau bureaucratique. Les dossiers orphelins se retrouvaient alors immanquablement sur son bureau.

On cogna, et Lucien passa sa frêle silhouette par la porte entrouverte :

— Ça va, lieutenant ?

Depuis quelque temps, Stifer était surpris de l'affabilité bourrue que lui prodiguait son subordonné.

— Pas trop mal dormi, et toi, Lucien ?

Le sergent entra et s'affala sur un siège. Lucien avait les traits tirés, et quelques poils rebelles dressés sur son menton témoignaient de l'usure de sa lame de rasoir. Ses doigts tachés de nicotine râtelèrent sa chevelure clairsemée, puis il répondit, du ton d'un soldat au rapport :

— Nuit correcte, lieutenant.

Quant à Stifer, il avait profité d'une nuit noire, sans insomnie, bercée par les trombes de pluie qui martelaient les tuiles. Anémone apparut dans l'embrasure de la porte. Elle prit place aux côtés de Lucien. Son sac de cuir claqua d'un bruit métallique alors qu'elle le déposa sur le bureau, révélant la présence de l'arme de service qu'elle transportait toujours avec elle.

— En forme, Anémone ?

— Après la soirée d'hier, passée à interviewer tout ce beau monde, j'en ai profité pour prendre un bon bain. Une heure dans la mousse ! Je suis une femme nouvelle. Quelle affaire nébuleuse et insoluble nous est dévolue ce matin ?

Stifer sourit, ravi une nouvelle fois par le formidable optimisme de son adjointe.

— Pour l'instant, j'aimerais que nous fassions le point sur la rue Walkley. Ensuite…

Il pointa les hautes piles de dossier dressées sur sa table de travail :

— Nous aurons le choix…

Lucien, qui feuilletait d'un doigt distrait une chemise épaisse, haussa les sourcils :

— Je me souviens de cette femme pasteur retrouvée morte près de son église. Ça avait causé toute une commotion dans le West Island[11].

— Vous n'abandonnez jamais un client, le taquina Anémone.

— C'est exact, répondit Stifer avec un sourire las. Le mari de cette dame m'appelle régulièrement afin de s'informer. Il ne peut oublier. Quoi de neuf sur Gunaratna ?

— Apparemment, il avait une vie tranquille, répondit Anémone. On ne lui connaît pas de colocataire. En bons termes avec les voisins. Il fréquentait le concierge pour une pipe de narguilé, se présentait régulièrement à la mosquée. Bref, impossible de lui trouver des ennemis.

Lucien pianota doucement une pile de dossiers devant lui, concluant d'un ton désabusé :

— Il va se retrouver sur la pile…

Stifer hocha sa grosse tête rousse :

— Possible, et les voisins ? Ils n'auraient pas aperçu le meurtrier qui s'enfuyait par en arrière ?

— Nous avons passé la soirée à interroger les locataires des immeubles ayant vue sur l'escalier arrière de Gunaratna, répondit Lucien de sa voix éraillée. Nous arrivions souvent à l'heure du repas, on dérangeait un peu. Enfin, personne ne semble avoir remarqué quelqu'un s'enfuir le soir du meurtre.

— Des nouvelles sur les traces de sang de la cour arrière ?

Anémone passa derrière le bureau de Stifer et se mit à taper à l'ordinateur :

— Permettez… le rapport est disponible sur le réseau. Le labo a effectué quelques tests préliminaires… j'ai vérifié cela ce matin.

---

11. Secteur ouest de l'île de Montréal.

— Je m'ennuie de l'époque où le courrier interne était transporté sur de petits chariots, dit Lucien d'un ton las.

— Ah… dit Anémone, je vois qu'un officier du SCRS est déjà allé consulter le rapport.

— Qu'est-ce qu'un type du renseignement vient faire dans le dossier? grogna Stifer.

— Ça doit être parce que Gunaratna est un nom arabe, dit Lucien. Ces types d'Ottawa n'ont rien de mieux à faire que de surveiller tous les consommateurs de couscous du pays.

Stifer entreprit de lire la fiche descriptive de l'analyse: le sang recueilli dans la cour arrière ne répondait pas à celui de la victime. L'ADN identifié n'avait pas été reconnu dans les banques de données nord-américaines, ni dans celles d'Interpol.

— Nous retrouverons la trace de cet ADN un jour ou l'autre, grogna Lucien, nous épinglerons alors ce type. S'agit d'attendre.

Stifer soupira, prenant conscience que le destin d'Ismaël Gunaratna se scellait rapidement: inhumation au tombeau bureaucratique des dossiers orphelins. Le lieutenant se vautra dans son fauteuil, décidé à faire le point sur l'affaire:

— Voyons, récapitulons un peu.

Stifer fixa Lucien:

— Tu dis que nous avons reçu un appel d'une dame vers…?

Le sergent tortilla son corps maigre afin de pouvoir extraire un calepin de la poche arrière de son pantalon. Il mouilla un doigt brunâtre, feuilleta les pages écornées, puis répliqua:

— Il était 23 h 40.

— Donc, une femme, alors que le type n'avait pas d'amie de cœur, prend la peine de téléphoner pour nous avertir d'une cabine rue Fielding, tout près du domicile de la victime… On peut entendre la bande ?

Anémone lança le programme audio, augmenta le volume de l'ordinateur. Une voix étouffée crachota dans les haut-parleurs :

« Vous trouverez un mort, au manoir Tranquillité, rue Walkley. » Anémone fit rejouer plusieurs fois l'enregistrement, puis conclut :

— La femme paraît affectée par le crime.

— Elle n'a pas spécifié qu'il s'agissait d'un crime, expliqua Lucien. Des infirmiers se sont donc présentés deux heures plus tard. Personne n'a répondu, ils ont appelé un serrurier. Ils nous ont contactés dès qu'ils sont entrés dans la chambre. On a retrouvé le type égorgé par quelqu'un qui s'y connaissait. L'assassin n'a pas laissé d'indices, il est parti par la porte arrière. Personne ne l'a aperçu. Son ADN n'est pas identifiable.

— Il faut donc chercher du côté de la victime, conclut Anémone.

Stifer opina d'un lent mouvement de sa grosse tête rousse :

— Et qu'est-ce que nous avons ?

Anémone fit la moue :

— Un homme tranquille, sans histoires, sans famille, sans ennemis.

Stifer soupira en regardant le dossier Gunaratna. Il le referma doucement, puis le déposa sur l'un des piliers du Temple de l'oubli.

— Si on feuilletait un peu le dossier de cette Julia Adams, la femme pasteur ?

L'heure du dîner approchait. Stifer délaissa le dossier Julia Adams. Encore une histoire presque insoluble. On avait retrouvé la dame derrière son église, la tête fracassée contre une pierre. Accident ou homicide ? Difficile de trancher. Le coroner avait conclu à un accident, mais avait émis des doutes. La mort était survenue dans la nuit, aucun témoin n'avait assisté à la scène.

Stifer replaça le dossier au-dessus de la colonne, puis quitta son bureau. Il devait décider s'il allait manger un repas santé, ou l'un de ces trucs rapides qui faisaient grimper le taux de cholestérol en flèche. Il emprunta le corridor qui longeait les grandes baies vitrées, passa devant le bureau vide du capitaine – à croire qu'il logeait à l'Hôtel de Ville ! –, puis stoppa devant la salle tactique où la mine arrogante de Gus Giggs, membre émérite des Bloody Birds, s'affichait sur un grand écran. Il connaissait le personnage, mais n'avait jamais eu à traiter avec lui. La voix coupante de Vadnais décrivait la mission en cours :

— Nous sommes assurés que Giggs a fait assassiner plus de treize personnes, tous des compétiteurs. Il ne s'agit pas de résoudre tous ces meurtres, mais d'en dénouer un qui pourrait le faire condamner à la prison à vie. Un seul de ces meurtres est suffisant, vous comprenez ? Alors, inutile de perdre son temps à les élucider tous.

Stifer sentit sa volonté capituler ; il dévorerait finalement l'un de ces repas à haute teneur en saloperies. Tout en se dirigeant vers la sortie, il s'interrogeait sur le nombre de criminels assassinés par Giggs, meurtres qui demeureraient impunis et laissaient des familles dans le deuil. Les services policiers favorisaient la résolution de crimes commis contre les citoyens honnêtes, mais pas contre ces gens qui frayaient avec la criminalité. Pourquoi leur mort devrait-elle demeurer irrésolue ?

Le patron, un petit rondouillard avec un immense tablier, vint servir lui-même le lieutenant. Trop heureux de la présence d'un policier dans son établissement, il doubla la ration de boulettes et de frites. Stifer diminua les coulées de ketchup afin d'équilibrer son taux de cholestérol. Le cellulaire vibra à sa ceinture.

— Stifer.

— Bonjour, lieutenant, dit la voix chaleureuse de l'infirmière-chef.

— Bonjour, France, des nouvelles d'Éric ?

Il sentit une hésitation chez son interlocutrice, puis elle répondit :

— Il est aussi renfermé. Il repousse tout contact.

— Sa famille ?

— Il refuse toujours de les voir.

Elle fit une pause puis reprit :

— Reviendrez-vous ?

— Croyez-vous que cela serait utile ?

— Il se brusque toujours, mais ses forces le trahissent. Bientôt, il ne lui restera plus assez d'énergie pour se rebeller. Son armure se brisera, alors apparaîtra son désespoir. C'est à ce moment que vous pourrez l'aider. Mais vous devrez avoir effectué votre approche auparavant.

Stifer s'émerveillait de la perspicacité des soignantes qu'il côtoyait à l'hôpital. Elles manifestaient une profonde connaissance du cœur humain, surtout à l'heure où il se révélait dans toute sa nudité, face à l'ultime instant de vérité.

— Je ferai mon possible.

Le poste de police bruissait d'activités. Les détectives œuvrant sous les directives du lieutenant Vadnais travaillaient ardemment à coincer les assassins à la solde des Bloody Birds. Stifer n'appréciait guère

Vadnais, mais il devait admettre qu'il savait tenir ses troupes. Les tire-au-flanc qui sabotaient la progression de carrière du lieutenant se voyaient rudement rappeler à l'ordre. Stifer s'approchait de son bureau quand la porte du capitaine Rochard s'ouvrit à la volée. Son supérieur le héla, l'air d'un conspirateur:

— Julien! Par ici.

La porte se referma précipitamment sur Stifer. Deux hommes installés autour d'une table de travail se levèrent vivement à son entrée. Ils le dévisagèrent avec une sympathie toute professionnelle, témoignée habituellement par ceux qui désiraient fouiner à leur aise dans les enquêtes d'autrui. Nul doute, ce devait être des fédéraux.

— Lieutenant Stifer?

Julien hocha la tête, puis serra les mains tendues.

— Matthew Grant, agent spécial, SCRS.

Trapu, l'agent des services de renseignements avait un ventre arrondi, des yeux pâles, un veston de bonne coupe, des chaussures rutilantes. Il conserva une main dans la poche alors qu'il tendit l'autre à serrer. Il présenta son partenaire, un individu athlétique, aux cheveux en brosse:

— Voici monsieur Bill Payne, agent opérationnel du Bureau américain de la sécurité intérieure, organisme coordonnant les efforts de tous les services de renseignements des États-Unis d'Amérique.

L'Américain lui emprisonna la main dans une poigne de fer. Stifer offrit un sourire circonspect, curieux du motif de sa présence.

— Bonne journée, monsieur Stifer?

— Oui. Comment appréciez-vous Montréal?

— Une belle ville. Mais je manque de temps pour en profiter.

Ils prirent place autour de la table.

— Ces messieurs veulent nous entretenir de l'affaire Gunaratna, dit Rochard d'une voix grave. L'agent du SCRS entreprit d'expliquer :

— Il s'agit de l'ordinateur retrouvé dans l'appartement de la victime. Les données stockées sur son disque dur étaient codées. Nous avons cassé le code et ainsi pu établir que la victime visitait fréquemment des sites islamistes radicaux, dont certains utilisés par les membres du groupe terroriste algérien GIA[12].

Stifer porta son attention sur Rochard. Le capitaine affichait un air extrêmement sérieux. L'agent américain intervint à son tour. Il brisait quelques syllabes, mais s'exprimait dans un français fort acceptable :

— Nous avons consulté les données de l'affaire. Tout concorde : Gunaratna logeait pauvrement, couchait sur un matelas, se nourrissait frugalement. Par contre, il s'offrait le dernier cri en matière d'ordinateur et travaillait dans une boutique de téléphones cellulaires, appareils souvent utilisés comme détonateurs par les terroristes de la Légion du courroux divin.

— Ce Gunaratna possède le profil, résuma Grant. La majorité des cellules terroristes dans le monde fonctionnent de cette façon. Ce sont des hommes jeunes, immigrés récents, qui vivent en marge de leur société d'accueil. Ils réservent leur argent pour la cause, se font discrets. Ils communiquent entre eux par Internet au moyen de messages codés.

Rochard plissait rêveusement sa cravate, signe de profonde réflexion chez lui.

— Qu'en penses-tu, Julien ? interrogea finalement le capitaine.

Au fil de sa rapide enquête, Stifer en était venu à considérer Gunaratna comme une victime. Voilà qu'on

---

12. Groupe islamiste armé.

le présentait comme un terroriste. La pitoyable su-
cette ensanglantée avait peut-être faussé son jugement.
Stifer se remémorait les avions s'écrasant sur le World
Trade Center, le train de Madrid, le métro de Londres.
Cette série d'horreurs se poursuivrait donc à Montréal ?

— Pourquoi l'aurait-on assassiné ?

L'agent du SCRS haussa ses épaules légèrement
voûtées :

— Gunaratna a peut-être perdu la confiance de
son chef, on l'aura éliminé. Ou peut-être a-t-il froissé
l'un de ses associés du monde criminel. On sait que
les cellules terroristes se financent habituellement à
même leurs activités illégales : trafic de drogue, faux
papiers, fraudes. À nous de le trouver.

— « Nous » ?

Rochard observa du coin de l'œil son subordonné,
puis expliqua patiemment :

— Selon les nouvelles mesures antiterroristes, les
enquêtes portant sur des menaces à la sécurité nationale doivent être menées par une équipe conjointe
des principaux corps policiers. Le SCRS mène l'enquête, tandis que monsieur Payne représente les services américains. Nous les assistons.

— Nous parlons ici d'un homicide, commis dans
notre ville. L'enquête terroriste leur appartient, pas
celle sur le meurtre.

— Il s'agit d'un meurtre de terroriste, répliqua
Rochard doctement. Pas de sémantique.

L'agent américain pencha sa forte carrure en direction de Stifer, comme un sergent s'apprêtant à
donner l'ordre de sauter en parachute :

— Alors, on y va ?

CHAPITRE 9

Gerfaut

Les moudjahidin franchirent la ligne frontière durant une nuit étoilée, petits points jaunes clignotants sur le vaste écran plasma de la base al-Udeid au Qatar. Ils ne furent pas inquiétés. Les contrôleurs américains ne se préoccupaient guère des véhicules quittant l'Afghanistan. Ils tentaient plutôt d'interdire le passage de moudjahidin désireux d'attaquer leurs troupes ou d'affaiblir le pouvoir de Kaboul.

Ils roulèrent de longues heures dans la zone tribale du Waziristân, puis s'engagèrent dans une vallée étroite. La piste serpentait entre les falaises jusqu'à atteindre un plateau poussiéreux dominant une étroite gorge. Ils stoppèrent devant un bâtiment de briques crues au toit de tôle. Nabil descendit le premier, ravi de se dégourdir les jambes. Il fut accueilli par un homme au faciès buriné, une calotte crasseuse sur la tête.

— Bali le chimiste, dit Safiya.

L'homme sourit largement, dévoilant des dents vertes comme l'opium. Ce fut alors que Nabil remarqua l'odeur âcre qui flottait sur le plateau. Les effluves émanaient d'un appentis adjacent ouvert aux quatre vents, gardé par quelques chèvres qui fouillaient la poussière à la recherche d'une pitance desséchée.

Nabil aida les gardes à transborder les sacs de pâte jusqu'à l'appentis. Quatre piliers de pierre soutenaient un toit de palmes ; des murs de boue séchée s'élevaient jusqu'à hauteur d'homme laissant un large espace ouvert pour la ventilation. Des grosses tables de bois surchargées de seaux, de pots de verre et de barils métalliques servaient d'équipements de laboratoire.

Ils chargèrent la pâte dans les barils que Bali mélangea à des produits chimiques. Safiya s'employa ensuite à réchauffer le tout à l'aide d'énormes réchauds à gaz. L'odeur devint si forte qu'ils durent enfiler des masques. Ils travaillèrent ensuite à amalgamer les produits à l'aide de grosses pales de bois. Après trois heures de dur travail, ils s'offrirent une pause à l'extérieur.

Ils s'assirent sur des pierres alors qu'un garde leur apportait du thé bouillant. La vallée s'étendait à leurs pieds, survolée par des vautours indolents. Nabil ne pouvait se défaire de la vision de la pauvre femme aspirant de la fumée d'héroïne au beau milieu des passants. Cette dame lui rappelait trop Zaouïa, sa mère demeurée à Montréal.

— La drogue n'est-elle pas interdite par la religion ?

Safiya lissa sa longue barbe effilochée :

— La drogue, c'est le djihad silencieux.

— Que veux-tu dire ?

Son cousin sirota quelques lampées, puis expliqua d'un ton dur :

— C'est une façon de répliquer aux Occidentaux qui nous inondent d'alcool, d'émissions de télé obscènes et de films pornographiques. Leur culture immorale détruit notre jeunesse, il est donc équitable que nous détruisions la leur à l'aide de l'héroïne.

L'argent ainsi récolté sert d'ailleurs à véhiculer le remède : la propagation de la vraie foi dans le monde.

Nabil se remémora ses propres problèmes avec la drogue puis soupira :

— Comme à la guerre, beaucoup d'innocents sont touchés.

Safiya sourit en posant une main affectueuse sur son genou :

— Ils n'ont qu'à cheminer sur le sentier de la foi, et leurs problèmes s'évanouiront, bienfait de la grâce divine.

Mahazza Bin Émir convoqua Nabil à la ferme. L'émir le reçut dans une chambre nue, assis sur un coussin placé à même le sol de terre battue. Nabil fut invité à s'installer sur un tapis de prière devant son chef. Le fidèle cheikh Isamuddan demeura debout dans un coin, le fusil-mitrailleur en bandoulière. L'émir examina longuement le jeune homme, puis dit d'une voix amène :

— Nabil Sabir Ullamah, je t'ai accepté parmi mon cercle de fidèles sur recommandation de ton oncle. Ce saint homme a sauvé la vie de l'Élu de la Montagne en l'opérant sur un lit de camp, éclairé par une simple lampe à pétrole. J'ai discuté avec ton instructeur militaire du Cachemire. J'ai reçu une lettre de l'imam Ajama au sujet de ton apprentissage religieux. Tous ces guerriers de la foi parlent en ta faveur.

Maigre, le visage sévère, le bonnet pachtoune vissé sur la tête, l'émir le considérait de son regard perçant :

— Qui étais-tu avant ton retour au Pakistan ?

Nabil comprit que l'émir voulait le sonder. La Légion du courroux divin se faisait souvent approcher par des déséquilibrés; ces gens poursuivaient le suicide avec avidité. Ces désaxés étaient plus dangereux qu'autre chose. Ils se vantaient auprès de leurs proches, ou rataient leurs opérations à cause de leur confusion mentale. L'imam Ajama refusait beaucoup de candidatures. Nabil se rappelait l'air bouleversé de l'un de ces martyrs recalés; certains tombaient en dépression après ce qu'ils considéraient comme un échec.

Un homme a toujours quelque chose à cacher. Nabil ne faisait pas exception. Quand il se rappelait son passé, il rougissait de honte. Mais il se rappela le conseil de son guide spirituel:

«Masque-toi aux infidèles, dévoile-toi à ton chef.»

Il raconta donc sa vie par le menu: son arrivée au Canada à l'âge de quatre ans. Ses difficultés à s'intégrer à l'école. Ses trop rares amis. Cette culture qui le déroutait. La mort de son père, dont le camion avait capoté dans un fossé; le sommeil l'avait surpris au volant. Il narra l'air hagard de Zaouïa, sa mère, à son retour de la morgue. L'espoir du défunt qu'elle lui avait confié entre de lourds sanglots: que son fils devienne un homme instruit, pratiquant, probe, dont la communauté serait fière.

Mais la disparition de son père avait exacerbé sa crise d'adolescence. Il traînassait dans les parcs de Notre-Dame-de-Grâce, il avait sombré dans l'alcoolisme, puis dans la drogue. Il s'était mis à fréquenter un gang de rue, le seul groupe auquel il avait l'impression d'appartenir. Il était incapable de se trouver une petite amie à cause de sa timidité. Il s'était mis à consommer des drogues de plus en plus fortes. Ses besoins augmentant, il s'était mis à voler des voitures. Un soir de novembre, on l'avait finalement arrêté et traduit en justice.

Le Dr Ullamah, qui travaillait alors à Montréal, veillait sur la famille désargentée depuis la mort de son frère. Il tentait sans cesse de ramener son neveu sur le chemin de la raison. Il l'encourageait à fréquenter la mosquée du voisinage. Il lui narrait le combat de ses cousins pachtounes contre les Américains et comparait leur héroïsme à sa propre conduite déshonorante.

Nabil se tenait dans le box à l'énoncé de sa sentence, six mois de probation, tandis que son oncle égrenait un rosaire et que sa mère Zaouïa pleurait doucement. Nabil avait eu la vision de son père qui l'observait du fond de la salle. Vêtu de son habit traditionnel qu'il enfilait pour se rendre à la mosquée, celui-ci le dévisageait. Rouge de honte, Nabil se rappela ses dernières paroles rapportées par sa mère.

C'est à cet instant qu'il prit la décision de changer sa vie : il abandonnerait les stupéfiants, reviendrait au pays de ses ancêtres, lutterait pour libérer son peuple des influences néfastes de l'Occident. Il deviendrait un moudjahid.

— Est-ce que ce fut difficile de te libérer des stupéfiants ?

Nabil regarda son chef droit dans les yeux :

— À partir du moment où ma décision fut prise, je n'y ai plus jamais touché.

— Tu n'avais pas envie de goûter à la pâte ?

— Cette substance est infecte, je n'y toucherai pour rien au monde.

— Pourquoi veux-tu devenir un martyr ?

— C'est ce que j'ai de mieux à offrir au Très-Haut.

Mahazza le regarda un long moment, hocha sobrement la tête puis se releva en un instant. L'agilité de cet homme âgé fascinait Nabil. L'émir se dirigea vers la porte, suivi du cheikh Isamuddan qui ramenait le coussin. Nabil s'interrogeait sur le résultat de la rencontre : avait-il échoué, allait-on le garder au secret ?

— Que dois-je faire, Mahazza Bin Émir ?

— Attends sur ton tapis.

Le claquement d'une barre tirée brutalement contre la porte produisit un frisson dans sa colonne vertébrale. Nabil se força à demeurer calme. Il serra les billes de son rosaire et commença à prier.

La nuit étendait ses ailes sombres dans la pièce aux murs nus. Les chuintements des alambics et l'odeur âcre de l'héroïne le dérangeaient dans ses oraisons. Il reconnaissait parfois le rire de Safiya au milieu d'éclats de voix. Il avait quitté son tapis deux fois. La première pour boire à même une cruche d'eau, la seconde pour pisser dans une cuvette.

Sa concentration pour prier s'affaiblissait. Des souvenirs douloureux l'assaillaient sans cesse. La vision de son père attristé par la piètre conduite de son fils. La culpabilité de sa mère qui, pauvrement éduquée, était incapable de l'aider dans ses travaux scolaires. Sa gêne quand il dévoilait sa frêle silhouette au gymnase. Les filles qui se moquaient de ses avances maladroites. Cette impression d'être coupé de la vie par une vitre épaisse et sale. Cette lourdeur dans le cœur, due à une pesante solitude, qui l'avait accompagné sa vie durant.

Voguant dans un rêve lourd, Nabil se recroquevillait en gémissant sur sa carpette. Sa mère appelait à l'aide, les jambes fracassées par une mine. Il se tenait à l'entrée du champ de mort, délimité par de petites pierres rougies par un soleil ensanglanté. Le tchador souillé de Zaouïa claquait dans un vent glacial, lui recouvrant le visage. Il reconnaissait pourtant sa silhouette, entendait ses appels à l'aide. Un gerfaut aux plumes livides survolait la scène. L'ombre laissée à son passage lui brûlait la peau. Foudroyé de terreur, Nabil se trouvait prisonnier d'un corps de pierre.

Une chèvre collait un museau fouineur à la fenêtre, dont les volets de bois mal ajustés laissaient passer les rayons d'un soleil naissant. Se relevant avec peine, Nabil utilisa le restant d'eau potable pour asperger son corps trempé de sueur. Il se rappela l'image terrifiante de Zaouïa gisant, abandonnée au milieu des mines. Pourquoi avait-il été incapable de la secourir ? Son rêve dévoilait-il la réalité profonde de son être : était-il un lâche ? Un homme sans honneur ? Un guerrier d'arcades vidéo ?

Il ressentait de plus les tourments du jeûne. Nabil avait apprivoisé les affres de la faim sous les directives de l'imam Ajama, son guide spirituel qui croyait aux vertus de l'ascétisme pour affermir l'âme des combattants. Mais les austérités se pratiquaient dans les montagnes, dans la liberté du grand air. La claustration lui pesait. La sourde peur due à l'absence d'explications sur son sort augmentait son supplice. Il fut saisi d'une envie irrépressible de quitter cette pièce nue et sale, cette prison volontaire dans laquelle il se confinait.

Il entreprit de respirer profondément afin de calmer sa panique, comme ses instructeurs le lui avaient enseigné. Son angoisse se dissipa lentement dans le souffle caverneux qui émanait de sa poitrine affaiblie. Nabil se contraignit à l'immobilité.

L'émir lui avait ordonné d'attendre sur le tapis, il obéirait.

Les rayons d'un après-midi ensoleillé découpaient la pièce en damier lumineux. La fenêtre l'attirait maintenant comme l'oasis dans le désert. Il aspirait à la vue

apaisante des montagnes, à l'air piquant des hautes
vallées, aux bêlements paisibles des bêtes.

Une étouffante anxiété s'empara de lui. Il délirait,
rompu par la faim et la soif. Il imagina son être enfler,
jusqu'à faire corps avec la pièce, sa chair se trans-
formant en briques de boue séchée. Son âme souffrante
demeurait prisonnière de ce corps de terre crue. Il
entendait le chuintement du vent, les cris rauques
des corbeaux. Une profonde détresse le poussait à
arracher les volets, laisser son âme s'enfuir de cette
pièce, de ce tombeau de poussière.

Il aspira l'air goulûment, écoutant avec surprise le
halètement douloureux qui s'échappait de sa poitrine.
Il s'immergea avec force dans la prière. Les boules
du rosaire filaient comme une bande de mitrailleuse.

Il divaguait au milieu de songes terrifiants. Un
gerfaut géant l'agrippait dans des serres d'acier qui
se transformèrent en seringues d'héroïne ; il sentit leurs
terribles piqûres sur ses bras maigres. Il se débattit
pour leur échapper. Les griffes acérées se brisèrent,
puis les vastes plumes blanches s'entremêlèrent pour
se métamorphoser en barbe enneigée, le bec courbé
devint un nez effilé.

Mahazza Bin Émir se penchait sur lui.

Nabil se releva prestement de son tapis de prière
puis chancela. La solide poigne de l'émir empêcha
sa chute. Isamuddan plaça les traversins près de la
fenêtre et ouvrit les volets, dévoilant une grandiose
corolle rose ceignant la barrière montagneuse. Mahazza
l'invita à s'asseoir et déposa un bol de fruits sur la
terre raboteuse.

— Mange, l'enjoignit-il d'une voix cordiale.

Les fruits frais et juteux ragaillardirent le jeune
moudjahid. Isamuddan aboya un ordre, et Safiya apparut avec une magnifique théière d'argent aux flancs

ciselés. Il servit cérémonieusement les trois hommes,
puis sortit en fermant la porte derrière lui.

L'aube irradiait dans la pièce, chassant tous les
cauchemars. Nabil mastiquait avec lenteur, goûtant
la saveur des oranges. Quand il se fut rassasié, Mahazza
l'interpella doucement :

— Le djihad nécessite un guerrier apte à demeurer
impavide, concentré, discipliné, jusqu'à ce qu'il soit
appelé à frapper.

Nabil essuya une coulée de jus avec sa manche,
puis marmonna d'un ton dépité :

— Je n'étais pas en paix.

— Je n'exige pas la paix intérieure mais la discipline. Ceux qui ont trouvé la paix n'ont pas besoin
de devenir des moudjahidin. Tu es demeuré sur ton
tapis de prière durant deux jours, sans jamais regarder
par la fenêtre.

Mahazza se redressa, sourit et resservit le thé aux
reflets verts étincelants dans le soleil du matin.

— Tu serais surpris du nombre de braves incapables de réussir cette épreuve.

Le cheikh Isamuddan ricana derrière eux, puis
sirota le liquide bouillant avec de petits lapements de
langue.

— Ton dévouement à la cause, louangé par les
frères du Cachemire, le sang-froid démontré lors de
cette épreuve, tout cela témoigne en ta faveur. Je t'ai
choisi pour notre prochaine attaque. Nous frapperons
les infidèles de la foudre divine.

Nabil n'en croyait pas ses oreilles. Il se remémora
les difficultés de son instruction militaire, les tourments
endurés lors des épreuves de sélection, ses propres
doutes sur sa force de caractère. Maintenant, il appartenait à l'élite des moudjahidin. Son heure approchait

enfin. La peur s'envola, aussi soudainement qu'elle était apparue dans cette pièce.

— Que devrai-je faire ?

Mahazza Bin Émir le considéra longuement. Puis il sourit avec chaleur :

— Sois patient comme le vautour, impitoyable comme le gerfaut.

CHAPITRE 10

Le sentier déjà tracé

Une véritable armée de techniciens entreprit d'éventrer les murs, de soulever les planchers, de scruter les tuyaux. La nuit se dissipait dans les premières lueurs de l'aube quand ils s'aventurèrent sur le balcon arrière, étudiant chaque marche, recueillant la poussière, pistant les gouttelettes de sang sur les brins d'herbe de la cour entière. Stifer se surprenait de l'ardeur des techniciens. Le département fonctionnait à budget réduit depuis si longtemps qu'il ne se rappelait plus la dernière scène de crime ayant profité d'un tel déploiement.

— Nous avons amassé des centaines d'empreintes, peut-être pourrons-nous en identifier quelques-unes, dit Matthew Grant avec une figure maussade devant ce qui paraissait une maigre récolte.

Stifer ne pouvait expulser de son esprit les images d'automobiles piégées explosant au milieu d'une foule dense. Les visages ensanglantés, les membres arrachés, les enfants orphelins, les parents désespérés. Toutes ces images de cauchemar que rapportait régulièrement la télé étrangère. Dans sa ville.

— Peut-être n'était-il qu'un *fixer*, dit Payne en s'approchant.

— Ce qui veut dire ?

L'Américain avait bonne mine, comme si sa forte carrure le rendait insensible à la fatigue.

— Les cellules terroristes comprennent habituellement un logisticien, reprit l'agent américain. On l'appelle *fixer*, dans le jargon du métier. Sa tâche est de dénicher des maisons sûres, trouver des papiers, acheter des armes, déterminer des cibles potentielles. Il prépare le terrain. Les membres opérationnels arrivent par la suite, commettent leur crime, puis quittent aussitôt le pays.

Grant renchérit d'une voix lasse :

— Les *fixers* s'installent dans le pays cible, se tiennent coi durant des années. Ils sont difficiles à identifier. Gunaratna appartenait sûrement à l'une de ces cellules dormantes. Nous tenterons de remonter à ses acolytes, ceux qui nous intéressent vraiment : les « opérationnels ».

Le technicien-chef s'approcha de Grant auquel il tendit le document de scène de crime à signer :

— Nous avons terminé, monsieur. S'agit maintenant d'analyser tout ça au labo.

Grant signa, puis remit le document :

— Nous donnons une priorité orange à l'affaire. Vous serez prêts pour demain ?

Le technicien offrit un sourire crispé :

— Priorité orange avez-vous dit ?

Grant le considéra en silence :

— Nous allons épauler l'équipe de jour, soupira le technicien. Nous dormirons plus tard.

Grant remercia, puis offrit un sourire fatigué à Stifer.

— Eh bien, nous, nous en profiterons pour nous reposer un peu. Nous nous rencontrerons demain à vos bureaux. Petite visite guidée dans l'univers du terrorisme international, ça vous va ?

Les rebords du lit luisaient sous la douce lumière matinale. Une infirmière rangeait une trousse de pression sanguine et s'apprêtait à quitter la chambre. La soignante offrit un mot de réconfort. Éric ne répliqua pas, toute son attention concentrée sur les personnages animés qui s'agitaient au téléviseur. Stifer s'annonça de nouveau, mais n'obtint aucune réponse. Les bruits de cabarets déplacés dans le corridor rappelaient que le petit déjeuner devait être servi aux patients. Peut-être que l'heure n'était pas propice. Stifer fut saisi d'une envie pressante de quitter l'hôpital, de rejoindre son lit. Il avait passé une longue nuit en compagnie des fédéraux.

Il se rappelait leur fébrilité angoissée ; l'agent du SCRS lui semblait pourtant un homme d'expérience. Pourquoi s'inquiéter autant au sujet d'un pseudo-logisticien terroriste ? Gunaratna n'était sûrement qu'un simple sympathisant à cette cause démente : semer la terreur aveugle afin de promouvoir une cause religieuse. Cette lutte attirait plein de désaxés. Les vidéos de décapitation d'otages faisaient fureur dans Internet.

Un soignant auxiliaire pénétra dans la chambre, portant un plateau de service. L'employé déposa le cabaret sur une petite table de formica bleu disposée devant le patient. Éric demeura indifférent, le regard rivé à l'écran accroché au plafond. Les couleurs criardes des bandes dessinées se réfléchissaient dans les lunettes de l'auxiliaire qui s'affairait à disposer les plats. L'homme vêtu de vert travaillait avec douceur. Stifer remarqua le peu de cliquetis qu'occasionnait le service. Il se rappela un commentaire de l'infirmière-chef : « La tranquillité suscite la dignité. »

Éric ne semblait pas intéressé par le repas, fasciné par les facéties d'un chat futé en train de tourmenter un chien ahuri. L'employé quitta la pièce avec un bonjour, observant Stifer qui jonglait avec l'idée de partir. On ne pouvait brusquer un patient en phase terminale à vous recevoir. Mais le jeune homme refusait tout traitement, il ignorait la nourriture, fuyait les contacts. Il mourrait peut-être dans les prochains jours.

Le chat malin de la télé ricanait d'une nouvelle blague assénée au cabot qui lui servait de souffre-douleur. Stifer observa un instant l'animal interloqué, puis aperçut la photo d'un chien disposée sur la table de chevet. Il s'approcha, s'empara du cadre. Pas une seule photo de famille dans la chambre. Seulement celle d'un molosse furieux aux énormes crocs, rappelant un cerbère gardant les portes de l'enfer.

— Tu aimes les chiens, Éric?

Le jeune homme ne répondit pas, hypnotisé par les images télévisées.

Stifer décida de laisser tomber. Le jeune homme ne l'avait jamais sollicité. Il ne désirait vraisemblablement qu'écouter des bandes dessinées jusqu'à ce que mort s'ensuive. C'était son droit.

Il s'apprêtait à quitter la chambre quand un mouvement à la fenêtre attira son attention. Une rue transversale servait de panorama, mais on apercevait un coin de parc devant l'hôpital. Des enfants frappaient dans un ballon; un chien courrait derrière. Malgré la distance, Stifer crut reconnaître la silhouette noire et massive d'un labrador. Cette scène lui rappela une vision de son enfance: le gros setter roux de son oncle lui raclant les joues d'une langue affectueuse. Stifer avait passé quelques semaines chez lui. Son seul compagnon de jeu avait été ce gros chien débonnaire.

Stifer tenta une nouvelle approche:

— J'ai eu un chien, autrefois. Seulement un été, mais je m'en souviens encore. Un gros setter roux, que j'appelais Tigre. Quel est le nom du tien ?

Le regard du jeune homme délaissa lentement le téléviseur pour se porter sur Stifer. Il portait un chandail de sport orange orné d'un gros 99 à l'arrière. Son pantalon bleu à larges bandes flottait sur ses jambes maigres. Les yeux paraissaient enfoncés profondément dans leurs orbites grisâtres. Stifer fut surpris de l'état de débilité du jeune malade. Depuis la veille, il avait déjà dépéri. Il répondit d'une voix traînante :

— Shooter.

— Tigre est mort depuis longtemps. Shooter se porte bien ?

L'adolescent observa longuement Stifer, comme s'il l'apercevait pour la première fois, puis il se retourna en direction du téléviseur où le chat futé affrontait cette fois une horde de fantômes délurés. Stifer observa un instant les espiègleries du personnage, puis reprit d'un ton paisible :

— Tu sais, ce n'est pas tout à fait l'émission à laquelle tu vas assister dans quelque temps.

— L'émission ? Quelle émission ?

— Le spectacle auquel tu vas assister à ta mort.

Le jeune homme se détourna lentement pour fixer Stifer :

— Qu'est-ce que vous en savez ?

Stifer haussa ses larges épaules, se pencha légèrement en direction du jeune homme.

— Toi, qu'en penses-tu ?

Éric grimaça, geste qui parut étirer les rides de son visage épuisé.

— C'est moi qui ai posé la question en premier.

— Je pense qu'on revoit sa vie, répondit Stifer, puis qu'on continue son chemin.

— On revient sur terre ?

Si Stifer possédait une mission dans son existence, c'était d'apporter une justice posthume aux victimes d'homicides. Il n'avait jamais ménagé ses efforts pour y arriver. Mais ses nombreuses enquêtes l'avaient mené à une triste vérité : les victimes portaient souvent leur lot de responsabilités. Le chemin que l'on suivait, volontairement ou non, menait toujours à certaines conséquences.

— Je crois que nous suivons un sentier déjà tracé.

Éric parut réfléchir quelques secondes, puis serra les mâchoires. Stifer sentit son cœur se serrer à la vue de cette peau flasque collée aux os du visage.

— Es-tu fier de tes traces, Éric ?

Stifer l'avait interpellé doucement, mais le jeune homme le toisa froidement du fond de sa chaise de cuirette :

— Je n'ai pas eu beaucoup temps pour marcher ! Et je vous ai rien demandé !

Soudain, il porta les mains à son ventre, en gémissant :

— Saloperie que ça fait mal ! Ça recommence !

Une infirmière accourut aussitôt, inquiète. Elle s'empressa de sonder l'état du patient. Celui-ci se laissa faire, l'air souffrant. La soignante quitta en toute hâte. Stifer s'approcha doucement, lui serra l'épaule. Sa prise se referma sur un sac d'os bouillant. Comment pouvait-il tenir le coup ?

Éric s'ébroua, l'air agacé ; Stifer enleva sa main. L'infirmière revint peu après avec quelques comprimés, qu'Éric s'empressa d'avaler. Il parut se calmer, conservant quand même les paumes collées à son ventre. L'infirmière enjoignit Stifer de partir : elle craignait qu'il ne fatigue le patient. Il salua Éric, qui l'ignora, quitta la chambre sous les ricanements du chat déluré.

Il suivit patiemment une procession de patients en chaise roulante qui revenaient du fumoir, contourna un auxiliaire qui nettoyait une plaque de vomi près des toilettes, puis rejoignit l'infirmière responsable dans le bureau.

France s'adressa à lui d'un ton empli d'inquiétude :

— Que s'est-il passé ? On est venu chercher des calmants en catastrophe.

Stifer soupira lourdement :

— Impossible de briser sa carapace. Il faudrait lui enlever cette fichue télé.

— Vous l'avez mis en colère. Cela l'épuise. Il ne lui reste plus beaucoup de forces, vous savez.

— Je le sais très bien, c'est vous qui me l'avez dit : peu d'énergie, peu de temps. Que voulez-vous que je fasse ?

— L'accompagner.

— Jusqu'où ? Au prochain feuilleton télévisé ?

L'infirmière baissa la tête, gênée. Stifer sourit avec lassitude :

— Pardonnez mon humeur, j'ai passé la nuit debout.

France posa une main amicale sur son bras. Sa silhouette potelée, son chignon remonté rappelaient à Stifer les bonnes tantes des contes de fées.

— Vous faites votre possible, Julien. Chacun est responsable de son destin. Les adolescents ne font pas exception.

Stifer opina tristement : Éric suivait un sentier tracé depuis longtemps.

CHAPITRE 11

La demande

Le faucon gerfaut scruta intensément les deux hommes qui se glissaient sous la lourde étoffe de brocart. Nabil et Safiya saluèrent le Dr Ullamah, puis prirent place sur d'épais coussins disposés devant une table basse. Le rapace aux ailes blanches reposait sur son perchoir, retenu par une cordelette de cuir à une colonnade aménagée près d'une fenêtre. Le faucon de l'émir ne portait pas sa capuche, signe de son accoutumance à la demeure du Dr Ullamah. Nabil s'en étonna : comment avait-on pu l'apprivoiser aussi rapidement ?

La belle Moura vint embrasser son fils Safiya avec effusion. Sa fille Aicha parut à son tour, ravissante dans une ample robe pantalon de soie bleue. Comme elles se retrouvaient en compagnie d'hommes de la famille, les femmes avaient délaissé l'austère burka pour des vêtements d'intérieur, plus confortables.

Nabil portait sa djellaba blanche pour l'occasion. Le barbier du village avait peigné soigneusement sa barbe, coupé ses épais cheveux noirs. Son visage et ses mains brillaient de propreté. Ils discutèrent de choses et d'autres, mais Nabil demeurait silencieux, absorbé par l'éclat d'Aicha. La jeune femme riait doucement aux facéties de son frère Safiya, dissimulant gracieusement sa bouche derrière de longs doigts aux ongles rubis. Sa chevelure d'ébène cascadait lourdement sur ses fines épaules, ses yeux sombres scintillaient sous la ligne de khôl comme les premières étoiles du soir.

— Comment se porte le faucon? demanda Safiya.

Comme s'il se savait interpellé, le rapace fit bruisser ses ailes.

— Ouri s'en est occupé, répondit Aicha.

— Ouri?

— Le fauconnier, dit Aicha, les yeux brillants d'excitation: il nous a montré comment le nourrir, le laver et même... le tenir!

La jeune femme bondit de sa chaise, s'empara d'un lourd gant de cuir, l'enfila et l'offrit à l'oiseau qui y bondit pour l'agripper de ses serres puissantes. Elle l'aveugla vivement à l'aide d'un capuchon orné de plumes. Aicha revint présenter le faucon à l'assemblée. Sa frêle main ne tremblait pas sous la prise du rapace au masque surmonté de plumes multicolores. Elle rayonnait de fierté. Le gerfaut aux ailes laiteuses à son poignet, Aicha évoquait pour Nabil un génie des temps oubliés.

Le Dr Ullamah et Safiya observaient la jeune femme d'un air sidéré. Supérieur en puissance à tout oiseau de sa taille, doté d'une férocité sans égal, nanti d'un courage tel qu'il disputait la préséance aux aigles des montagnes, le faucon représentait pour les pachtounes le symbole même du guerrier. Comment une jeune femme pouvait-elle s'intéresser à un oiseau aussi viril?

Les nombreux voyages du médecin l'empêchaient de surveiller sa maisonnée. Cette responsabilité incombait à Moura. Sa fille adoptive avait contrevenu de trop nombreuses fois aux règles de la décence. Sa conduite avait provoqué un esclandre au bouzkachi et voilà qu'elle se permettait d'apprivoiser le faucon que Mahazza Bin Émir désirait offrir à l'Élu de la Montagne.

Moura baissa les yeux devant le visage courroucé de son mari, puis interpella brutalement sa fille :

— Quand vas-tu enfin apprendre à te conduire convenablement ! Tu nous fais honte !

L'éclat fit sursauter le gerfaut qui enfonça ses serres dans le gant de cuir. Aicha pâlit sous la morsure des griffes, mais ne dit mot. Elle se détourna vivement, revint au perchoir où elle fit monter l'oiseau. Elle le débarrassa de sa capuche, l'attacha soigneusement, puis partit sans un regard vers l'arrière. La jeune femme parut à Nabil une hirondelle pourchassée par sa peine.

Le Dr Ullamah bouillait de colère. Il regrettait amèrement l'envoi de sa fille dans un collège d'Islamabad. Les mœurs corrompues de la capitale avaient déteint sur Aicha. Même la burka ne pouvait la protéger des regards concupiscents. Ses ongles brillaient comme des rubis au-delà des manches, sa démarche ondulante provoquait des vagues dans le lourd tissu. Elle parlait aux inconnus, déshonorait son sexe avec des loisirs masculins. Elle apportait le déshonneur à sa famille. Comment pourrait-il jamais la marier ?

Son épouse profita de l'entrée d'un serviteur apportant le thé pour échapper à la colère de son mari. Elle s'éclipsa sans un mot. Le Dr Ullamah s'efforça de se donner une contenance, désirant faire bonne figure devant son neveu. Il s'émerveillait de sa transformation depuis son départ de Montréal, deux ans plus tôt. Le jeune délinquant s'était métamorphosé en un moudjahid empli de zèle religieux. Un garde venu à la clinique lui avait appris que Nabil profitait de la confiance de l'émir. Le comportement de son neveu le réjouissait profondément.

— Comment cela se passe-t-il avec toi ?

— J'ai reçu ma mission, répondit Nabil, le regard éclatant.

Le Dr Ullamah se sentit à la fois submergé de joie et de tristesse. Il se rappela le jeune homme, debout dans le box des accusés, jugé selon une loi d'infidèles pour vol de voitures. Nabil se perdait alors dans le déshonneur. Toutefois, la révélation l'avait touché, et il approchait du but suprême. Il frapperait cet Occident détesté d'un juste châtiment, mais périrait sûrement à la tâche.

— Tu peux compter sur mon appui et celui de la Fondation. Je te fournirai l'argent nécessaire.

Nabil remercia d'un signe de tête. Les fonds de la Fondation pour la charité des croyants ne serviraient pas seulement à vacciner les enfants contre les maladies infectieuses, ils aideraient aussi à les prémunir contre le virus de la décadence occidentale.

Safiya s'éclaircit la voix :

— Père, mon cousin voudrait te présenter une demande.

Le Dr Ullamah s'étonna de l'air sérieux qu'arboraient les deux hommes. Il hocha du chef, inclinant ainsi sa broussailleuse barbe grise en signe d'assentiment. Nabil observa un instant le gerfaut toilettant ses plumes à l'aide de son bec, respira profondément, puis exposa sa requête d'une voix grave :

— Cher oncle, depuis toujours vous assumez ma protection ainsi que celle de ma mère. Vous avez répondu magnifiquement aux attentes posthumes de mon père, votre frère. Ma reconnaissance vous est acquise pour l'éternité. Je désirerais m'unir encore plus intimement à votre famille : permettez-moi d'épouser Aicha.

La requête de son neveu prit le Dr Ullamah au dépourvu. Ainsi, malgré sa volonté de martyr, il désirait quand même fonder une famille. C'était inhabituel. Les doux liens sont difficiles à briser, même pour un combattant de la foi.

— Je me réjouis de ta demande, mon neveu, mais je m'interroge aussi sur sa pertinence. Réponds-moi franchement : crois-tu avoir des chances de revenir de ta mission ?

Nabil demeura silencieux. Safiya vint à sa rescousse :

— Cher père, j'ai dû vaincre les scrupules de mon cousin durant une longue nuit partagée dans le désert. Il a combattu son désir avec toutes les obstructions possibles : sa mort probable au combat, ses maigres ressources, le désir d'Aicha d'une vie facile...

Le Dr Ullamah esquissa une grimace au rappel de ce trait de caractère qui l'irritait tant.

— ... Je suis finalement venu à bout de ses réticences honorables. Aux lueurs de l'aube ne subsistait que son amour véritable pour Aicha.

Safiya déposa une main solide sur l'épaule vêtue de blanc du soupirant :

— Je crois que ce mariage sera excellent pour eux, ainsi que pour la famille. Si Nabil ne réintègre pas son foyer, nous prendrons soin de sa veuve et de ses enfants, un devoir que tout bon croyant se doit d'assumer envers un combattant de la foi.

Le Dr Ullamah but délicatement son thé, réfléchissant aux conséquences de cette demande. Après réflexion, elle ne lui semblait pas si farfelue. Il se désolait de l'insistance de son neveu à combattre en martyr. En raison de sa formation de médecin, le Dr Ullamah réprouvait instinctivement le suicide. Son expérience le rendait conscient que la détresse menait souvent les jeunes gens idéalistes dans cette voie. S'il fondait une famille, son neveu offrirait moins volontiers sa vie. Après tout, la mort devait frapper les infidèles, non les croyants.

Il se rappela Nabil à son retour du Cachemire. Son entraînement aux armes de toutes sortes l'avait moins marqué que les préceptes religieux de l'imam Ajama. Nabil brûlait d'une foi intense. Il avait supplié son oncle de l'introduire auprès de Mahazza Bin Émir. Le Dr Ullamah avait d'abord tenté de l'en dissuader. Son neveu ne disposait pas de la brutalité inhérente au guerrier. Conscient de ce fait, Nabil avait trouvé sa voie dans le martyre. Peut-être qu'Aicha pourrait le convaincre de servir la cause autrement.

Pour sa fille indocile, ce mariage représentait un bon compromis. Élevé en Occident, Nabil comprendrait mieux les comportements parfois déroutants d'Aicha. Son départ prochain inciterait à la venue d'un enfant dans le couple. Mère, Aicha trouverait amplement à s'occuper. Elle devrait tenir son rôle d'épouse d'un guerrier parti à la guerre sainte. Nul doute, cela la calmerait. Si Nabil décédait au combat, Aicha profiterait du statut de veuve de martyr. Le Dr Ullamah pourrait alors l'offrir comme troisième femme à un patriarche qui saurait la discipliner.

Cette demande lui plaisait.

À la vue du sourire de son oncle, le visage de Nabil flamboya d'un bonheur sans mélange. Dieu répondait donc à tous à ses appels : celui de son âme avec Mahazza Bin Émir et celui de son cœur avec Aicha. Se sentant observé, Nabil tourna la tête : le rapace aux ailes blanches le scrutait de ses cruels yeux jaunes.

Aicha regardait son beau-père avec stupéfaction. Après l'avoir humiliée devant la famille, voilà qu'il voulait maintenant la marier ? Croyait-il donc que l'honneur pachtoune n'appartenait qu'aux hommes ? Et quel avenir pensait-il donc lui offrir avec ce Nabil flottant dans sa djellaba blanche comme une âme fiancée à la mort ? Rien qu'à l'éclat sombre de son regard, on devinait qu'il ne vivrait pas vieux. Celui auquel rêvait Aicha devait aspirer à l'amour, non au martyre. Gare à lui s'il lui prenait l'envie de s'encombrer d'autres épouses : elle lui arracherait les yeux.

— Je refuse, père.

Le Dr Ullamah demeura interdit. Il connaissait le tempérament indépendant de sa fille adoptive, mais avait espéré qu'elle se plierait à l'autorité paternelle en une occasion si solennelle.

— C'est un jeune homme intègre, religieux et rempli d'amour pour toi. Il connaît le monde.

— Et il y retournera. Sa place est ailleurs. Je veux une famille, des enfants, un mari à moi. Nabil ne m'apportera que la douleur.

— C'est un moudjahid.

Ce que le Dr Ullamah considérait comme une vertu représentait une tare pour sa belle-fille. Les moudjahidin préféraient leurs kalachnikovs à leurs épouses. Ils cédaient à des désirs irrépressibles d'orgueil et de Badal. Les guerriers semaient la mort, tandis que leurs femmes récoltaient la douleur. Le sang ne cessait jamais de couler dans le Waziristân. Certes, l'aménité de Nabil perçait sous ses traits émaciés, mais sa vie appartenait à Mahazza Bin Émir. De cela, il ne moissonnerait que la mort, et sa femme, le malheur. Comme les parents d'Aicha.

Aicha se rappelait la colonne d'hommes joyeux partis combattre les Américains en Afghanistan. Son père les accompagnait, galvanisé par les discours de Mahazza Bin Émir prédisant un bain de sang pour les infidèles. Encerclés à Kandahar par l'Alliance du Nord, bombardés jour et nuit par l'aviation américaine, peu avaient survécu. Aicha espérait se rendre un jour à la ville sainte d'Afghanistan afin de s'y recueillir sur la tombe de son père.

Une sépulture à honorer suffisait.

— Nabil a besoin de toi, reprit doucement son père.

Comme toujours, le Dr Ullamah se préoccupait plus de la cause que du bien-être de sa famille. Aicha désirait un mari débarrassé de la violence, des préjugés, de la haine. Son ancien professeur de poésie d'Islamabad appartenait à ce type d'homme. Elle ne pouvait le marier, bien sûr. Mais il en existait d'autres, comme Khattabba, ce jeune interne avec qui elle discutait quelquefois à la clinique de son père.

— J'ai besoin d'un homme libre.

— Que connais-tu à la liberté ? Laisse ton père s'en occuper.

Aicha se mit à taper le sol dallé d'un pied rageur.

— Je ne veux pas de Nabil !

— Pense à la cause !

— Ma cause, ce sont des enfants, un mari ! Tu voudrais que je porte le deuil dès le jour de mon mariage ! Quel genre de père es-tu ?

Le Dr Ullamah soupira de lassitude. Comment négocier avec cette jeune femme qui excellait dans tous les registres de la féminité : de l'indignité à la vertu ?

Après s'être déshonorée au bouzkachi, elle se drapait maintenant dans le devoir maternel. Mais beaucoup de veuves du village élevaient leurs enfants sous la tutelle d'un second mari. Ces femmes courageuses démontraient leurs aptitudes au sacrifice.

La propre mère d'Aicha montrait l'exemple. Pourquoi pas sa fille adoptive ?

Ullamah adopta un ton conciliant.

— Je comprends tes scrupules. Tu désires offrir un père à tes enfants.

Il étendit la main pour caresser l'épaule de sa belle-fille.

— Je peux poser comme condition à Nabil qu'il doit abandonner son idéal de martyr s'il désire t'épouser.

Aicha considérait son beau-père avec suspicion.

— N'a-t-il pas offert son engagement à Mahazza Bin Émir devant le conseil des anciens ?

— Oui, soupira le Dr Ullamah, c'est moi-même qui l'ai présenté. Vois-tu Aicha, mon cœur se désolait de cette demande. Mais comment refuser le djihad à celui qui le revendique ?

Il sourit à sa belle-fille troublée par ce ton de confidence inhabituel.

— Mais son amour pour toi est si fort qu'il pourrait abandonner cette voie. Je suis assuré que Mahazza Bin Émir accepterait de le délier de son vœu.

— Il lutterait quand même aux côtés de l'émir.

Le Dr Ullamah ne put éviter de s'emporter :

— Aucune femme ne peut questionner l'implication de son époux au djihad !

Aicha baissa humblement les yeux, mais elle se rappelait trop bien le visage ravagé d'inquiétude de sa mère au départ de son mari, puis la misère dans laquelle elles avaient sombré après le décès de son père. Son frère Safiya combattait alors en Afghanistan et se trouvait incapable de les soutenir. Les deux femmes ne survivaient que grâce aux denrées fournies par la mosquée aux indigents du village. La beauté de Moura les avait sauvées de la misère. Le Dr Ullamah l'avait demandée en mariage après l'année de veuvage rituel. Même acculée à la mendicité, Moura avait soigneusement étudié la proposition. Comme présent de mariage, elle avait exigé que sa fille puisse étudier à Islamabad.

L'instruction ainsi obtenue avait apporté une certaine liberté à Aicha. Elle savait taper à la machine et utiliser des ordinateurs. Le Dr Ullamah avait pourtant refusé de l'engager à la Fondation pour la charité des croyants, arguant que le village foisonnait de pères de famille nécessiteux. Aucun d'eux ne connaissait la dactylo, et Aicha devait taper gracieusement de longues lettres pour son père à la maison.

Il était clair pour Aicha que la seule liberté des femmes pachtounes résidait dans leur consentement au mariage. La conduite de sa mère lui avait enseigné que les femmes avisées ne l'abandonnaient qu'avec moult précautions.

— Je vais y réfléchir.

Le Dr Ullamah la scrutait avec appréhension, habitué aux frasques de sa belle-fille.

— Puis-je lui annoncer ta condition?

Aicha tressaillit, fixant cette fois son interlocuteur d'un regard défiant.

— Je jugerai en temps et lieu s'il mérite mes conditions!

CHAPITRE 12

La vie stoppée au feu rouge

En cette frileuse soirée de septembre, les arbres se drapaient dans leurs dernières feuilles vieillissantes. Ils se retrouveraient bientôt dépouillés, puis figeraient sous la froidure de l'hiver. Un bonhomme de neige veillerait dans la cour arrière d'Anémone, les oiseaux se bousculeraient aux mangeoires, Grosse Lune hésiterait à s'aventurer à l'extérieur.

Le sifflement de la bouilloire l'amena à la cuisine. Elle se prépara une tisane afin de bien dormir et alluma la télé. La présentatrice annonça l'arrivée prochaine d'un congrès géant de dentistes à Montréal. Les nouvelles internationales apportèrent ensuite leurs lots d'images de famine ou de guerre. Un reportage sur le Moyen-Orient montra des femmes voilées, camouflées sous de lourds tchadors noirs, hurlant des imprécations contre les impérialistes de ce monde qui récusaient leurs coutumes.

Ce type de scène troublait Anémone. Ces femmes semblaient transporter une geôle de draperies sombres sur leurs corps. Comment pouvaient-elles manifester ainsi ? Anémone se rappela les reportages terribles sur les incisions, les lapidations, les divorces iniques, pratiques courantes en certains pays. Les femmes ne devaient-elles pas plutôt s'épauler afin de progresser sur le chemin de l'émancipation et de l'épanouissement ?

Grosse Lune vint se frotter contre sa jambe en ronronnant doucement. Anémone entreprit de caresser le petit fauve. Anémone menait sa vie à sa guise. Ce n'était certes pas une vie facile. Elle approchait de la trentaine, pas de famille en vue. Sa carrière s'apparentait à une course à obstacles contre les préjugés. De nombreuses policières patrouillaient les rues, mais peu investissaient les escouades d'élite comme l'antigang ou les homicides.

Le lieutenant Vadnais insistait pour lui confier les drames familiaux, le capitaine Rochard essayait de la cantonner dans un rôle de porte-parole auprès des médias. Stifer lui offrait certes quelques bouts d'enquête, à condition que Bernard la chaperonne. À son avis, elle devait trimer plus dur que tout le monde afin de faire sa place. Mais la liberté avait un prix. Anémone le paierait.

Les marteaux-piqueurs envoyaient des vibrations sourdes dans les fondations de la maison. On changeait les conduites d'eau du quartier. Anémone reposait sur le dos, respirant doucement, essayant vainement de s'endormir dans la pénombre offerte par les stores. Cependant, des images s'infiltraient furtivement, colorant de rouge son écran mental. Gunaratna sur son grabat sanglant, une sucette de bébé à la main. Une tête à moitié détachée, des vêtements lourds de sang séché. Des gouttelettes de sang dispersées dans la cour arrière.

Anémone se remémora les pièces, les flaques de sang, la sucette souillée. Elle imagina l'escalier arrière, descendit mentalement les marches. La cour lui apparut, des touffes de mauvaises herbes entre des fissures d'asphalte. Un arbre solitaire, une balançoire vétuste. Le diagramme montrait une agglomération de gouttelettes près de la balançoire. Le meurtrier se serait-il reposé là-dessus? Comment pouvait-on posséder un tel sang-froid? Devant les voisins?

À moins qu'il ne soit normal qu'il prenne place sur cette balançoire.

Anémone ouvrit les yeux. Étendue sur le dos au milieu de la pénombre, les mains croisées sur le ventre, veillée par des cantiques de bulldozer. Une excavatrice s'était mise à creuser, amplifiant le tapage. Elle concentra son attention, absorbée à ne pas perdre le fil de l'idée:

«Un homme du quartier, un voisin qui fréquentait la cour arrière? Qui aurait échangé quelques mots avec les enfants jouant dans la cour, avant de quitter le site?»

Anémone releva les couvertures, quitta vivement le lit. Où avait-elle laissé son cellulaire? Elle fourragea parmi les papiers empilés sur sa table de chevet, fouilla les poches de son tailleur, descendit à la cuisine. L'appareil reposait au centre de la table. Elle s'en empara, appela le bureau du Dr Munser, reconnue pour travailler tôt le matin. Tout en patientant sur la ligne, elle ouvrit son sac, s'empara de la misérable sucette enveloppée dans un sac de plastique. Elle en observa un instant la fade couleur, tout en poursuivant son raisonnement.

Un assassin, père d'un tout jeune bébé, voilà qui expliquerait la sucette. La victime la lui avait arrachée lors de l'agression. Ils avaient dû parlementer, les esprits s'étaient échauffés, peut-être à cause du bébé. En colère, le père avait égorgé Gunaratna. Il s'était enfui par la porte arrière, avait dévalé les marches, aperçu les enfants jouant dans la cour, peut-être les siens. Il avait pris place sur la balançoire, leur avait parlé. Ce qui dénotait un sang-froid extraordinaire. Un homme d'origine étrangère, récemment immigré d'un pays où la violence était quotidienne.

Plus tard dans la soirée, on avait appelé la police pour signaler le crime. Peut-être la propre femme de l'assassin ?

Elle tenait un profil.

— Dr Munser, bonjour, répondit une voix agacée.

— Bonjour, docteur, Anémone Laurent à l'appareil. Avez-vous du nouveau sur l'autopsie de la victime de la rue Walkley ?

— Le terroriste ?

— Il ne l'est pas encore, docteur. Ce n'est qu'une supposition des fédéraux.

— Peut-être, mais ils ont décrété le code orange, répliqua Munser d'une voix âpre. J'ai passé la nuit dessus.

— On vous a obligée ?

Anémone ne pouvait imaginer quiconque obliger la terrible pathologiste à effectuer une autopsie.

— C'est un code orange, le protocole est clair : autopsie dans les huit heures. Si je ne bougeais pas assez vite, on m'enlevait mon patient !

— On vous a fourni un assistant ?

— Un pathologiste est descendu d'Ottawa afin de me seconder. Enfin, me surveiller, devrais-je dire ! C'est lui qui rédige le procès-verbal en ce moment.

— Que dira le rapport ?

— Mort foudroyante par égorgement. Lame recourbée, très aiguisée. Pas d'autres blessures. Décès à 9 h 10, à quelques minutes près.

Munser parut se contenir, puis explosa :

— Pas besoin d'un code orange pour arriver à ces conclusions ! On aurait simplement dû me donner le

budget ! Maintenant qu'ils ont déclaré le code, l'argent
coule à flots !

— Des blessures générées par un combat ?

— Mort foudroyante, ai-je dit.

— Les gouttelettes de la cour proviennent-elles de
la victime ?

— Non. Nous avons la signature ADN de ces gouttelettes. Mais les recherches d'identification n'ont
rien donné jusqu'à présent.

Anémone reposa l'appareil. Neuf heures dix, avait
dit Munser : une heure réaliste pour trouver des enfants
dans la cour. Elle hésita un instant à appeler Bernard
afin de l'informer, puis se ravisa : au diable les cha-
perons !

Stifer quitta l'hôpital par ses larges portes vitrées.
La matinée baignait dans une faible lumière grisâtre,
filtrée par des nuages sombres. Il observa le ciel à la
recherche d'augures de pluie, remarqua une formation
d'oiseaux en route vers le sud. Ses pas claquaient sur
l'asphalte froid, accompagnés des caquètements d'oies
en provenance du ciel.

Stifer franchit la barrière du stationnement, se
demandant furtivement s'il n'avait pas égaré le billet
de sortie. Des freins hurlèrent tout près. Stifer se retourna vivement pour découvrir qu'un camion avait
simplement stoppé au feu rouge. Il s'imagina dans le
bureau d'un médecin, peu après la réception d'un
diagnostic fatidique : cancer foudroyant, mort dans
quelques mois.

La vie stoppée au feu rouge.

La vie avant, pleine de projets. La vie après, la
mort devant. Comment avait réagi Éric ? Avait-il crié,
pleuré, supplié ? Il avait dû encaisser le choc sans
rien dire, s'enfermant encore plus dans sa coquille.

Pourquoi donc Stifer s'entêtait-il à escorter les mourants? Il lui restait peu de temps à vivre lui-même. La cinquantaine approchait, de plus en plus vite semblait-il. Par culpabilité, peut-être: pourquoi eux, et pas lui? Par souvenir, sûrement: il avait perdu sa fille, huit ans auparavant. Elle serait une belle femme, aujourd'hui, si sa vie n'avait pas tourné au rouge.

Stifer chassa ces pensées horribles, fouillant ses poches à la recherche du billet de sortie. Où l'avait-il fourré? Il examina le tableau de bord au travers du pare-brise. Il n'y découvrit pas de billet. Il chercha dans son portefeuille: le coupon manquait toujours. Il remonta le col de son manteau, enfouit les mains dans ses poches, songeur, pendant que les gouttelettes pianotaient une mélodie triste sur son vêtement.

Il vint à l'esprit de Stifer que la jeunesse d'Éric ne lui avait pas permis de déployer ses ailes. Il se retrouvait seul, désemparé, devant le couvercle qui commençait à s'ouvrir au-dessus de sa tête.

Il imaginait de nouveau Éric face au médecin. Sa vie devait avoir été marquée par la révolte. Mais la rébellion contre la mort est inutile. Jouissant de la jeunesse, d'une santé solide, il aurait pu croire à l'illusion d'un pouvoir sur sa vie. Mais avec un cancer foudroyant dévorant ses entrailles, sa vie avait tourné au rouge. Ses rêves se sont dissipés, la fin apparaît, tout près. Un rideau va se baisser, il ignore si un autre se lèvera. Il est alors en proie à l'angoisse, à l'amertume, à la peur.

Stifer fouilla de nouveau ses poches. « Où est ce fichu billet? »

Il fantasma sur une solution expéditive: il collerait le gyrophare sur le toit et défoncerait la barrière. Il sourit: peut-être pourrait-il justifier son acte par le code orange? Il déverrouilla la portière, prit place au volant. Le ticket l'attendait sur le siège. Il démarra, inséra le billet dans le guichet; la barrière s'éleva lentement. Les véhicules en attente s'ébranlèrent, le feu avait de nouveau viré au vert.

Il engagea sa voiture dans le trafic. À travers le pare-brise, il apercevait la volée d'oiseaux s'éloigner en direction d'horizons plus cléments. Une oie fatiguée n'est jamais laissée à l'arrière. Ses compagnons l'escortent à tour de rôle, jusqu'à ce qu'elle regagne assez de forces pour rejoindre le groupe. Stifer prit sa décision: il escorterait Éric jusqu'à ce qu'il puisse entreprendre son ultime migration.

Son cellulaire vibra: c'était Rochard, le capitaine.

— Je ne vous ai pas vu depuis des lustres, Julien. Venez à mon bureau.

— J'ai passé la nuit chez Gunaratna aux côtés des fédéraux, capitaine.

Ce dernier répliqua d'un ton de compassion ennuyée:

— D'accord: je vous fais préparer un café.

Stifer soupira: un code orange mériterait au moins un cappuccino.

Stifer regardait le liquide noir et visqueux qui stagnait dans son verre. Rochard avait demandé à la secrétaire d'aller leur chercher des cafés à la nouvelle machine distributrice. Elle devait avoir pris les dollars réglementaires dans la petite caisse. Il espérait que les profits provenant de cette cafetière exécrable seraient au moins versés aux bonnes œuvres de la police. Le lieutenant Vadnais était affalé dans le fauteuil d'à côté. Rochard finissait de taper la liste des affaires en cours pour le bénéfice de ses maîtres politiques.

— Bien, dit Rochard en enfonçant une dernière touche. Voilà pour Harfang. Une opération très bien menée. Nous allons maintenant rédiger le rapport sur l'enquête terroriste. Où en sommes-nous, Julien ?

— La fouille de son appartement ne nous a rien appris sur Gunaratna ; il n'est fiché dans aucune banque de données

— On n'a pas décrété le code orange à son sujet ? demanda Vadnais d'un air étonné.

Stifer changea de position sur sa chaise ; la fatigue pesait sur lui comme une chape de plomb. La pluie tambourinait doucement sur les vitres.

— Les fédéraux parlent d'un ordinateur incriminant. Gunaratna aurait visité de nombreux sites Internet voués au terrorisme. Pour l'instant, nous cherchons toujours à identifier le meurtrier.

« *Nous cherchons activement les membres de la cellule terroriste à laquelle appartenait ce Gunaratna retrouvé assassiné.* »

Les doigts de Rochard pianotaient fébrilement sur le clavier.

— Monsieur le maire sera heureux d'apprendre que nous travaillons à déjouer un tel complot dans sa ville. Demandons-nous un budget supplémentaire ?

Poser la question, c'était y répondre.

— Il me faut des détectives, répondit Stifer.

— Ils sont tous sur Harfang, décréta Vadnais d'un ton péremptoire.

Rochard massa ses grosses mains potelées :

— Par contre, une enveloppe spéciale est allouée aux villes par le gouvernement fédéral afin de répondre à tout danger terroriste. C'est bien la situation à laquelle nous faisons face, non ?

Stifer soupesa sa réponse ; il pouvait s'avérer périlleux de contrecarrer les visées budgétaires du capitaine Rochard.

— Cela semble être l'avis du SCRS.

Rochard joua un instant avec sa montre.

— Alors, combien?

Stifer jeta un œil vers la fenêtre battue par le vent : il avait peine à déchiffrer un relevé de banque. Il hasarda le chiffre de sa dernière hypothèque :

— Cent mille dollars.

Le capitaine fit la moue, ce qui souleva légèrement ses épaisses lunettes d'écaille.

— Comme première estimation, peut-être. Nous demanderons cent cinquante mille supplémentaires pour les imprévus.

Rochard fit pivoter son ventre arrondi afin de saisir quelques nouvelles lignes à l'ordinateur :

— Un quart de million, pour la première phase de l'enquête. Voilà.

Il tourna la tête, le congédia d'un sourire paternel :

— Tu peux aller dormir, Julien. Tu l'as bien mérité.

— Et mes détectives?

— Tu as ton budget, non? Faites des heures supplémentaires.

Stifer passa à son bureau où il convoqua le sergent Lucien Bernard. Le détective apparut quelques minutes plus tard. Une cigarette refroidie pendait à ses lèvres minces. Quelques poils revêches parsemaient son menton sommairement rasé.

— Ça va, lieutenant?

— C'est OK. As-tu fait des heures supplémentaires sur l'affaire Gunaratna, Lucien?

Le détective toussota, puis se mit à ricaner d'une voix caverneuse.

— Peut-être avez-vous oublié? Nous ne sommes plus que deux dans votre équipe, lieutenant.

Il pointa un doigt brunâtre en direction des colonnes de l'oubli érigées sur le bureau de Stifer :

— Il fut un temps où je travaillais des heures nor-
males. Mais il y a trop de dossiers là-dedans à votre
goût, pas vrai ?

— Nous avons obtenu du budget pour l'affaire
Gunaratna ; charge au moins les heures que tu y as
consacrées.

— Et la femme pasteur ? J'ai passé des fins de
semaine à interviewer les habitants du quartier. Je
me suis tapé toutes les arénas du coin durant des tas
de week-ends.

Stifer s'écrasa dans son fauteuil qu'il fit tournoyer
distraitement :

— À classer aux bonnes œuvres, Lucien.

Quand le fauteuil de Stifer se déplaçait vers la
gauche, il faisait face à la fenêtre : des gouttelettes de
pluie y serpentaient, en longues coulées ciselées par
le vent. Des freins de camions hurlèrent tout près ;
peut-être un feu venait-il de passer au rouge.

— Es-tu prêt à effectuer quelques heures supplémentaires de plus, Lucien ?

Le détective ricana :

— Un autre dossier oublié, lieutenant ?

— Oui, mais payé par l'affaire Gunaratna : il s'agit
de retrouver Shooter.

— Un gars des Bloody Birds ?

Stifer consulta l'annuaire de son cellulaire, puis
inscrivit un numéro de téléphone sur un papier :

— Plutôt un pitbull. Contacte France Vernant, à cet
hôpital, pour les détails personnels du propriétaire.

Bernard plissa les yeux en examinant la note.

— Priorité orange, lieutenant ?

— Rouge, répondit Stifer.

CHAPITRE 13

Le petit trafiquant à la charrette

Souhila Hajan froissait doucement la barbe grisâtre entre ses mains couvertes de henné. Les mèches s'illuminaient au passage de ses doigts, comme des flammes frisées. Souhila recula légèrement afin de permettre à son mari de s'observer dans la glace. La silhouette robuste d'Haji Khan Hajan remplissait l'étroit miroir de la chambre. Il était vêtu d'une large chemise blanche et d'un pantalon noir, un couteau à crosse d'argent ceignant sa ceinture. Il grogna son assentiment, offrit un sourire à sa femme, puis quitta la pièce. Satisfaite, Souhila se permit enfin de voir à sa propre toilette.

Tout en se rapprochant du miroir, elle s'empara d'une lourde brosse de bois et entreprit de démêler son épaisse chevelure noire. La glace reflétait un visage étroit, de grands yeux sombres, une peau lisse, exempte de toutes traces de maquillage. Son corps avait conservé une certaine minceur, grâce aux jeûnes fréquents qu'elle s'imposait. Sa beauté ne correspondait pas aux canons véhiculés par les panneaux publicitaires. Cela ne la troublait pas, bien au contraire : Souhila détestait cet esclavage imposé par l'industrie impie de la mode.

Son mari avait acquis son surnom au milieu des montagnes afghanes, alors qu'il combattait en compagnie des talibans contre les forces du Nord. Sa barbe rousse avait pour but d'effrayer ses ennemis; elle représentait les couleurs de l'enfer qui les attendait. Souhila avait à peine treize ans quand on lui avait présenté Khan, originaire du même village. Khan approchait de la trentaine. Le mariage, arrangé selon la coutume, ne souffrait bien sûr aucune discussion, mais Souhila avait éprouvé quelques doutes. De Khan, elle ne se remémorait qu'un jeune homme miséreux transbordant des marchandises de contrebande sur sa charrette.

Toutefois, la guerre sainte avait changé Khan. Il s'était métamorphosé en redoutable guerrier et jouissait d'excellentes relations avec les talibans, les nouveaux maîtres de Kaboul. Son prestige était grand dans la vallée. Souhila provenait d'une famille honorable, Khan avait donc progressé dans l'échelle sociale avec ce mariage. Il traita sa femme en conséquence. Ils avaient aussitôt emménagé à Kandahar, dans une belle grande maison emplie de serviteurs. Khan avait repris ses opérations de contrebande, mais sur une tout autre échelle : les camions bâchés avaient remplacé la vieille charrette.

Elle remercia bientôt le Tout-Puissant : son mari s'apparentait peu au Barberousse des contes, un être horrible qui assassinait ses femmes l'une après l'autre. Il se montrait plutôt un époux prévenant et respectueux, suivant ainsi les préceptes du Prophète. De fait, sa barbe rougissante s'apparentait plutôt aux peintures de guerre des Indiens d'Amérique. Car Haji Khan Hajan empruntait le sentier de la guerre dès sa prière matinale achevée. Il guerroyait pour hisser le drapeau vert de l'islam au sommet du monde.

Souhila se savait faible femme, mais tentait de seconder son mari en toutes occasions : elle peignait avec plaisir sa barbe pour la guerre sainte.

Le faucon encadré au-dessus du lit conjugal fixait Souhila de ses yeux perçants. Khan affectionnait particulièrement les oiseaux de proie qui lui rappelaient tant leur pays natal. En un sens, ils représentaient les enfants que Dieu leur avait refusés, la seule tristesse de leur mariage. Elle enfila en soupirant le long vêtement sombre qui dissimulait ses formes, ajusta soigneusement son foulard. Souhila suivait les convenances en tout temps, même en sa propre maison, spécialement lorsque Yar Muhammad patientait au salon en sirotant son thé.

Comme toujours, l'homme la gratifia d'à peine un regard. Affalé sur le sofa, il sirotait un thé à la menthe tout en mâchant des amandes salées. Le regard fixe, il était grand, plutôt maigre, le corps noueux. Yar Muhammad s'était attaché à son mari depuis Kandahar ; il le secondait dans ses entreprises d'import-export. Elle ne l'appréciait pas vraiment, mais comme il servait la cause, elle n'avait rien à redire.

— Encore un peu de thé, Yar Muhammad ?

Il hocha la tête, croquant consciencieusement ses amandes de ses dents très blanches. Souhila le servit avec égard. Elle professait toujours le plus profond respect envers les moudjahidin. Les hommes de la famille avaient tous combattu les Soviétiques dans les montagnes. Beaucoup avaient péri, son grand-père avait perdu une jambe. Au Waziristân, on considérait comme sacrée la seule présence d'un combattant du djihad dans sa demeure.

Son mari se présenta dans la pièce. Il tendit deux lettres d'un air grave :

— Nous avons reçu des communications per-
sonnelles pour nos frères. Souhila, peux-tu les leur
apporter, et peut-être leur donner aussi un peu de
réconfort ?

Les Américains espionnaient toutes les communications de la planète. Les frères combattants qui
désiraient communiquer avec leur famille ne pouvaient
se permettre de téléphoner, encore moins d'envoyer
des lettres. Les messages personnels se trouvaient
donc transmis grâce à la nébuleuse de la Légion du
courroux divin. Certaines généraient la joie, d'autres,
la tristesse ; mais pour tous, elles signifiaient la fierté.

Comme toujours, Yar Muhammad piloterait Souhila
dans sa mission. Jamais, elle n'aurait songé à conduire
une voiture.

La Toyota blanche serpentait dans le trafic de la
rue Fielding. Du siège arrière, Souhila observait les
passants, toujours confondue par cette inconvenance
qui s'étalait dans les rues : cette jeunesse insolente,
ces femmes à la tenue aguichante, ces hommes aux
regards grossiers. En son pays, frères et maris veillaient
jalousement sur la vertu de leurs femmes. Un simple
regard inconvenant déclenchait un Badal immédiat.
Ici, la féminité s'offrait comme un vaste étalage,
sans que personne ne s'en offusque. Instinctivement,
elle replaça le foulard autour de son visage.

Souhila s'ennuyait de son tchador, oasis de tranquillité, forteresse de sa vertu. Ces voiles sombres
tenaient les regards concupiscents à distance. Ils
représentaient un devoir divin, bien sûr, mais aussi un
gage de liberté : à l'abri, les femmes s'affranchissaient
du désir des hommes. Leurrées par un mirage de
liberté, les Occidentales se métamorphosaient en
objets de convoitise, devenaient esclaves des mar-

chands de sexe. Souhila tirait de la fierté à être l'esclave de Dieu.

Son mari lui avait demandé d'abandonner le tchador, qui provoquait trop la curiosité. Comme toujours, elle lui avait obéi sans discussion. Yar Muhammad gara la voiture, puis lui tendit un petit sac de monnaie. Souhila se surprenait toujours du regard vide de l'Algérien. Elle ajusta son foulard, ouvrit la portière : une boîte téléphonique aux parois barbouillées de graffitis se dressait près de la devanture d'un magasin de fruits. Elle s'enferma dans la cabine, prit une première enveloppe sur laquelle était inscrit « Toronto », suivi d'un numéro de téléphone. Souhila l'ouvrit, prit connaissance du contenu. Le message était triste ; elle psalmodia une courte prière.

Elle composa le numéro, inséra la monnaie demandée. Le téléphone sonna longuement. Elle était sourde aux bruits de la rue, seulement attentive aux longues sonneries. On décrocha ; une femme répondit en anglais. Souhila se voila la bouche d'un pan de son foulard afin de déguiser sa voix, puis expliqua en arabe, langue d'usage pour un tel message :

— Mahmoud Hasseni, fils de Hossein Hasseni, est mort au djihad.

Le silence se fit, seulement troublé par quelques parasites sur la ligne. Finalement, une respiration oppressée, puis de lourds sanglots. Souhila reprit doucement :

— Mahmoud s'est éteint en martyr. Soyez heureuse d'avoir un tel fils. Que Dieu l'accueille au paradis.

Souhila raccrocha, récita une nouvelle prière. Elle devait informer la famille de la mort de leur fils, mort dont elle ignorait les circonstances. La Légion du courroux divin ne divulguait jamais ces informations secrètes. Ces parents ne pourraient donc pleurer sur son cadavre, ou sa tombe, un endroit qui leur demeurerait à jamais inconnu. Mais leur tristesse serait tempérée par la fierté d'avoir offert un fils au djihad.

Souhila s'empara de la deuxième enveloppe. Reconnaissant la destinataire, elle replaça la lettre dans son sac : madame Ullamah méritait qu'on lui transmette des nouvelles de son fils en mains propres.

Pour Zaouïa Ullamah, le temps se suspendit de longues secondes, jusqu'à ce que sa visiteuse lui tende l'enveloppe tant attendue. Les cris d'une dispute entre enfants leur parvenaient du palier inférieur. Zaouïa n'en avait cure, tout occupée à dévorer la lettre des yeux. Elle considéra anxieusement la messagère, essayant de décerner un aperçu des nouvelles qu'elle lui apportait.

— Je n'en connais pas le contenu, dit doucement Souhila.

Zaouïa répliqua d'une invitation pressante :

— Veuillez entrer, je vous prie.

Souhila accepta avec plaisir ; elle fréquentait peu de personnes à Montréal. La mère d'un moudjahid lui apparaissait de bonne compagnie. Elle pénétra dans le logement modestement meublé. Zaouïa s'apprêtait à fermer quand elle figea à la vue de Yar Muhammad qui venait d'apparaître sur le seuil de la porte, la fixant de ses yeux pâles.

Souhila ne s'étonna pas de la réaction apeurée de sa compagne. Yar Muhammad offrait un aspect vaguement menaçant. Sa nature semblait pourtant baigner dans une aura d'indifférence : à la présence d'autrui, ou à la sienne propre, Souhila ne saurait dire. Yar Muhammad fit alors une chose terrible : il se permit de sourire.

Même Souhila en fut sidérée. Elle n'avait jamais vu l'homme sourire, encore moins rire. Les dents blanches de Yar Muhammad luisirent comme des crocs. Il fixait toujours son hôtesse, quand il dit :

— J'espère que votre fils va bien. Bonne journée, madame Ullamah.

Souhila fut étonnée de la pâleur de Zaouïa, toujours face à la porte, la lettre à la main. Puis elle referma doucement. Yar Muhammad était parti comme une ombre. Zaouïa ouvrit nerveusement l'enveloppe, debout, au milieu du salon.

Elle reconnaissait l'écriture, ces caractères prêts à s'envoler vers le ciel. Nabil, son fils, lui souhaitait bonne santé, puis expliquait qu'il travaillait à la Fondation pour la charité des croyants, que tout se passait à merveille, qu'il était heureux d'être de retour au Pakistan. Les nouvelles qu'il donnait étaient brèves, vagues et ne divulguaient rien. Toutefois, cette lettre témoignait au moins qu'il était en vie. Zaouïa remercia sa visiteuse d'un sourire soulagé, puis lui offrit un siège :

— Vous prendrez bien du thé, Souhila ?

La visiteuse accepta de bonne grâce. Zaouïa retourna à la cuisine, mit la bouilloire sur le feu, prépara une assiette de pâtisseries. De retour au salon, Zaouïa se permit de relire la lettre une nouvelle fois. Puis, elle demanda d'une voix légèrement suppliante :

— Avez-vous des nouvelles plus… détaillées ? Je suis si inquiète pour lui.

Souhila répondit doucement :

— Votre fils suit la voie valeureuse, n'ayez crainte pour lui.

Zaouïa lissa doucement la lettre, comme pour essayer d'entendre la voix de son fils incrustée dans ses beaux caractères :

— J'ai peur qu'il ne se perde.

— Comment peut-on se perdre au milieu d'une voie tracée par Dieu? demanda Souhila d'une voix étonnée.

Zaouïa regarda la jeune femme d'un air grave. Elle se mordilla la lèvre, parut réfléchir profondément, puis répliqua lentement:

— Comment peut-il en être sûr? Nabil est si influençable.

— Il est guidé par des saints.

— Des saints…

Zaouïa eut un sourire triste:

— Il en existe encore?

— Il y en a beaucoup: ils sont tous musulmans.

— Dieu ne nous aurait donc pas abandonnés? Ce monde d'aujourd'hui est si dur.

— Pourquoi nous abandonnerait-Il? Nous suivons ses préceptes: nous aimons et haïssons tout ce que Dieu aime et hait.

Zaouïa but son thé en silence, Souhila grignotait sa pâtisserie. Des petites miettes collèrent à ses lèvres minces. Elle les lécha d'un coup de langue vif, puis observa son hôtesse d'un air bienveillant:

— Vous doutez, chère Zaouïa, cela est normal. Il est si difficile d'élever des enfants dans un pays comme celui-ci. Mais grâce à des gens comme votre fils, cela changera. N'ayez crainte, vous êtes glorifiée.

— Vous connaissez mon fils? interrogea Zaouïa avec espoir.

— Non, répondit Souhila avec ferveur, mais j'en serais très honorée.

Elle se leva, replaça son foulard:

— Je dois partir, merci pour le thé.

Zaouïa attendit au milieu du corridor, alors que les pas de Souhila claquaient dans les marches. Le vent qui s'engouffrait par la lucarne faisait flotter doucement

les rubans jaunes de police installés devant la porte
d'Ismaël. Zaouïa entreprit de réciter des prières fer-
ventes : pour son fils, pour Ismaël, pour les âmes
perdues.

— Tenez-le solidement, monsieur Khan.

Une jeune étudiante vétérinaire, volontaire de
l'organisme PROIES, brandissait maladroitement un
faucon en direction de Khan. L'oiseau considérait
les alentours avec excitation, comme s'il anticipait
sa prochaine liberté.

Khan sourit en recevant le faucon pèlerin sur son
gant de cuir. Il enroula l'attache autour de son poignet ;
les ailes de l'oiseau frémissaient, son regard épiait
les alentours à la recherche d'une proie. L'organisme
de protection des oiseaux occupait un grand espace
couvert de champs et de forêts. De généreux donateurs,
dont Khan faisait partie, avaient permis l'acquisition
d'un vaste terrain près de Coaticook.

— Permettez que je prenne une photo de l'oiseau,
demanda la jeune bénévole, c'est pour l'album de la
Fondation.

— Bien sûr, Catherine, répondit Khan, tout à sa
contemplation de l'oiseau fabuleux.

Khan sentait l'excitation gagner l'oiseau. Enfin
guéri, il pourrait retrouver sa liberté. En certains pays
dégénérés du Golfe, la magnifique bête vaudrait son
pesant d'or. Libérer les rapaces restait le privilège
des principaux donateurs de l'organisme PROIES.
Une prérogative dont Khan profitait avec plaisir. Ce
faucon était le troisième rapace qu'il lançait dans
l'azur.

Ses lourdes bottes écrasaient les herbes mouillées
à l'odeur âcre, les poils roux de sa barbe flottaient
dans le vent de cette fin de septembre. L'oiseau à

son poignet, au milieu de ces montagnes trapues, Khan se sentait vraiment vivant. Les grandes vallées du Waziristân sans cesse survolées par des oiseaux noirs lui revinrent en mémoire. Khan apprécia l'image : des moudjahidin survolaient les contrées infidèles d'un lent vol circulaire, prêts à frapper à tout instant.

Khan se savait grand pêcheur. Il avait tué par pur appât du gain. Il avait distribué de l'héroïne, substance impure, dans des pays musulmans. Il avait peu donné aux indigents, hormis aux oiseaux blessés. Il n'avait pas toujours effectué ses prières, loin s'en faut. Mais sa mission comme moudjahid rachèterait tout cela. Lui, Khan, le petit trafiquant à la charrette, ferait plier le front des arrogants infidèles. Il aiderait à hisser la bannière verte de l'islam sur le toit du monde.

Il enleva doucement la lanière de cuir à la patte de l'oiseau. Celui-ci considéra l'homme de ses yeux d'or ; Khan crut y discerner une étincelle de vision divine. Khan leva le bras, très haut, en direction d'un ciel pâle de septembre. Le faucon frémit, Khan sentit la puissance de l'envol quand l'oiseau s'arracha à son bras.

L'appareil photo cliqueta, immortalisant cet envol vers la liberté. Le faucon pèlerin franchit l'azur, filant en direction de la frontière américaine.

Pour Khan, cela parut un bon présage.

La Toyota blanche filait sur la petite route, direction sud, sillonnant les douces collines couvertes de pins. Des fermettes bien entretenues s'alignaient le long de la route, des vaches placides levaient parfois le regard à leur passage. Sur la ligne d'horizon, les montagnes de l'État du Maine se profilaient sous les nuages blêmes. Le véhicule entra dans la ville frontalière, fit le plein au poste d'essence, continua le long de la rue principale, puis enfila la première route de rang en direction sud.

Le paysage se voilait sous les nuages de poussière soulevés par la voiture. Une entrée apparut à leur gauche, une solide chaîne tendue entre deux arbres en barrant l'accès. Yar Muhammad descendit, décadenassa la chaîne, l'enroula près d'un gros érable, puis reprit place derrière le volant. Une vieille maison de briques apparut sous les arbres. Khan attendit patiemment pendant que son garde du corps pénétrait dans la maison. Yar Muhammad revint quelques minutes plus tard. Satisfait, Khan descendit enfin de son véhicule. Yar Muhammad entreprit de préparer le thé, tandis que Khan vérifiait l'état de son revolver.

Une camionnette sombre apparut une dizaine de minutes plus tard. Elle se gara le long de la maison. Giggs descendit lourdement du siège avant, tandis que les deux *hang around* se déployaient en éventail. Khan sortit de la demeure afin de l'accueillir, les doigts enroulés autour de son précieux rosaire.

— Pas de problèmes à trouver l'endroit?

Giggs s'essuya le front, avala quelques noix salées, puis répliqua en pointant la lisière d'arbres derrière la maison:

— Vous êtes tout près de la frontière, Khan, vous aimez faire le plein d'essence aux États-Unis?

Le trafiquant sourit:

— Je ne crois pas que l'économie en vaille le risque.

— À votre place, je m'achèterais plutôt une bicoque à Chibougamau. Vous n'avez pas peur qu'un commando masqué vienne vous surprendre durant votre sommeil? Ces Américains ne sont pas très polis, par les temps qui courent.

— Pourquoi donc feraient-ils cela? s'étonna Khan.

— Avec la quincaillerie que je vous apporte, vous pourriez les envahir. Vous avez la marchandise ?

Sur un signe de Khan, Yar Muhammad ouvrit le coffre de leur voiture d'où il extirpa un gros sac de sport. Il le déposa sur le sol, où un *hang around* s'en empara prestement. Le motard ouvrit la fermeture éclair, dévoilant des paquets sombres enveloppés d'une épaisse pellicule plastique. Il soupesa alors l'un d'eux dans sa main.

— Vingt kilos comme premier versement, dit Khan.

— Encore pure ? interrogea Giggs d'un ton soupçonneux.

— Nous n'y avons pas touché depuis son arrivée.

Sur un signe de Giggs, l'un des deux hommes s'empressa d'ouvrir les portières arrière de la camionnette. Puis il fit signe à Yar Muhammad afin qu'il vienne examiner le matériel, mais celui-ci refusa d'un signe de tête. L'Algérien portait un vieux manteau à longues bordures. Un léger renflement sur le côté dissimulait un fusil-mitrailleur à canon court. Il pouvait tenir le groupe en joue, si la situation l'exigeait.

Les deux *hang around* dévisagèrent Giggs, attendant ses directives. Le gros homme fouillait ses poches à la recherche de sacs de noix, comme s'il n'avait rien entendu. Le temps figea de longues minutes ; des corneilles croassèrent, un écureuil bondit dans un arbre. Le motard lui lança quelques noix, puis se tourna vers le trafiquant qui lui parut fort calme, comme toujours.

— Si nous la descendions nous-mêmes, Khan ? Nous pourrions montrer à ces jeunes que nous ne sommes pas si vieux que ça.

La caisse était lourde, même pour Khan habitué à transborder de gros ballots durant sa jeunesse. Il entendait le chef motard ahaner à ses côtés. La boîte s'écrasa pesamment à leurs pieds. Un des hommes l'ouvrit à l'aide d'une barre de fer. Le couvercle craqua, dévoilant des lunettes de vision nocturnes, des lance-roquettes anti-tank, des grenades et les canons sombres des kalachnikovs.

Khan sourit d'aise : il pourrait faire plaisir à un vieil ami.

CHAPITRE 14

Le poignard de Khartoum

Le vieil arbre déployait ses longues branches sous la pluie, offrant une maigre protection à Anémone qui avait pris place sur la balançoire. De son perchoir, elle apercevait l'escalier en spirale grimper jusqu'au palier où logeait naguère Gunaratna. Des plaques herbeuses quadrillaient l'asphalte éclaté pour se transformer en un petit sentier menant à la rue. Des ménagères apparaissaient furtivement aux balcons des immeubles avoisinants, secouant balais et tapis. Anémone se désolait de n'avoir aperçu aucun enfant. Dans sa hâte, elle avait accouru sans se soucier de l'horaire de l'école.

Elle aperçut les stores levés aux fenêtres du logement du sous-sol. Elle consulta son agenda électronique pour se rappeler le nom de l'occupant : monsieur Oman, le concierge. Elle alla cogner à sa porte. Des bruits étouffés lui parvinrent, puis le concierge arriva, l'air fripé. Anémone se souvint qu'il conduisait un taxi. Elle ne se rappelait plus s'il travaillait de nuit.

L'homme fit un sourire las en ouvrant la porte.

— Bonjour, madame l'inspecteur. Que puis-je pour vous ?

Anémone répliqua, mal à l'aise :

— Je suis sincèrement désolée, monsieur Oman. Je vois que vous avez travaillé la nuit dernière.

Le concierge ajustait ses lunettes rondes tout en nouant maladroitement les cordons d'une veille robe de chambre brune. Il s'écarta afin de la laisser passer.

— Non, non, j'ai lu jusqu'à tard dans la nuit. Une mauvaise habitude chez moi. Je vous en prie, entrez.

Anémone hésita un instant, puis passa devant lui. La cuisine présentait un léger désordre. Quelques assiettes et chaudrons s'empilaient sur le comptoir, les restes d'un repas encombraient la table. Oman débarrassa rapidement, empilant le tout dans l'évier. Il lui offrit une chaise :

— Vous désirez un verre de thé ?

— Pourquoi pas.

Le concierge mit l'eau à bouillir, puis prépara une théière. La chaise de plastique craqua sous le poids d'Anémone. Le dos tourné, il demanda :

— Votre enquête avance ?

— Elle suit son cours.

Le tronc grisâtre du vieil arbre se découpait au travers de la fenêtre basse. Il lui vint à l'esprit qu'Oman avait peut-être aperçu l'homme discutant avec les enfants près de la balançoire. Elle attendit qu'il prenne place sur une chaise pour demander :

— Où étiez-vous le soir du meurtre ?

— Lundi soir ?

— Vers les 21 heures.

Oman parut songeur, essayant de se rappeler.

— Ah oui, je faisais du taxi.

— Naturellement, vous pouvez le prouver.

Oman regarda la policière d'un air surpris. Une pluie violente s'abattit à l'extérieur. Les vitres tremblèrent sous l'assaut des trombes. Anémone avait posé la question de façon machinale. Elle n'avait jamais sérieusement envisagé l'implication du concierge dans l'affaire. Celui-ci ne possédait pas le profil. La lueur apeurée qui surgit dans ses yeux la surprit. Se reprenant enfin, Oman grimaça un sourire

— Bien sûr, madame l'inspecteur, il n'y a aucun problème.

Anémone ouvrit légèrement le sac qu'elle gardait sur les genoux ; la crosse de son arme parut dans l'interstice. Se faire accompagner par un chaperon comme Lucien n'était pas une si mauvaise idée, après tout.

— Le répartiteur conserve les appels qu'il transmet aux voitures. Je me rappelle avoir répondu à une demande dans l'est de la ville. En soirée, peut-être à cette heure.

Anémone refoula la crosse pour dégager son agenda électronique et nota les détails. La bouilloire siffla. Oman se leva prestement, versa l'eau bouillante dans la théière, apporta les tasses. Anémone remercia, mais ne toucha pas au breuvage. Elle aperçut les sabres recourbés et les poignards qui ornaient le mur du corridor.

— Vous collectionnez les sabres, monsieur Oman ?

— Je suis originaire du Soudan, répondit le concierge. Ce sont les armes traditionnelles de ma tribu.

— Vraiment ? Vous permettez que je les examine ?

Oman hocha la tête :

— Bien sûr.

Anémone se dirigea vers les armes exposées. Le concierge la suivait à distance, l'air préoccupé. Elle admira les fourreaux. Des longues veines d'argent sillonnaient les gaines métalliques, s'entrelaçant en d'élégantes figures abstraites.

— Ces armes appartenaient à mon père, expliqua Oman. À l'époque de sa jeunesse, elles lui permirent de repousser des bandes de pillards qui s'attaquaient à notre village.

Anémone exprima une moue appréciative, puis s'empara d'un poignard accroché au milieu de l'arche scintillante élaborée par les sabres. Elle le soupesa. Une arme lourde, bien équilibrée. Elle imagina des cavaliers combattant dans le désert, s'éventrant férocement pour la possession d'un troupeau de chèvres. Elle tira l'arme de sa gaine, le métal nu brilla sous la lumière du plafonnier. Elle passa un doigt sur la lame recourbée, effleurant le fil, aussi coupant qu'un rasoir.

— Vous tenez vos armes prêtes pour repousser vos voisins, monsieur Oman ?

Le concierge avait pris place sur le divan. Voûté, sa robe de chambre entrouverte sur des jambes maigres, il ne donnait pas l'impression d'être un égorgeur. Toutefois, Anémone avait déjà traité avec des assassins qui paraissaient encore plus inoffensifs. L'homme sourit légèrement, il semblait avoir repris de l'assurance :

— Mon père me les a léguées sur son lit de mort, à Khartoum, m'exhortant d'en prendre soin. Ce sont des vraies armes, vous savez. Elles méritent le respect. Même si…

L'Africain hésita un moment, ses yeux s'embuant sous de douloureux souvenirs.

— Même si ?

— Elles ont peut-être commis des crimes.

Anémone s'enquit doucement :

— Continuez, monsieur Oman.

Le concierge ouvrit la théière posée sur le sol, en examina le contenu, puis se versa une rasade de thé froid dans un verre. Il goûta un moment, puis fixa Anémone, toujours debout devant l'arche scintillante.

— Les tribus islamistes, animistes et chrétiennes sont en lutte depuis des siècles au Soudan. Les raids de représailles y sont fréquents. De nombreux actes barbares s'y commirent au nom de la religion, de la vengeance ou, simplement, de la pure cruauté. Ces affrontements persistent encore aujourd'hui, de façon plus horrible, à cause des armes modernes.

— Vous croyez que votre père a commis des crimes avec ces armes ?

— J'enseignais à Khartoum quand il est mort. Il a exprimé des regrets. Je crois qu'il était sincère. Je… je n'ai jamais tenté d'éclaircir son passé. Le Soudan profitait d'une accalmie due à l'arrivée d'un gouvernement autoritaire. Puis, la guerre civile a repris, je me suis enfui, j'ai obtenu le statut de réfugié au Canada.

L'homme vida son verre, le déposa sur le sol, puis fixa Anémone :

— Je dois beaucoup à ce pays.

Anémone acquiesça d'un signe de tête :

— Vous permettez que je vous l'emprunte pour quelques jours ?

L'homme caressa un instant son menton :

— Je ne suis pas dans l'obligation d'acquiescer.

— En effet, je ne possède pas de mandat.

Oman ramena machinalement les pans de sa robe de chambre, puis parut s'abîmer dans une profonde réflexion. La pluie ne semblait pas s'estomper. Des rafales faisaient vibrer les vitres. La fenêtre surélevée laissait entrevoir les jambes de passants se hâtant vers des abris. Anémone replaça le poignard dans son fourreau, attendant la réponse. Si Oman refusait, il soulèverait des soupçons. S'il acquiesçait, l'arme dévoilerait peut-être un usage caché.

— Vous devrez me signer un papier.

— Évidemment.

Oman s'affala plus profondément dans le divan, comme rasséréné d'avoir pris sa décision.

— Je vous fais confiance.

— Je comprends.

— Non, vous ne comprenez pas.

Oman la considérait à présent avec une certaine bienveillance.

— La guerre civile perdurait, j'ai eu l'inconscience de me mêler de politique. Les policiers sont venus me chercher à l'aube. Ils ont fabriqué de fausses preuves, ils m'ont torturé. J'ai cru que j'allais mourir. Par chance, ma famille a soudoyé un officier : j'ai pu sortir de prison. J'ai dû quitter le Soudan sans papiers. Je suis fait arrêté dans tous les pays que j'ai traversés, et j'en ai parcouru beaucoup. Mon expérience passée avec la police ne me permet pas d'être confiant, vous savez. Mais…

L'arme pesait lourdement dans la main d'Anémone.

— … Mais je vous fais confiance, madame l'inspecteur. Ismaël a été égorgé ?

— En effet.

La pluie tambourinait plus fort sur les vitres.

— Auriez-vous un bout de tissu pour l'envelopper ?

— Bien sûr.

Le concierge se leva lourdement, passa à la toilette, revint avec une cotonnade bleue. Il s'empara délicatement de l'arme et l'enroula dans le tissu. Oman plongea son regard dans celui d'Anémone, le paquet tendu.

— Nous ne fabriquons pas de fausses preuves, monsieur Oman. Nous recherchons simplement le meurtrier de monsieur Gunaratna.

— Je sais, prenez-le.

— Je vous fais un reçu.

— Inutile.

Anémone insista, elle désirait suivre les règles.
Elle rédigea un compte rendu sur la table de la cuisine,
fit signer le concierge, parapha le tout. Puis elle quitta le logement par la porte avant, débouchant sur le
corridor du sous-sol encombré de boîtes. Des cris
d'enfants parvenaient des étages supérieurs. Oman
tendit la main. Anémone la serra: chaude, mais moite.
Dans quelles horribles prisons l'homme avait-il été
enfermé?

— Khartoum est au confluent du Nil bleu et du
Nil blanc. C'est une ville magnifique, entourée d'eau;
une des plus chaudes du monde. Un jour, j'espère y
retourner. J'y enterrerai les armes de mon père.

En banlieue d'Ottawa, le Centre canadien d'écoutes
électroniques occupe un édifice trapu et grisâtre. Le
Centre représente un maillon important du réseau
d'écoutes international Échelon. Échelon fonctionne
grâce à des stations réparties sur la planète qui col-
lectent les communications mondiales afin de les filtrer
et de découvrir toutes les transmissions subversives.

Depuis quelques semaines, «Moïse» se retrouvait
en tête des mots clés à reconnaître dans les communications. Aucune donnée, aussi codée soit-elle,
n'était laissée au hasard. Les images, bandes sonores,
ou films vidéo étaient scrutés par des programmes
d'analyse dont la puissance d'exécution avait été
configurée au maximum.

Une liste papier déroulait d'une imprimante, indiquant tous les messages où le mot « Moïse » avait
été reconnu. Grant s'étonnait de la vaste utilisation
de ce nom. Il circulait en toutes langues, que ce soit
au sujet de films, d'études bibliques, de thèses his-
toriques ou de séminaires judaïques. La verbosité
des rapports expliquait la grande masse de papier

imprimé. Les messages les plus suspects s'impri-
maient en rouge.

Grant ajusta ses lunettes en déchiffrant le dernier
message : un courriel en ourdou sur les « lances de
Moïse » méritait qu'on lui porte attention.

Anémone grimpa les marches, tenant le poignard
enveloppé. Deux fillettes arborant le foulard poussèrent
vivement la porte de l'immeuble et montèrent les
marches. Anémone consulta sa montre : presque midi,
les enfants revenaient pour le dîner. Elle se décida à
les suivre, gravit les marches jusqu'au deuxième
palier où les fillettes étaient accueillies par madame
Ullamah.

Son sourire s'estompa devant l'apparition d'Anémone.

— Je suis occupée, dit-elle vivement.

— Je comprends, mais cela ne prendra que quelques
minutes.

— Revenez plus tard.

Anémone demeurait immobile devant l'entrée,
souriant d'un air engageant. Elle s'étonnait de l'air
confus de la dame. Les enfants demeuraient timidement sur le palier de la porte, épiant la conversation.

— Mais c'est la policière ! cria une petite voix. Je
la reconnais !

— J'ai vu son badge ! reprit la voix excitée d'un
autre.

La porte entrouverte laissait voir d'autres enfants
attroupés devant une table. Anémone les interpella
du palier :

— Les amis, pourriez-vous répondre à mes questions ? Il nous faut retrouver un bandit.

— Oui, oui ! hurlèrent des garçons. Il faut arrêter
ce meurtrier !

Les deux fillettes passèrent furtivement devant Anémone, rejoignirent leurs consœurs assises sagement devant un bol de pommes. Madame Ullamah devait garder les enfants de l'immeuble.

— Cela ne prendra que quelques instants, je vous assure. Vous pourrez assister à notre entretien pour rendre compte aux parents.

L'air perplexe, la dame acquiesça finalement d'un signe de tête. Anémone remercia d'un sourire et se glissa dans l'ouverture.

— Montrez-nous encore le badge ! implora l'aîné du groupe.

Anémone obtempéra avec plaisir. Son insigne se mit bientôt à circuler autour de la table. Même les fillettes l'examinèrent avec un intérêt non dissimulé.

— J'ai faim ! Madame Zaouïa ! Qu'est-ce qu'on mange ?

— Moi aussi, j'ai faim !

— Ne les faites pas attendre, dit Anémone. Que diriez-vous si je vous donnais un coup de main ?

— Non, merci ! Posez plutôt vos questions.

— Quand je serai grande, je veux être policière ! affirma péremptoirement une fillette après avoir examiné l'insigne.

— Tu changes de carrière tous les jours, Habiba, ricana un garçon. Tu serais mieux de vouloir t'occuper de la maison de ton mari !

— Je suis certaine que tu ferais une bonne policière, dit Anémone en direction de la petite.

— Moi, je serai chef de police, renchérit le garçon. Je les empêcherai de commettre des crimes dans notre immeuble !

— Justement, dit Anémone. Qui jouait dans la cour lundi soir dernier ?

— Moi ! dit un enfant en levant vivement le bras.

— Moi aussi ! dit un autre. C'est quand Tizi s'est blessé !

Madame Ullamah parut hésitante, puis se décida finalement à se rendre à la cuisine.

— Que s'est-il passé, dans la cour ? demanda l'aîné du groupe.

— C'est ce que j'aimerais savoir, répondit gentiment Anémone. Qu'y faisiez-vous ?

— On jouait à la balançoire, répondit timidement un garçon, quand je me suis blessé.

— C'est toi, Tizi ?

La tignasse en bataille et le regard vivace, le garçon lui rappelait les jeunes bergers des films bibliques. Elle se souvint l'avoir croisé dans les escaliers le lendemain du meurtre ; il portait alors un bandage au genou.

— Oui, je me suis fait mal en tombant de la balançoire. J'ai saigné, mais je n'ai pas pleuré.

Interdite, Anémone regarda le garçon. Elle s'approcha pour examiner gravement la blessure qu'il exhibait en relevant son bas de pantalon. Le bandage était propre. La blessure paraissait sans gravité, mais avait dû être douloureuse.

— Tu as beaucoup saigné, Tizi ?

— Oui, c'était une méchante chute !

Anémone lui caressa doucement la chevelure, dense comme de la laine, puis extirpa un mouchoir de papier de la poche de son tailleur. Elle l'examina un instant entre ses doigts, puis le rangea délicatement dans son sac.

— Où es-tu tombé ?

— Devant le gros arbre.

— Quelqu'un est venu t'aider ?

— Mes amis m'ont relevé.

— Un adulte est-il venu à ton aide ?

Le garçon parut réfléchir.

— Oui : madame Ullamah.

La dame parut alors, transportant un large plat de poulet aux légumes. Elle commença à servir les enfants. Grondant gentiment certains, elle insistait pour que tous se tiennent convenablement à table ; ce qui semblait assez difficile pour certains garçons.

— C'est exact, reprit-elle. Je revenais de ma promenade du soir quand j'ai entendu les pleurs de Tizi. Je l'ai ramené chez lui.

— Avez-vous aperçu un autre adulte dans la cour ?

La dame parut surprise.

— Non, pourquoi ?

Elle retourna à la cuisine, revint avec deux couverts.

— Je vous prie, faites honneur à mon hospitalité.

Anémone remercia, mal à l'aise. Elle prit place sur un divan, un peu à l'écart, déposa le couteau enroulé de tissu sur l'accoudoir et plaça son assiette sur ses genoux. Le mets était délicieux, parfumé au citron et fines herbes. Elle perçut un regard furtif de la gardienne en direction du poignard enveloppé. La dame ne paraissait plus s'intéresser à elle ; peut-être désirait-elle simplement la réduire au silence en lui offrant un plat aussi savoureux.

— Quelqu'un… aurait-il quitté le logement de monsieur Gunaratna par la porte arrière alors que vous jouiez dans la cour ? demanda Anémone entre deux bouchées.

Les enfants la fixèrent d'un air vide. Ils se souvenaient de la chute de Tizi, mais avaient oublié les autres événements de la soirée. Madame Ullamah mâchait distraitement, l'esprit ailleurs. Deux enfants entreprirent de se disputer pour un morceau de pain. La gardienne les rappela à l'ordre d'un ton sec qui surprit Anémone. Les garçons voulurent quitter la table. Anémone se dépêcha de reprendre son insigne épinglé sur le torse de l'un d'eux. On lui demanda de montrer son arme, mais elle affirma ne pas en porter. Scandalisé par cette réponse, l'aîné des garçons la toisa avec dédain.

Les fillettes aidèrent à desservir, puis les enfants se préparèrent à retourner en classe. La gardienne ajusta le foulard sur la tête des gamines. L'effet était bizarre, l'air déluré des enfants contrastant avec le sérieux du voile. Anémone se demanda comment une enfant pouvait supporter d'avoir le chef enserré dans un fichu durant toute une journée. Madame Ullamah distribua ensuite les consignes habituelles : se garder des voitures, surveiller les plus jeunes, ne pas s'adresser aux inconnus. Ils quittèrent dans un joyeux tohu-bohu. À la surprise d'Anémone, la dame lui tendit la main à son départ :

— Je crains que vous n'ayez obtenu votre information.

Anémone sourit :

— Les enfants heureux n'ont pas d'histoires. Ceux-ci ne font pas exception. Ils semblaient joyeux d'être chez vous.

La dame baissa les yeux pour dissimuler le bonheur que lui apportait cette réflexion.

— J'ai reçu ma réponse. Merci pour votre hospitalité, madame Ullamah.

CHAPITRE 15

Ouri le fauconnier

Une caravane de chameaux lourdement chargés cheminait paresseusement dans la rue principale. Une musique nasillarde s'élevait dans un ciel froid et clair. Nabil et Safiya sirotaient leur thé bouillant et très sucré à la table d'une auberge aux murs ornés de photos d'imams à l'air sévère.

Nabil méditait la réponse que lui avait transmise le Dr Ullamah. Aicha refusait d'épouser un aspirant au martyre, et même s'il abandonnait son projet, la jeune femme réservait sa décision. Elle voulait qu'il abandonne le djihad.

S'il en faisait la demande, Mahazza Bin Émir accepterait sûrement de modifier son rôle afin de lui offrir une meilleure chance de survie. Son martyre ne dépendrait alors que de la volonté divine. Mais Nabil ne pouvait abandonner la guerre sainte : il avait offert sa vie à la cause.

Le jeune homme éprouvait un profond dépit en songeant qu'un commerçant avait plus de chances de conquérir Aicha qu'un moudjahid. Un guerrier de la foi ne méritait-il pas la plus grande admiration et le plus profond respect, comme son imam le lui avait enseigné ? Il se mordilla les lèvres, luttant pour cacher sa déception à son cousin qui buvait silencieusement son breuvage.

Nabil fut intrigué par une vieille camionnette se garant de l'autre côté de la rue. De grandes cages de bambou occupaient la boîte arrière. Un homme et un adolescent descendirent l'une d'elles et la portèrent dans l'immeuble en face.

— C'est Ouri le fauconnier, dit Safiya.

— Que fait-il ici ?

Safiya déposa son verre d'où s'échappaient des odeurs de menthe sucrée.

— Il vient vendre ses oiseaux.

Les rapaces de la région jouissaient d'une grande réputation auprès des cheikhs du Golfe. Ceux-ci dépensaient sans compter afin de satisfaire leur passion de la chasse au vol, un sport pratiqué depuis des temps immémoriaux au Moyen-Orient.

— C'est lui qui a capturé le gerfaut de l'émir ?

— Oui, répondit Safiya d'une voix acide. Tu n'as pas remarqué comment Aicha l'avait apprivoisé rapidement ?

Nabil fut frappé de stupeur. Il se rappela le gerfaut bondissant sur le lourd gant de cuir d'Aicha. Il idéalisait tellement sa cousine qu'il n'avait pas questionné son habileté à dresser un faucon gerfaut, oiseau réputé le plus difficile à dompter. Elle ne l'avait sûrement pas apprivoisé sans aide. Nabil sentit ses mâchoires se serrer à la vision de cette main étrangère tenant celle d'Aicha pour la guider.

Hargneux, Safiya buvait son thé à petites gorgées, fixant le véhicule maculé de poussière.

— Je me suis renseigné auprès des serviteurs : le fauconnier a passé beaucoup d'heures à le lui enseigner.

— L'émir a confié son gerfaut au Dr Ullamah, dit Nabil, on aura demandé à Ouri de s'en occuper. Le

Dr Ullamah voyage beaucoup. Pourquoi ta mère n'est-elle pas intervenue?

— Moura ne peut rien refuser à sa fille. C'est Aicha qui s'était mise en tête d'aller étudier à Islamabad, et Moura a acquiescé à sa demande, comme toujours.

Safiya montra un air dégoûté:

— Elle a même exigé les études de sa fille comme présent de mariage! Maintenant, elle accepterait de la donner à un chasseur d'oiseaux! Mon père n'aurait jamais dû mourir aux mains de ces chiens d'Américains.

Le fauconnier réapparut en compagnie du jeune adolescent. L'homme avait le visage réjoui de qui vient de conclure une bonne affaire. Il s'employa à consolider les cages à l'aide de cordages, puis monta dans le véhicule. Safiya s'empara de son cellulaire et convoqua ses cousins. Aucun doute ne l'effleurait sur leur réponse: le Badal ne souffrait aucune discussion.

Safiya menait son pick-up à toute allure sur les routes poussiéreuses. Nabil occupait le siège d'à côté, et deux jeunes hommes aux yeux sombres veillaient sur la banquette arrière. Ils croisèrent d'abord des cohortes de camions brinquebalants, des charrettes tirées par des ânes, des bus multicolores surchargés de passagers. Après une heure de route, Safiya s'engagea dans des pistes de montagne. Ils longèrent de hautes falaises suivies de profonds précipices. Les chemins traversaient des paysages sauvages, coupaient des torrents dévalant entre les pics rocheux. La végétation se faisait rabougrie. Quelques lièvres louvoyaient entre les pierres, anxieux d'échapper à l'attention des rapaces tournoyant dans le ciel.

L'air vif s'engouffrait par les vitres ouvertes. Était-ce l'altitude ou l'ivresse de la vendetta? Nabil sentait sa tête tourner. Il avait connu l'exaltation du combat au Cachemire, ce *rush* d'adrénaline lors de l'attaque. La peur physique, brutale, qui brûlait les tripes quand le feu ennemi fauchait ses compagnons. Mais il n'avait jamais ressenti cette rage sombre qui ralentissait le rythme cardiaque, oppressait la respiration, obscurcissait le regard.

Nabil avait passé le trajet à ruminer son humiliation.

Son aigreur à la suite de son revers amoureux montait en intensité à mesure qu'ils s'élevaient dans les montagnes. Il imaginait les artifices que le fauconnier avait sournoisement utilisés afin de capturer le cœur d'Aicha, comme les oiseaux épris de liberté qu'il piégeait sans scrupule. Le gerfaut utilisé comme appât auprès de la jeune femme, sa parole facile, ses manières amènes, sa fourberie pour pénétrer dans une maison honorable.

Pendant ce temps, Nabil courait mille dangers sur les routes d'Afghanistan en œuvrant pour la cause. Qui était donc ce lâche qui profitait du combat d'un moudjahid pour séduire celle qu'il convoitait? Le goût amer d'une puissante rancœur lui brûlait la bouche.

Le véhicule peinait à monter la piste qui s'élevait brutalement. Il se produisit une embardée alors que la camionnette débouchait sur un plateau enclavé dans de hautes falaises. De grosses pierres parsemaient le terrain, comme si un titan de l'Ancien Monde les y avait projetées. Le pick-up maculé d'Ouri apparut au bout du site, garé près d'une énorme enclume de roc.

Safiya ralentit afin de permettre à ses cousins de quitter silencieusement le véhicule et de se déployer en direction de la camionnette du fauconnier. Quand les hommes se furent fondus dans le décor, Safiya reprit la route, avançant lentement jusqu'à s'arrêter près du véhicule du dresseur. Les deux hommes descendirent, le fusil-mitrailleur à l'épaule. Ils longèrent les hautes cages de bambous dépeuplées de leurs oiseaux. Les environs paraissaient déserts, hormis les cousins qui les suivaient comme des ombres.

Un sentier serpentait entre les murs de roches pour atteindre une nouvelle terrasse, nichée en contrebas. L'espace dégagé correspondait à la moitié d'un terrain de bouzkachi. Le fauconnier leur apparut de dos, les jambes bien écartées, le bras levé, un faucon pèlerin attaché au poignet. Une chèvre sur roulettes occupait le centre du terrain. Un adolescent tenait l'attache de la bête empaillée. Ouri cria un ordre, et son collaborateur bondit en tirant le mannequin derrière lui.

Ouri lança l'oiseau.

Le rapace fila dans l'espace, piqua droit vers la bête. Il s'accrocha au visage dont il entreprit de labourer férocement les yeux. La réputation des faucons pachtounes provenait de cette technique d'aveuglement propre à gêner la proie dans sa course. L'adolescent stoppa la cavalcade, puis offrit précipitamment quelques morceaux de viande au rapace. Il s'empara habilement de l'entrave fixée à la patte du faucon et le fit monter sur son gant de cuir. Rayonnant de fierté, il hissa l'oiseau haut dans le ciel.

Safiya marmonna un vers entre ses dents :

« Ce faucon puissant s'envole vers le ciel noir des Enfers, d'où il retourne. »

Le fauconnier se tourna vivement à ces paroles de funèbre augure. Il bondit pour s'emparer de son arme, mais Safiya le frappa de sa kalachnikov. Ouri s'écrasa sur le sol. Les cousins surgirent afin de prendre l'adolescent en tenaille. Le jeune homme se débattit férocement, mais un coup de poing le fit taire. Le faucon, soudainement libéré de l'emprise, s'envola vers les nuages, emportant son lien comme un serpent attaché à sa patte.

Saisi d'une rage froide, Nabil regardait Ouri qui tentait de se relever du sol rocailleux. Safiya le frappa du pied. Le fauconnier roula dans la poussière. Puis, il se releva lentement en offrant ses mains en forme de coupe.

— Pourquoi veux-tu me tuer, Safiya ? Nous avons fait la paix devant les clans.

— Tu m'as trompé, tu as abusé de ma sœur !

— C'est faux !

— Tu as profité de son goût des oiseaux pour t'introduire dans sa demeure !

— Mais je ne suis allé chez ton père que pour prendre soin du gerfaut de l'émir ! C'est le Dr Ullamah lui-même qui me l'a demandé !

— Tu as séduit sournoisement ma sœur !

Les traits burinés du fauconnier se plissèrent sous la surprise.

— Aicha ! Comment pourrais-je prétendre à cet ange du paradis ! Je n'ai qu'obtempéré à son désir d'être initiée à la vie des oiseaux. Elle voulait offrir une surprise à son père !

Nabil sentit le doute s'infiltrer en lui. L'homme bluffait-il ? S'il disait la vérité, pourquoi Aicha avait-elle alors repoussé sa demande ?

— Tu montres autant de respect qu'un chien puant, cracha Safiya. Confie-toi vite au Tout-Puissant.

— Tu es un moudjahid, tu dois obéissance à l'émir : il récuse les guerres entre les clans ! Elles nuisent au djihad !

Pour Safiya, le Badal complétait le djihad. À quoi cela servirait-il de combattre pour la foi si on perdait son honneur ? Il avait lui-même offert sa sœur à son meilleur ami, un moudjahid. Mais ce perfide libidineux, ce voleur de femmes, ce lâche sans honneur avait compromis cette union.

Il grimaça de mépris à la vue du suppliant agenouillé. Le fauconnier piégeait les magnifiques oiseaux des montagnes afin de les revendre aux cheikhs corrompus du Golfe. La capture des rapaces nécessitait des caches bien abritées et une patience infinie. Son art de la traque aurait bien servi en Afghanistan. Mais le scélérat chérissait plus son profit que la guerre sainte.

Le dresseur agrippa le pantalon de Safiya, pointant l'adolescent qui gémissait sur le sol, gardé par un cousin de Safiya.

— Safiya, laisse vivre mon frère !

Nabil sursauta, prenant soudain conscience de l'implication de la présence du jeune homme. Un témoin ferait exploser la vendetta entre les villages. De plus, il ne vieillirait que pour assouvir son Badal. Viendrait un jour où il les tiendrait à son tour au bout d'un fusil. Mais pouvait-on tuer cet adolescent à peine pubère ? Il lui fallait sonder le fauconnier afin de connaître la vérité.

Nabil se pencha vers l'homme auquel il s'adressa d'un ton insistant :

— Ouri, Aicha a refusé ma demande en mariage. Sais-tu pourquoi ?

L'homme sursauta, ébahi que Safiya lui confie ses déboires. Puis de ses yeux terrorisés irradia une fragile lueur de triomphe.

Un éclair rouge jaillit aussitôt de sa gorge, tranchée net par le couteau d'apparat de Safiya. Le fauconnier se cramponna à sa blessure, sentant sa vie s'écouler sur le sol. Son regard plongea dans l'invisible. Il chancela, puis s'écroula dans une giclée de sang.

L'adolescent fixait avec horreur les membres convulsés de son frère allongé parmi les pierres. Il tremblait de tous ses membres, une coulée sanglante ruisselant de sa bouche, mais il gardait le regard fier. Safiya fit un geste, le garde tira son prisonnier derrière un rocher. On n'entendit pas un cri. L'aboiement sinistre du fusil-mitrailleur fit décoller les vautours qui se disputaient les restes des lapins déchiquetés près des perchoirs.

— Ce petit était un vrai pachtoune, dit Nabil d'une voix rauque.

— Nous n'avions pas le choix, répliqua sourdement Safiya. J'ai obtenu mon Badal, mais je dois souscrire à l'ordre de l'émir : pas de vendetta entre les tribus. Donc, pas de témoins.

En observant le vol alourdi des charognards, Nabil se mit à douter du secret de leur revanche. Une vieille légende pachtoune ne racontait-elle pas que les vautours se confient aux chauves-souris, qui murmurent aux djinns, qui chuchotent aux hommes endormis ?

Les agents Grant et Payne devisaient en bout de table, près d'un technicien en train de brancher l'ordinateur de Gunaratna à une console vidéo. Stifer touillait un café, Anémone révisait ses notes, tandis que Rochard ajustait ses lunettes afin de mieux déchiffrer le compte de dépenses mensuel de l'escouade. L'officier du SCRS tapa une commande, et le large écran plasma installé contre le mur s'alluma, montrant l'écran d'un ordinateur.

— Voici l'appareil que nous avons retrouvé chez Gunaratna. Si vous le permettez, nous effectuerons une visite guidée.

Il ouvrit le fureteur et fit défiler une longue liste d'adresses Internet.

— Vous trouverez ici les adresses de sites terroristes les plus courus. Entre autres, les trois dernières adresses du site du GIA. Le GIA est un groupe terroriste algérien lié à la Légion du courroux divin.

L'agent de renseignements entra une nouvelle commande, puis reprit:

— Nous avons aussi découvert une vraie bibliothèque de vidéos de propagande terroriste sur son ordinateur. Par exemple...

L'image d'un homme émacié au regard brûlant apparut sur l'écran plasma.

— ... le dernier sermon de l'imam Ajama, guide spirituel de la Légion du courroux divin.

Les policiers écoutèrent attentivement la diatribe en arabe, que Bill Payne entreprit de traduire à mesure. Le réquisitoire terminé, Grant leur présenta la décapitation d'un chauffeur de camion en Irak, puis un enseignement pratique sur l'assemblage de bombes dispensé par un instructeur du GIA.

Le capitaine regardait l'écran d'un air vide, Anémone prenait quelques notes, Stifer taillait d'un ongle les flancs de son gobelet à café.

— C'est troublant en effet, dit Stifer, mais est-ce que cela fait de Gunaratna un terroriste?

— Montrez-leur de nouveau Ajama, intervint calmement Bill Payne. La partie qui nous intéresse.

Les traits de l'imam sursautaient sous la vitesse de la visionneuse. Grant stoppa l'accéléré, et le visage reprit sa sérénité ascétique.

« Soyez impitoyables envers le Mal qui remplit leur cœur. Frappez ces pécheurs mécréants, ces gens qui élisent des gouvernements criminels. Comme

Moïse envers le pharaon, faites-les gémir ! Emplissez leurs cœurs de frayeur ! Abattez leur orgueil ! »

Payne croisa ses mains épaisses sur la table.

— Depuis longtemps, nous percevons des échos d'une opération terroriste en préparation contre le peuple américain. Le nom de code de cette opération est « Moïse ». Le sermon haineux que vous venez d'entendre spécifie l'opération. Il s'agit sûrement d'une phrase codée en direction d'une cellule dormante.

Grant renchérit :

— Nous captons beaucoup de bruits au sujet de Moïse. Ces informations suggèrent qu'une opération de grande envergure est en préparation. Ici, à Montréal.

L'Américain reprit à son tour :

— Nos services collaborent avec le SCRS afin de découvrir la cellule dormante qui pourrait être reliée à cette opération. Jusqu'à tout récemment, nous n'avions rien trouvé. Et voici qu'apparaît ce Gunaratna : égorgé à l'orientale, possédant le profil d'un terroriste. Cela ne peut être un hasard.

— Sait-on ce que peut représenter Moïse ?

La lourde chevelure d'Anémone encadrait son visage, telle une crinière sombre. Ses yeux bleus, très lumineux, irradiaient comme des étoiles. Il apparut à Stifer que la beauté de sa jeune assistante n'était jamais aussi apparente que dans le feu de son travail. Ce qui augurait bien pour sa carrière, peut-être moins pour sa vie sentimentale.

— La Bible raconte que Moïse envoya sept fléaux au pharaon d'Égypte, répondit Payne. Je n'ose imaginer celui que la Légion du courroux divin désire nous infliger. Nous avons décrété le code orange.

Payne fixa les détectives montréalais :

— Il nous faut retrouver l'assassin. Il appartenait sûrement à la cellule. Il aura supprimé Gunaratna

parce qu'il représentait une menace. Si nous le re-
trouvons, nous remonterons à Moïse.

— Qu'ont donné vos recherches au logement de
Gunaratna? demanda Stifer.

Grant grimaça:

— Rien jusqu'à présent. Et les vôtres?

Anémone déposa un sac de plastique devant elle:

— Voilà un cheveu de Tizi, l'un des garçons de
l'immeuble qui s'est blessé en jouant à la balançoire
le soir du meurtre. Son ADN correspond aux gouttelettes de sang recueillies dans la cour.

— L'assassin ne s'est donc pas enfui par la porte
arrière comme nous le croyions, conclut Stifer. Le
sang retrouvé dans la cour ne lui appartient pas.

— Et le poignard du concierge? demanda Stifer.

— Ce n'est pas l'arme du crime, répondit Anémone.
Le labo l'a confirmé.

— Toutes nos pistes ne mènent à rien, soupira Stifer.

— Mais nous comptons sur vous, répondit Payne
d'une voix sombre. Il y va de la sécurité de l'Amérique.

Rochard repoussa le relevé de petite caisse, bombant
le torse. Sa chevelure éparse parut flotter comme un
drapeau.

— Notre ami et allié américain, monsieur Payne,
peut compter sur notre entière collaboration!

Puis, se tournant vers Stifer et Anémone, il conclut:

— Je vous ai donné votre budget, non? Qu'est-ce
qu'il vous faut de plus? Trouvez-le!

CHAPITRE 16

L'Élu de la Montagne

Une lune pâle dévoilait un chaos de roches que les moudjahidin traversaient avec peine. Le cheikh Isamuddan menait la marche. Un éclaireur le précédait de quelques mètres, tendant une longue perche afin de racler le sentier devant lui. Les hommes déposaient prudemment les pieds dans les traces de leur guide.

L'air raréfié des hauteurs coupait la respiration, tandis que la nuit glaciale gelait les os. Mahazza Bin Émir transportait des missiles, les gardes peinaient sous le poids des munitions. Suivaient deux ânes lourdement bâtés. Nabil convoyait le faucon gerfaut dans une cage en bambou, un présent que l'émir désirait offrir à l'Élu de la Montagne. Safiya assurait l'arrière.

Nabil fut soulagé d'entendre Mahazza Bin Émir décréter une halte. Les hommes s'écrasèrent sur place, haletants. On passa des thermos de thé pour se réchauffer et on avala des galettes séchées. Personne ne fumait et on conversait à voix basse. Sur un signe de l'émir, on se remit en route. Le guide reprit sa longue tige afin d'ausculter la route. Une détonation sèche arracha la patte gauche de l'âne de tête. La bête s'écroula dans un barrissement de douleur. Le moudjahid qui l'accompagnait fut criblé par les éclats de la mine.

— Pourquoi cet âne a-t-il quitté la piste ? demanda le cheikh Isamuddan avec colère.

— Je ne sais pas, dit le guide qui égorgeait la bête. Sûrement qu'un méchant djinn l'aura troublée.

Un vent hurleur passa entre les rochers. Le guide extirpa une galette de sa besace et la déposa sur une saillie rocheuse en offrande aux démons de la nuit. Puis, il tira avec précaution le moudjahid blessé jusqu'au sentier. L'homme étouffa ses cris en se mordant les lèvres jusqu'au sang. On le posa tant bien que mal près de l'âne valide que l'on déchargea prestement.

Les moudjahidin se partagèrent le matériel. Nabil se sentit suffoquer quand le cheikh Isamuddan lui passa de longues bandes de munitions autour du cou. Ils reprirent leur route, Mahazza Bin Émir chantonnant doucement des prières au blessé afin de l'encourager dans son supplice.

La chaleur produite par l'explosion de la mine alerta les senseurs infrarouges. L'information fut relayée à l'ordinateur de contrôle de la base d'al-Udeid et comparée aux informations stockées dans la base de données du Far East Command. De faible amplitude, la déflagration s'était produite dans une région fortement accidentée de la zone frontalière pakistano-afghane. Aucun champ de mines n'était recensé en ces lieux. Un clignotant d'alerte de couleur jaune apparut au bas de l'écran de contrôle.

Mike, analyste au département opérationnel de la CIA, entra quelques commandes, et l'image d'une cartographie en relief apparut sur le large écran placé devant lui. La région appartenait à une zone tribale pakistanaise, mais aucun village n'y était répertorié.

Une vérification rapide lui permit d'apprendre que le drone ne captait pas de nouvelles explosions, ce qui excluait un combat entre contrebandiers rivaux. Il activa les senseurs sonores de l'appareil afin de percevoir des détonations d'armes à feu. Mais le vent violent qui battait les cimes couvrait tous bruits possibles.

Il examina de nouveau l'écran révélant un relief tourmenté et aride : qui pouvait combattre en ces lieux inhospitaliers à pareille heure ? L'analyste connaissait l'aversion des tribus pachtounes pour le combat de nuit. Le manuel de la CIA sur les coutumes pachtounes rapportait que les farouches guerriers des montagnes craignaient les subterfuges des entités nocturnes.

Peut-être une avalanche de roches avait-elle heurté une vieille mine posée lors des innombrables guerres tribales ensanglantant la région ? Il avala quelques gorgées d'un café tiède à même un verre de plastique, soupira devant l'heure tardive, puis demanda au pilote de couvrir la zone au plus près afin de scruter les lieux de l'explosion lorsque l'aube apparaîtrait. Il porta ensuite son attention sur la caravane de chameaux cheminant sur l'écran, à sa gauche.

Nabil ne sentait plus les mouvements impatients du gerfaut dans son dos, mais ployait sous les lourdes bandes des mitrailleuses attachées à son cou. Il imaginait les artifices qu'il pourrait employer afin de séduire Aicha. Peut-être devrait-il rester au village, s'y établir et conquérir la jeune femme. Mais ses tentatives maladroites auprès des adolescentes montréalaises lui revinrent en mémoire. Sa timidité naturelle l'empêchait de se mettre en valeur. Il avait espéré que la demande traditionnelle en mariage lui permettrait d'esquiver les étapes périlleuses de la séduction. Maintenant, il hésitait sur la marche à suivre.

Il se rendit compte avec honte que son désir le portait à douter de son engagement envers la guerre sainte. Il chassa l'image de la jeune femme et s'empara de son rosaire. Il égrenait machinalement les billes noires, débitant les noms divins avec une religieuse assiduité.

Cependant, la mélancolie l'accablait, et chaque pas lui paraissait plus ardu que le précédent. La maîtresse du gerfaut dominait son cœur. Il se rappela les recommandations de l'imam Ajama :

« Un moudjahid doit conquérir les vierges du paradis, non celles devant sa porte. »

Le sage Ajama, conclut tristement Nabil, n'avait jamais rencontré Aicha.

— Tout le monde arrête, ordonna le cheikh Isamuddan.

Les premières lueurs de l'aube dévoilaient les crêtes grises des hautes montagnes. Des gueules de mitrailleuses épiaient leurs mouvements. Le guide se dirigea vers un poste de garde camouflé afin de parlementer. La scène rappela à Nabil les casemates glacées du Cachemire où l'imam Ajama l'avait instruit sur le djihad. Ces souvenirs heureux ravivèrent son inspiration. Il serait bientôt reçu en audience par l'Élu de la Montagne. Quel chemin parcouru depuis sa jeunesse malheureuse dans le quartier Parc-Extension !

Le soleil naissant caressa le visage de Nabil, générant une nouvelle ardeur. Sa foi reprit le dessus. Il avait échappé aux artifices du djinn de l'Amour.

Le pilote fit pivoter le manche afin d'amener le léger appareil au-dessus du terrain rocheux localisé lors de l'explosion nocturne. L'ordinateur central avait détecté une anomalie du relief sur le sol. Le pilote fit descendre le drone à deux mille mètres, une hauteur suffisante pour conserver l'invisibilité de l'avion, pointant les puissantes caméras sur la cible. Grâce aux liens satellites, les images vidéo s'affichaient sur l'un des écrans géants du centre de contrôle de la base d'al-Udeid au Qatar.

— Cela ressemble à un cheval mort, dit-il.

Mike Tremblay jeta son gobelet de café, puis approcha son grand corps maigre de l'écran. Les nuances grisées des roches se détachaient mal du contour désertique, ne permettant qu'un examen imprécis du sol. C'est un problème qui arrivait constamment dans les régions montagneuses. On devait se rabattre sur les programmes informatiques qui décortiquaient les images afin de repérer des contours contradictoires avec la topographie du terrain.

— Pas de cadavres humains ?

Le pilote fit lentement tournoyer le drone au-dessus de la scène, essayant d'apercevoir des formes allongées sous les pierres. L'ordinateur analysait sans arrêt les images transmises, mais ne détectait rien. Au bout d'une longue et vaine inspection, l'homme aux commandes grogna :

— Curieux, ils ont peut-être emporté leurs blessés. À moins qu'il s'agisse d'une bête en liberté.

On était à vingt kilomètres de la frontière. Il existait pourtant des chemins beaucoup plus faciles pour les contrebandiers.

— Tentons de retrouver leurs traces.

Le pilote fit remonter l'appareil à trois mille mètres, puis l'engagea dans un large mouvement circulaire au-dessus des crêtes rocheuses, auscultant les torrents, fouillant les crevasses, filant le long des falaises. Le drone transmettait des clichés aussitôt traités par les ordinateurs du Far East Command. Après deux heures d'incessantes recherches, un signal sonore fit sursauter le contrôleur en train d'observer l'interception du convoi de chameaux suspect par une patrouille américaine.

— Eh bien, s'exclama le pilote, un village en ces hauteurs !

Un hameau de quelques maisons occupait le centre d'un plateau encaissé entre de hautes falaises.

— Il n'est pourtant recensé sur aucune carte, répliqua Mike qui consultait son ordinateur.

Le pilote poussa doucement la manette de contrôle afin d'entamer un large vol de reconnaissance au-dessus de l'objectif. Les caméras pointèrent vers le centre de la place, l'ordinateur corrigeant les pixels afin d'éliminer la distorsion. Un puits circulaire apparut, entouré de formes voilées affairées à y emplir des jarres. Quelques hommes s'occupaient d'un troupeau de bêtes émergeant de la falaise percée de grottes qui devaient leur servir d'abri. Personne ne paraissait armé. Un petit bâtiment surmonté d'un dôme se dressait en retrait : le village perdu s'agrémentait même d'une mosquée.

Hormis son absence sur les cartes, le village semblait normal.

— Tout s'explique, dit le pilote. Un cheval du village aura buté sur une mine. On décroche ?

Les analystes d'al-Udeid travaillaient par ronde de douze heures. La dernière nuit avait apporté son lot de travail, et les hommes ressentaient la fatigue. L'atmosphère au poste de contrôle s'alourdissait à cette heure matinale. L'air las, les contrôleurs militaires, assis en rang serrés devant leurs pupitres, bâillaient à l'unisson.

Mike devait laisser des directives à la prochaine équipe dont la venue ne saurait tarder. Le service ne possédait que quatre drones dans la région, chacun disposant d'une autonomie de quarante heures. Surveiller une immense étendue montagneuse comme la frontière pakistano-afghane s'apparentait à un casse-tête logistique. Mais ce village perdu dans les montagnes l'intriguait. Un indicateur sur l'écran du pilote indiquait onze heures d'autonomie restante.

— Faisons tournoyer l'oiseau au-dessus du village avant de le renvoyer au nid.

Les gueules d'une multitude de grottes perçaient la falaise surplombant le village. Un vieillard les attendait près d'un éboulis entouré de gardes. Mahazza Bin Émir alla le saluer respectueusement en lui baisant les épaules, déférence réservée aux saints. Nabil fut étonné par sa stature imposante. Le corps sec de l'Élu dépassait l'émir et ses guerriers d'une bonne tête.

Les deux hommes conférèrent un moment à voix basse. Nabil contemplait la scène avec une fascination ardente. L'Élu paraissait tel que sur ses photos dans les écoles coraniques, peut-être en plus âgé et plus frêle. Néanmoins, la foi combattante irradiait de lui. Sur un signe de l'émir, les moudjahidin vinrent tour à tour baiser les épaules du chef suprême du djihad. Le cheikh Isamuddan s'inclina avec ferveur devant l'Élu, puis l'émir fit signe à Nabil d'avancer :

— Voici Nabil Sabir Ullamah, un aspirant au martyre pour notre cause.

— Ainsi, vous êtes le neveu du Dr Ullamah ?

— Seigneur, mon oncle comme moi-même appartenons à vos fidèles combattants de la foi.

L'Élu le fixa de ses yeux sombres :

— Une grande mission vous attend, Nabil Sabir Ullamah. Soyez prêt.

— Nabil, mon fils, dit Mahazza Bin Émir, offre notre présent à l'Élu.

Nabil souleva la cage de bambou afin de la proposer à son hôte. Le rapace aux ailes blanches fixait l'Élu de ses yeux impitoyables.

— Ce gerfaut est magnifique, dit le vieux chef d'un air réjoui.

— Il est déjà dressé à chasser, vous pourrez l'utiliser bientôt.

Le vieux guerrier offrit à l'oiseau quelques morceaux de viande crue que lui tendait un serviteur. Le rapace s'en empara vivement, blessant l'Élu au doigt. Un garde tendit aussitôt un mouchoir immaculé, mais l'Élu préféra essuyer son sang sur la crosse de son arme.

— Nous, les faucons du djihad, sommes unis par le sang, dit-il avec le sourire.

La vision de la main gantée d'Aicha tenant le gerfaut survint dans l'esprit de Nabil. Il imagina cette main au gant rugueux lui caressant la poitrine. Pourquoi Aicha ne deviendrait-elle pas sa femme ? Nabil appartenait dorénavant aux féroces guerriers pachtounes. Son devoir n'était-il pas de lutter pour conquérir le cœur de sa flamme ? Honteux, il se rendit compte que sa passion le consumait de nouveau.

Le cortège des hommes en armes parcourut des pièces taillées dans le roc où s'entassaient armes, vivres et munitions. Puis, l'Élu souleva une broderie, dévoilant une vaste grotte en coupole. Des veines d'un minerai brillant couraient dans les murs, scintillants sous les lampes à pétrole. Des carpettes de jute recouvraient le sol. De nombreux livres prenaient place sur des planches grossières ajustées entre des pierres. Le vieux guerrier s'assit à même le tissu rugueux qui servait de parquet, coinça son fusil-mitrailleur sur ses genoux, puis invita les moudjahidin à le rejoindre.

Des gardes armés présentèrent des bols de lait caillé. Les moudjahidin épuisés se régalèrent du breu-

vage amer qui les régénéra après leur nuit épuisante.
Puis Safiya, assis à côté du cheikh Isamuddan, déposa
son bol et demanda d'une voix fervente :

— Élu, puis-je offrir un poème à l'assemblée ?

Le vieil homme hocha la tête, heureux de cet
aparté poétique. Il appréciait grandement cette forme
d'art. Le jeune moudjahid, les yeux noirs brillants de
fureur guerrière, récita d'une voix farouche :

« Au nom de Dieu miséricordieux,
Ravivez l'âme du djihad,
Louez les moudjahidin purs,
Glorifiez l'Élu de la Montagne,
Tuez les mécréants où ils se trouvent,
Combattez ces chiens noirs,
Vous, hommes pleins de fierté,
Portez le châtiment d'une main de fer. »

Le vieil homme remercia d'un sourire, puis il bénit
le combattant qui retourna s'asseoir aux côtés du
cheikh Isamuddan :

— Les champs de mines t'ont bien inspiré, le taquina le garde du corps de l'émir.

— Les strophes ont germé dans mon esprit au
contact de l'Élu, répliqua Safiya d'un ton passionné.

Le cheikh Isamuddan sourit au jeune guerrier, puis
tourna vers Nabil son œil unique où brillait une lueur
vengeresse :

— Fils, les infidèles seront bientôt châtiés.

L'émir lissa un instant sa barbe touffue, puis
s'adressa au chef de la Légion du courroux divin :

— Nous voulons frapper l'Amérique du feu divin.
Il ne manque que l'instrument. L'avez-vous reçu ?

L'Élu fit un signe, et un garde s'éclipsa derrière la
tenture qui obstruait l'entrée. Il réapparut bientôt en
compagnie d'un guerrier grand et sec. Deux hommes
le suivaient, transportant une lourde valise de métal

verdâtre à l'aspect vieilli. Les moudjahidin considérèrent le colis avec une déférence craintive.

— Voici l'Arche d'alliance, apportée par le commandant Akhmar Chamoul, chef de l'Armée tchétchène du salut éternel. Le feu divin ravagera les
temples de débauche des apostats et réduira leur
orgueil en cendres.

Nabil sentit le vent ardent du djihad souffler sur
l'assemblée : Safiya serrait son poignard d'argent
d'un air farouche, la colère envahissait le regard du
cheikh Isamuddan. L'émir se leva lentement pour
inspecter la valise. Sur la peinture écaillée, des caractères cyrilliques pâlissaient sous les ans. Quelques
traces de rouille apparaissaient sous la poignée métallique. Il souleva le couvercle :

— Je connais ce modèle, une bombe nucléaire
portative qui date des années soixante-dix. Nous avons
longtemps cherché à nous en procurer. Je croyais
qu'on les avait toutes détruites.

Le commandant Chamoul répondit d'une voix
austère :

— Nous l'avons payée dix millions de dollars
américains à des militaires qui l'avaient récupérée
lors de la chute de l'empire soviétique.

Le chef tchétchène posa un regard autoritaire sur
l'assemblée, puis il s'inclina en direction du vieillard
aux yeux de braise.

— Nous désirions plutôt l'emmener à Moscou,
mais l'Élu nous a convaincus que les Russes ne sont
plus que les marionnettes du capitalisme mondial.

— La vertu l'a emporté sur la vengeance, clama
l'Élu. Que nos frères tchétchènes soient loués pour
leur action.

— N'est-elle pas trop vieille ? questionna l'émir.

— Nous l'avons fait inspecter par une équipe de savants pakistanais, répondit le commandant tchétchène. L'engin est en état de marche, prêt à être utilisé. Pour simplifier le processus, ils ont désactivé la minuterie. Le martyr ouvrira la valise, tournera une clé : la valise explosera immédiatement.

— Quelle est sa portée ?

— Elle peut anéantir un centre-ville ou un aéroport. Elle aurait été parfaite pour la place Rouge de Moscou.

L'émir caressa les flancs d'acier, puis leva des yeux brillants vers le Tchétchène :

— Elle explosera vraiment ?

Chamoul vrilla son regard dans celui de l'émir :

— Aussi vrai que le soleil se lève. À vous d'apporter cette aurore de l'enfer chez les infidèles.

Le véhicule tout-terrain stoppa au milieu d'un haut plateau pierreux. Une masure de boue crue s'élevait près d'une crevasse survolée par des vautours noirs. Des guerriers à l'air sombre entourèrent le véhicule, kalachnikovs à l'épaule. Le Dr Ullamah descendit vivement, suivi d'Aicha et de Khattabba, le jeune interne qui transportait une trousse de soins.

Aicha les suivit jusqu'à la maison, les pans de sa lourde burka balayant la roche poussiéreuse. Une odeur âcre l'accueillit à la porte : des effluves de sang et de transpiration, les fragrances du Badal. Un blessé reposait sur un grabat, la poitrine entourée d'épais bandages rougeâtres. Il haletait violemment, son visage perlé de sueur. Aicha reconnut Brahim, l'un de ses nombreux cousins.

Khattabba défit avec précaution les pansements posés sur les plaies qu'Aicha entreprit de nettoyer. Sa voilette lui gênait la vue, mais la jeune femme ne pouvait se dévoiler devant tous ces guerriers. Elle lava les croûtes séchées, dévoilant trois orifices dans la poitrine. Un nuage couleur sang accroché aux lèvres du blessé suggérait une lésion au poumon.

Le Dr Ullamah entreprit d'opérer le blessé sur une table de bois, assisté par Khattabba. Aicha admirait les gestes fins et précis du jeune interne. Elle remarqua qu'il était le seul de la hutte à ne pas porter d'armes. Même le Dr Ullamah portait un revolver à sa ceinture. Son beau-père travaillait avec des gestes brusques qui révélaient sa colère : le Badal lui enflait le cœur. Mais Aicha se rappelait trop bien du meurtre d'Ouri le fauconnier, ainsi que de son jeune frère. Elle ne pouvait se résoudre à l'idée qu'il s'agissait de l'œuvre de Safiya et de Nabil. Brahim était la nouvelle victime de la vendetta qui faisait rage depuis lors entre les clans de la vallée.

Aicha lavait les instruments dans une marmite d'eau bouillante. Le guerrier qui entretenait le feu reluquait ses chevilles nues. Elle présentait les scalpels à Khattabba qui gardait son attention fixée sur les gestes de son mentor. Deux balles avaient été retirées, et les médecins s'affairaient à déloger la troisième coincée dans un os. L'opération se termina enfin, et le Dr Ullamah laissa Khattabba recoudre les plaies.

Ce dernier termina le dernier point, puis remercia Aicha d'un sourire fatigué.

— Si Dieu le veut, il vivra.

Ils sortirent dans la nuit étoilée. On offrit le thé que les hommes sirotèrent autour d'un feu. Seule femme du lieu, Aicha se retira pour le boire en retrait. Toutefois, Khattabba délaissa le groupe pour l'accompagner. Ils stoppèrent près du véhicule où ils burent leur thé dans les lumières dansantes des flammes, bien en vue du groupe.

— Sans ton aide, nous n'aurions pas réussi, Aicha.

— Je ne vous ai assistés qu'au meilleur de mes possibilités.

La nuit était douce et les étoiles brillaient avec intensité dans le ciel noir. Aicha s'aperçut que Khattabba la fixait de ses yeux sombres. Elle soutint son regard.

— Permets-moi de te réciter un poème pour te remercier, Aicha.

Aicha sourit, camouflée derrière sa voilette.

« En cette nuit à nulle autre pareille,
Mon Aimée transforme la nuit en temple sacré,
Son regard fait danser les étoiles,
Son sourire dissipe mes doutes en fumée.
Je voudrais tant devenir une seule âme,
Avec mon Aimée. »

Khattabba la contempla longuement, et Aicha sentit son cœur s'enflammer. Aurait-elle enfin trouvé l'âme sœur, l'Aimé qui l'accompagnerait dans sa vie ? Elle ne sut comment réagir, elle se trouvait curieusement timide. Leur tête-à-tête contrevenait déjà aux convenances, et elle sentait des regards inquisiteurs dans son dos. Khattabba lui sourit avec une certaine mélancolie, puis l'invita d'un geste à rejoindre le bivouac.

Khattabba s'assit avec les guerriers, tandis qu'Aicha retourna vers la cabane afin de veiller le blessé. Son cœur battait à tout rompre. Khattabba la demanderait-il en mariage à son beau-père ? Que répondrait alors celui-ci ? Le jeune interne était originaire d'une vallée lointaine. Elle ne connaissait pas le statut de son clan dans la vallée. Leur union contreviendrait peut-être à la coutume.

Devrait-elle accepter sa demande ?

La respiration rauque du blessé parut à Aicha aussi douce que les roucoulements d'une colombe.

CHAPITRE 17

Shooter

L'homme avait maigri et paraissait plus défait que lors de sa dernière visite au poste. Ses yeux luisaient du léger éclat qu'apporte une longue tristesse. La mort de sa femme datait de deux ans, mais Paul Adams était incapable d'accomplir le deuil.

— Je suis sûr qu'on l'a assassinée, reprit-il.

Le vent battait les fenêtres, charriant les premières feuilles d'automne : des feuilles mordorées, arrachées à leurs branches avant d'avoir pu rougir. Un air froid s'infiltrait par la fenêtre ouverte.

— Nous n'avons retrouvé aucun indice en ce sens, répondit calmement Stifer.

Le lieutenant observa les piles de dossiers qui s'élevaient sur sa table de travail. Celui de Julia Adams, la femme pasteur, reposait avec les autres. La dame s'était fracassée la tête sur une pierre dans le jardin de son église, au milieu de la nuit. Il était difficile de croire à un homicide. Toutefois, Stifer n'osait renvoyer le mari éperdu de douleur.

— Julia se réfugiait souvent derrière l'église afin de prier, dit Paul Adams. Elle allumait une petite chandelle. Il est inconcevable qu'elle ait trébuché pour s'affaler sur une pierre.

— Elle aura simplement perdu l'équilibre, reprit Stifer d'une voix compatissante.

— Elle faisait de l'aérobie deux fois par semaine. Comment aurait-elle pu tomber en marchant ? Elle connaissait chaque buisson, chaque caillou du jardin. D'ailleurs, une de ses manches était déchirée.

— Tissu déchiré au cours de la chute, a conclu le médecin légiste. Il faisait sombre, le lampadaire installé sur le mur de l'église ne fonctionnait pas.

Stifer n'avait pas besoin de consulter le dossier dont il connaissait tous les détails.

— La lune était presque pleine, on y voyait comme en plein jour.

Stifer se rappela le calendrier lunaire que le mari avait apporté afin d'appuyer ses dires, deux ans plus tôt.

— Elle était seule ; nous n'avons trouvé aucun témoin.

— Et la canette ?

Ah oui, la canette de bière retrouvée au milieu du gazon. On avait isolé une trace ADN au goulot, jamais identifiée. Chaque trimestre, Stifer requérait une nouvelle recherche dans les banques de données : aucune corrélation n'était apparue avec les criminels fichés. Mais que représentait une canette récupérée derrière une église ? La présence d'un jardinier assoiffé, d'un jeune couple à la recherche d'un endroit tranquille, de jeunes fumeurs de marijuana ? Malgré tout, on ne pouvait rejeter une signature ADN, un indice potentiel. Cette canette souillée permettait de garder le dossier ouvert.

Désillusionné, Paul Adams le regardait, les mains croisées sur les genoux. Il soupira, fixant un instant l'épais dossier où le tragique destin de sa femme était décortiqué. Stifer refit la litanie des recherches effectuées par son équipe dans cette affaire :

— Nous avons épluché tous les dossiers de désaxés sexuels, de gangs de rue, de meurtriers de femmes afin d'établir un lien possible avec la mort de votre femme, monsieur Adams. Nous cherchons régulièrement à identifier la trace ADN de la canette. À ce jour, nous n'avons rien découvert. Officiellement, votre femme est morte d'un accident.

— Ce n'est pas vrai ! s'insurgea Adams. Julia…

Stifer l'interrompit avec un sourire compatissant :

— Je connais vos arguments, monsieur Adams, et je les respecte. C'est pourquoi le dossier demeure actif.

Stifer se leva, terminant ainsi l'entrevue. Il escorta le mari éploré jusqu'à la porte, où il tenta de le réconforter :

— Nous continuons nos recherches. Nous tenterons de vous faire justice, monsieur Adams.

L'homme lui offrit un sourire las :

— La justice humaine m'importe peu, monsieur Stifer. Ce que je désire, c'est obtenir la vérité.

Son visiteur parti, Stifer tapota doucement le dossier de Julia Adams, puis se dirigea vers la fenêtre. La buée masquait les vitres ; un manteau d'humidité couvrait la ville. La silhouette voûtée de Paul Adams se déplaçait lentement sous les arbres secoués par le vent.

Le lieutenant Conrad Vadnais tripotait la grosse bague qu'il portait à son majeur, tandis que le capitaine Rochard jouait avec les boutons dorés de son blazer.

— Je n'ai pas d'inspecteurs à te donner, dit rageusement Vadnais. Ils travaillent tous sur Harfang.

Ignorant la remarque, Stifer planta son regard dans celui du capitaine :

— Je veux l'équipe Harfang au complet. Nous ne toucherons pas au mode de fonctionnement qu'elle a instauré. Seulement, la cible sera différente. Nous trouverons le meurtrier de Gunaratna.

— Tu veux démanteler toute mon équipe ! s'étouffa Vadnais.

— Seulement l'utiliser, répliqua Stifer. S'il y a des temps morts dans Moïse, l'équipe travaillera sur Harfang. Ils factureront néanmoins leur travail au service de l'enquête terroriste.

— Judicieux, admit le capitaine. Deux enquêtes pour le prix d'une ! J'aime ça.

Stifer se sentait légèrement coupable d'inventer une telle machination budgétaire, mais la sécurité de l'Amérique n'était-elle pas en jeu ?

— Autre chose, je veux Conrad sur l'affaire : il dirigera son ancienne équipe.

Le corps massif de Vadnais se raidit, ses tâches d'acné rougissant violemment. Stifer avala une gorgée, la lavasse du capitaine lui paraissant cette fois fort savoureuse, puis il expliqua le plus sérieusement du monde :

— Il pourra rajouter lui aussi ses heures au budget terroriste. Harfang a déjà coûté assez cher à l'escouade, non ?

Rochard boutonna minutieusement son veston sur son ventre arrondi, puis apprécia d'un rictus :

— Accordé !

Le capitaine aimait voir régner l'esprit d'équipe au milieu de ses troupes. Quoi de mieux qu'un budget commun pour y arriver ?

La chambre d'Éric était déserte. Inquiet, Stifer s'informa au bureau d'étage où on l'aiguilla vers le solarium. Il croisa quelques patients qui poussaient avec difficulté leurs poteaux à soluté dans les corridors, puis pénétra dans une vaste pièce lumineuse. Certains patients y recevaient leur famille. Les discussions se déroulaient sur un ton étouffé, comme respectueux de la mort prochaine des malades. Assis dans sa chaise roulante, Éric regardait par la fenêtre. Il avait enfin délaissé la télévision pour un paysage. Stifer s'approcha et déposa une main sur son épaule décharnée.

— Ça va, Éric ?

Le jeune homme demeura silencieux, contemplant d'un regard vague les eaux grisâtres du Saint-Laurent. Les sommets des monts Saint-Hilaire et Saint-Bruno se dressaient au-delà, parés d'éclats cuivrés. Un vent ardent s'engouffrait par une fenêtre entrouverte. Pour Stifer, c'était une belle journée d'automne.

Il retira doucement sa main de l'épaule chétive, puis s'empara d'une chaise.

— Tu aimerais voir quelqu'un ?

— Je n'ai personne, répondit Éric d'un ton morne.

— Pas de famille ?

Éric tourna ses yeux pâles en direction de Stifer, qui y discerna une lueur de crainte. L'adolescent prenait enfin conscience de la situation : le feu rouge ne tournerait jamais plus au vert. La mort approchait, inexorable.

— Ma mère est morte, répondit Éric d'un ton vexé, comme si elle l'avait trahi.

— Ton père ?

— Ce n'était pas un père, je le déteste.

— Tes amis ?

Éric détourna le regard vers la fenêtre. Stifer se rappela le récit de Lucien : Shooter était gardé par un voisin ayant d'imposants tatouages. Il avait d'abord refusé de laisser aller le *pitbull*. Lucien avait dû le

menacer d'une perquisition des services vétérinaires
de la ville. Un dresseur de chiens de la police s'était
chargé de le convoyer dans son fourgon. Le jeune
homme regarda de nouveau Stifer, cette fois d'un air
consterné, comme s'il se désolait de n'avoir que lui
pour relation.

— Y a que vous…

— Et Shooter, pas vrai ?

Les yeux d'Éric s'illuminèrent :

— C'est le meilleur chien que j'ai jamais eu.

— Il t'attend en bas, dans le parc.

Éric le dévisagea :

— Quoi ?

— Un ami à moi est allé l'emprunter à un gros
gars tatoué. Tu viens le voir ?

Le soluté dodelinait au-dessus de la chaise roulante
comme un fanion miséreux. Éric était enveloppé de
la tête aux pieds dans une lourde couverture. Ils traversèrent le grand hall, franchirent la rue Sherbrooke,
puis roulèrent au milieu du parc La Fontaine où des
écureuils œuvraient inlassablement à amasser leurs
provisions. Quelques passants les observèrent avec
curiosité, des cyclistes les dépassaient comme des
hirondelles. Lucien patientait près d'un banc, fumant
consciencieusement une cigarette, un chien trapu à
ses côtés. La bête tira violemment sur sa chaîne à la
vue de son maître.

Éric cria « SIT », et Shooter se calma aussitôt.
Stifer le poussa jusqu'au banc, Lucien relâcha la cor-
delière, et le chien s'élança pour lui lécher les mains.

— Shooter, Shooter, mon beau, je croyais ne jamais
te revoir !

Des larmes coulaient sur les joues du jeune homme
alors que la grosse bête frétillait de la queue. Stifer

tenait fermement le guidon, de crainte de voir la chaise se renverser. Éric demanda une branche ; Stifer alla en cueillir une sous un arbre. Éric la lança au loin, envoyant chien et policier dans une course folle. Shooter rapporta sa prise, qu'Éric reçut comme un trésor. Il lança de nouveau le morceau de bois et rit comme un fou, peut-être à la vue de Lucien galopant derrière le molosse qu'il tenait en laisse.

La cigarette au bec, Lucien tentait de reprendre son souffle, alors qu'Éric dégageait le bâton de la mâchoire du *pitbull*.

— Cette bête ferait fureur à Blue Bonnets[13]. Tu l'as depuis longtemps ?

— Trois ans, répondit Éric, il venait à peine de naître quand je l'ai reçu. Je m'en suis bien occupé, ça, oui ! J'ai été un bon père, moi !

— Tu l'as dressé toi-même ?

Éric prit le ton d'un père plein de fierté :

— Nous avons fait des tas d'écoles : Shooter était toujours le meilleur. Nous avons même gagné des médailles. Si je les avais, je pourrais vous montrer les photos.

Un vent frisquet souleva les branches. Éric frissonna, même s'il portait la tuque et le manteau que lui avait dénichés l'infirmière-chef. Stifer replaça la couverture autour de ses épaules.

— Tu te sens bien ?

— Oh ! Oui ! Allons faire un tour !

Ils effectuèrent une promenade sous les arbres vénérables, longeant l'étang sur lequel des feuilles mortes flottaient doucement. Éric donnait des ordres auxquels Shooter semblait empressé d'obéir. Stifer se surprit de la complicité qui régnait entre le jeune homme et la bête. Après quelques supplications d'Éric,

---

13. Champ de courses de chevaux montréalais.

ils le firent haler par Shooter sur quelques mètres. Éric se mit ensuite à tousser, après ses cris d'encouragements. Lucien détacha la bête de la chaise, tandis que Stifer massait les épaules du jeune homme.

— Pourquoi l'as-tu appelé Shooter ?

Éric sourit, puis empoigna la nuque épaisse du chien qu'il entreprit de serrer affectueusement :

— Quand il était petit, je lui lançais la balle en criant « Shoot ! » Il réagissait en se mettant aussitôt à courir, peu importe que je lance ou non. Alors, je l'ai appelé Shooter.

Épuisé, Éric souriait, à moitié camouflé sous la tuque enfoncée jusqu'aux yeux.

— Tu m'as l'air fatigué, dit Stifer, si on remontait à la chambre ?

— Pas question ! Je suis trop bien ici. Je crève dans cette chambre !

— Ton père ne vient pas te voir ?

Éric fit la grimace, ce qui rida sa peau flasque.

— Il est en prison.

— Il aurait pu sortir une fin de semaine, c'est une occasion spéciale. Son agent de probation aurait sûrement accepté.

Éric fronça les sourcils au-dessus de ses orbites creuses.

— Il a toujours été enfermé : dans sa propre prison ou dans celle des autres. Il ne s'est jamais intéressé à moi, ni à ma mère, encore moins à lui-même.

Stifer le regarda, surpris : le jeune homme paraissait avoir parcouru beaucoup de chemin depuis leur dernière rencontre.

— Pourquoi dis-tu ça ?

— Mon père a toujours fait l'idiot : il jouait, buvait, sacrait, se fichait des autres. Ce n'est pas la manière de vivre. Il y en a d'autres, j'en suis sûr.

— Tu n'as personne à qui tu voudrais parler, mettre les choses au point, excuser, ou te faire pardonner?

Un peu interloqué, Éric observa Stifer, la mâchoire serrée, puis il se tourna en direction du pitbull:

— Je veux voir Shooter courir.

— On ne peut pas détacher un pitbull dans un parc, dit tranquillement Lucien. Il y a des enfants, ici.

— Un chien n'est jamais libre, répliqua Éric d'un ton amer. Avec moi, il pouvait s'éclater. Je le laissais courir la nuit, le long du fleuve.

— Pourquoi as-tu adopté un pitbull? demanda Lucien en écrasant soigneusement un mégot.

— Il peut mourir pour toi, répondit Éric d'un ton maussade. Tu es tout pour lui, comme un fils pour un père.

La magie de leur excursion semblait rompue. Ils revinrent lentement en direction de l'hôpital. La bête trottait d'un pas pesant aux côtés de la chaise roulante; Éric s'adressait à elle d'un ton triste. Lucien offrit la chaîne à l'adolescent qui en profita pour faire pratiquer quelques rythmes de marche à son chien. Bientôt épuisé, le jeune malade se contenta de tenir la laisse tout en complimentant la bête sur son allure.

Ils stoppèrent devant un fourgon de police. Le dresseur en descendit, caressa Shooter et s'apprêta à le faire monter par la porte arrière.

— Eh, minute! dit Éric. Qu'allez-vous faire à mon chien?

— Le ramener chez ton ami, dit Lucien. Le gros gars tatoué qui ne voulait pas le laisser aller. C'est bien ce que tu veux?

— Oui, mais pourquoi dans un fourgon de la police?

— Je suis policier, répondit Stifer. Tu n'étais pas au courant?

Éric le regarda d'un air stupéfait :

— Non ! On ne me l'avait pas dit.

— Ça cause problèmes ? demanda Lucien.

Éric fut pris d'un fou rire hystérique, puis répliqua :

— Pourquoi ça me dérangerait ? J'ai maintenant deux chiens dans ma vie !

CHAPITRE 18

La fleur coupée

Les moudjahidin furent conduits à leurs quartiers pour dormir, une petite grotte encombrée de roches. Les hommes rangèrent leur équipement dans un coin, puis déroulèrent leurs tapis de prière. Malgré leur épuisement, ils effectuèrent leur pratique religieuse. Nabil s'absorba tout entier dans ses oraisons. Ses compagnons dormaient à poings fermés qu'il priait encore. D'abord afin de compenser les occasions perdues lors des derniers jours, ensuite pour calmer son agitation intérieure.

Il s'allongea ensuite tant bien que mal entre deux grosses pierres. Malgré sa fatigue, il ne put trouver le sommeil. L'opération Moïse dépassait en envergure tout ce à quoi il aurait pu rêver. Tous les réseaux souhaitaient avoir des armes de destruction massive à leur disposition, les seules aptes à contrer la puissance américaine. Jamais il n'aurait cru pouvoir en utiliser. Il appartiendrait aux premiers moudjahidin d'offrir un champignon atomique aux infidèles. Son nom s'inscrirait en lettres de feu dans l'histoire du djihad.

La poigne solide de Mahazza Bin Émir le secoua sans ménagement, l'arrachant de ses pensées.

— Il faut se lever, fils, l'Élu désire te voir.

Nabil se releva difficilement, ses yeux s'accoutumant à la pénombre régnant dans la caverne. Les moudjahidin paraissaient être tombés d'épuisement autour de lui. Safiya dormait tout près, enroulé dans son manteau, étreignant d'une main son poignard d'apparat. Le cheikh Isamuddan ronflait lourdement, son visage ravagé habité par un curieux sourire.

Nabil suivit son chef le long des couloirs sombres. L'émir trouvait son chemin sans difficulté au milieu de la myriade de grottes, démontrant ainsi qu'il était venu de nombreuses fois. Ils parvinrent enfin à l'extérieur, sous une lumière aveuglante. Nabil ressentait une grande excitation : peut-être connaîtrait-il enfin son rôle dans cette mission qui, il n'en doutait pas, changerait l'histoire du monde.

Ils traversèrent le troupeau de bêtes qui déambulaient au milieu du hameau, puis franchirent la passe qui s'ouvrait sur la muraille de roc ceinturant le village. Ils avancèrent entre les monolithes de pierre qui parsemaient le flanc de la montagne. L'émir semblait familier avec les sentiers environnants. Nabil le suivait prudemment, incapable de reconnaître les signes discrets signalant la présence des mines.

Ils parvinrent à un plateau offrant une vue saisissante sur les cimes environnantes. L'Élu de la Montagne y nourrissait le gerfaut de morceaux de viande crue. Quelques cadavres de souris brunes reposaient près de ses bottes. L'oiseau aux ailes blanches attaché au gant de l'Élu scruta les nouveaux arrivants. Il se détourna vivement quand un garde laissa filer une nouvelle souris d'une boîte grillagée.

Docile, il attendit le signal, suivant la proie d'un regard avide. L'Élu leva le bras : le faucon fila comme un ange tueur.

— Il est bien dressé, grogna l'Élu avec satisfaction. Qui est le fauconnier ?

— Ouri, du Waziristân, répondit Mahazza d'une voix impassible.

Nabil sentit sa gorge s'assécher. Il scruta l'émir à la dérobée, anxieux de savoir s'il connaissait le destin qui avait frappé le fauconnier. Mais son maître paraissait absorbé par la vision de l'oiseau tournoyant au-dessus d'un rocher. Le rapace piqua subitement vers le sol. Il disparut quelques secondes, puis stria de nouveau l'azur, les serres agrippées sur un petit paquet sombre.

L'oiseau revint se poser sur le bras tendu, lâchant la bête déchiquetée qui tomba mollement aux pieds des guerriers. L'Élu de la Montagne le récompensa de nouveau, puis le confia aux soins d'un garde. De sa haute taille, il posa un regard clair sur Nabil.

— Tu as émis le souhait de parcourir la voie du martyr. Tu es un homme fortuné, Nabil Sabir Ullamah. Peu de croyants auront la possibilité d'infliger autant de destruction aux œuvres du Malin. Ta place est assurée au paradis.

Nabil répondit dans un souffle :

— Je tâcherai de me montrer digne de ma tâche, Élu.

Le vieux guerrier lui offrit un sourire chaleureux :

— Nous devons répondre à l'appel du djihad du mieux de nos possibilités. Tu es un homme intégré à l'Occident, tu as pied dans la forteresse impie de l'Amérique. Ton rôle sera primordial.

— Puis-je connaître mes responsabilités, Élu ?

L'Élu le fixa un moment, puis l'empoigna d'une main raide, réminiscence d'une vieille blessure :

— As-tu peur de mourir ?

— Je suis prêt au sacrifice.

— Grand est le sacrifice, mais la récompense obtenue l'est davantage. Ton immolation ne sera pas vaine : elle brisera la résistance des apostats. Ils se repentiront de leurs fautes, puis rallieront la bannière verte.

La main de l'Élu renforça sa prise sur son épaule, ses yeux intenses s'accrochant aux siens.

— As-tu peur de souffrir ?

Nabil répondit dans un souffle :

— Oui, Élu, mais j'accepte la douleur.

— L'ultime guerrier de la foi accepte de mourir, mais aussi de souffrir. Il fait don de son entière personne. Offriras-tu ton être au djihad ?

— J'en fais don, Élu.

Le vieux guerrier empoigna la seconde épaule du jeune homme, l'enveloppant dans son aura mystique :

— Fils, je t'envoie en Occident comme le nouveau Moïse. Moïse souffrait beaucoup pour son Dieu, le savais-tu ?

Nabil ne comprenait pas la raison du discours de l'Élu sur la souffrance. Il appréhendait plutôt la mort comme une libération bienheureuse. L'éclat d'une mallette atomique devait offrir une mort instantanée.

— Non, Élu, j'ignorais.

— Je t'ai choisi pour ton aptitude au sacrifice et à la souffrance. N'oublie jamais.

— Je ne comprends pas mon rôle, Élu. Que devrai-je faire ?

Le vieux guerrier l'enserra dans sa poigne puissante :

— Sois patient comme le vautour, impitoyable comme le gerfaut.

Le drone encerclait le village de son vol lent et régulier, volatile de métal disputant le ciel aux aigles qui épiaient les hauts plateaux à la recherche d'une proie. L'engin transmettait les images d'une petite foule agglomérée au centre de la place. L'ordinateur du Far East Command les traitait en direct afin d'atténuer les ombres projetées par les falaises environnantes.

— Que font-ils, à ton avis ? demanda Mike Tremblay.

Le pilote manœuvrait doucement le léger appareil afin de lui faire profiter d'un meilleur angle de vue. Une climatisation assourdissante tentait vainement de refroidir la pièce au toit de tôle surchauffé par le soleil du désert qatari. Le pilote s'essuya le front où perlaient des gouttelettes de sueur, puis grogna :

— Peut-être une cérémonie religieuse ?

— Plutôt une pelote ! dit le contrôleur en étirant son long corps maigre. Ils semblent tous lancer quelque chose.

Le pilote modifia de nouveau la trajectoire de l'engin-espion, braquant les puissantes caméras sur la forme sombre qui semblait être la cible du jeu de balles. L'image se brouilla un instant dans un maelström de pixels agencés par l'ordinateur.

— Mon Dieu ! s'exclama Mike en écarquillant les yeux devant l'image devenue soudainement plus visible.

Il alla se coller le nez contre l'écran plasma attaché au mur afin de mieux discerner la scène :

— Ils lapident une femme !

Chargé de la cage du gerfaut, Nabil suivait l'Élu et Mahazza entourés de leurs gardes du corps, quand leur cortège s'était heurté à un groupe de villageois en colère qui entouraient un couple en hurlant des injures. Une jeune femme au voile déchiré fixait le sol d'un air effrayé. Un moudjahid se tenait à ses côtés, dédaigneux. Les anciens du village exigèrent justice auprès de l'Élu.

Le vieux chef prit place sur un coussin à même le sol, sous le vaste dôme d'une grotte s'ouvrant sur le village. La cohabitation des moudjahidin et des villageois générait de nombreux conflits. Le prestige de l'Élu de la Montagne lui permettait d'arbitrer les désaccords et de rendre justice. Pour ce faire, il utilisait la charia dans toute sa rigueur.

Les deux accusés furent amenés devant lui, puis les témoins défilèrent : un vieillard avait perçu des regards concupiscents entre les jeunes gens ; deux pâtres les avaient vus émerger d'une grotte du voisinage ; le mari, enfin, hurla sa colère devant l'attitude infâme de son épouse.

L'Élu se tourna alors vers l'homme, un de ses guerriers.

— Ahmed, qu'as-tu à dire ?

Le combattant pachtoune baissa humblement la tête :

— J'ai péché, Seigneur. Il y a si longtemps que je n'avais touché à une femme. Cette dévergondée m'a séduit.

L'Élu regarda ensuite la frêle jeune femme d'un air sévère :

— Et toi, qu'as-tu à répondre pour ta défense ?

— J'allais cueillir des plantes près de la grotte, Seigneur, et cet homme m'a forcée !

— Elle se conduit de manière honteuse depuis trop longtemps ! hurla le mari.

La jeune femme apostropha violemment son mari :

— Cet homme me pourchasse depuis des jours, je te l'ai dit bien des fois, mais tu n'as rien fait ! Tu as peur de lui !

Elle ramena maladroitement les plis déchirés de sa voilette sur son visage, cachant sa honte :

— Il m'a déshonorée !

Le mari mordillait ses épaisses lèvres entourées d'une barbe fournie, tout en évitant le regard de l'accusé. L'Élu renouvela son injonction :

— Ahmed, qu'as-tu à dire ?

Le guerrier afficha une attitude contrite :

— Cette débauchée m'a séduit, Seigneur. Je vous prie de pardonner ma faiblesse.

Nabil remarqua que l'accusé n'accordait aucun regard à la fautive. Il en conclut à sa bonne foi : un homme épris aurait jeté un coup d'œil au moins une fois à sa maîtresse.

— Pourquoi allais-tu à cette grotte ? demanda l'Élu, si ce n'est dans l'intention perverse d'y attirer l'accusé ?

La femme répondit en sanglotant, déployant des mains suppliantes en direction de l'Élu :

— Ma mère est malade, Seigneur, je dois cueillir des herbes afin de la soigner. Je ne puis me promener à mon aise dans les environs à cause des champs de mines. Ces plantes poussent sur les flancs de cette grotte.

— Tu savais pourtant que cet homme soupirait après toi. Une femme honorable serait demeurée cloîtrée dans sa demeure et aurait envoyé une amie pour récolter ces plantes.

— Je ne croyais pas qu'un moudjahid puisse attaquer une femme…

Elle se tourna vivement vers l'accusé, les plis déchirés de son voile révélant un maigre visage lacéré et tâché de poussière :

— Il m'a suivie sans que je m'en aperçoive, m'a attrapée par-derrière, puis m'a entraînée dans la grotte. Je me suis débattue…

Elle écarta sa voilette afin d'étaler les ecchymoses qui marquaient sa peau.

— Il m'a déshonorée.

Puis elle ramena le mince tissu sur sa pudeur.

Le mari trompé lança la première pierre.

La femme au regard aveuglé par une étoffe ne distingua pas son premier assaillant. Son torse à demi enterré surgissait au milieu de la place, replié comme une plante sous la sécheresse. L'enfouissement servait à réduire la souffrance de la condamnée qui, frappée à la tête, mourait plus vite. Nabil soupesa la pierre, de la taille rituelle d'un poing d'adulte, qu'il tenait à la main droite, hésitant sur la conduite à suivre.

— Tu as peur de rater ta cible ? demanda Isamuddan d'un ton sarcastique, fier d'être le premier à avoir atteint la condamnée.

Les plis du suaire dans lequel on l'avait enveloppée battaient sous le vent, telles les ailes d'une colombe triste, alors que la terre rocailleuse lui enserrait les aisselles comme un sépulcre prêt à l'ensevelir. La condamnée cria quand un caillou lancé par Safiya lui heurta l'épaule. Nabil aperçut son cousin qui s'activait à lancer des pierres avec la ferveur qu'il montrait toujours à réprimer le sacrilège. Les hommes présents la bombardaient avec ardeur. Le torse de la victime battait sous les impacts des projectiles.

Nabil acceptait le jugement de l'Élu, mais ne pouvait se résoudre à l'appliquer. Peut-être cette gêne provenait-elle des vestiges de son éducation occidentale, ou d'une compassion déplacée ? Mais comment réagirait-il si sa mère Zaouïa ou pire, Aicha, se rendait coupable d'un tel crime ? Il chassa ces pensées stupides : ces femmes jouissaient d'une moralité exemplaire.

Du sang coulait à présent de la tête à moitié détachée du torse, rappelant à Nabil les fleurs coupées que
sa mère ramenait à la maison. La femme avait peu
souffert, mitraillée par des guerriers qui visaient
juste. Des ricanements gras et des paroles vulgaires
s'élevèrent lorsqu'une pierre entailla le vêtement,
dévoilant un sein ensanglanté. Mais l'Élu tança sévèrement les hommes pour ces propos désobligeants
envers la justice divine. Il ordonna que l'on ense-
velisse la pécheresse avec égards : son châtiment
l'avait absoute de sa faute.

Nabil laissa tomber la pierre qu'il n'avait pas eu
le cœur d'utiliser. Il regrettait l'absence de l'imam
Ajama. Son guide spirituel l'aurait aidé à purger cette
faiblesse qui minait son âme.

Quant à Ahmed, allongé sur une civière après avoir
reçu les trente coups de fouet prescrits par la coutume,
il fut autorisé à se faire soigner au dispensaire. Un
guerrier de la foi ne devait pas demeurer alité trop
longtemps.

Les programmes informatiques traitaient les images
des hommes attroupés autour de la femme à moitié
ensevelie. L'ordinateur corrigeait d'abord la distorsion,
éliminait les ombres projetées par les falaises, puis
recensait différents paramètres comme la grandeur,
le poids probable, la taille de la barbe, les traits majeurs
du visage. Il comparait ensuite ces données avec les
informations stockées dans la gigantesque base de
données du Far East Command.

Mike et son pilote assistèrent à l'inhumation de la
jeune femme au pied de la falaise encerclant le village,
puis virent les hommes refluer dans les grottes.

— Mon Dieu, c'était horrible, dit le pilote d'une
voix rauque.

Le grand Mike ne répondit pas, perdu dans ses pensées.

— Ça va ? s'inquiéta le pilote.

Le contrôleur déploya lentement son maigre bras afin d'attraper son gobelet à café. Il observa de nouveau le village où des femmes s'affairaient à laver des draps près du puits. Frottaient-elles avec autant d'ardeur afin d'absoudre la faute de leur sœur, ou pour atténuer leur propre crainte devant ses bourreaux ?

Contrôleur de la CIA depuis sept ans, Mike Tremblay avait visionné beaucoup de violence sur ses écrans : moudjahidin déchiquetés par des hélicoptères, boules de feu dévorant des talibans terrés dans leurs grottes, soldats américains massacrés par une foule en colère. Il avait compris depuis longtemps qu'il ne jouait pas dans une arcade. Cependant, des scènes de ce genre, où de pauvres victimes souffraient de la barbarie de leurs pairs, sans qu'il ne puisse intervenir, lui donnaient envie de mourir.

Peut-être, songea-t-il, le rôle de contrôleur donnait-il une impression de pouvoir divin ? Mais l'impuissance le ramenait brutalement à la réalité : de sa console, il ne pouvait ordonner que la mort, jamais la clémence.

— Combien d'hommes y avait-il sur cette place ?

Le pilote haussa les épaules :

— Une bonne cinquantaine.

— Et combien y a-t-il de maisons ?

Le pilote le dévisagea avec surprise, puis s'empara de sa manette de commande afin de braquer les caméras sur le hameau.

— Six, plus la mosquée.

— Peu pour autant d'hommes.

Mike saisit quelques commandes à l'ordinateur : aucune correspondance entre les hommes du village et des terroristes fichés dans les arcanes de la base de données du Far East Command n'avait encore été établie.

— Aucun doute, dit le pilote, ils logent dans les grottes près du village…

Mike sentait la fièvre le gagner. Il tapait de plus belle sur son clavier afin d'étudier les agressions terroristes des derniers mois, espérant trouver des indices les reliant à une base probable dans les environs du village.

— Peut-être qu'ils se cachent… qu'ils s'ennuient ferme… Ils n'ont pu résister au spectacle… lapider une femme. Pouviez pas manquer ça, hein, les gars… Voyons, la dernière attaque date de…

Un signal sonore interrompit son monologue excité. Un personnage aux contours flous apparut sur l'écran. Réfugié dans l'entrée de la grotte, il avait échappé à l'attention du contrôleur, mais l'ordinateur l'avait découvert en effaçant l'ombrage produit par la saillie au-dessus de sa tête. On le voyait en compagnie de trois formes spectrales qui semblaient l'entourer avec respect. Ce qui intéressa Mike, ce furent les déductions de l'ordinateur quant aux caractéristiques physiques de l'individu : il paraissait plus grand que les pachtounes de la région, plus costaud aussi, trahissant ainsi son origine étrangère. Peut-être un Ouïgour ?

La conclusion des recherches comparatives s'afficha ensuite sur l'écran. Mike siffla de surprise :

— Quarante pour cent de probabilités que ce soit Gul Mogul !

Son type mongol l'avait distingué au milieu des combattants pachtounes. Mike avait peut-être découvert l'insaisissable mystique terroriste recherché par tous les services de sécurité de la planète ! Mike n'en revenait pas de sa chance. Son nom serait inscrit au palmarès des meilleurs contrôleurs de la CIA. Il s'empara du téléphone :

— Je lui organise une rencontre avec Delta Force[14] !

Une lune pâle, escortée d'étoiles scintillantes, se manifestait par intermittence entre de lourds nuages noirs. Installés sous la paroi rocheuse à l'abri du vent glacial, les moudjahidin entouraient un petit feu sur lequel frémissait le kawa, le thé traditionnel des tribus pachtounes. Armes et vivres s'empilaient près d'un âne de bât somnolant en dessous d'un éboulis de roches. Les guerriers attendaient le retour de Mahazza Bin Émir, en conciliabules avec l'Élu, avant d'entreprendre leur périlleux voyage de retour.

Les hommes devisaient à voix basse, s'émerveillant de la ferveur et de la force qui remplissaient maintenant leur cœur.

— Une journée dans ce sanctuaire m'a complètement ragaillardi, s'étonna un moudjahid.

— Vrai, dit Safiya à ses frères d'armes, nous sentons baigner ici la grâce de l'Élu.

— Ne manque que les houris[15] promises aux moudjahidin, blagua le cheikh Isamuddan en ajustant les cartouchières qui enserraient son torse imposant.

Un mouvement en provenance des galeries leur fit relever la tête. Une procession venait à leur rencontre.

L'Élu précédait le commandant tchétchène transportant cérémonieusement la valise métallique. Suivait le gerfaut porté par un garde, puis Mahazza Bin Émir qui tenait délicatement une minuscule boîte dans laquelle Nabil crut voir s'agiter le museau d'une souris.

---

14. Unité d'élite antiterroriste américaine.
15. Vierges promises aux martyrs du djihad à leur entrée au paradis.

Les moudjahidin se levèrent prestement afin de rejoindre le cercle qui se formait autour de l'Élu. Le commandant Chamoul déposa la mallette aux pieds du vieillard austère qui la para de son rosaire. Aussitôt, les guerriers présents étalèrent leurs chapelets de billes noires sur les parois d'acier.

L'Élu de la Montagne récita quelques sourates du Coran, puis déclama avec force :

— J'ai combattu longtemps avant de vivre l'instant sublime que nous vivons à présent. Nous voici rassemblés, humbles combattants de la foi, pour frapper cette Amérique impie d'un juste châtiment. Que l'orgueil de l'infidèle soit abattu comme le furent ses tours arrogantes.

L'Élu se tourna vers Safiya :

— Jeune moudjahid, ta poésie est forte et précieuse. Je t'en prie, récite quelques vers pour l'occasion.

Safiya se recueillit un moment, puis clama d'une voix puissante :

« Nous offrons la nouvelle Arche d'alliance,
Que le Très-Haut y inscrive son sceau de feu,
Puissent nos frères martyrs réussir leur mission,
Brandir la bannière flamboyante qui voilera l'infamie du monde,
Le djihad, c'est la force, l'honneur, le triomphe. »

L'Élu remercia d'un signe de tête, puis récita une longue prière exaltée, reprise en chœur par les guerriers. Tenu par la poigne généreuse de son ami, enveloppé de la grâce de l'Élu, Nabil ressentait une force invincible envahir son cœur. Nul doute, leur combat profitait de l'onction divine. Un battement d'ailes attira son attention. Le gerfaut, tel un ange vengeur cloîtré dans une cage de bambou, le fixait de son regard impitoyable. La férocité du rapace évoquait le jugement divin prêt à frapper les pécheurs.

Un garde se rua au milieu de la troupe, brisant le recueillement solennel régnant dans la grotte. Il parla rapidement à l'oreille de l'Élu qui écoutait, l'air fermé. Il fixa ensuite Mahazza Bin Émir d'un regard pâle :

— Les Américains seront ici dans dix minutes. Partez immédiatement.

Chef de guerre expérimenté, l'émir ne perdit pas un instant. Il aboya une série d'ordres secs. Le cheikh Isamuddan s'empara aussitôt de la valise, les moudjahidin amassèrent fébrilement munitions et vivres, puis tous refluèrent en bon ordre vers la sortie. L'Élu les salua à distance au milieu du tohu-bohu qui régnait parmi ses guerriers.

Déjà, les moudjahidin franchissaient le mur de la nuit.

CHAPITRE 19

Ziride

Abou Ziride fut heureux d'entendre le bruit de la sonnette : on lui livrait enfin sa pizza. Le livreur parut légèrement exaspéré, tandis qu'Abou fouillait dans ses poches à la recherche de monnaie. Celui-ci tendit finalement un billet de dix dollars, accompagné d'un pourboire de deux dollars. Comme remerciements, l'homme lui empoigna le poignet, qu'il tordit violemment.

Abou chuta sur le plancher, sa joue gauche raclant la pièce de son pourboire, et un genou s'enfonça dans ses omoplates. On le plaqua solidement au sol où on le menotta. Il fut soulevé sans ménagements et traîné dans les marches. Sa tête frappa la rampe plusieurs fois, puis on le jeta dans une camionnette. Le véhicule bondit dans un hurlement de sirène.

Bill Payne observait Abou Ziride au travers d'une vitre sans tain. L'homme paraissait sonné. Les lieutenants Stifer et Vadnais entrèrent dans la pièce. Payne l'aperçut redresser imperceptiblement le torse, déposer ses mains sur ses genoux. Il n'eut pas le réflexe d'agripper un rosaire imaginaire, comme la majorité des terroristes qu'il avait questionnés. Payne réquisitionnait toujours les chapelets avant un inter-rogatoire, question de soustraire le bien-être qu'ils procuraient dans l'adversité. Il en déduisit que Ziride ne devait pas pratiquer assidûment.

Vadnais prit place sur la chaise face au suspect. Stifer demeura debout, un peu en retrait. Vadnais attaqua immédiatement, d'un ton très agressif :

— Alors, Ziride, mon gars, tu fais le terroriste dans notre ville !

Payne admira la pose de l'interrogateur : on ima-ginait un pitbull prêt à mordre dans l'instant. Le sus-pect sursauta, puis coula un regard en direction de Stifer qui le fixait d'un air grave. Bonne entrée en matière, jugea Payne. Ces policiers municipaux pre-naient l'affaire à cœur.

— Dis-moi quelle horreur tu t'apprêtais à com-mettre !

— Je ne sais pas de quoi vous parlez, répondit Ziride.

— Avec cette calamité de Moïse, combien d'enfants voulais-tu tuer dans notre ville ?

Les yeux de Ziride s'agrandirent, son souffle parut s'arrêter, ses lèvres se pincèrent. Payne fut heureux de constater que le nom codé produisait cet effet. Il y discerna les symptômes du délinquant qui assistaient à l'écroulement de sa toute-puissance. Ziride s'imaginait pouvoir abuser ses ennemis. Il avait cru que ses messages piratés berneraient les cracks d'Échelon. Son réveil serait brutal, Payne y veillerait.

— Je… je ne comprends pas.

Vadnais brandit une feuille de papier :

— Tu vas comprendre ! Tes messages ont été in-terceptés !

Le policier approcha son large visage grêlé près du suspect, tellement près que Ziride recula sur sa chaise :

— Alors, qui voulais-tu massacrer ? Les négociants de la Bourse ? Les députés du Parlement ? Les écoliers d'une école juive ? Les passagers d'une rame de métro ?

— C'est faux ! répliqua Ziride. Vous ne pouvez m'accuser de crimes pareils !

— Ah, non ? Alors, qui Moïse voulait-il décimer ?

— Je ne connais pas de Moïse…

— Cesse de nous prendre pour des imbéciles ! Tu envoies des messages codés parlant de Moïse et tu voudrais nous faire croire que tu n'es pas un assassin de masse ?

Le suspect parut pris de court. Le lieutenant Stifer l'interpella alors d'une voix posée :

— Tu sais où tu te trouves, Abou ?

Ziride parut soulagé de converser avec un autre interrogateur. Il répondit d'un ton hésitant :

— À… la police ?

— Aux Homicides, Abou. Tu es accusé de terrorisme, de meurtre de masse.

Des gouttes de sueur perlèrent sur son front.

— Mais je n'ai tué personne.

— Pas encore, Abou.

Stifer s'approcha, planta son regard dans celui du suspect. Le policier luttait pour ne pas céder à la violence. Il interpella Ziride d'une voix sourde :

— Toi et moi savons que tu t'apprêtais à commettre un massacre. Nom de code : Moïse. Dans « notre » ville. Contre « nos » enfants.

— Je ne veux pas de mal à Montréal, se défendit vivement Ziride, j'aime cette ville ! J'aime les enfants !

Payne sursauta en assistant à cette ouverture.

— Le suspect n'a pas nié Moïse, commenta Anémone Laurent qui assistait à la scène de l'autre côté du miroir.

Payne aperçut la jeune femme jouer nerveusement avec ses longues boucles noires. Sa nervosité devait provenir de l'intensité de l'interrogatoire. Puis il retourna son attention sur Vadnais qui apostrophait violemment le suspect :

— Tu as été bien traité au Canada, Abou ?

Ziride haussa les épaules :

— Bien sûr, je…

— Quelqu'un t'a empêché de pratiquer ta religion ?

— Non, mais…

Vadnais quitta vivement sa chaise pour crier :

— Alors, pourquoi nous amènes-tu Moïse ?

Le suspect se tut, le visage fermé.

— Tu viens de Syrie, Abou ? demanda Stifer.

Le suspect parut se raidir ; Payne prit bonne note de cette réaction.

— Je suis immigrant reçu, répliqua vivement Ziride. Je suis ici en toute légalité.

— Pourtant, tu ne travailles pas.

— J'avais des économies en arrivant au pays.

— Ouais, tu as sûrement tout dépensé, depuis le temps, railla Vadnais. Si tu retournais chez toi afin de remplir ton compte en banque ? Qu'en dis-tu, Abou ?

— Je… suis immigrant… canadien.

Vadnais le regarda avec mépris :

— Pas pour longtemps, Abou. Avec les accusations que nous allons te coller sur le dos, aucun pays ne t'acceptera jamais plus sur son sol.

— Mais je suis innocent !

— Qu'est-ce que tu faisais avec tous ces appareils électroniques dans ton appartement ? interrogea Stifer.

— Je répare les télés, les ordinateurs, les téléphones des gens du quartier.

— Tu peux nommer des clients, Abou ? surenchérit Vadnais.

— Oui, bien sûr, j'en ai plein.

— Gunaratna faisait partie de ceux-ci ? questionna brusquement Stifer.

— Qui ? demanda Ziride, étonné.

— Un de tes proches voisins, lui aussi complice de Moïse.

— Jolie équipe ! apprécia Vadnais. Tu égorges aussi tes associés, Abou ?

— Nous savons qu'il te connaissait, dit Stifer. Quel était son rôle dans Moïse ?

— Je ne le connais pas !

— Comment cela se fait-il, puisqu'il participait à Moïse ?

— Je ne sais pas de quoi vous voulez parler. Je suis innocent !

— Tu es coupable de crime de masse ! ragea Vadnais. Tu voulais massacrer ceux qui t'ont accueilli dans leur pays !

— Personne ne m'a accueilli ! Je n'ai rien demandé à personne !

Stifer l'interpella d'une voix surprise :

— Tu voulais donc faire sauter ton quartier, la rue Fielding remplie d'immigrants comme toi, parce qu'ils ne t'avaient pas accueilli convenablement ?

— Je ne voulais rien faire sauter du tout !

Vadnais se mit à crier :

— Des Blancs, des Noirs, des Arabes, des Indiens, des enfants, tous unis dans l'hécatombe, c'est ça ?

— Personne ! Personne ! Je ne veux faire sauter personne !

— Alors, pourquoi es-tu dans Moïse ?

L'homme se tut, l'air buté.

— Il y a quelque chose que j'aimerais savoir, dit Stifer d'une voix tranquille. Pourquoi avoir égorgé Gunaratna ? Une balle aurait suffi. Tu le haïssais vraiment, hein ? C'était un traître à la cause ?

— Je ne connais pas ce type !

— Allons, répliqua Vadnais. Vous furetez dans les mêmes sites Web, vous participez à Moïse, vous vivez à quelques pâtés de maisons l'un de l'autre. Tu nous prends pour des imbéciles ? Qu'est-ce que vous foutiez, dans Moïse ?

— Je veux voir mon avocat.

— Tu es un immigrant, ragea Vadnais, tu veux qu'on casse ton permis de séjour ? Ton avocat n'y pourra pas grand-chose !

— Mon avocat, reprit Ziride d'un ton obstiné, je veux le voir. Je ne dirai rien avant de pouvoir le consulter.

Debout face à la glace sans tain, Anémone dit péremptoirement :

— L'interrogatoire doit se terminer. Nous reprendrons à l'arrivée de son avocat.

Payne serra la mâchoire de dépit, puis dit rageusement :

— Ce Ziride est en train de craquer. Attendons une demi-heure !

Anémone Laurent répliqua gravement :

— C'est la loi. Un suspect peut demander à consulter un avocat avant un interrogatoire.

— Les enfants ! rugit Payne. Vous y avez pensé ?

Anémone Laurent cilla des yeux, parut perdre contenance l'espace d'un instant, puis se reprit :

— Monsieur Ziride jouit de la protection légale. La lui refuser enlève tout sens à notre devoir.

Sa beauté n'y changeait rien, Payne n'avait envie que de l'injurier. Furieux, il la toisa, s'empara de son cellulaire, puis quitta brusquement la pièce : il avait des instructions précises à communiquer.

CHAPITRE 20

Le faucheur de jambes

Le colonel Lancet observa Mustapha Issadim, officier de l'ISI[16], refermer son téléphone cellulaire dans le cockpit. Des rumeurs sinistres couraient sur les méthodes d'interrogatoire de l'officier pakistanais à la moustache rectangulaire. Comme Delta Force opérait clandestinement en territoire pakistanais, le colonel ne pouvait s'éviter la compagnie de types de ce genre.

Le colonel inspecta une nouvelle fois les rangées d'hommes alignés sur les banquettes. Secoués en tous sens par les soubresauts de l'hélicoptère, les soldats avaient l'air concentré. Certains récitaient des prières, d'autres mâchaient consciencieusement leur chewing-gum. La tâche s'annonçait difficile : infiltrer des grottes infestées de guerriers pachtounes.

L'ordinateur installé devant Lancet l'informait constamment du déroulement de l'opération : les compagnies d'assaut encerclaient présentement le repaire, empêchant toute fuite des terroristes. Les chasseurs bombardiers larguaient leurs bombes intelligentes sur les falaises enserrant le hameau afin d'en

---

16. Inter Service Interagency : services secrets pakistanais.

déloger les défenseurs. Certaines unités de Delta Force occupaient déjà une partie du village.

La voie était libre pour son unité dont la mission consistait à s'emparer de la bouche des tunnels. Son hélico se poserait à l'extrémité est du hameau, derrière un monticule dont la position commandait l'entrée de la saillie rocheuse. On criblerait d'abord l'entrée des grottes de missiles anti-chars, ensuite on enfoncerait les défenses restantes au pas de charge. Il leur fallait s'emparer de Gul Mogul.

Un message clignota au-dessus de la porte d'acier :

« ATTERRISSAGE 5 MINUTES. »

Les commandos déverrouillèrent les crans de sécurité de leurs armes, deux soldats se postèrent près de la porte, armes anti-chars en position. Le colonel Lancet requit son ordre du Far East Command :

« Contact cinq minutes : demande autorisation. »

Un énorme éclair secoua l'appareil qui se mit à tanguer en tous sens.

Le pilote tenta vainement de redresser l'appareil, mais l'hélico s'effondra en vrille dans un hurlement de moteur blessé. L'appareil s'écrasa lourdement au milieu d'un lit de roches. Un moteur éclata sous l'impact ; les soldats furent projetés contre les parois métalliques. Après le froissement terrible des pales déchiquetées et les lamentations sourdes des blessés, le colonel goûta au vaste silence qui accompagne les catastrophes nocturnes.

Les moudjahidin cheminaient derrière leur guide qui marmonnait craintivement des incantations aux djinns de la nuit. Leur dangereux périple ne pouvait souffrir aucune facétie des esprits nocturnes. Les hélicoptères d'attaque rasaient leurs têtes comme des aigles noirs. Le souffle brûlant des bombes lancées contre le hameau leur chauffait la nuque. Des explosions rapprochées signalaient les soldats ennemis s'abattant sur les mines ceinturant le sentier.

L'éclaireur raclait le sol devant lui de sa perche tremblante. Malgré l'urgence, il ne pouvait se résoudre à abandonner la prudence. La nuit noire dérobait les repères, mélangeant formes et ombres. Les moudjahidin le suivaient en file indienne, soucieux de déposer leurs pas dans les traces du guide. Nabil pointait nerveusement son arme contre les ombres menaçantes tandis que Safiya balayait furieusement le ciel de ses roquettes RPG. Trois guerriers entouraient le cheikh Isamuddan qui gardait la valise. Mahazza Bin Émir fermait la marche, sa kalachnikov entourée d'un rosaire.

Même au plus fort de ses combats au Cachemire, Nabil n'avait jamais assisté à un tel déluge de feu. Il lui semblait que tous les impies de la création se déchaînaient contre le sanctuaire de l'Élu. Les bombes battaient les falaises comme pour l'ensevelir sous les décombres. Les canons d'hélicoptères invisibles labouraient la nuit de stries rougeâtres. Des missiles s'abattaient sans arrêt sur les fortins et casemates protégeant l'accès au refuge dont les occupants répliquaient à l'aide de mitrailleuses et de lance-roquettes RPG. Des ombres spectrales hantaient les rochers, combattant férocement au corps à corps.

Les moudjahidin ne devaient la vie sauve qu'au champ de mines qui les enveloppait d'un filet mortel.

Un hélicoptère les frôla de si près que certains se jetèrent contre le sol. Le guide tomba sur une mine qui lui souffla la tête. Safiya écrasa la gâchette de son lance-roquettes : le missile frappa le rotor de queue, l'appareil tournoya sur lui-même, ses pales battirent contre un rocher, puis il s'écrasa dans un hurlement de métal déchiré. Les vêtements souillés par les fragments de l'éclaireur, Safiya et Nabil rugirent de joie, remplis de fierté d'avoir abattu le faucon d'acier.

Toutefois, Mahazza Bin Émir grimaçait de dépit : leur position venait d'être révélée.

Lancet repoussa l'ordinateur d'un coup de pied, puis se remit péniblement sur ses jambes. Une lune froide dardait de ses rayons les parois de la carcasse éventrée de l'appareil. Les bruits des explosions résonnaient dans l'habitacle. Les hommes se dégageaient péniblement de leurs sièges, s'activant à des rôles prévus à l'avance pour ce genre de conjoncture : offrir les premiers soins aux blessés, établir un périmètre défensif autour de l'appareil, avertir la base de la situation. Le feu brûlait dans un des réacteurs. Lancet cria pour qu'on l'éteigne, mais personne ne trouvait l'extincteur. Des roquettes RPG s'écrasaient contre les flancs blindés de la carlingue.

Son ordinateur ne répondait plus aux commandes. Le colonel rampa jusqu'au poste de pilotage afin de contacter la base. Un coup d'œil lui permit de constater les dommages : les troncs des pilotes et de l'officier pakistanais demeuraient sanglés à leurs sièges, décapités par une pale enfoncée dans le pare-brise. La radio semblait avoir été brisée par la même occasion.

Le tir ennemi se faisait plus précis : les balles ricochaient maintenant dans l'habitacle plein de fumée, les claquements des fusils d'assaut des soldats y répondant. Lancet s'empara de ses jumelles de nuit et rampa jusqu'à une brèche dans la tôle d'où il scruta les alentours.

Il aperçut le canon fumant d'une mitrailleuse au milieu des rochers : les flancs de la montagne pullulaient de casemates comme autant de nids de guêpe. Plusieurs les arrosaient de leur feu. Sur son ordre, cinq hommes se glissèrent dans la noirceur afin de les réduire au silence. Un soldat eut les jambes arrachées par une mine. Les autres refluèrent prudemment vers l'hélicoptère, ramenant leur compagnon sur leurs épaules.

Le colonel jura : empêtré dans un champ de mort.

Il changea sa position d'observation, puis sonda une nouvelle fois l'obscurité de ses jumelles infrarouges.

Cette fois, ce ne fut pas la mitrailleuse qui retint son attention. Une colonne de guerriers avançait prudemment entre les rochers, le premier déployant maladroitement une longue perche devant lui, comme un aveugle guidant d'autres aveugles. Un soldat cria que la radio répondait de nouveau. Le colonel intima l'ordre qu'on lui passe le contrôleur.

Le drone évoluait à basse altitude, sondant le champ de bataille nocturne à l'aide de ses multiples senseurs. Plié devant sa console, Mike déchiquetait un vieux chewing-gum qu'il mouillait parfois d'une gorgée de café amer. Rien ne semblait fonctionner comme prévu. Les terroristes avaient infligé de lourdes pertes aux unités d'attaque. Les bombes laser avaient frappé les falaises désertées de leurs défenseurs, détruisant à coups de millions de dollars de misérables casemates de roches. Les terroristes avaient ensuite contre-attaqué, les troupes d'assaut étant enlisées dans les champs des mines où un hélicoptère venait de chuter.

Malgré les pertes des commandos, il n'était pas question de ralentir l'attaque. On ne pouvait laisser passer l'occasion de capturer l'Élu de la Montagne. Mike reçut une communication du colonel Lancet, qui réclama un support aérien afin de réduire au silence un nid de mitrailleuses qui les tenait sous le feu. Mike ordonna au pilote de localiser la redoute d'où provenait un tir nourri. L'avion-espion peignit la cible d'un rayon laser, qu'un chasseur-bombardier écrasa aussitôt d'une bombe intelligente.

Le colonel demanda ensuite qu'on localise un groupe de moudjahidin se promenant en file indienne au milieu des mines. Le drone scruta l'obscurité striée d'éclairs de bombes, mais il n'aperçut aucun signe des moudjahidin.

Nabil cheminait prudemment derrière Mahazza Bin Émir. Les bombes écrasaient autour d'eux les casemates des moudjahidin qui les protégeaient dans leur fuite. Nabil comprit que l'Élu avait exigé le sacrifice des défenseurs afin de leur permettre de franchir les lignes en compagnie de la valise.

Les moudjahidin ne devaient la vie qu'à la sagacité des créateurs du champ de mines : celui-ci couvrait densément la zone, piégeant toute parcelle de terrain, excepté un étroit sentier serpentant entre d'énormes blocs qui offraient une bonne protection. L'avancée rapide de l'émir démontrait sa participation à l'élaboration de ce champ, justifiant ainsi l'un des titres dont l'avait paré la guerre menée contre les Russes : le faucheur de jambes.

Le cheikh Isamuddan sursauta à peine quand le guerrier qui le précédait s'écrasa, frappé d'une balle en pleine tête. Il cala la valise métallique contre sa nuque, puis posa le pied sur le cadavre qui obstruait le sentier, marmonnant une prière pour sa prochaine arrivée au paradis.

Le ciel s'éclaircissait sous les pâles fulgurances de l'aube, parant les parois rocheuses d'une triste lumière grisâtre. Nabil peinait derrière l'émir qui progressait à toute allure dans le lit d'un torrent asséché. Ils empruntèrent une piste raide dévalant au creux d'une gorge, bifurquèrent par une des innombrables passes tranchant les falaises, puis rejoignirent une étroite gorge encombrée d'éboulis de roches. Nabil s'émerveillait des talents de l'émir à discerner leur route au milieu de ces paysages immenses que dévoilait l'aurore.

Mahazza Bin Émir fit halte sous les flancs creusés d'une falaise au-dessus de laquelle nichaient des oiseaux noirs. Il scruta le ciel où tournoyait un grand aigle, écouta le grondement sourd des avions dans le lointain, puis ordonna d'emménager un bivouac. Isamuddan alla déposer la précieuse valise à l'abri du mur rocheux; les hommes s'assirent autour de l'émir.

À la surprise de tous, celui-ci extirpa d'un pli de sa tunique un petit paquet entouré d'étoffe. Il défit délicatement le tissu, et le museau brun d'une souris apparut entre des barreaux. L'émir sourit en brandissant au-dessus de sa tête le rongeur à la queue à moitié coupée:

— Ce présent de l'Élu nous a servi de talisman lors de notre fuite. Sans lui, nos cadavres seraient sûrement foulés à cette heure par les bottes des infidèles.

Mahazza lui offrit quelques morceaux de galette, puis versa des gouttelettes d'eau entre les barreaux. Il déposa ensuite la cage sur la valise métallique, interdisant à quiconque d'y toucher.

— Que cet animal nous accompagne lors de notre équipée afin de nous rappeler la bonté et le courage de notre guide suprême. Nous, moudjahidin, ressemblons à cette souris quand nous combattons l'Amérique. Que sommes-nous face à son armée et sa technologie ? Des souris armées de l'ardeur de la foi. Notre force réside dans notre volonté à accomplir la volonté divine. Dans ce combat, une souris est plus puissante qu'un B-52.

Les hommes récitèrent une prière pour la sainte conclusion du combat dont les échos leur parvenaient au-delà des montagnes. Ils avalèrent quelques galettes, puis s'enroulèrent dans leur couverture pour sombrer dans un sommeil agité.

Seul Nabil eut le courage de plisser sa couverture afin de la convertir en tapis de prière. Ses oraisons semblaient rythmées par le canon qui tonnait. Il ne pouvait se concentrer sur sa supplique, hanté par la vision de pans rocheux s'écroulant sur les défenseurs, mais il acheva quand même sa prière. Il s'endormit, l'esprit lourd, veillé par le cheikh Isamuddan qui assumait le premier tour de garde.

La nervosité montait dans la salle de contrôle. Les commandos, décimés par une résistance farouche, venaient à peine d'atteindre l'entrée des tunnels, avec huit heures de retard sur le plan initial. L'intervention durait depuis trop longtemps. Des bribes d'information parvenaient déjà au monde extérieur. Le gouvernement pakistanais, qui jurait haut et fort à sa population que les troupes américaines n'opéraient pas sur son sol, se retrouverait bientôt dans l'embarras.

La NSA[17], le service d'espionnage électronique américain, venait de leur transmettre une information troublante : le major Mustapha Issadim avait dévoilé l'attaque imminente contre le refuge à l'aide

17. National Security Agency.

d'un cellulaire. L'identité de son interlocuteur n'avait pu être établie, celui-ci ayant omis de répondre. La mort du traître à bord d'un hélicoptère de Delta Force protégeait son secret. Mais les risques courus par le major de l'ISI renforçaient l'opinion des services de renseignements sur la présence de Gul Mogul, alias l'Élu de la Montagne, dans le repaire.

Les informations en provenance du champ de bataille indiquaient que des terroristes s'échappaient par un réseau de sorties camouflé sous les rochers. Qui pis est, on savait à présent qu'un groupe avait brisé l'encerclement pour s'enfuir dans les montagnes. Pendant que les commandos s'occupaient à nettoyer les tunnels, l'attention des contrôleurs se portait maintenant dans les vallées environnantes, scrutées sans relâche par les drones.

L'esprit comateux, le ventre criant famine, les pieds couverts d'ampoules, les moudjahidin avaient cheminé trois nuits durant au travers de la région accidentée du Waziristân Sud. Deux de leurs compagnons s'étaient tués en tombant par nuit noire en bas d'une falaise. Le danger des champs de mine avait fait place à la traîtrise des gouffres invisibles.

La fatigue faisait tituber les moudjahidin. Les parois acérées des rochers pouvaient alors s'avérer aussi mortelles que des poignards. Ils se plaquaient vivement le long d'une muraille lorsque les bourdonnements sinistres des hélicoptères résonnaient dans les vallées. Mahazza Bin Émir croyait que la masse rocheuse atténuait leurs signatures corporelles, les rendant ainsi indétectables aux senseurs thermiques de l'ennemi.

Les pâles lueurs de l'aube dévoilaient un paysage peuplé de crêtes arrondies et nues. Aucun endroit ne semblait propice à se dissimuler aux yeux du ciel. Les hommes cheminaient en file d'un pas lourd, le cheikh Isamuddan peinant sous la lourde valise comme la mule d'un trafiquant trop avide. L'émir levait fréquemment le regard vers le ciel. Pour la première fois depuis leur fuite du refuge, Nabil sentait de la nervosité chez son chef.

Celui-ci stoppa pour fixer de ses yeux fatigués l'horizon cendré d'où surgissait une muraille abrupte. Les rayons du soleil percèrent soudain le voile d'une nuit moribonde pour envahir le ciel. Un couple de buses parut alors, tournoyant d'un vol menaçant au-dessus des collines. Un éclair parut près d'eux, comme si un djinn de la nuit se révélait dans l'aube naissante.

Mahazza Bin Émir ordonna de courir jusqu'aux falaises.

Les caméras du drone cadrèrent une ligne d'ombres en mouvement. Mike, alerté par un signal sonore, délaissa son écran pour observer l'image qui s'affichait sur le large écran plasma. La lumière diffuse à cette heure permettait difficilement de discerner les détails, mais la colonne qui serpentait dans la poussière du crépuscule ressemblait à un groupe de terroristes en fuite.

Le contrôleur ordonna au pilote de s'élever à deux mille mètres, où le drone retrouverait son invisibilité, puis commanda à l'ordinateur de calculer le temps nécessaire à la colonne pour atteindre la falaise vers laquelle ils se dirigeaient au pas de course. La réponse s'afficha dans une mince fenêtre bleutée :

« 7 minutes. »

Mike sirota son café refroidi en réfléchissant à l'action à prendre. Les hélicos décolleraient pour atteindre la cible huit minutes plus tard. Les terroristes – en étaient-ils vraiment – seraient déjà en sécurité dans les vallons rocheux qui s'étendaient derrière la falaise. Les Apache[18] les traqueraient du haut des airs, obéissant aux ordres excités des contrôleurs militaires les engageant à tout pulvériser dans un rayon de trois kilomètres. Mais le contrôleur de la CIA savait par expérience que retrouver un guerrier pachtoune au milieu des montagnes ne représentait pas une mince affaire.

De les distinguer ainsi, au milieu d'un paysage lunaire, représentait une occasion qu'ils risquaient de ne pas retrouver de sitôt. Il ordonna au pilote d'armer les deux missiles Hellfire[19] placés sous les ailes du drone Predator. Le pilote fit alors calculer les coordonnées de tir par l'ordinateur du Far East Command. Le pilote dévisagea le contrôleur, en attente de l'ordre d'attaque. Pour Mike, la partie la plus difficile de la mission débutait : il devait décider si ces hommes devaient mourir ou non.

La lumière du jour permettait à présent de mieux identifier les personnages. Mike commanda à l'ordinateur d'étudier leurs caractéristiques physiques. Un faible facteur d'équivalence fut mesuré avec l'Élu de la Montagne. Les caméras zoomèrent sur un individu de forte constitution qui transportait une grosse boîte.

L'homme apparaissait de même taille que l'Élu, mais en beaucoup plus trapu. Il jouissait sûrement d'une forte constitution pour courir avec un tel poids sur les épaules. De toute évidence, ce n'était pas le frêle chef de guerre mystique que l'on voyait ainsi parcourir la vallée à si grandes enjambées.

---

18. Hélicoptères d'attaque de l'armée américaine.
19. Missiles anti-char.

Qui étaient-ils ? Des moudjahidin, des trafiquants, des contrebandiers, de simples membres d'une tribu environnante ?

Les hommes couraient en ligne, avec discipline. La fenêtre bleutée indiquait quatre minutes avant leur arrivée à la barre rocheuse. Pourquoi cette hâte ?

Le drone Predator volait à mille mètres lors de son vol nocturne. L'aube l'avait-elle dévoilé avant que le pilote ne le fasse remonter à une hauteur apte à protéger son invisibilité ?

La malle qu'ils trimbalaient abritait-elle une cargaison d'héroïne ? Mais alors, pourquoi allaient-ils à pied au milieu de cet espace désertique ? Les trafiquants habituels se déplaçaient en camionnette montée de mitrailleuses. Peut-être contenait-elle des missiles sol-air pour le compte d'un groupe terroriste ?

— Il ne reste que trois minutes, dit un contrôleur militaire d'une voix pressante.

Le drone Predator appartenant à la CIA, Mike déciderait seul de son usage. Aucun contrôleur militaire n'oserait lui souffler une suggestion. S'il tuait des innocents par erreur, il en porterait l'entière responsabilité. Un regard sur un ordinateur militaire lui apprit que les hélicoptères établiraient un contact dans douze minutes, en avance sur l'horaire ; mais trop tard pour intercepter les coureurs.

Les hommes à l'écran semblèrent allonger la foulée.

— Ils accélèrent pour un dernier sprint, dit le pilote. Ils savent que nous sommes là.

— Le premier missile au milieu de la file, ordonna Mike.

Un souffle brûlant embrasait les poumons de Nabil. Ses enjambées sur la pierraille résonnaient dans ses os comme des coups de marteaux. Il courait derrière

Safiya dont les mains enserraient les missiles RPG sautillants sur ses épaules. Le cheikh Isamuddan haletait de souffrance.

Les gardes les précédaient, couvrant l'émir qui venait encore d'augmenter la cadence. Nabil aperçut les plis rocheux de la falaise où ils pourraient enfin se réfugier. Il puisa ses dernières énergies afin d'offrir un ultime effort.

Il remarqua que l'émir enserrait un ourlet dans sa tunique, sûrement pour retenir la petite souris, présent de l'Élu dans sa course. Nabil sentit son cœur brûler pour un tel chef : même au milieu des périls, l'émir montrait sa dévotion envers l'Élu. Quelques foulées plus tard, Nabil se rappela les souris lâchées en pitance au gerfaut. Il imagina leur attente alors que des serres impitoyables descendaient du ciel pour les happer. Il porta un regard perplexe en direction du ciel : un faucon de métal s'apprêtait-il à fondre sur eux ?

Le voile de sueur qui lui brouillait la vue le fit trébucher sur une pierre. Le cheikh Isamuddan le heurta violemment, et ils roulèrent dans la poussière.

Une explosion sourde éclata entre les jambes de Safiya, dont le corps désarticulé fut projeté dans les airs. Les gardes s'écrasèrent autour de lui, déchiquetés par le shrapnell du missile. La valise métallique passa par-dessus la tête de Nabil, formant un paravent aux éclats mortels qui fusaient de toutes parts.

Mike aperçut un moudjahid se relever vivement pour empoigner la boîte et se remettre à courir en direction du mur rocheux. Le choc de l'explosion l'avait à peine ralenti. Les autres semblaient blessés ou morts.

— Cible-le.

Mais il n'était pas facile d'atteindre un fantassin courant en tous sens. Le dessein du missile Hellfire est d'attaquer les véhicules. Le pilote devait corriger manuellement les instructions de tir afin d'atteindre l'objectif au moyen des éclats que produirait l'explosion.

— Deux autres hommes se relèvent, dit le pilote. À qui j'envoie la roquette ?

Mike hésita un moment. Il ne leur restait qu'un missile. Qui devaient-ils abattre ? L'écran montra les deux moudjahidin passer rapidement en revue leurs camarades étendus, puis s'enfuir péniblement dans une direction différente. Le chef du peloton terroriste se trouvait-il parmi eux ? Le pilote cadra son viseur sur les deux hommes qui se hâtaient avec difficulté en direction de la muraille. Souffraient-ils de blessures ? Un second écran révélait le type à la boîte qui zigzaguait pour s'abriter dans les paysages escarpés.

Deux hommes blessés seraient une cible plus facile à atteindre que celui-ci.

— Les deux gars.

Il observa le missile filer devant les caméras, abandonnant une légère traînée blanche derrière ses ailerons. Une section du pan rocheux disparut sous un nuage de poussière. Les contrôleurs observèrent anxieusement la nuée se dissoudre délicatement sous une brise matinale.

— Les vois-tu ?

— Ils ont disparu.

Le drone scruta le paysage tourmenté qui s'étendait derrière la barrière rocheuse, mais ses lentilles demeuraient aveugles. Les terroristes n'étaient plus là. Ils assistèrent à l'arrivée des hélicoptères quelques minutes plus tard. Un premier appareil se posa près des corps étendus, les autres s'élancèrent au-dessus de la paroi rocheuse pour mener la chasse. On débarqua des fantassins en divers points stratégiques des gorges afin de resserrer la nasse.

Mike mâchonnait pensivement le rebord de son verre à café, blâmant son indécision qui avait retardé le tir. Le recul lui permettait maintenant d'analyser plus froidement l'engagement. Il fit reculer la bande vidéo pour revoir encore une fois les détails de l'attaque. Les images au ralenti montrèrent un moudjahid s'envoler, ses roquettes RPG virevoltant autour de lui comme les pétales arrachés à une marguerite. Une légère pression sur la commande vidéo montra les autres guerriers fauchés par les éclats. Il aperçut ensuite un individu de petite taille revenir pour s'emparer de la malle, sans faire un seul geste pour secourir ses compagnons.

Que contenait donc cette valise qui semblait si importante?

CHAPITRE 21

Les geôles de Damas

La tête rasée et de gros biceps tatoués, Patrick Bat Plante claudiquait en marchant, un vestige d'un accident de motocyclette. Bat tenait son surnom de l'époque où il travaillait au sein de l'équipe de baseball des Bloody Birds, chargée de récupérer les prêts usuraires.

Bat Plante observa avec attention les hommes réunis autour de la grande table de chêne de son chalet du lac Simon. Les neuf membres les plus influents du groupe avaient répondu à son appel. Il ne s'agissait pas d'une simple réunion de coordination : les affaires allaient mal.

— Harfang désorganise la distribution des stupéfiants, dit Plante en grimaçant. La compétition gagne du terrain sur nos territoires. Nos frères en prison crient pour de l'aide financière. Certains ne peuvent payer leurs avocats, ni subvenir aux besoins de leur famille. Le trésor se vide.

Les membres présents connaissaient la répulsion de Plante devant les caisses dégarnies. Depuis qu'il officiait comme président des Bloody Birds, Bat ne pensait qu'à remplir la cagnotte. Ils décrétèrent un fonds d'urgence pour les familles en difficulté, tranchèrent le sort de quelques délateurs potentiels, puis effectuèrent un tour de table sur les affaires. Les nouvelles étaient moroses. Les arrestations de nombreux membres troublaient toutes les opérations. Bat se tourna finalement vers Gus Giggs, qui fouillait dans un sac de noix salées.

— Comment ça se passe, dans le port ?

— La marchandise entre régulièrement. Les flics ne nous ont pas encore dérangés.

— C'est ce qui m'inquiète, dit Plante. Le port est devenu notre principale source de profits. C'est stable et régulier. Il faut le sécuriser.

Giggs haussa ses larges épaules.

— Nous contrôlons le syndicat, le syndicat contrôle le port, le port contrôle l'entrée de drogue. Y a pas de problèmes.

— Nous manquons pourtant d'héroïne, dit l'un des participants. Nos clients commencent à se fournir ailleurs.

Plante observa le gros homme avec attention.

— On rapporte que tu as fourgué des tas de kilos en dehors du circuit. D'où ça provenait ?

Gus Giggs croqua consciencieusement une grosse noix, puis répondit tranquillement :

— Une de mes connaissances a de la poudre à écouler. J'ai revendu quelques kilos à nos frères, pour un bon prix. Je sais qu'ils ont des problèmes. Je fais ce que je peux pour les aider.

— J'ai apprécié, répliqua un type maigre surnommé Stop. C'est de la bonne poudre. T'en auras d'autre, Gus ?

— Je verrai si je peux convaincre le gars.

Bat savait reconnaître un homme gourmand : la boulimie alimentaire de Giggs n'égalait que celle qu'il portait aux profits. Toutefois, Giggs profitait d'un rang spécial dans le club. Il traitait avec les gangs rivaux, arbitrait les différends, jouissait d'une bonne réputation auprès des autorités portuaires. On ne pouvait le bousculer. Mais des rumeurs couraient à son sujet.

— Ça ne proviendrait pas du port ? demanda-t-il d'un ton suspicieux.

Giggs le regarda d'un air affligé :

— Comment peux-tu insinuer une telle chose, Bat ?

— Les profits ne sont pas à la hauteur depuis quelque temps.

Giggs se défendit avec vigueur :

— Je tiens le port, Bat, mais ce n'est pas moi qui introduis la poudre. Les trafiquants sont moins actifs. Paraît que la récolte est pauvre en Afghanistan. Si les trafiquants n'importent rien, ils ne paient pas de taxes au club.

— Peut-être qu'on devrait se lancer dans l'importation, dit Stop. J'en ai assez de poireauter après la marchandise.

— Avec Harfang sur le dos, ce n'est pas le temps d'improviser, répliqua Bat d'un ton rude. On reste dans la distribution.

— J'ai une proposition officielle à faire au club, dit soudainement Giggs.

Bat haussa les sourcils. Les réunions des Bloody Birds fonctionnaient selon des règles procédurales strictes. Les propositions officielles étaient soumises au vote de l'assemblée, et le quorum était atteint. Bat examina les participants : aucun ne souleva d'objections.

— Vas-y, Gus…

Giggs enleva son dossard d'un geste théâtral, puis brandit le dessin de l'aigle au bec sanglant au visage des motards.

— Je suggère que le club parraine un pygargue à tête blanche, afin d'honorer notre emblème.

À la suite des explications de Giggs, l'assemblée vota à l'unanimité l'octroi d'une subvention à la fondation PROIES. Il fut aussi décidé d'envoyer une photo du volatile aux frères emprisonnés : ceux-ci devraient apprécier d'avoir une mascotte.

L'avocat discourait sur les droits d'Abou bafoués par la police. À chaque exclamation indignée de son défenseur, Abou sentait sa confiance revenir. Il se rendait compte combien les deux policiers l'avaient manœuvré lors de son interrogatoire. Déstabilisé par sa rude arrestation, mis face à Moïse, Abou s'était retrouvé dans ce que ses instructeurs désignaient la « zone d'instabilité ». S'il n'avait songé à exiger un avocat, peut-être aurait-il laissé échapper des informations embarrassantes.

Abou n'avait pas osé contacter Barberousse, de peur de le trahir. Les lignes téléphoniques du poste de police devaient nécessairement être sous écoute. Ne connaissant aucun avocat, il s'était donc rabattu sur un nom choisi au hasard dans un bottin téléphonique, priant pour que la grâce divine guide son choix.

La porte s'ouvrit à la volée, devant Stifer et Payne qui entrèrent vivement. Ils dévisagèrent Abou avec gravité. Celui-ci sentit sa gorge se serrer. Un événement majeur devait être survenu. L'atmosphère semblait chargée d'électricité. Stifer tendit un document à l'avocat :

— Maître, la Cour suprême vient d'autoriser le certificat de sécurité émis par le Solliciteur général du Canada à l'endroit d'Abou Ziride. Aucun recours légal n'est donc possible. Le suspect sera déporté

dans l'instant. Un avion militaire américain attend
sur la piste de l'aéroport de Mirabel.

Un torrent glacé submergea l'estomac d'Abou. Le
cauchemar semblait se réaliser : il croupirait le reste
de ses jours dans une boîte cimentée à Guantanamo.
Il chercha du secours auprès de son avocat, mais
celui-ci parcourait le document d'un air abasourdi :

— Jamais je n'ai assisté à un événement de ce
genre. La Cour suprême s'est réunie dans la nuit pour
le signer…

Une nuée de policiers de l'escouade tactique surgirent dans la cellule, équipés de fusils d'assaut et de
gilets pare-balles. Ils encadrèrent Abou solidement,
puis l'escortèrent vers la sortie. Le prisonnier ne toucha
pas le sol de tout le trajet. Quand il fut enchaîné dans
le camion blindé, il s'aperçut qu'on avait négligé de
lui mettre ses chaussures.

Un vent glacial soufflait sur la piste, balayant les
feuilles qui commençaient à se détacher des boisés
qui entouraient l'aéroport. Abou fut remis entre les
mains de policiers militaires, des papiers furent signés,
des saluts échangés, puis on le transborda rudement
à l'intérieur. On le déshabilla entièrement, on lui
fouilla les parties intimes, on l'accoutra d'une combinaison rouge, puis on l'enchaîna aux arcs métalliques,
agenouillé au milieu de la travée principale.

Les moteurs vrombirent, Abou sentit l'avion qui
roulait en direction de la piste d'envol. Les policiers
militaires prirent place sur des bancs latéraux en bou-
clant leurs ceintures. L'avion s'arracha du sol, grimpa
durant un très long moment. Aucune fenêtre ne perçait
la carlingue, la porte du cockpit était tenue fermée.
Abou ne pouvait discerner l'extérieur. Cependant, il

se doutait bien de sa destination : Guantanamo Bay,
Cuba.

Abou tentait de recouvrer ses esprits. Il se remémora
les techniques de respiration enseignées par l'imam
Ajama afin de calmer l'anxiété, mais fut incapable
de se concentrer sur plus de trois mouvements simul-
tanés. Il entreprit ensuite de réciter les saints noms de
Dieu, mais son attention divaguait sans arrêt. La position était douloureuse, l'éclairage intense, les chaînes
taillaient ses poignets. Il aurait souhaité que cette
aventure ne soit qu'un jeu vidéo, qu'il lui suffise de
presser un bouton afin de la terminer. Il lança une
prière fervente en direction du ciel : que l'avion s'abîme
dans la mer, lui apportant ainsi la fin foudroyante du
martyr, et non une mort longue et douloureuse.

— Alors, Abou, tu aimes voyager en notre compagnie ?

En uniforme de camouflage et les bottes impec-
cablement cirées, un sergent de la police militaire le
dévisageait avec intensité.

— Moïse, hein ?

Abou ne daigna pas répondre. Ses entraîneurs de
la Légion du courroux divin préconisaient la non-
action dans ce genre de situation : pas de réactions,
pas de colère, pas de doutes. Ils insistaient sur l'importance capitale de ne pas se laisser entraîner dans
le jeu de l'interrogateur.

— Tu sais où on t'envoie, Abou ?

Plutôt que de répondre, celui-ci essaya de se concentrer sur la douleur qui lui enflammait les bras : les
chaînes le maintenaient dans une position très inconfortable. Il se demanda comment il ferait pour tenir
le coup durant les trois heures de vol nécessaires
pour se rendre à Cuba.

— Nous te renvoyons chez toi, sale porc : à Damas, où les gus de la Sécurité intérieure t'attendent avec impatience.

— Paraît qu'ils astiquent leurs fils électriques en t'attendant, renchérit un second militaire qui s'était approché. Ils sont tout excités, là-bas. Tu sais qu'ils espèrent empocher la fabuleuse prime offerte par le gouvernement américain pour toute information pertinente quant à l'opération Moïse ?

— Tu vas les rendre heureux en retournant là-bas, c'est sûr ! Ils ont hâte !

Abou luttait pour combattre la panique qui s'emparait de lui. Se faire enfermer à Guantanamo était une chose, crever dans les geôles abjectes de Damas en était une autre. Les agents syriens utilisaient des méthodes d'interrogatoire aussi barbares que cruelles. Même ses instructeurs pâlissaient en les énumérant : le bain turc, la cravache berbère, les chocs sataniques.

— Vous n'avez pas le droit ! Je suis immigrant canadien !

— Nous n'avons pas le droit ?

Tête baissée, Abou ne distinguait que les extrémités brillantes d'une paire de bottes qui sautillaient comme prise d'envie de frapper.

— Nous devrions te faire profiter de nos belles libertés démocratiques alors que tu complotes des attentats terroristes dans notre pays ?

— Tsst, tsst. Peut-être qu'il désire raconter quelques trucs sur Moïse, dit le second militaire, pour ensuite jouir d'une belle cellule ensoleillée à Guantanamo Bay.

— Me surprendrait, répliqua son comparse. De toute façon, les gars de Damas vont s'en occuper pour nous. Laissons-le profiter de la cravache berbère.

— T'as fichtrement raison. Pourquoi se fatiguer ? Allons prendre un café.

Les officiers montréalais s'étaient réunis après l'expulsion de Ziride vers les États-Unis. Ils désiraient connaître la raison pour laquelle la Cour suprême avait décrété un certificat de sécurité de manière aussi urgente. Matthew Grant enfonça une touche de son clavier, et une photo couleur apparut sur l'écran. Elle présentait une filée d'hommes cheminant dans un paysage désertique.

L'un d'eux transportait une grosse malle sur les épaules. L'ordinateur zooma sur le colis.

— Cette photo a été prise par un drone survolant une zone de combats au Waziristân Sud, dit Bill Payne. Les hommes que vous voyez sont des terroristes fuyant l'assaut des forces pakistanaises contre le refuge de Gul Mogul, surnommé l'Élu de la Montagne. La valise contient une bombe atomique naine.

Stifer regardait la scène, horrifié.

— Comment pouvez-vous en être sûr? demanda le capitaine à sa droite. Cela ne m'apparaît qu'une valise un peu cabossée.

— Nos services ont identifié cette bombe naine comme provenant des arsenaux de l'ex-URSS, répondit Payne d'une voix rauque. Elle a été développée dans les années soixante-dix. Elle tient dans une mallette et peut être manipulée par un seul opérateur. Chaque exemplaire est capable de détruire le cœur d'une grande ville. Le KGB possédait une centaine de bombes de ce type.

Payne avala une gorgée d'eau, comme pour s'aider à continuer :

— Les Russes nous assurent que toutes ces bombes ont été détruites, mais nous ne les croyons pas. Après l'éclatement de l'URSS, la mafia tchétchène débaucha plusieurs anciens officiers du KGB. Selon nos informations, Akhmar Chamoul, chef de l'Armée tchétchène du salut éternel, s'est procuré l'une de ces valises nucléaires auprès de l'un de ces officiers renégats pour dix millions de dollars.

— Vers où croyez-vous qu'elle se dirige? demanda Stifer.

— Selon toute vraisemblance, vers l'Amérique du Nord. Convoyée par Mahazza Bin Émir, le dangereux terroriste que nous avons vu s'échapper à l'écran.

Les participants se turent, chacun imaginant les conséquences incalculables que cette bombe pouvait entraîner: une ville ravagée, un nuage radioactif se déplaçant au gré des vents, des représailles atomiques, une guerre mondiale.

— Cette bombe serait donc... Moïse? demanda Anémone.

Payne plongea un regard trouble dans les yeux d'Anémone:

— On peut le supposer: le premier fléau d'Amérique.

Anémone se remémora l'homme interrogé sans ménagement par les policiers, puis expulsé sans aucune forme de procès. Elle prenait soudain conscience de l'impact du terrorisme sur les libertés démocratiques. Voir des milliers de gens brûler sous le feu atomique, puis visionner les sermons pédants des terroristes sur Internet engendreraient une répression terrible partout en Occident.

L'agent américain observa un instant la vieille valise affichée à l'écran, puis reprit son exposé:

— Le code rouge s'applique désormais à Moïse. Les frontières, ports et aéroports seront contrôlés au maximum. Le gouvernement du Canada collabore pleinement avec le gouvernement américain dans cette affaire.

Bill Payne scruta les participants d'un air sérieux, puis reprit :

— Ce que nous demandons spécifiquement à la police de Montréal, c'est : retrouver l'assassin de Gunaratna. Et vite !

— Nous avons peu de pistes, grimaça Stifer.

— Ziride parlera, dit Payne d'une voix dure. Il dénoncera les autres membres de la cellule. De là, nous remonterons la piste jusqu'à la bombe.

Enchaîné à la travée de l'avion, une cagoule sur la tête, Abou souffrait mille morts. La position lui sciait les membres. Ses gardiens le secouaient avec rudesse pour l'empêcher de dormir. Des pans de sa vie flottaient dans sa mémoire comme des images égarées. Son père, un homme grave, membre du parti syrien au pouvoir, qui buvait du scotch entre deux visites à la mosquée. Les études d'Abou à Londres, les femmes dispendieuses qui l'entouraient. La nouvelle de l'exécution de son père, suspecté de fomenter un coup d'État contre la présidence. Les subsides taris, les fins de mois grisâtres. Sa mère qui pleurait longuement au téléphone. La rancœur qui lui dévorait le cœur.

L'avion amorça sa descente.

Abou sentit sa gorge s'assécher encore plus. Il avait les oreilles qui sifflaient sous la cagoule. Les roues sortirent du train d'atterrissage dans un vrombissement aigu, foulèrent le tarmac, et l'appareil roula lentement sur la piste. Le sergent ordonna à ses hommes de ranger leurs armes en attendant la venue de leurs confrères syriens. Puis la porte latérale s'ouvrit dans un lourd grondement.

La chaleur s'engouffra, ainsi que des odeurs d'essence, de palmiers, d'eau salée. Abou laissait couler ses larmes sous la cagoule. Son enfance à la plage lui revint en mémoire : les jeux de ballons, les gamineries de sa sœur, l'inquiétude de sa mère envers les vagues. De rudes voix s'interpellèrent en arabe dans la carlingue : l'accent de Damas.

On le souleva avec brusquerie. Dans son esprit, l'image de son père garrotté dans une cellule prenait sa place sous le masque. Il fut jeté dans une voiture, puis véhiculé le long de ce qui lui parut être une autoroute. Il entendait jouer de la musique égyptienne, des odeurs de saucisses lui piquèrent les narines. Il était affamé. On l'extirpa de son siège, le traîna dans des corridors, puis il tituba sur des centaines de marches, comme si on l'entraînait dans les entrailles de la terre.

Chapitre 22

Arab City

Les moudjahidin avaient rampé tout le jour, avançant de quelques mètres à la fois, employant les cheminées rocheuses qui rayaient les parois pour échapper à la surveillance des hélicoptères. Ils pouvaient percevoir les communications radio des soldats qui ratissaient le vallon montagneux où ils s'étaient réfugiés. Nabil calculait qu'ils avaient dû franchir la moitié d'un kilomètre durant cette terrible journée qui s'achèverait bientôt.

Terré dans une entaille rocheuse qui s'ouvrait sous une paroi, Nabil souffrait à la pensée du corps déchiqueté de Safiya étendu dans la vallée. Fidèles à leur habitude, les Américains avaient frappé du haut du ciel, lâchement. Ces impies s'employaient sûrement à profaner son cadavre ; ils ne respectaient rien. Durant ses enseignements, l'imam Ajama révélait que ces mécréants disséquaient les corps des moudjahidin afin de découvrir la source de leur courage.

Son propre corps le faisait horriblement souffrir. Leur course mortelle dans le désert l'avait épuisé. Le dernier missile l'avait raté de peu. Le souffle de l'explosion l'avait fortement secoué ; un mince filet de sang s'écoulait de ses oreilles. Leur rugueuse progression au milieu de la rocaille lui avait lacéré la peau. Les yeux rougis par la poussière, il entrevoyait des aigles planant au-dessus de la crevasse où ils avaient trouvé refuge. Sa main enserrait parfois le couteau ciselé qu'il avait pu arracher au cadavre de Safiya.

Le souffle lourd du cheikh Isamuddan chuintait à ses côtés. Le cheikh profitait de toute accalmie pour prendre du repos. Il reposait dans le fond de l'entaille rocheuse, enserrant la précieuse valise comme un oreiller blindé. Nabil ne pouvait s'empêcher d'observer la caisse avec une certaine horreur. Les éclats du missile avaient à peine entamé ses flancs verdâtres. Mais il s'interrogeait sur les dommages possibles aux délicats mécanismes internes. La mise à feu fonctionnerait-elle comme prévu ? Des émissions radioactives s'échappaient-elles dans l'atmosphère ?

Il se concentra sur ses sensations physiologiques, essayant d'isoler un symptôme résultant de la radioactivité. Mais il abandonna vite son examen pour tomber dans un sommeil agité.

Les bottes maculées de Mahazza Bin Émir occupaient la moitié de son champ de vision. L'émir scrutait prudemment l'extérieur de leur abri. Nabil s'étonnait de la patience de son chef. Autant il avait soutenu un train d'enfer au milieu des hauts plateaux, autant il cheminait maintenant dans les gorges avec une extrême prudence. Il menait ses hommes par petites étapes entre les abris rocheux, non sans avoir longuement considéré les alentours. Il pouvait demeurer des heures à observer les paysages désolés avant d'ordonner une nouvelle avancée.

Peut-être s'inspirait-il de la souris brune qui reposait dans sa cage de bambou placée à l'entrée de la saillie. L'émir lui prodiguait maintes attentions, l'abreuvant de gouttelettes, la nourrissant de miettes, lui procurant de l'ombre, toujours anxieux de son confort. Il dévisageait parfois le museau guilleret de la bête, peut-être à l'affût d'un mouvement nerveux des moustaches indiquant l'approche de soldats ennemis. Comme son chef interdisait toute conversation, même les chuchotements, Nabil ne pouvait l'interroger sur l'utilité de leur petit compagnon.

Nabil posa sa tête contre la crosse de sa kalachnikov et sombra dans une lourde somnolence, rêvant à une souris radioactive en train de s'introduire furtivement dans la forteresse impie de l'Amérique.

Un frôlement de bottes lui racla le visage, puis Nabil s'éveilla tout à fait. Le ciel rougeoyait au-delà de l'aspérité rocheuse qui leur servait d'abri. Sa bouche desséchée et pleine de poussière le faisait souffrir. Il voulut s'abreuver à sa gourde, mais une légère tape du cheikh Isamuddan l'en dissuada. L'œil valide de ce dernier le scrutait avec sévérité, tandis que son orbite cicatrisée se plissait, marque d'une profonde réprobation. Au milieu des montagnes désertiques, un moudjahid devait contrôler sa soif autant que sa peur.

Mahazza Bin Émir leur fit signe de se préparer. Les appareils de vision nocturne des Américains perçaient difficilement cette semi-obscurité enflammée par le soleil couchant. Le moment était propice à la fuite.

Ils rampèrent hors de leur cachette, puis se mirent à avancer rapidement, dos courbé. Cette fois, l'émir semblait avoir oublié toute prudence. Il ne s'arrêtait guère, sauf pour discerner son chemin. Ils avancèrent ainsi jusqu'à la venue complète de l'obscurité. Ils s'abritèrent alors sous un énorme amas de roches. Le cheikh Isamuddan posa la lourde mallette avec un soupir, puis avala une longue rasade d'eau, aussitôt imité par Nabil. L'émir fit d'abord boire la souris, puis sirota quelques gorgées à sa gourde en peau de chèvre.

— Nous devrions bientôt croiser un cours d'eau. Nous pourrons alors nous abreuver à volonté. En attendant, conservons-la.

Nabil pointa la mallette :

— Pensez-vous qu'elle est endommagée ?

L'émir haussa les épaules.

— Si oui, on n'y peut rien. C'est la volonté du Très-Haut. Toutefois, les flancs de la valise sont blindés.

— La bombe pourrait peut-être se déclencher avant qu'on arrive à destination.

Mahazza Bin Émir répondit d'un ton épuisé :

— Le Tchétchène m'a donné la clé. Sans elle, le processus ne sera pas activé. Mais tout cela réside dans les mains du Tout-Puissant.

— Tu devrais dormir, Mahazza, dit Isamuddan. Je prendrai le premier tour de garde.

— J'en ai grandement besoin, admit l'émir dont les traits s'étiraient sous la fatigue. Mais d'abord, remercions l'Éternel de nous avoir épargné le sort que nous réservaient nos ennemis.

Mahazza plia soigneusement sa couverture poussiéreuse et l'étendit sous un pic rocheux. Bientôt, la douce musique du Livre s'envola entre les pierres. Faute de place, les deux guerriers ne pouvaient accompagner leur chef dans ses oraisons. Ils s'assirent tant bien que mal à ses côtés, les genoux coincés contre une facette rocheuse de leur repaire.

Les étoiles naquirent, et l'émir suppliait encore l'Éternel. Le cheikh Isamuddan roulait lentement les boules de son rosaire entre ses doigts énormes, son œil sombre baigné d'une lueur mystique. Nabil psalmodiait les sourates que l'imam lui avait conseillé d'utiliser pour sa pratique spirituelle au milieu des combats.

Une lune blanche s'éleva, baignant le paysage désolé d'une froide lumière astrale. À l'arrivée de la boule lumineuse, Nabil crut à l'apparition d'un ange et fut envahi d'un bonheur intense. Les membres brisés, la bouche craquelée par la soif, entouré d'ennemis, il se sentait uni à ses deux frères d'armes comme jamais. Ces deux compagnons évoquaient pour lui l'époque glorieuse où tant d'hommes d'honneur entouraient le Prophète.

Nabil s'endormit contre la paroi, le rosaire entrelacé à ses doigts. Il rêva que son corps embrasé par le feu divin réduisait une ville d'infidèles en cendres brûlantes. De cette lueur terrible s'ensuivait une nouvelle ère de la vraie foi.

Sa tête craquait sous la douleur, ses nerfs s'embrasaient d'une fébrilité atroce, ses entrailles brûlaient sous l'acidité. Les hallucinations se mêlaient aux gémissements provenant des chambres adjacentes. Son corps criait pour le repos ; Abou était tenu éveillé depuis son départ de Montréal. Quand il paraissait sur le point de perdre conscience, ses bourreaux lui injectaient une substance stimulante. Alors, un torrent de glace se ruait dans ses veines.

Il avait hurlé afin d'exhaler la souffrance. Mais celle-ci demeurait, telle une bête tapie qui le dévorait de l'intérieur. Les lumières vives lui asséchaient les yeux ; les mêmes questions fusaient sans relâche : « Qui est Moïse ? Qui sont tes contacts ? Que sais-tu de la valise ? Donne un nom, nous te laisserons dormir. »

La pièce puait la sueur et les déjections. Des outils de torture reposaient sur une lourde table de bois, bien en évidence. Les interrogateurs syriens ne les avaient pas utilisés, pas encore, mais menaçaient souvent d'en faire usage. L'Américain qui les accompagnait les en avait dissuadés jusqu'à maintenant, mais le ton de sa voix suggérait qu'il perdait patience.

Abou imaginait souvent son père, criant le nom de ses comparses du coup d'État. Il se figurait qu'il avait été torturé dans cette même pièce. Son fantôme errait autour de lui. Il le voyait flotter devant son visage, l'air défait, suant le chagrin. Comme durant son enfance, il désirait lui prodiguer des conseils, mais Abou n'entendait rien. Son père prônait-il de durer ou de lâcher ?

Le prisonnier ne se faisait guère d'illusions : son père avait craqué rapidement, comme il le ferait lui-même. Car il commençait à se rendre compte qu'il ne pourrait résister à cette épreuve. Ses instructeurs suggéraient de laisser filer quelques bribes de vérité entrecoupées de mensonges afin d'abuser l'ennemi. Cependant, l'insomnie qui le rongeait l'empêchait de réfléchir.

La vérité aspirait à jaillir de ses lèvres craquelées comme un torrent de vomissure.

« Donne un nom, nous te laisserons dormir. »

— Barberousse, gémit Abou.

Ron, psychologue à la CIA, délaissa ses écrans vidéo avec un grognement satisfait. Le terroriste n'avait pas tenu trois jours ; cette « thérapie de l'insomnie » apportait toujours d'excellents résultats. Son utilisation était peut-être désagréable pour le détenu, mais elle ne laissait pas de séquelles physiques. Les agents américains pouvaient ainsi affirmer qu'ils n'utilisaient pas la torture.

Le psychologue mit en mouvement sa lourde masse de cent trente kilos en direction de l'ascenseur. Il entra dans la cage blindée, pressa le bouton du rez-de-chaussée. Les câbles grincèrent, et la boîte remonta lentement en direction de la surface, dans un édifice en béton, surnommé Arab City par les gardes de Guantanamo Bay. Quelques prisonniers en possession d'informations prioritaires y étaient envoyés. Après avoir tournoyé de longues heures au-dessus de l'Atlantique, l'appareil se posait soi-disant à Cuba. Une habile mise en scène laissait croire au prisonnier qu'il était arrivé dans un pays réputé pour la dureté de ses interrogatoires, ce qui le mettait en « conditions de réceptivité », selon le jargon des psys de la CIA.

Ron grimpa dans sa jeep, roula en direction des baraques. Le grand M du Mac Donald de la base étincelait doucement entre les palmiers. Ron n'avait pas dormi depuis vingt-quatre heures et passerait sûrement une nouvelle nuit blanche. Pour les interrogateurs psychologues, cette thérapie de l'insomnie était presque aussi épuisante que pour le détenu.

Les moudjahidin somnolaient au rythme pesant des chameaux qui traversaient les paysages rocailleux du Waziristân. Ils avaient quitté leur refuge deux heures avant l'aube pour descendre vers un bas plateau. Mahazza Bin Émir connaissait bien la région, et ils avaient progressé rapidement. Ils avaient rencontré des chameliers qui s'apprêtaient à lever le camp. Personne ne posa de questions sur leur étrange apparition au lever du jour, les vêtements couverts de sang, lourdement armés. On leur offrit du thé et une place dans la caravane. Les moudjahidin brûlèrent leurs vêtements pour revêtir des robes de nomades. Le cheikh

Isamuddan avait couvert la mallette de peaux de chèvre pour ensuite l'attacher à l'une des bêtes.

Ils cheminaient maintenant depuis trois jours au milieu du cortège de chameaux. Nabil appréciait la compagnie de ces hommes rudes pour qui l'hospitalité relevait d'une tradition sacrée. Il dormait sous la tente, se nourrissait frugalement, s'abreuvait à la théière d'argent de ses hôtes. Les hommes racontaient de vieilles légendes au coin du feu. Ils nettoyaient leurs armes avec autant d'attention que leur tapis de prière. Ils s'esclaffaient d'un rire franc qui dévoilait leurs dents cariées. Leur présence apaisait la peine de Nabil qui souffrait de la perte de son cousin.

Le chef du caravansérail ordonna l'arrêt pour la nuit. Des nuages de poussière dévoilaient régulièrement la présence de véhicules sur les pistes. On approchait de Peshawar, capitale de la région frontalière du nord-ouest, but ultime de la caravane. Les chameliers appréciaient l'arrivée à l'aube dans une ville commerçante. Ainsi, ils pouvaient régler rapidement leurs affaires et reprendre leur route en soirée pour renouer avec l'intimité du désert.

Les hommes déchargèrent les bêtes, puis on monta le camp. L'atmosphère était joyeuse. On s'attendait à faire de bonnes affaires à Peshawar. On dévora les morceaux d'une chèvre cuite à la broche. On avala force thé à la menthe, puis un chamelier surnommé « Dents cassées » extirpa une vieille mandoline d'un étui en peau. Des pincements harmonieux vibrèrent dans la nuit étoilée, puis les voix rauques des hommes entonnèrent une vieille ballade narrant les exploits des guerriers pachtounes dans leurs combats contre les terribles hordes mongoles.

Les strophes décrivaient des sabres étincelants, des princesses enlevées et des djinns malfaisants. La lourde chaleur des plaines se retirait devant l'air piquant de la nuit. La lune baignait les pierres d'une lumière laqueuse. Nabil goûtait intensément la scène, savourant ces instants heureux qu'il ne pourrait jamais retrouver. Depuis qu'il connaissait les moyens de sa mission, il avait pris conscience qu'elle serait sans retour.

Un djihad nucléaire ne pourrait déboucher que sur la mort de tous ses acteurs. Survivrait-il, que ses ennemis le traqueraient jusqu'au bout du monde. Non qu'il redoutât sa fin, mais son arrivée prochaine à Peshawar l'obligeait à penser à sa prochaine rencontre avec Aicha.

Les chameliers terminèrent leur ballade, puis s'enroulèrent paisiblement dans leurs couvertures. Isamuddan se retira à l'écart, sa kalachnikov coincée sur les genoux. Il assumerait comme toujours le premier tour de garde. Mahazza le relèverait au milieu de la nuit. Les moudjahidin ne faisaient confiance à personne pour assurer leur sécurité. Nabil ne pourrait les seconder. Il ne possédait pas la résistance physique de ses compagnons ; son épuisement l'empêchait de se tenir éveillé au milieu de la nuit, sans compter son manque d'expérience qui ne lui permettait pas d'interpréter les nuances de l'obscurité dans le désert.

Nabil allait se lever pour accomplir sa prière du soir quand l'émir lui adressa la parole.

— Comment te sens-tu, fils ?

L'émir s'était exprimé en anglais, langue qu'il maîtrisait parfaitement. Les chameliers n'utilisaient qu'un dialecte dérivé du pachtoune. Personne ne comprendrait leur discussion. Les deux hommes se faisaient face, seuls autour des derniers rougeoiements d'un feu de crottes séchées.

— Croyez-vous que l'Élu se soit échappé ?

Le guerrier à la barbe grise lui offrit un sourire pâle :

— N'oublie jamais que notre sort réside entre les mains du Tout-Puissant. Lui seul décide du début et de la fin des choses. Accepte donc sa décision sans un soupir.

Nabil baissa humblement la tête. Son chef lui prodiguait des conseils de même nature que ceux de l'imam Ajama. Peut-être était-ce dû à sa jeunesse, ou à son éducation reçue en Occident, mais il éprouvait de la difficulté à accepter cette fatalité divine que professaient ses maîtres, ce détachement de ceux qui ne craignent rien, puisque tout est déjà écrit.

— Rappelle-toi les paroles de l'Élu : sa mort est sans importance. Il ne représente qu'un symbole de notre lutte.

L'émir fouilla dans sa robe de chamelier et déposa la minuscule cage sur son genou. Les pâles lueurs des braises dévoilèrent de petites pattes s'agitant sous le corps endormi de la souris à la queue coupée. Cette scène rappela à Nabil les derniers tremblements de Safiya frappé par le missile.

— Je souffre de la mort de mon cousin, reprit Nabil d'une voix sourde. Je redoute aussi de l'annoncer à sa famille, surtout à sa sœur.

— Celle pour laquelle vous avez tué Ouri ?

L'émir effleurait distraitement les barreaux de la cage de ses doigts noueux. Sa voix atone ne dévoilait ni colère ni dépit ; elle énonçait un simple constat. Nabil avoua dans un souffle :

— Safiya l'a tué. Le mécréant courtisait sa sœur sans son consentement.

L'émir hocha sa tête grise, contemplant avec affection sa petite compagne endormie.

— Ce mécréant était un habile fauconnier.

— Il s'est introduit dans une demeure honorable en utilisant le gerfaut comme artifice. C'était un beau parleur et un menteur.

Nabil fut étonné de sa fureur. Le voilà qu'il affrontait son chef vénéré, défendant l'objet de sa passion. Qu'était-il donc : un guerrier du djihad ou de l'amour ? Puis son cœur se serra en se remémorant le fier adolescent défiant ses bourreaux sans ciller.

— Nous avons tué son frère. Safiya a dû l'éliminer afin d'empêcher une guerre de clans.

Mahazza releva la tête, dévoilant un regard résigné.

— C'est ce que je craignais. De toute façon, il est trop tard.

— La vendetta est enclenchée ? s'inquiéta Nabil.

— Peu après notre départ, on commençait déjà à s'entretuer dans la vallée. Deux cousins de Safiya ont déjà péri lors d'une embuscade.

Nabil serra les lèvres, assailli par le remords. Il prit conscience du tort que sa passion avait porté à la cause. Il aurait dû empêcher Safiya de commettre son forfait. Mais son ressentiment avait altéré sa raison : il avait cru stupidement que le manque de témoins couvrirait leur infamie. Cependant, les clans avaient assisté à l'altercation entre Safiya et Ouri lors du bouzkachi. Le Badal ne nécessitait pas de preuves ; un soupçon suffisait.

— Safiya n'est plus, répondit douloureusement Nabil. Les représailles devraient donc s'arrêter.

L'émir le considéra de ses yeux perçants, puis reprit d'une voix lente :

— Tu es encore vivant.

Nabil sursauta, étonné à l'idée que des frères musulmans veuillent le tuer. Ouri n'était qu'un mécréant qui se défilait devant son devoir du djihad. Mais lui, Nabil Sabir Ullamah, appartenait à une autre race :

celle des guerriers de l'islam. Ces pachtounes du clan d'Ouri ne respectaient donc rien ?

Peu importe, il possédait la solution : son martyre apaiserait le cœur des cousins d'Ouri. Le djihad purifierait sa faute et celle de Safiya. Il fixa son chef d'un air résolu.

— J'accomplirai ma mission. Ainsi, tout sera achevé.

— C'est ce que j'attends de toi, dit sobrement l'émir. Mais tu dois rester vivant jusque-là. Je ferai connaître la fin de Safiya à sa famille. Tu rejoindras directement Karachi[20] où tu attendras mes instructions.

Mahazza Bin Émir garda pour lui le fond de sa pensée : on n'endiguait pas le Badal par la disparition de ses principaux acteurs. La vendetta perdurait jusqu'à ce que la lassitude gagne les cœurs et que l'assemblée des barbes blanches décrète une trêve. Cela nécessiterait des générations. Mahazza connaissait bien le sujet : lui-même avait assassiné deux voisins pour une histoire d'honneur du temps de sa jeunesse. Malgré sa réputation de moudjahid, il ne pouvait retourner dans son village natal.

Toutefois, il reconnaissait une qualité au Badal : elle contraignait les jeunes pachtounes à abandonner leur village pour se consacrer au djihad.

L'ambulance cahotait sur une route poussiéreuse. Khattabba auscultait la pression de Brahim qui gémissait doucement. Aicha retenait le sac de soluté qui valsait en tous sens. Il avait été décidé de renvoyer le blessé dans sa famille. Le Dr Ullamah craignait que le clan adverse n'attaque la clinique afin d'en finir.

---

20. Ville portuaire pakistanaise.

Le chauffeur conduisait à toute allure, le visage tendu. Il avait emprunté un grand détour afin de traverser un territoire neutre dans la vendetta en cours.

Les nombreux soubresauts dégrafaient parfois la voilette d'Aicha. Fidèle à son habitude, Khattabba portait toute son attention sur le blessé confié à ses soins. Il ne profitait même pas de l'occasion pour dévisager Aicha. Elle en ressentait un certain dépit, en même temps qu'une certaine admiration, en replaçant le tissu sur sa bouche afin d'échapper aux regards des gardes.

Elle n'avait reçu aucun écho d'une demande en mariage.

Le vol circulaire d'un aigle apparut au travers du pare-brise poussiéreux. Le véhicule enfila un virage. Un pick-up surgit devant eux. Le chauffeur coupa sur sa gauche, quitta la piste et fila en plein désert. Le véhicule bondissait sur les pierres, alors que les gardes criaient en enfilant leurs chargeurs. Aicha aperçut un second camion qui les serrait sur la droite.

Une volée de balles fit éclater les vitres latérales. Un garde s'effondra sur le plancher. Le chauffeur jura, le moteur gronda. Une explosion secoua la carrosserie. L'ambulance fit une embardée, roula sur le côté, puis s'écrasa dans un horrible bruit de ferraille. Aicha fut projetée contre une paroi, roula sur un corps, puis se retrouva coincée sous la civière renversée.

La portière arrière fut ouverte violemment. Une rafale acheva le second garde affalé sur le plancher. Un homme au turban noir apparut derrière Brahim et lui trancha la gorge. Un jet de sang gicla sur les jambes d'Aicha. Elle se sentit soulever par un coude, on la traîna à l'extérieur où elle fut abandonnée sur le sable. Aicha aperçut Khattabba dans un brouillard, heureuse de le voir debout ; il ne devait pas être blessé.

— Ahmed travaille pour la clinique, dit sourdement Khattabba, il est innocent.

— Par Allah, je le jure ! dit le chauffeur en implorant des mains.

— Il est un de ces chiens de Nangarthar !

— Il sauve des vies, il conduit tous les blessés de la vallée !

Une rafale éclata au-dessus de sa tête. Ahmed s'écrasa près d'elle, la poitrine cisaillée. Aicha voulut hurler, mais le cri resta coincé dans sa gorge. Une terreur folle envahit sa poitrine. On tuerait Khattabba ; on la violerait ; on l'enterrerait vivante. Dans la confusion, elle entendit Khattabba qui plaidait pour sa vie.

— C'est la fille du Dr Ullamah. Il vous a tous soignés !

— C'est la sœur de Safiya ! Elle paiera pour son honneur perdu !

Une voix grasse reprit en s'esclaffant :

— Elle aimera son honneur ! Elle en redemandera !

Aicha serra les dents et tenta de se remettre debout. Elle chancela, puis parvint à se hisser sur ses pieds. La peur la quittait comme un reflux, pour faire place à la rage. Elle fixa celui qui paraissait être le chef : un homme maigre aux yeux clairs, portant un énorme turban noir. Ce serait le premier qui tenterait de la violer afin de jouir de sa virginité. Mais Aicha mourrait avec honneur : elle lui enfoncerait ses ongles dans les yeux. Fou de rage, l'homme la tuerait aussitôt.

— Tu n'es pas de Nangarthar, dit l'homme au turban, tu peux partir.

— Je ne partirai pas sans ma femme, dit Khattabba d'un ton dur.

— Ta femme ? répliqua l'un des hommes. Personne n'a annoncé ton mariage.

— Le Dr Ullamah a refusé ma demande, alors j'ai enlevé sa fille. Je l'ai épousée la semaine dernière à Ouratar, ma ville natale.

Les hommes se regardèrent, étonnés.

— Alors, que faisais-tu dans son ambulance ?

— Le Dr Ullamah nous a chassés de sa clinique, répondit Khattabba avec aplomb. Nous ramenions ce blessé dans sa famille avant de nous diriger vers Ouratar où je compte m'établir. Notre fuite sera alors annoncée ; l'honneur du Dr Ullamah sera sauf.

Khattabba dévisagea les hommes à tour de rôle :

— Ma femme n'appartient plus à Nangarthar. Elle est de Ouratar, du clan de Zamar.

Aicha observait Khattabba avec incrédulité, ne sachant si elle devait prendre cette fable pour un habile stratagème, ou pour une annonce officielle. Puis elle replaça sa voilette et baissa les yeux vers le sol avec l'humilité seyant à une femme nouvellement mariée.

— Elle est peut-être ta femme, mais elle est encore la sœur de Safiya, répondit l'un des hommes. Elle doit payer pour le crime d'honneur.

— N'avez-vous pas entendu, dit Khattabba d'un ton dur : elle est du clan de Zamar !

— Les armuriers ? interrogea le chef avec étonnement.

— Je suis Khattabba, le troisième fils de Mohammed Akim Balkar Zamar, le chef de la guilde des armuriers d'Ouratar. Ne blessez pas l'honneur des Zamar !

Ouratar était réputée pour ses armureries qui fournissaient toutes les tribus de la région. Personne n'avait intérêt à se mettre à dos une famille aussi influente que les Zamar. Où trouveraient-ils alors leurs armes pour la vendetta ?

Le chef au turban parut hésitant, aussi Khattabba reprit-il d'un ton avenant :

— Ma famille sera reconnaissante pour votre concession à épargner Aicha Zamar : vous recevrez une caisse de kalachnikovs dès notre retour. Vous avez la parole des Zamar.

L'homme au turban sourit avec satisfaction : une caisse d'armes effaçait toutes les dettes d'honneur inimaginables, même celles que l'on prenait plaisir à extirper aux femmes.

— Vous pouvez partir.

La route poussiéreuse serpentait entre les falaises aux rocs sombres. Le lent vol des charognards signalait au loin l'ambulance mitraillée qu'ils avaient laissée derrière eux. Le soleil tapait dur, et Aicha souffrait de la chaleur sous sa lourde burka noire. Elle marchait aux côtés de Khattabba ; jamais elle n'aurait cheminé derrière lui comme l'exigeait la coutume.

— Où allons-nous ?

— À Ouratar.

Aicha sourit légèrement :

— M'enlèves-tu, Khattabba ?

— Un Zamar n'a qu'une parole, dit le jeune homme en souriant.

— Tu n'as pas le choix, le taquina Aicha. Tu l'as déjà annoncé à la vallée, tout le monde te croirait menteur.

Khattabba partit à rire :

— Dieu a mis ces mécréants sur notre route. Nous devrons maintenant nous épouser.

Aicha prit un ton plus sérieux :

— Dis-moi, pourquoi ne vends-tu pas d'armes comme ton père ?

Le visage de Khattabba s'assombrit :

— Les armes des Zamar ont causé beaucoup de tort. Il est juste que je tente de réparer nos fautes.

Le jeune homme la considéra de ses yeux sombres :

— M'acceptes-tu comme époux, Aicha ?

Elle stoppa au milieu de la route.

— Serais-je la seule, Khattabba ?

Le jeune homme sourit :

— Il n'y a qu'une seule Aimée, Aicha.

— Alors, jure-le sur le Prophète.

Khattabba parut fort surpris.

— Mais de quoi as-tu peur, mon Aimée ?

Aicha le regarda de ses yeux brillants où luisait une lueur de défi :

— Si tu ne jures pas, tu peux me laisser ici, sur la route.

Khattabba sortit lentement un Coran à couverture verte de sa poche. Il le plaqua contre sa poitrine, puis prononça son serment :

— Sur le Prophète, je jure que tu seras ma seule Aimée et ma seule femme, Aicha. De toute ma vie.

Aicha s'empara de sa main dont elle baisa la paume :

— Je t'accepte comme époux, Khattabba Zamar.

CHAPITRE 23

Mise à feu

Abrités derrière les rideaux poussiéreux d'un logement de la rue Somerled, Yar Muhammad scrutait les abords avec de puissantes jumelles, tandis que Barberousse lissait sa longue barbe d'une main nerveuse. Situé au neuvième étage, l'appartement offrait une bonne vue sur la maison de Barberousse et ses environs. On pouvait facilement y observer les deux camionnettes de la Ville garées près d'une bouche d'égout. Le gros camion de déménagement disposé près du garage méritait aussi attention.

Les deux hommes avaient passé les journées précédentes à prendre livraison des armes acquises auprès de Giggs. Ils offraient vingt kilos d'héroïne en échange d'un arrivage d'armes, ils les vérifiaient, les nettoyaient, puis les entreposaient dans la remise adjacente à la maison de campagne de Khan. Ils avaient consulté le contenu d'une boîte de courriel Internet avant leur voyage de retour ; celle-ci ne contenait aucune nouvelle d'Abou. Le protocole de la Légion du courroux divin spécifiait que les membres d'une même cellule devaient confirmer régulièrement leur disponibilité au moyen de messages anodins. Son silence n'augurait rien de bon.

L'appartement, sous-loué à un commerçant du petit centre commercial d'en face, leur servait de lieu de repli.

Ni Abou ni Souhila n'en connaissaient l'existence. Dans un certain sens, c'était dommage : la femme de Khan se retrouvait maintenant piégée à l'intérieur d'une maison entourée de policiers. Khan tripotait nerveusement son téléphone cellulaire, hésitant sur le numéro à composer. Le premier permettrait de contacter Souhila afin de l'enjoindre de quitter la maison. Il sauverait peut-être sa vie, mais risquait de dévoiler sa position, mettant ainsi Moïse en péril. Le second numéro déclencherait l'enfer.

Yar Muhammad grommela :

— Une voiture passe à vitesse réduite. Ce doit être l'équipe de tête qui prend position.

Les deux hommes surveillaient la rue depuis douze heures. Ils avaient suffisamment observé le manège des camionnettes pour les identifier comme des véhicules de surveillance. C'est le camion de déménagement qui les inquiétait. Il avait pris position une heure auparavant. Son chauffeur avait fait mine d'aller se restaurer, rue Fielding. Mais Khan se doutait bien du contenu de sa boîte. Il ne pouvait permettre à ses occupants d'envahir la maison. Trop de secrets y résidaient.

Barberousse lissa de nouveau sa barbe, se remémorant les doigts de sa femme la lustrant doucement de henné.

Une légère brise gonflait les pans de l'imperméable d'Anémone qui cheminait sur Walkley. Un coup de klaxon rageur dérangea à peine les jeunes qui pourchassaient un ballon au beau milieu de la rue. Elle croisa une cohorte de dames poussant de lourds landaus, puis stoppa devant la porte écaillée du Manoir Tranquillité dont elle enfonça un bouton. La porte vibra, Anémone enclencha la serrure, descendit quelques marches, puis fut reçue par le concierge qui l'accueillit d'un sourire inquiet. Sa vieille robe de chambre pendouillait par-dessus son pantalon, des babouches de cuir ornaient ses pieds.

Anémone lui tendit un paquet enveloppé.

— Je vous ai rapporté votre poignard, monsieur Oman. Il est hors de soupçons.

Le concierge le prit d'un air reconnaissant.

— Permettez que je vous offre une tasse de thé ?

Anémone accepta avec plaisir ; elle pénétra dans le logement sombre. Le concierge extirpa l'arme de son enveloppe de tissu et la replaça sur le mur, entre les cimeterres brillants. Il dégagea le vieux divan d'une pile de livres, offrit le siège, puis proposa le thé. Respectant les usages qu'elle commençait à connaître, Anémone attendit de boire quelques gorgées avant d'aborder la conversation.

— Avez-vous travaillé cette nuit, monsieur Oman ?

Le concierge sourit d'un air las :

— Encore de nouveau, oui. Je travaillais auparavant comme traducteur, mais la firme qui m'employait a dû fermer ses portes.

— Vous dormez peu.

Oman pointa les piles de livres installés près du divan, rappelant à Anémone les colonnes du Temple de l'oubli du lieutenant Stifer :

— J'ai acquis de nombreux livres africains lors de mes périples Je désire les annoter et peut-être en faire don à la Grande Bibliothèque.

Anémone considéra le visage émacié du concierge, ses traits noirs luisant sous les rayons d'un faible soleil qui s'infiltrait par les fenêtres basses.

— Monsieur Gunaratna est au centre d'une controverse, j'apprécierais si vous pouviez nous aider, monsieur Oman.

— Vous m'avez dit qu'on le soupçonnait de terrorisme, répondit le Soudanais en soupirant. C'est une accusation grave, que l'on porte trop souvent contre les musulmans de nos jours.

— Je suis d'accord, dit Anémone. Mais nous avons retrouvé des indices troublants sur son ordinateur. Monsieur Gunaratna semblait lié à des gens impliqués dans une entreprise terroriste. Selon toute vraisemblance, son meurtrier appartiendrait à ce réseau.

Oman but délicatement au verre dans lequel flottaient des feuilles de menthe, puis hocha négativement la tête.

— Il y a quelque chose que vous ne saisissez pas.

— Quoi donc ?

— Vous ne comprenez pas la mentalité terroriste.

Anémone fut surprise de la remarque. Nul doute que les services de renseignements employaient une armée de psychologues afin de produire de volumineuses analyses sur le sujet. Pourtant, personne n'avait songé à les leur communiquer. Elle fixa son interlocuteur afin de l'encourager à continuer.

— Mon père, à sa façon, était un terroriste, soupira Oman. Il possédait les traits de ce type d'individu que l'on trouve dans toutes les civilisations. Bien sûr, il ne se définissait pas comme tel. Ce terme était inconnu au Soudan. C'est un mot inventé par les Occidentaux, après les attentats commis à la fin du XIXe siècle en Europe par des groupes politiques.

Oman servit de nouvelles rasades de thé dans leurs verres.

— Mon père, donc, possédait de belles qualités, comme certains terroristes. Il était respecté dans sa communauté, il pratiquait assidûment sa religion. Mais il était surtout ignorant de sa propre réalité et de celle d'autrui. Il ne se connaissait pas lui-même. Il ne comprenait pas la haine qui l'habitait, sa courte vue, sa peur de l'autre, son orgueil qui le faisait croire élu dans le regard de Dieu.

— Qui tuait-il?

Oman bougea des épaules, ce qui fit pendre un peu plus le col fatigué de sa robe de chambre.

— Oh, des chrétiens, des animistes, des musulmans qui ne pratiquaient pas comme il l'entendait. Pour des raisons de vendettas entre villages, aussi. Mais en fait, tout cela ne servait que de prétexte à nourrir sa haine.

Anémone imagina un instant le parcours d'Oman, qui s'était enfui d'un village aux mœurs féodales, avait enseigné à l'université de Khartoum, traversé l'Afrique pour, finalement, conduire un taxi à Montréal. Elle devrait se promener régulièrement en taxi, ne serait-ce que pour rencontrer plus de gens de ce genre.

— Quelle est la relation avec monsieur Gunaratna?

Le regard du concierge erra un instant à travers le soupirail qui tenait lieu de fenêtre, puis répondit tristement:

— À la suite d'une tragédie, Ismaël a beaucoup souffert. Il a, par la suite, cheminé le long d'un difficile sentier intérieur. Ismaël n'ignorait plus ses peurs et ses haines. Il les affrontait tous les jours. « La souffrance est la porte de la rédemption », est-il dit dans le sentier soufi.

— Mais cela n'explique pas pourquoi monsieur Gunaratna n'appartiendrait pas à une cellule terroriste.

— Parce qu'il recherchait la vérité intérieure. Il était en proie à une épouvantable souffrance et à un terrible sentiment de culpabilité. Il les affrontait dans le cadre de son djihad intérieur.

Anémone médita un instant ses paroles, se remémorant les discours enflés de prétention religieuse qu'elle avait écoutés sur les vidéos de propagande terroriste saisis par le SCRS.

— Quel est donc ce djihad ?

— C'est le combat intérieur pour parvenir jusqu'à Dieu. L'islam s'adressait d'abord à des tribus belliqueuses du désert. Le chemin spirituel y est parfois décrit en termes guerriers. Mais cela ne doit pas être pris au pied de la lettre, c'est un piège dans lequel mon père est tombé.

— Alors, pourquoi donc Ismaël Gunaratna s'intéressait-il tant à des sites terroristes ? Quelle relation y avait-il avec son djihad ?

Oman contempla un instant les armes scintillantes de son père, croisa ses longs doigts d'ébène, puis répondit doucement :

— Sa famille a été massacrée en Algérie par des terroristes.

Stupéfaite, Anémone s'efforça d'assimiler ces informations. Puis elle ouvrit son sac, pour y considérer la chétive sucette d'un air horrifié.

Soudain, un énorme bang fit vibrer les vitres. Oman la fixa d'un air terrifié.

— Que se passe-t-il ?

— On dirait une explosion, dit Anémone. Tout près d'ici.

Elle s'empara de son sac, puis se rua à l'extérieur. Des sirènes beuglaient tout près, à quelques blocs du logement d'Oman.

Anémone se mit à courir.

Stifer jaillit du camion de contrôle pour se diriger vers les ruines de la maison de Khan. Il cria des ordres dans son cellulaire : boucler le quartier, ouvrir un passage pour les ambulances, avertir les hôpitaux. Il évita une voiture au capot enfoncé par un débris de béton, puis se pencha au-dessus d'un passant qui haletait sur le trottoir. Il paraissait en état de choc mais indemne. Stifer lui offrit un mot de réconfort, puis poursuivit sa route en direction des ruines fumantes.

Des policiers de l'escouade tactique entouraient prudemment les décombres de la maison. L'entrée dévastée laissait entrevoir des murs éventrés, des débris de verre, des meubles fracassés. Les bottes noires d'un policier émergeaient des débris d'un escalier disloqué. Stifer allait se ruer à son secours quand il fut violemment agrippé par le bras.

— Assez de morts pour aujourd'hui, lieutenant.

Payne, qui le retenait solidement, expliqua d'un ton lourd :

— Les ruines peuvent être piégées. J'ai souvent vu cela en Israël.

Stifer répondit d'une voix rauque :

— Cet homme peut encore être sauvé.

— Peut-être, mais attendez l'escouade de déminage. Je suis sincèrement désolé pour eux.

Stifer regarda anxieusement les membres de la victime, puis s'écarta pour laisser passer deux hommes vêtus de combinaisons blindées qui s'avancèrent prudemment au milieu des décombres. Ils scrutèrent avec soin le plancher au moyen d'une lampe infrarouge, se frayant lentement un passage jusqu'à l'escalier. La main de l'Américain desserra légèrement sa prise sur le bras de Stifer, tout en l'enjoignant doucement à reculer.

Des ambulanciers transportaient les blessés en toute hâte, tandis que des pompiers prenaient position afin d'établir un périmètre de protection. Une agente en civil s'approcha de Stifer.

— Des journalistes se pressent aux barricades, monsieur, que devons-nous leur dire ?

— Nous croyons à une fuite de gaz, mais nous examinons plus à fond, répondit fraîchement Stifer.

L'agente salua d'un signe de tête, cédant le passage à Anémone, ahurie.

— Que s'est-il passé ?

— L'équipe de pointe s'est fait transporter par un véhicule anonyme devant la maison. Les hommes se sont lancés contre la porte qu'ils ont enfoncée. Ils se sont rués à l'intérieur, puis tout a sauté.

— À croire qu'on nous attendait, dit Payne en jetant un coup d'œil aux alentours.

Barberousse déposa les lourdes jumelles sur une commode. Il avait espéré voir plus de policiers périr dans l'explosion. Ces renégats auraient fait bon cortège à sa femme jusqu'aux portes du paradis. Barberousse se remémora la journée de leurs épousailles, dans leur village : l'air chaud du Waziristân désertique, les tirs de kalachnikovs en direction du ciel, le regard excité de Souhila, les voiles qui chutaient devant son corps.

Souhila reposait désormais au milieu des ruines d'une maison en pays étranger. Toutefois, Khan profitait d'une ultime consolation : Souhila était morte durant sa période de prière.

Il régnait une chaleur étouffante dans le véhicule de contrôle. Stifer fixait sombrement un gobelet à café, Bill Payne mâchait lentement un chewing-gum. Coincée sur un tabouret inconfortable, Anémone prenait des notes dans un calepin. Prostré sur son fauteuil, Rochard conversait nerveusement au téléphone afin de tenir le bureau du maire informé de la situation.

— On vient de découvrir le corps d'une femme à l'étage, avertit Grant.

L'agent du SCRS assistait par vidéo aux recherches effectuées par les techniciens en combinaisons blindées. Les policiers s'approchèrent des images agitées qui s'affichaient sur l'écran, captées par la caméra d'un démineur dont on apercevait les bottillons blindés. La scène rappela à Anémone les astronautes marchant sur la lune. Mais plutôt que d'assister à une avancée joyeuse de l'humanité, elle assistait à un recul de la civilisation, fruit de la terreur.

La victime, de petite taille, semblait agenouillée sous un amas de plâtre. Les pans d'un petit tapis émergeaient des débris.

— Pas de dispositif de mise à feu aux alentours ? demanda Payne.

Grant délaissa le micro qu'il utilisait afin de diriger les travaux des techniciens :

— Nous n'en avons pas découvert pour l'instant.

— Nous n'avons retrouvé aucune autre victime, continua l'agent américain, donc…

— Nous avons retiré deux policiers des décombres, répliqua Stifer d'un ton lourd.

— En effet, s'excusa Payne, je voulais dire que la femme aurait dû déclencher la mise à feu.

Rochard scrutait avec appréhension un écran montrant des journalistes qui gesticulaient derrière un cordon de police.

— L'explication d'une fuite de gaz n'a pas tenu longtemps, croassa le capitaine. Qui a suggéré cette idée stupide ?

— Je n'ai rien trouvé de mieux, répondit Stifer. Peut-être que le bureau du maire aurait une meilleure idée.

Le lieutenant se retourna vers Grant :

— La porte n'était pas piégée ?

L'agent du SCRS s'adressa par micro au technicien qui fouillait le sous-sol :

— On a retrouvé les traces de l'explosif derrière la porte ?

Un démineur revêtu d'une combinaison blindée apparut à l'écran :

— Non, monsieur. La charge était plutôt dissimulée dans la cave.

La caméra bougea, puis zooma sur un énorme trou dans le plancher de ciment.

— Nous n'avons pas retrouvé de traces de câble d'allumage. La bombe a dû être activée à distance.

— Par un cellulaire ?

— Possible, monsieur. On a récupéré des débris électroniques tout autour.

Le capitaine ferma rageusement son cellulaire.

— Le bureau du maire nous interdit de parler du code rouge. Ils nous disent de trouver une explication qui ne fera pas paniquer la population. Qu'est-ce qu'on peut bien raconter à ces fichus journalistes ?

— Une bombe due à la guerre des motards, lança Stifer avec irritation. De fait, qui a bien pu faire détoner cette bombe ?

— Sûrement ce Barberousse, dit Payne. Il devait nous observer lors de l'assaut. Il aura déclenché la mise à feu au moyen d'un cellulaire.

— Il devait surveiller la maison, sûrement de l'un de ces immeubles à étages de la rue Fielding, répondit Stifer en s'emparant vivement d'un téléphone. J'y envoie l'équipe de Marcellin afin d'interroger les occupants.

Payne salua la manœuvre d'un signe de tête.

— Personne ne croira cette histoire de motards, reprit le capitaine d'un air maussade. Les Bloody Birds font sauter des voitures, pas des maisons.

Stifer donna ses consignes à son équipe, puis interpella l'agent américain :

— Quelque chose sur ce Haji Khan Hajan qui nous permette de le retracer ?

— Ziride n'a fourni qu'une description sommaire de Khan, ainsi que l'adresse de son domicile. Nous savons seulement qu'il se fait surnommer Barberousse parce qu'il se teint la barbe au henné. Cette cellule terroriste paraît bien compartimentée. Ziride a aussi avoué qu'ils trafiquaient de l'héroïne pour se financer.

— Voilà ! dit Rochard d'un air réjoui. Un laboratoire de drogue clandestin qui vient d'exploser !

Le capitaine tournoya comme une toupie grassouillette en direction d'Anémone :

— Ma petite, vous irez leur raconter ça.

La policière répondit d'un ton agacé :

— Je ne suis pas votre petite, capitaine. Et je travaille aux homicides, pas aux relations publiques.

— Des idées sur la provenance de la drogue ? demanda Stifer en se versant un nouveau café.

Anémone ressentait une sourde irritation en se rendant compte que le lieutenant l'abandonnait à son sort face aux lubies du capitaine.

— Ziride affirme ne pas en connaître l'origine, répondit Payne.

— Il n'a pas parlé de bombe dans la cave, dit Stifer avec rancœur.

— En effet, répliqua Payne avec dépit. Il aura confessé des demi-vérités, une méthode classique enseignée par les instructeurs de la Légion du courroux divin. Il nous a attirés dans ce traquenard. Je parierais que ce salaud a assemblé cette bombe lui-même.

Rochard pointa un doigt potelé en direction de la foule de journalistes gesticulant à l'écran :

— Détective Anémone, vous irez leur parler d'un labo clandestin ! Ça les fera tenir tranquilles. Est-ce que c'est clair ?

Anémone soupira :

— Comme vous voudrez, capitaine. En attendant, j'ai du nouveau à annoncer.

Elle leur rapporta sa conversation avec Oman, le concierge, pour conclure :

— Gunaratna aurait perdu sa famille aux mains des terroristes. Monsieur Gunaratna n'est donc sûrement pas un terroriste.

— Comme des enfants abusés peuvent devenir abuseurs, il y a toutes sortes de raisons pour devenir un terroriste, dit Payne en haussant les épaules. Ces gens sont des désaxés, ils ne cherchent qu'une excuse à la haine et au meurtre.

Grant délaissa son micro pour observer Anémone d'un air songeur :

— Il est important de connaître le rôle de Gunaratna. Il représente la seule piste que nous possédions dans cette affaire. Peut-être faisions-nous fausse route depuis le début. Mais cet Oman n'est pas une source fiable. Il faudra corroborer ses dires avec nos collègues algériens.

— Justement, répliqua Anémone avec aplomb, j'ai l'intention de me rendre à Alger.

Tous parurent estomaqués.

— Je vous envoie rencontrer la presse montréalaise, pas algérienne ! dit rageusement Rochard. Le bureau du maire attend vos explications à la télé !

Anémone observa un instant les images gesticulantes des journalistes à l'écran, puis reprit avec un sourire sardonique :

— Je m'occupe bientôt des dangereux journalistes montréalais, capitaine, mais je me rends ensuite à Alger. Il est important de découvrir si Gunaratna doit être mis hors de cause.

— Ce type était un *fixer*, dit Payne. Il possédait le profil.

Toutefois, Anémone se rappelait trop bien la misérable sucette retrouvée dans la main ensanglantée de Gunaratna. Comment un homme dont les enfants avaient été tués par des terroristes pouvait-il devenir un terroriste ?

— Le maire a annulé son voyage à Shanghai pour des raisons d'économie, répliqua le capitaine avec colère, et vous pensez aller en Algérie ?

— Nous n'avons qu'à poser des questions à la section Interpol d'Alger, dit Stifer.

— Vous savez le temps que cela prendra ? dit Grant. À bien y penser, peut-être bien qu'une visite n'est pas une mauvaise idée. Cela accélérera les choses. Les Algériens peuvent laisser poireauter une télécopie durant des semaines, mais ils se démèneront pour leur hôte. Ils apprécient le contact direct.

Avec insistance, Payne regarda Anémone, son air grave, son calepin parsemé de notes. Nul doute qu'elle produirait un bon effet sur les confrères algériens.

— Si ce Gunaratna n'est pas un terroriste, il faudrait en effet le savoir.

— Cela n'est pas prudent… objecta Stifer.

« Encore ce besoin maladif de me chaperonner », songea Anémone.

— Faites-moi accompagner de Lucien, alors.

— Deux billets d'avion, ce serait un comble, répliqua le capitaine d'un air interloqué.

— J'ai besoin de lui, ici, répondit Stifer d'un ton maussade.

— Je contacterai le colonel Khabar, de la Sécurité militaire algérienne, dit Payne. C'est un homme réellement engagé dans la guerre contre le terrorisme. Il nous aidera.

Se tournant vers Rochard, l'Américain conclut d'un ton sec :

— La Sûreté militaire algérienne sera heureuse de payer le voyage. Ils sont désireux de collaborer avec nous. Peut-être plus que certains.

Stifer s'écarta devant un train de cabarets destinés au repas du soir, puis continua son avancée au milieu du corridor verdâtre. En cette journée marquée par la mort, il aurait dû regagner sa demeure, se réfugier dans la lecture d'un bon livre ou le visionnement d'un vieux film. Il se retrouvait plutôt dans ce mouroir, s'en allant à la rencontre d'un adolescent buté. Il croisa des infirmiers qui s'activaient autour d'un vieillard qui avait chuté dans la salle de bains. Il stoppa devant la porte d'Éric contre laquelle il cogna doucement.

Comme toujours, il n'y eut pas de réponse. Il poussa le battant. Un cabaret aux plats intacts reposait sur le lit. À la télévision : un écran noir. Subitement inquiet, Stifer s'approcha vivement du gros fauteuil de cuirette. L'adolescent y reposait, immobile, les traits grisâtres, le regard vide. Le visage lui parut si maigre, si pâle, que Stifer le crut mort.

— Alors, c'est mon ami le chien ?

Les yeux roulèrent dans sa direction, grosses billes pâles reflétant une lueur tourmentée. De tout temps, les délinquants avaient affublé le policier de surnoms incroyables ; Stifer ne s'en souciait pas.

— Comment ça va ?

— À vrai dire, assez moyen. Pouvez me donner de l'eau ?

Stifer alla chercher un verre au lavabo, le tendit au malade qui en avala quelques gorgées. Éric déposa le verre sur l'accoudoir, l'observa un moment, comme fasciné par son aspect translucide.

— Je… je voudrais vous raconter quelque chose.

Surpris, Stifer hocha la tête.

— Je suis là pour ça.

Il approcha doucement la chaise réservée au visiteur, y prit place, attendant ses paroles. Éric laissa errer son regard dans la pièce, grimaça légèrement, fixa son vis-à-vis au visage impassible, s'apprêta à parler, puis se tut, pris d'une certaine gêne. Stifer bougea un peu afin de trouver une position plus confortable. Le jeune homme scruta de nouveau le visage de son interlocuteur, mais Stifer se gardait de dévoiler toute réaction.

— J'ai toujours voulu devenir mécanicien, dit-il enfin.

Il s'arrêta, toujours hésitant.

— C'est un beau métier, dit Stifer.

— Je me suis enfui de la maison à quinze ans. J'haïssais mon père, ma mère était toujours partie. Elle ne nous nourrissait pas, elle ne pensait qu'à se procurer ses maudites pilules. Je me suis trouvé du travail dans un garage : faire le plein, changer les pneus, effectuer les mises au point. J'aimais ça. Il y a six mois, j'ai commencé des cours de mécanique. J'étais bon, ça, je vous le dis.

Stifer sourit :

— Avoir su, je t'aurais fait entretenir nos paniers à salade.

Éric ricana un peu, sa peau flasque s'étirant mollement autour de ses mâchoires crispées.

— Je les aurais sabotés !

Il passa lentement la main sur sa tête chauve, puis dit tristement :

— Je ne pourrai plus jamais jouer dans un moteur.

Les rires d'un groupe de visiteurs résonnèrent dans le couloir, apportant une curieuse touche de gaieté dans la pièce. Éric serra les lèvres, paraissant lutter pour ne pas fondre en larmes. Stifer posa une main compatissante sur son épaule décharnée :

— L'acceptes-tu, Éric ?

Une lueur de défi scintilla faiblement dans ses yeux pâles, comme les dernières braises d'une énergie moribonde.

— Non, pas tout de suite ! Ce n'est pas juste !

Stifer attendit la suite, mais le jeune homme s'empara de la télécommande pour allumer le téléviseur. Le chat déluré confisquait cette fois le repas de son maître, un pauvre abruti qui harcelait au téléphone des femmes indifférentes. La vie parut bien étrange à Stifer : un malade en phase terminale redoutait la mort, alors que des terroristes bien portants la recherchaient anxieusement autour d'eux.

CHAPITRE 24

Karachi

Des vitres fendillées aux fenêtres rajoutaient à la décrépitude des immeubles du quartier Al-Quazi de Karachi. Une musique nasillarde provenait d'un café où jouaient sans arrêt les mêmes cassettes. Les marchands de légumes harcelaient tout client potentiel de sollicitations criardes au milieu d'innombrables rickshaws.

Nabil s'ennuyait du désert.

Dès leur arrivée à Peshawar, l'émir l'avait pourvu d'une enveloppe remplie de billets de banque. Un partisan l'avait ensuite transporté jusqu'à Karachi par autobus. Le jeune moudjahid fut alors confié aux soins d'un barbu en djellaba blanche qui lui fit emprunter un trajet compliqué à travers la ville afin de déjouer une filature potentielle. Arrivé à la planque, Nabil dut payer pour son séjour, puis on lui ordonna d'attendre les instructions de l'émir.

Nabil logeait en compagnie de deux hommes qu'il entrevoyait rarement. Ses compagnons étaient constamment préoccupés, souriaient peu et ne lui adressaient pratiquement jamais la parole. Ils rentraient tard le soir pour s'affaler sur des matelas à même le sol. Ils déménageaient souvent de lourdes malles qu'ils entreposaient dans leurs chambres. Nabil tentait de se faire discret.

Le début de son séjour lui avait paru propice aux prières. Cependant, la chaleur étouffante, les bruits de la ville, finalement la mélancolie, avaient étouffé sa pratique. Il luttait sans arrêt pour chasser Aicha de ses pensées. Son incapacité de la rencontrer avant son départ le rendait malade.

Il ne comprenait pas la prudence de l'émir. Comment ses ennemis pourraient-ils être avertis de son arrivée au village? Nabil prendrait toutes les précautions nécessaires. Il imaginait mille stratagèmes, évoquait divers déguisements possibles. Il profiterait de la nuit pour offrir ses respects au Dr Ullamah et réconforter sa cousine. Il partirait à l'aube, pleurant son amour impossible.

Car Nabil acceptait désormais de renoncer à Aicha. Le Dr Ullamah se faisant vieux, Safiya disparu, personne ne pourrait veiller sur la jeune femme après son martyre. Elle méritait d'épouser un homme tranquille. Toutefois, Aicha régnait quand même sur ses nuits. Les aubes blafardes dispersaient les lambeaux des cauchemars de Nabil. Cette nuit-là, il accompagnait une Aicha éplorée devant la dépouille de son frère. Les lueurs de l'aurore l'avaient réveillé, un goût de cendres dans la bouche.

L'appel du muezzin retentit de nouveau. Il décida de se rendre à la mosquée.

Il évitait le lieu de culte du quartier, trop modéré à son goût. L'imam y prêchait la réconciliation, l'amour, la justice, alors que l'islam était attaqué de toutes parts sur la planète. Pour Nabil, c'était pure folie. Il fréquentait plutôt une petite mosquée découverte lors d'une promenade dans les quartiers environnants. L'endroit était couru par des fidèles aux pratiques radicales. Les prêches de l'imam lui plaisaient. Ils lui rappelaient celles de son guide, l'imam Ajama.

La façade payait peu de mine. Une porte abîmée s'ouvrait sur une modeste cour intérieure où les fidèles masculins se réunissaient avant l'assemblée. On y croisait quelques hommes aux regards durs, surnommés les « Afghans », portant longue barbe, pantalon bouffant et bonnet. Les regards brûlants des jeunes fidèles se posaient parfois sur Nabil, mais celui-ci évitait les rencontres. Il savourait malgré tout secrètement son statut de guerrier occulte du djihad. Comment ces jeunes gens pouvaient-ils deviner que leur vis-à-vis avait discuté avec l'Élu de la Montagne quelques semaines plus tôt ?

Dès leur arrivée, les femmes allaient se réfugier dans la portion de la salle qui leur était réservée, isolées des hommes par un haut rideau noir. Après avoir enlevé ses chaussures, Nabil prit place dans un coin retiré de la grande pièce. L'imam occupait déjà la chaire placée dans l'axe de La Mecque. Il récita d'abord des versets du Coran en arabe littéral, langue de la révélation.

Puis il entonna son prêche. Il débuta par un appel à la générosité et au partage des fidèles, l'un des cinq piliers de l'islam qu'est l'aumône. Il rappela la misère de leurs compatriotes, égratignant au passage la rapacité de l'Occident qui réduisait tant de croyants à la mendicité.

Le clerc vêtu de son ample robe noire porta un lourd regard sur l'assemblée, puis enchaîna d'un ton véhément :

« La Croisade est lancée contre l'islam ! Les juifs, les chrétiens et tous les pharaons de ce monde ont entamé une campagne pour détruire l'islam. Les mécréants veulent nous anéantir !

« Ils ont fait de la prostitution une façon de vivre ! Les femmes, les enfants, les hommes se prostituent ! Ils attaquent vos enfants de leurs sales images télévisées, tentent de les accoutrer de leur mode obscène. Ils veulent les pervertir ! Ils empoisonnent la morale, ils empoisonnent la nature, ils empoisonnent la religion ! Ils veulent vous faire abandonner Dieu. Ils ne vivent que pour l'argent et la débauche !

« Ils tuent des croyants tous les jours ! En Palestine, en Afghanistan, en Irak ! Le sang des martyrs coule comme un fleuve jamais tari. Ils souillent les lieux saints de leur présence impie ! Leurs pieds méprisables osent fouler les traces du Prophète. Israël est à la tête de ce combat scélérat pour asservir l'islam !

« À ceux qui subissent l'agression, permission est de combattre. Ô croyants, combattez ! »

Puis, il se tourna vers la section des femmes à qui il parla avec douceur :

« Vous, femmes, protégez vos enfants. Comportez-vous avec dignité. Que vos voiles vous cuirassent contre les souillures de ce monde. Supportez vos maris lors de leur combat sacré. Priez sans cesse le Tout-Puissant afin qu'il protège ses fidèles dans ce terrible combat qui s'est enclenché dans le monde.

« À celles qui subissent l'agression, permission est de combattre. Ô croyantes, combattez ! »

Enfin, d'un ton ferme, il s'adressa de nouveau aux hommes qui buvaient ses paroles :

« Vous, hommes, préparez-vous au djihad ! Purifiez votre cœur de toute impureté, de toute lâcheté, de tout compromis avec le Malin. Portez le désarroi dans le cœur des apostats ! Brûlez-les de votre foi ! La foi est plus forte que tout. Elle est la lumière du monde. Ne les laissez pas l'éteindre !

« Ne craignez pas ces mécréants. Vous qui souhaitez le martyre, de quoi auriez-vous peur ? Personne ne peut rien contre vous. Ils croiront vous détruire, mais ils vous enverront au paradis. Au début, ils seront désorientés. Ensuite, ils seront effrayés. Car ils verront la main de Dieu dans vos actes.

« Ils ont oublié leur Créateur. Ils sont subjugués par le plaisir. Ils sont tenus par le fil du Malin. Ils rôdent autour de notre foi. Ils mettent la communauté des croyants en danger. Regardez-les se pavaner dans leur monde dépravé, dominé par les puissances de l'argent, animé par le Grand Satan et son arrogance infinie !

« Les terres de l'islam sont irriguées du sang des moudjahidin, mais le djihad ne s'asséchera jamais. Le djihad est éternel. C'est une obligation pour tout fidèle à se préparer au djihad. Préparez-vous !

« Vous conquerrez le jardin d'Allah. Vous serez unis à ces houris magnifiques, à la peau d'une finesse cristalline et à la virginité sans cesse reconstituée, qui logent dans des châteaux de perles. Vous y savourerez des plaisirs inouïs comme vous n'en avez jamais connus sur cette Terre. De quoi auriez-vous peur ?

« À ceux qui subissent l'agression, permission est de combattre. Ô croyants, combattez ! »

Les hommes s'interpellaient chaleureusement à la sortie de la mosquée tandis que les femmes en burka retournaient à la maison en compagnie des enfants. Nabil hésitait à partir, il se retrouvait tant dans ces sermons. La solitude lui pesait depuis trop longtemps. Il venait à heure fixe à cette mosquée dont il reconnaissait les fidèles. Certains le saluaient. Ils étaient frères dans cette assemblée.

Depuis son arrivée à Karachi, les journées s'égrenaient dans la solitude et l'ennui. La chaude camara-

derie de Safiya lui manquait. La perte d'Aicha consumait son cœur. Il ressentait un irrésistible besoin de
se confier. Depuis quelques jours, il jonglait avec l'idée
de solliciter une entrevue auprès de l'imam du lieu qui
lui paraissait un saint homme. Toutefois, les injonctions
de l'émir le retenaient : demeurer discret, dissimuler
sa religiosité, ne se confier à personne. Les agents du
gouvernement pakistanais rôdaient partout, prêts à
trahir leurs frères au profit des Américains impies.

— Tu ne sembles pas d'ici, demanda gentiment
un jeune homme à barbe fine. D'où viens-tu ?

— Je suis un Waziri, dit Nabil.

— Tu apprécies les prêches de l'imam ?

— Bien sûr, il prône la vérité.

— Je te vois tous les jours. Tu es assidu dans ta foi.

Nabil haussa les épaules, répliquant par la formule
consacrée :

— Je ne suis assidu que dans la faute.

— Tu viens toujours seul. Es-tu en voyage ?

— En effet, je suis de passage. Je retourne bientôt
chez moi.

Son interlocuteur pointa de son maigre menton un
groupe rassemblé sur le trottoir.

— Nous allons prendre le thé, veux-tu nous accompagner ?

Nabil observa les hommes à la dérobée. Jeunes,
solides, et barbus, ils affichaient un air hardi. Peut-
être s'agissait-il de recrues pour les camps que la
Légion du courroux divin administrait dans les environs de Peshawar. Il fut flatté qu'on voie en lui un
guerrier de la foi. Il désirait ardemment se lier à des
frères. Il s'imagina au café, narrant ses aventures des
dernières semaines.

Son fantasme de fraternité partagée lui apparut
alors dans toute sa futilité. Qu'allait-il leur raconter ?

La vérité? Autant dire qu'il trahissait sa mission. Une histoire inventée afin de faire écran? Sa biographie romanesque serait facilement éventée. Il se rappela un film d'espionnage visionné à Montréal: le personnage souffrait de ne pouvoir se confier à personne. Nabil devait se rendre à l'évidence: il était devenu espion à la solde du divin.

— Je te remercie pour ton offre. Je dois rentrer.

Le jeune homme le considéra avec attention:

— Si le devoir t'empêche d'accepter notre invitation, sois-en honoré.

Nabil hocha sobrement le chef, offrant un imperceptible assentiment.

Sur le chemin du retour, égrenant son rosaire, il se désolait de devoir abandonner cette mosquée désormais trop dangereuse.

Nabil avait déambulé longuement dans les rues animées de Karachi. Il s'était restauré dans un petit boui-boui où on servait de l'agneau cuit à la broche. Un thé brûlant avait clôturé cet excellent repas. Le patron appartenait à l'ethnie des Waziris. Reconnaissant un compatriote, il l'avait servi avec prévenance. L'odeur des herbes brûlées sur la viande lui avait rappelé le bouzkachi où Safiya avait conquis le couteau rituel qui ornait à présent sa propre ceinture.

Pour la première fois, Nabil se sentait apaisé en songeant à la disparition de son cousin. La rencontre avec les recrues de la Légion du courroux divin l'avait ragaillardi. Nabil devinait que sa mission s'inscrirait dans l'histoire. Des milliers de combattants travaillaient pour la cause dans le monde. La bannière verte flotterait un jour sur l'univers. Safiya survivrait dans cette œuvre illustre.

Il paya, puis reprit sa route dans les rues poussiéreuses. Il longeait des immeubles de parpaings et de tôle ondulée, hérissés d'antennes paraboliques. Des commerçants vantaient leur marchandise aux passants indifférents. De petits rickshaws bruissaient comme des guêpes devant les terrains vagues investis par des chèvres faméliques. Quelques policiers ventrus toisaient soupçonneusement les passants.

Il évita un autobus surchargé, dépassa une camionnette grise garée près du trottoir, puis s'engouffra dans son immeuble. Il grimpa lentement les marches carrelées en direction du troisième palier. Soudain, il s'arrêta le cœur battant. Un silence inquiétant régnait. Aucun enfant ne criait, les étages semblaient déserts. Quelque chose d'anormal se passait. Il se rappela Mahazza Bin Émir accroupi sous un escarpement, scrutant le paysage désertique durant des heures interminables. « Le seul silence que j'apprécie est celui que je produis », lui avait-il glissé à l'oreille.

Les services de sécurité auraient-ils envahi la bâtisse?

Un sixième sens l'avertissait de ne pas se rendre à son appartement, mais il hésitait à revenir sur ses pas: qui sait ce qui l'attendait dans la rue? Il se sentait pris au piège. Il se décida enfin à grimper jusqu'au dernier étage. Peut-être pourrait-il s'enfuir par une terrasse. Il gravit les marches une à une, de plus en plus conscient du silence irréel qui régnait dans l'édifice.

Il parvint au dernier palier où il aperçut la porte grillagée qui fermait le passage vers la terrasse, mais des claquements de pieds provenaient du toit. Des gens l'avaient envahi, peut-être des policiers. Il examina rapidement la lucarne du palier: son ouverture était insuffisante pour s'y glisser. Où se cacher? Ne restait que les logements.

Il farfouilla une serrure avec sa clé, puis cogna lourdement à une porte :

— Amhir, Amhir, j'ai oublié mes clés !

Personne ne répondit. Il se mit à tambouriner de plus belle, feignant l'ivresse, appelant l'homme qu'il savait s'appeler Amhir par les cris que sa femme lui adressait régulièrement et qu'on entendait dans tout l'immeuble.

— Amhir, es-tu sourd ! J'ai oublié mes clés !

La porte retenue par une chaîne s'entrebâilla à peine, laissant apparaître le visage rond et suant d'un homme terrorisé :

— Que voulez-vous, je ne vous connais pas !

Des détonations de fusil automatique éclatèrent à l'étage du dessous. La cage d'escalier résonnait de claquements répétitifs qui semblaient viser la rue. Des cris de souffrance retentirent à l'extérieur. Amhir roula des yeux terrifiés, puis tenta de refermer la porte.

Nabil lui flanqua le couteau recourbé sous la gorge :

— Ouvre, ou je te saigne comme un porc !

— Ne le laisse pas entrer, Amhir ! hurla une femme.

Des ombres descendaient de la terrasse au pas de course. Nabil enfonça la porte d'un coup d'épaule désespéré. La chaîne de sécurité se détacha et la porte vola sur ses gonds. Nabil renversa le gros homme qui s'affala contre le tapis, puis ferma derrière lui. Une femme maigre le regardait avec horreur.

La fusillade rageait au palier inférieur. Une grenade explosa dans la rue. Ses deux comparses défendaient chèrement leur peau. Négligeant ses hôtes, il observa les lieux. Le logement occupait le même espace que celui qu'il utilisait au-dessous. Il bondit vers la fenêtre la plus proche. Une large flaque de sang maculait le centre de la chaussée. Des policiers militaires prenaient position derrière des voitures. Nabil sentait la sueur perler sous son chandail. Il déglutit plusieurs fois. De ses hôtes, on ne distinguait que leurs pieds émergeant dessous un lit à matelas rose sous lequel ils s'étaient réfugiés à la hâte.

Il fit le tour des pièces en courant, épiant l'extérieur des fenêtres. L'immeuble paraissait cerné. La fusillade continuait de plus belle. Ses colocataires scandaient des cris de guerre. Une femme criait d'un ton hystérique.

On cogna brutalement à la porte.

— Police, ouvrez !

Nabil se rua vers les toilettes. La petite pièce rectangulaire ne comprenait qu'un trou sale à même le plancher, surmonté d'une douche rudimentaire. Il arracha la fenêtre et se hissa dans l'ouverture. La porte du logement s'ouvrit avec fracas.

Des fils de télévision descendaient des coupoles satellites installées sur le toit. Il s'agrippa à ceux-ci et descendit en rappel. Les mains lacérées par le béton, il tombait en arrachant les fils derrière lui. Une ligne de feu passa au-dessus de sa tête, alignant les trous sur la façade décrépie. Des éclats de ciment ébréchèrent son cuir chevelu. Il tomba lourdement sur le sol. Deux policiers se ruaient dans sa direction, armes braquées.

Une clameur, terrible, s'éleva de l'étage :

« DIEU EST GRAND ! DIEU EST GRAND ! »

Une effroyable explosion décapita l'immeuble, catapultant des blocs de béton dans toutes les directions. Les vitres avoisinantes explosèrent dans un maelström de verre. Les véhicules s'enflammèrent dans les rues. Nabil fut arrosé d'une pluie de pierres. Un nuage de poussière brûlante descendit sur le sol comme une nuée de mort.

Un âne beugla de douleur à proximité.

Nabil dut essuyer la poudre qui lui couvrait les yeux afin d'observer les alentours. Un policier gisait sous une pierre souillée de chair écrasée. Son confrère soutenait sa jambe déchiquetée de laquelle s'échappaient de larges coulées sanglantes. Nabil se releva péniblement, puis entreprit d'avancer au milieu des cadavres. Un matelas rose pendait d'un fil électrique comme un fruit monstrueux.

Il croisait des ombres titubantes qui l'interpellaient avec anxiété. Nabil percevait mal leurs questions, ses tympans résonnant encore du choc de l'explosion provoquée par le suicide d'honneur de ses compagnons.

— Je suis le livreur, le livreur ! répondait Nabil d'un ton plaintif à ceux qui l'interrogeaient.

Les ombres vacillantes s'éloignaient alors en direction des secours qui s'organisaient. Il passa devant la camionnette grise qu'il avait distinguée devant l'immeuble. Le pare-brise démoli laissait voir deux Occidentaux étalés sur le plancher. Ils paraissaient fort mal en point. Des cloisons couvertes d'appareils électroniques les entouraient. Un homme blessé à barbe fine bataillait pour dégager une portière coincée. Nabil reconnut immédiatement le jeune homme qui l'avait accosté à la mosquée.

Le cœur empli de rancœur, Nabil fila en direction d'une rue transversale.

Nabil s'était procuré des vêtements neufs chez un marchand du quartier avoisinant. Le commerçant, un chiite, était épouvanté par le drame. Des terroristes sunnites pakistanais agressaient régulièrement les chiites qu'ils qualifiaient d'hérétiques. Nabil, lui-même sunnite, considérait cet antagonisme entre différentes sectes musulmanes comme une aberration. La Légion du courroux divin regroupait d'ailleurs des combattants de toutes les sectes musulmanes.

Nabil le rassura en expliquant que l'explosion devait être le fait d'agents sionistes chargés de porter le chaos chez les musulmans. Puis, il demanda la permission de se laver. Le commerçant lui proposa sa salle de bains personnelle, accomplissant ainsi un généreux geste de conciliation envers un client sunnite.

Seul devant son miroir, Nabil s'efforça de reprendre contenance. Il avait l'air hagard, ses yeux clignaient sans arrêt en raison des scories de l'explosion. La poussière de ciment lui recouvrait la chevelure et la barbe. Il se lava hâtivement, craignant une possible trahison de son hôte. La perfidie du jeune homme à barbe fine et la scélératesse des services de sécurité, pourtant des frères musulmans, l'avaient durement ébranlé.

Tout en astiquant le couteau de Safiya, Nabil remerciait le ciel d'avoir reçu son instruction dans les camps de la Légion du courroux divin au Cachemire. Il conservait constamment ses papiers et son argent sur lui. Aucune trace de son passage ne demeurait dans l'appartement pulvérisé. On lui avait enseigné les méthodes d'enquête des services de sécurité, spécialement celles du FBI. Ces gens passaient des mois à fouiller des décombres afin d'obtenir un indice quelconque. Rien ne devait être laissé au hasard.

Il se porta acquéreur d'un nouveau tapis de prière, puis se dirigea vers le port où il espérait dénicher un lieu de repli. Les imams qualifiaient les abords portuaires d'endroits de perdition. Karachi, ville de mer, accueillait tous les vices du monde. Il doutait qu'on recherche un intégriste en ces parages.

Il évita les transports publics, craignant une surveillance possible. Son signalement circulait peut-être parmi les policiers et les mouchards. Il allait à pied, la marche lui permettant de réfléchir. La camionnette grise aperçue devant l'immeuble appartenait sûrement à des agents du FBI qui collaboraient avec les services de sécurité pakistanais. Le type à barbe fine travaillait donc pour le gouvernement. La nausée envahit Nabil au souvenir du ravissement de cet homme, alors que celui-ci reconnaissait en Nabil les signes d'un moudjahid.

Une forêt de grues immobiles tendaient leurs bras rouillés au-dessus des quais où s'amarraient des chalutiers sales et des boutres bleus. Des carapaces de tortues et des chèvres noyées polluaient la grève où des manœuvres épuisés dormaient à même le sable. Nabil croisait des marins étrangers en quête d'un loisir louche et se faisait héler sans arrêt par des garçons désireux de lui vendre de la pacotille chinoise.

Il interpella un enfant qui lui paraissait moins filou que les autres :

— Hé, petit, connais-tu un hôtel tranquille et pas cher ?

Le garçon maigre aux yeux vifs lui adressa un sourire gâché par de trop nombreuses dents cassées.

— Sûr, sûr, vous êtes chanceux, mon oncle tient une auberge !

Nabil doutait que le pauvre garçon possédât une quelconque famille. Ses vêtements sales auraient horrifié n'importe quelle tante.

— C'est tranquille, hein ?

Le garçon lui jeta un regard de biais, remarquant son air sévère et sa barbe non taillée.

— Sûr, sûr, c'est tranquille : mon oncle est très religieux !

Son jeune guide le harcela durant le trajet afin de lui vendre de la camelote qu'il sortait d'une grande poche comme s'il s'agissait de la caverne d'un Ali Baba miséreux. Ils arrivèrent enfin devant un hôtel clandestin. Aucune raison sociale n'ornait la devanture de l'établissement.

L'hôtelier chargea un tarif indécent pour la nuit, mais jura de la tranquillité des lieux. Il remercia le jouvenceau d'un billet crasseux et d'une claque derrière la tête, puis conduisit son hôte vers sa chambre. Ils cheminèrent le long d'un couloir percé de nombreuses portes d'où s'échappaient des ahanements poussifs pour finalement sortir dans une grande arrière-cour entourée de murs. Deux fillettes lavaient des draps usés dans une bassine avant de les étendre entre les arbres.

L'homme s'arrêta devant une petite cabane en torchis qui occupait le fond de la cour et lui présenta une clé :

— Ici, tu seras en paix. Veux-tu une femme pour te délasser ?

Nabil fut surpris par la proposition. Apparemment, le taulier paraissait habitué à la visite d'intégristes désireux de s'offrir un peu de débauche privée. Mais il n'était pas en état de répliquer à cette offre immorale.

— Dormir me suffira, je verrai pour demain.

L'homme répliqua d'un sourire huileux :

— Pourquoi attendre le paradis ? Les houris sont ici.

Pour toute réponse, Nabil ferma la porte derrière lui.

Un violent orage déchira les lourds nuages poussés par les vents du large et transforma la cour terreuse en bourbier. Nabil demeurait dans son lit, contemplant les trombes d'eau de sa fenêtre. Des ablutions minutieuses à l'aide d'un savon grossier, une longue prière fervente, des exercices répétés de lente respiration, rien n'avait réussi à calmer son anxiété. Il se sentait en sursis.

Pour la première fois depuis son entrée au djihad, Nabil était livré à lui-même. Que ce soit lors de son entraînement avec la Légion du courroux divin, lors de ses combats au Cachemire, enfin dans la brigade de Mahazza Bin Émir, Nabil avait lutté sous le commandement de chefs respectés et expérimentés. Il lui suffisait d'obéir aux ordres. Il ne lui était même pas venu à l'esprit que les plans de Mahazza Bin Émir pouvaient être contrecarrés par leurs ennemis.

L'émir l'avait protégé, lui avait obtenu la bénédiction de l'Élu, l'avait guidé au milieu de champs de mines redoutables, l'avait extirpé du filet mortel déployé par les forces américaines, lui avait procuré un refuge. Rien ne paraissait impossible à Mahazza Bin Émir. Que s'était-il passé pour que son plan achoppe ainsi ?

Nabil fut une nouvelle fois en proie à une sourde angoisse. Il ne pouvait consulter son chef ou son organisation. Les cellules des moudjahidin étaient sévèrement étanches. On ne lui avait pas assuré de positions de repli. Il ne connaissait personne à Karachi et ne possédait pas d'armes. En fuite, son argent s'épuiserait vite. Son signalement circulait sûrement dans la ville. Peut-être le taulier l'avait-il identifié ? Ces tenanciers ne possédaient aucune moralité, encore moins d'honneur. On l'épiait peut-être de la rue. Il réfréna son envie d'aller scruter les alentours de sa fenêtre.

Il s'employa à calmer son désarroi à l'aide de longues respirations. Il essaya ensuite de prier. À sa grande honte, la peur qui lui tenaillait le ventre obstruait sa ferveur religieuse. Il mélangeait les strophes qu'il avait récitées des milliers de fois. Ses pensées pieuses se faisaient bousculer par des images d'arrestation misérable, de cachots avilissants, de tortures terribles, d'aveux honteux.

Nabil ne craignait pas la mort octroyée par une explosion gigantesque. Son corps déchiqueté laisserait son âme s'envoler au paradis. Il imaginait sa fin prochaine comme une mort glorieuse. Mais il appréhendait la torture. Les services de sécurité pakistanais suppliciaient les terroristes sans aucune pitié. Ils les remettaient ensuite aux Américains qui les enfermaient comme des rats à Guantanamo Bay.

Possédait-il la force de caractère pour résister aux interrogatoires? Les instructeurs de la Légion du courroux divin ne cachaient rien de l'horreur des geôles pakistanaises ou syriennes. On leur avait même montré des photos de gens torturés que des sympathisants avaient dérobées de la sinistre prison secrète de l'ISI. Il craignait de vieillir en prison, brisé, traître à la cause et terminant ses jours de façon ignominieuse.

Nabil revit son chef, couché sous un mince surplomb rocheux entouré d'ennemis, le rosaire enlacé à son fusil-mitrailleur, attendant patiemment l'assaut. L'émir ne craignait rien, parce qu'il acceptait totalement la volonté divine. Il ne sourcillait pas devant la mort, ne craignait pas la défaite, se riait de la torture.

Il s'inspirerait de son chef: *Inch Allah!*

Rasséréné, il reprit son analyse: peut-être le surveillait-on depuis son arrivée à Karachi. La camionnette d'espionnage du FBI et l'important dispositif mis en place autour de l'immeuble démontraient que les artificiers étaient sous surveillance depuis un bon moment. On avait sûrement trahi. L'homme à la djellaba blanche qui l'avait guidé jusqu'au refuge? Un membre du réseau des fabricants de bombes? Ou simplement sa propre négligence?

Peu importait l'origine de la défection, le résultat
était clair : ses ennemis l'avaient identifié. Pour utiliser
le jargon du milieu, Nabil était contaminé. L'action à
suivre coulait donc de source : il devait absolument
couper tout lien avec une filature possible.

Il n'existait qu'un endroit au monde qui échappait
à l'emprise des services de sécurité : les zones tribales
du Pakistan auquel appartenait son Waziristân natal.
Ces régions reculées se soustrayaient à l'influence
du gouvernement central. Les tribus, pour la plupart
farouches partisans des talibans, y faisaient régner la
loi.

Il devait revenir au Waziristân. Retourner dans son
village. Regagner le saint giron du djihad. Contacter
Mahazza Bin Émir afin d'obtenir ses instructions.

Revoir Aicha.

CHAPITRE 25

Les martyrs de la Mitidja

Les roues de l'avion heurtèrent sèchement le tarmac de l'aéroport Houari Boumediene avec un bruit sourd. Le voyage transatlantique s'était déroulé de nuit ; Anémone avait patienté deux heures au terminal de Roissy-Charles-de-Gaulle avant de sauter dans le premier avion en partance pour Alger. L'agent de bord débita les instructions habituelles pour les douanes, divulgua la température – 34 degrés –, puis leur souhaita la bienvenue. Les portes s'ouvrirent, un air chaud et humide s'engouffra dans la carlingue, les passagers se mirent en file en direction de la sortie.

Anémone se couvrit la chevelure d'un foulard acheté à Paris, lors d'une escale, essayant de se rappeler la coiffure de madame Ullamah. Une agente de bord qui circulait entre les rangées s'offrit gentiment pour l'aider, drapant sa lourde chevelure dans le tissu bleu. La préposée, qui ne portait qu'un béret bleu sur ses mèches frisées, l'informa gentiment :

— Vous n'êtes pas obligée, vous savez. Beaucoup de femmes algériennes ne portent pas le voile.

— Il faut se soumettre aux coutumes du pays hôte, répondit Anémone en souriant.

— Il ne s'agit pas de se soumettre aux coutumes mais à Dieu, répliqua doucement la dame.

— Alors, pourquoi ne le portez-vous pas ?

— Il faut se soumettre aux coutumes des lignes aériennes, répondit-elle d'un air taquin. Je l'enfilerai dès mon débarquement.

Anémone conserva quand même le voile ; elle remercia l'agente, puis suivit la file des passagers. Payne lui avait fortement suggéré de se couvrir à son arrivée, surtout si elle devait interroger des villageois. Elle trouvait néanmoins la sensation curieuse, comme si elle devait se dissimuler, alors qu'elle s'efforçait depuis toujours d'occuper sa place dans l'univers. Elle dévala une volée de marches métalliques, puis se dirigea en direction du terminal. Une foule bigarrée se pressait aux guérites des douanes, où des agents armés de mitraillettes montaient la garde. Anémone soupira en songeant à la longue attente qu'elle allait affronter dans l'atmosphère étouffante de l'aérogare.

— Détective Laurent ?

Anémone se retourna pour apercevoir un homme maigre et sec, au regard intense, qui lui fit un sourire engageant. Il était accompagné d'un type costaud à la peau plus sombre.

— Colonel Khabar, de la sécurité militaire. Vous avez fait bon voyage ?

— Un peu long, soupira Anémone. Désirez-vous vérifier mon passeport ?

— Inutile, monsieur Payne m'a télécopié votre photographie.

Il la considéra d'un air appréciateur.

— Nous ne nous attendions pas à une dame portant le foulard, voilà pourquoi nous ne vous avons pas reconnue à votre descente de l'avion. Si vous voulez bien me suivre.

Les agents en civil qu'ils croisèrent leur jetèrent à peine un regard. Ils suivirent un couloir sombre, qui les mena à un terrain de stationnement entouré d'une haute clôture en fils barbelés. Khabar ouvrit la portière arrière d'une Peugeot blanche, tandis que son acolyte s'installait au volant.

— Où allons-nous ? demanda Anémone qui prit place à l'arrière en compagnie du colonel.

Khabar se retourna, alors que la voiture passait une guérite surveillée par des agents en armes.

— En temps normal, je vous aurais conduite à votre hôtel afin que vous puissiez vous y reposer, mais il s'agit d'un code rouge, n'est-ce pas ? Enfin, c'est ce que n'arrête pas de répéter monsieur Payne. Je vous emmène donc directement au quartier général de la SM[21].

Le véhicule emprunta une bretelle de sortie, puis s'engagea sur une voie rapide en direction de la capitale algérienne. Des usines s'alignaient le long de la route, côtoyées par des raffineries crachant de la fumée noire. Quelques masures en blocs de ciment se dressaient misérablement ici et là, gardées par quelques chèvres somnolentes. Le soleil tapait dur, la tôle du capot brillait sous les rayons ardents. Alors qu'ils grimpaient une colline, les eaux scintillantes de la Méditerranée se révélèrent au loin.

— Comment va monsieur Payne ? demanda Khabar.

— Occupé, dit Anémone tentant de retenir son foulard ballotté par le vent qui s'engouffrait par la fenêtre.

— Je l'ai toujours connu ainsi, répondit l'officier algérien avec le sourire. Cet homme prend les intérêts de son pays à cœur. Comme nous, à la Sécurité militaire.

---

21. Sécurité militaire algérienne.

La voiture tourna sur une route secondaire, dépassa les tourelles élégantes d'une mosquée, puis s'arrêta devant un édifice à l'aspect sinistre. Une grille en fer forgé s'ouvrit pour leur céder le passage. Leur véhicule se gara près d'un panier à salade d'où descendirent deux jeunes hommes terrorisés que des gardes poussaient rudement en direction d'une entrée située sur le côté. Khabar les ignora, se contentant de conduire son invitée jusqu'à la porte principale où Anémone dut s'identifier formellement. Puis, il l'introduisit dans un large bureau bien éclairé, dont la vue donnait sur des immeubles qui ressemblaient à de gros Legos mal ajustés.

Khabar sonna, un groom apporta le thé. Anémone sirotait le liquide brûlant, essayant de lutter contre la nausée provoquée par le décalage horaire. Le colonel, qui buvait doucement sa boisson, considéra un instant son invitée, puis ouvrit un tiroir, duquel il extirpa une mince chemise qu'il déposa sur le bureau.

— À la demande de monsieur Payne, nous avons effectué d'intenses recherches sur le passé d'Ismaël Gunaratna. Les événements remontent à de nombreuses années, et il nous a fallu quelque temps pour découvrir ce que nous cherchions. Il s'agit d'une époque troublée, beaucoup de témoins sont morts. Pour une étrangère, il est difficile de se faire une idée.

Depuis qu'Anémone enquêtait sur le terrorisme, elle commençait à peine à s'accoutumer aux horreurs des homicides de masse. Elle attendit patiemment, le cœur troublé. Khabar posa la main droite sur le dossier, réfléchit un instant, puis expliqua d'une voix sourde :

— Il faut d'abord que je vous explique le cancer de l'Algérie, qui s'appelle le terrorisme, pour que vous compreniez l'histoire de cet homme. Plusieurs groupes affrontèrent le pouvoir central dans les années quatre-vingt, d'abord pour des raisons politiques, ensuite pour des causes religieuses. Les principaux s'appelaient l'AIS[22] et le GIA. Ceux-ci attaquèrent d'abord lâchement les forces de l'ordre et les responsables politiques. Puis, dans les années quatre-vingt-dix, ils dévoilèrent leur vrai visage : ils entrèrent dans une mouvance terroriste et commencèrent à attaquer les villages, massacrant des populations entières.

— Pourquoi donc faisaient-ils cela ? Ils devaient s'aliéner les villageois.

— Ils se rendaient compte qu'ils allaient perdre leur combat, répondit Khabar d'un ton dur. Le peuple se retournait contre eux, tandis que nous les traquions jusqu'au fond des maquis. Ils se mirent alors à pratiquer une politique de terre brûlée. Leur idée était de reprendre le contrôle des villages par la terreur.

Le téléphone vibra sur le bureau du colonel. Répondant aussitôt, il écouta un moment, puis répliqua sèchement en arabe. Il déposa le combiné et avala avec précaution une gorgée de thé. Un ventilateur poussif réussissait à peine à remuer l'air ambiant ; Anémone étouffait sous son foulard. Le colonel regarda de nouveau la chemise, puis reprit d'un ton neutre, presque clinique :

— Ismaël Gunaratna appartenait au corps enseignant de Sidi-Hamed, un bourg de la Mitidja. Il enseignait à l'école primaire du village dont la majorité des habitants sympathisaient avec l'AIS. Une nuit de janvier 1998, une section du GIA a attaqué le bourg, où ils massacrèrent la majorité des habitants, bébés compris.

---

22. Armée islamique du salut.

— Combien ? articula Anémone avec peine.

— Environ cent quarante morts, dont quarante enfants. La plupart massacrés à coups de hache ou égorgés.

Anémone déglutit, sentant la tête lui tourner. L'horreur lui paraissait d'une telle ampleur qu'elle avait de la peine à imaginer la scène de cette effroyable tuerie.

— Mais je ne comprends pas. Vous avez dit qu'ils étaient tous islamistes dans ce village.

Le colonel fit la moue, puis expliqua d'un ton où perçait un certain mépris.

— Oui, mais d'un groupe rival, en guerre intestine depuis des années. L'AIS jonglait avec l'idée de déposer les armes afin de profiter de l'amnistie, offerte généreusement par notre président. Le GIA refusait absolument d'envisager l'amnistie ; ils considérèrent dès lors les membres de l'AIS comme des traîtres. Comme ce village était acquis à l'AIS, ils décidèrent de châtier ses habitants.

Le mot « amnistie » sonnait curieusement dans la bouche du colonel Khabar, comme s'il avait de la difficulté à le prononcer.

— Quelle horreur ! Mais quel rôle monsieur Gunaratna jouait-il dans l'AIS ?

— Nous ne l'avons pas découvert, peut-être n'était-il qu'un simple sympathisant. Toujours est-il qu'il s'était absenté du village lors de l'attaque. Quand il est revenu, ce fut pour enterrer sa famille.

Anémone ouvrit pensivement son sac, puis tendit la sucette enveloppée à l'officier qui se pencha au-dessus du bureau pour s'en saisir.

— Monsieur Gunaratna fut retrouvé égorgé dans son appartement de Montréal, cette sucette à la main.

Le colonel déroula la petite chaîne, fit rouler la pauvre tétine entre ses doigts ; il ne paraissait pas ému outre mesure.

— Elle ressemble à celles utilisées dans les villages. Peut-être provenait-elle de son bébé.

— S'il l'avait conservée jusqu'en Amérique, répliqua Anémone d'une voix rauque.

Anémone reprit la sucette que lui tendait le colonel, imaginant cette nuit d'horreur à Sidi-Hamed : les halètements des terroristes défonçant les portes, le désespoir des hommes, les cris des femmes, les regards des enfants. Ils burent leur thé en silence, on entendait des rires gras résonner dans le corridor. Un appel du muezzin résonna au loin.

— Selon vous, colonel, demanda enfin Anémone, faisons-nous bonne route en supposant que monsieur Gunaratna appartenait à une cellule terroriste internationale ?

Le colonel la fixa avec intensité :

— On peut supposer qu'il était un sympathisant de l'AIS.

— Pourriez-vous vous en assurer ?

— C'est difficile, répondit-il. Depuis l'alerte rouge déclenchée en Amérique, nous rouvrons toutes nos archives, interrogeons tous les acteurs que nous pouvons retracer. Vous comprenez, nous fouillons une période troublée, une vraie époque de guerre civile. Il y a eu des milliers de morts dans les villages, nombreux ne furent même pas recensés. Mais Gunaratna n'aurait pu enseigner dans un village acquis à l'AIS sans en faire partie.

— Pourquoi monsieur Gunaratna aurait-il émigré au Canada ?

— L'AIS dissoute, sa famille disparue, il aura choisi de s'exiler. Peut-être s'est-il fait embrigader à

Montréal pour y jouer le rôle de *fixer*. C'est une thèse
probable, que j'ai déjà soumise à monsieur Payne.

Le ton du colonel semblait sous-entendre la futilité du voyage. Anémone jouait délicatement avec
la pauvre tétine, imaginant la bouche vermeille qui
l'avait sucée avec avidité, rêvant au sein maternel.
Elle ne pouvait comprendre que des gens assassinent
des bébés ; pouvait-on seulement les qualifier d'humains ? Ces êtres incarnaient le mal. Ce Gunaratna,
comment pouvait-il comploter des assassinats de
masse quand sa propre famille en avait tant souffert ?

— J'aimerais visiter le village, interroger les habitants.

— Pourquoi donc ? s'étonna Khabar.

— Je veux comprendre.

Le village de Sidi-Hamed apparut dans la plaine,
adossé au contrefort des hautes montagnes qui se
dressaient à l'horizon. Hassan, le chauffeur personnel du colonel, conduisait la voiture blanche à
toute allure sur la route poussiéreuse. Un garde du
corps se tenait à ses côtés, mitraillette sur les genoux.
Des chèvres impertinentes se promenaient en toute
liberté au milieu des bleds qu'ils traversaient. Sur la
route, ils croisaient des convois militaires, des camions de fruits, des troupeaux de moutons.

Une lignée de maisons blanches coupait la plaine
envahie d'arbres fruitiers. Des enfants cueillaient
des citrons entre les branches, des ânes tiraient de
lourdes charrettes ; l'endroit paraissait bucolique à
souhait. Ils franchirent un amas de masures crasseuses,
longèrent des habitations en ciment, puis arrivèrent à
la place centrale du village entourée de demeures plus
coquettes.

La voiture se gara devant une grande arche qui servait d'entrée à une école primaire, gardée par un policier en armes. Des hommes déchargeaient des caisses d'un vieux camion, quelques femmes en burka se hâtaient au milieu d'une rue. Une étrange oppression régnait dans le village.

Anémone serra son foulard d'un geste nerveux, comme si celui-ci pouvait la protéger des vérités terribles qui l'assailliraient bientôt. Les policiers s'identifièrent au vigile, puis parcoururent un couloir aux murs tapissés de dessins d'enfants. Ils représentaient l'horreur vermeille des flaques de sang. Les traits maladroits révélaient des corps enchevêtrés, des membres coupés, des visages hurlants. Une sinistre collection d'œuvres se déroulait devant ses yeux à mesure de la progression du groupe.

Hassan cogna à une porte endommagée, tandis que le garde du corps se positionnait contre le mur. Une voix vive leur enjoignit d'ouvrir. Anémone inhala profondément, poussa le battant, Hassan sur les talons. Une minuscule femme à l'air énergique l'accueillit d'un sourire :

— Détective Laurent ? Je suis Lahla Salhi, directrice de cette école. Bienvenue à Sidi-Hamed.

Un foulard noir encadrait son visage, une ample robe grise recouvrait ses vêtements comme une lourde cape. Elle offrit un siège à ses visiteurs, mais Hassan demeura debout. La directrice prit place derrière un vieux pupitre encombré de dossiers. Des photos d'enfants s'alignaient sur un mur latéral, sous lequel s'épanouissait un bouquet de fleurs.

— Merci de votre accueil, madame Salhi.

Anémone ne pouvait détacher son regard des visages souriants qui ornaient le mur, s'interrogeant sur leur destin. Elle considéra un instant son interlocutrice.

— Comme vous le savez sans doute, j'enquête sur la mort de monsieur Ismaël Gunaratna, survenue à Montréal.

— J'ai reçu la nouvelle comme un choc, répondit la directrice d'une voix morose. Il est mort d'une façon assez horrible, je crois.

— Il a été égorgé dans son appartement.

La directrice se mordilla les lèvres, puis répondit d'un ton pesant :

— Cela semble être le destin de beaucoup de gens nés à Sidi-Hamed.

— C'est ce que l'on m'a raconté, répliqua Anémone d'une voix rauque. Est-ce que ces enfants… auraient subi le même sort ?

La directrice laissa errer ses yeux sur les dizaines de frimousses exposées sur le mur, puis reprit d'une voix lasse :

— On vous a déjà narré le martyre de Sidi-Hamed ?

Anémone examina le chauffeur à la dérobée, puis répondit :

— J'en ai entendu une version.

Lahla Salhi sourit tristement :

— Que voulez-vous donc savoir ?

— La vie d'Ismaël Gunaratna, le destin de ce village. Les deux sont liés.

La directrice croisa les mains sur son bureau, parut réfléchir quelques secondes, puis entreprit d'expliquer d'une voix posée, tout en essayant de maîtriser ses émotions :

— Durant la soirée du 11 janvier 1998, les terroristes du GIA ont attaqué ce village. Ils ont tué les vieillards, les adultes, les enfants. Beaucoup furent éventrés, d'autres brûlés vifs, on acheva des blessés à coups de pelle. Quarante-six enfants furent massacrés ; les vingt-six qui fréquentaient notre école sont affichés ici, dans mon bureau.

La directrice lutta un instant pour garder sa contenance.

— Cela fait des années, mais l'horreur demeure. Je travaillais comme institutrice à cette époque, en compagnie d'Ismaël Gunaratna. Notre directeur a été égorgé dans sa chambre, ainsi que sa femme. Pour ma part, j'étais allée coucher dans ma famille à Alger, afin de prendre soin de ma mère malade.

— Avez-vous perdu vos proches ? demanda Anémone, horrifiée.

— Une de mes vielles tantes vivait au village. On l'a laissée vivre, je ne sais trop pourquoi. Mais elle est morte peu après, à moitié folle.

— Et monsieur Gunaratna ?

— Il était en voyage. Quand il est revenu, ce fut pour retrouver sa femme, ses quatre enfants, son père, tous égorgés sur le plancher de leur maison.

Anémone imagina la scène, sentant sa gorge s'assécher. Elle fouilla dans son sac, puis tendit la sucette :

— Il gardait ceci dans sa main quand nous l'avons retrouvé.

La directrice s'empara du pauvre objet à la couleur fanée, le fit lentement tournoyer entre ses doigts. Un rayon de soleil scintilla faiblement dans la chaînette enfilée dans l'anneau de caoutchouc. Lahla Salhi se leva, s'approcha des photos, posa un doigt sur deux fillettes souriantes, la tête sagement recouverte d'un voile :

— Les deux filles d'Ismaël qui fréquentaient notre école.

Anémone se leva pour observer les clichés des jeunes filles. Elle extirpa la carte d'immigration cana-

dienne de Gunaratna de son sac. En regardant le père,
elle reconnut les mêmes traits délicats.

— Comment a-t-il réagi ?

Un cellulaire sonna. Hassan prit brusquement
l'appel. Il parla vivement en arabe, coupa la communication, puis quitta la pièce, prétextant une conversation confidentielle. La directrice parut soulagée par
sa sortie. Elle se tourna vers Anémone, l'examina un
instant :

— Vous êtes venue du Canada pour résoudre la
mort d'Ismaël ?

— En effet, répondit sobrement Anémone.

— Les policiers de votre pays sont différents des
nôtres ; vous avez parcouru la moitié du globe pour
obtenir la vérité !

Anémone passa le code rouge sous silence, sans
lequel on n'aurait jamais autorisé ce voyage.

— Lors de cette nuit terrible, reprit amèrement
Lahla Salhi, beaucoup de gens ont contacté la gendar-
merie ; personne n'est venu. Quand ils sont finalement
arrivés deux jours plus tard, des corbeaux dévoraient
des cadavres dans les rues.

Anémone se rappela les yeux intenses du colonel
Khabar, ses gestes d'une brusquerie contrôlée, les
suspects poussés sans ménagement vers le bâtiment
de la Sécurité militaire. Elle observa ensuite la femme
qui lui faisait face, les traits creusés par les épreuves,
le regard sombre.

— On m'a dit que Sidi-Hamed était acquis à l'AIS,
répliqua doucement Anémone. Que le GIA aurait
voulu se venger à cause de pourparlers entamés dans
le but d'obtenir une amnistie.

Le regard de la directrice erra un instant sur les
visages alignés sur le mur, l'épais foulard ondoyant
sur sa tête comme un lourd nuage noir.

— On pourrait considérer certains habitants de ce village comme des fondamentalistes, mais pas des terroristes. Quand la Sécurité militaire affirme que ce village était acquis à l'AIS, c'est un aveu de leur incapacité à nous protéger de leurs exactions. Les moudjahidin descendaient du maquis la nuit tombée, et gare à celui qui aurait osé leur résister. On l'aurait tué, ou pire, on aurait kidnappé sa fille pour en faire une esclave sexuelle dans le maquis. Les militaires n'osaient pas venir à notre secours quand nous les appelions. Lors de cette nuit terrible, ils n'ont pas montré plus de courage.

— Mais pourquoi le GIA a-t-il perpétré ce massacre ?

— L'AIS et le GIA possédaient leurs territoires d'influence. Notre village était sous la coupe de l'AIS. Les deux groupes combattaient souvent entre eux. De plus, le GIA s'enfonçait dans une tactique de terre brûlée, de terrorisme tous azimuts. Puis, l'AIS a compris que cela ne pouvait continuer, ils ont décidé d'accepter l'amnistie offerte par le gouvernement. Le GIA les a alors considérés comme des traîtres ; ils se sont mis en devoir de massacrer les villages de la vallée de la Mitidja sous le contrôle de l'AIS. Sidi-Hamed, Bentalha, El Kalaa, Ouled Daoussa, Karnacheni, Maarmria : ce sont les villages martyrs de la Mitidja.

— Et Ismaël Gunaratna ?

— Ismaël pratiquait assidûment sa religion, mais n'aurait jamais osé l'imposer à autrui. Ce qu'il désirait, c'était éduquer ses élèves le mieux possible.

— Cette sucette appartenait donc à son bébé ?

Lahla Salhi joua pensivement avec la tétine qu'elle gardait entre les doigts :

— Ismaël aimait beaucoup les enfants, il rêvait d'avoir une grande famille. Cette sucette appartenait à son petit dernier, un garçon, je crois.

Elle soupira en observant les enfants disparus.

— Après avoir découvert sa famille, il est devenu fou de désespoir. Il s'est enfoncé dans le maquis avec d'autres pères pour poursuivre les assassins. Nous ne l'avons revu que deux années plus tard. Amaigri, il avait le regard vide, et il portait cette terrible sucette comme collier.

— Il aurait émigré peu après ?

— Après son retour, il a préféré partir, s'éloigner de ce lieu désormais maudit pour lui.

— Et les enfants du village ?

Lahla Salhi abandonna son air abattu, son regard brillant cette fois d'une grande fierté :

— Nous avons recommencé les classes dix jours après cette nuit de cauchemar. Nous avons pu soutenir les élèves traumatisés, les aider à verbaliser leurs émotions face à ces terribles événements. La majorité d'entre eux avaient assisté à l'assassinat de leur famille, certains portaient d'horribles cicatrices, d'autres demeurèrent prostrés des mois durant. Les dessins exposés dans le corridor proviennent de ces petits survivants. Malgré les menaces des terroristes à leur encontre, les enseignants n'ont pas quitté leur poste. Cette rentrée scolaire, ce fut notre victoire, notre revanche sur le malheur.

Les dessins d'enfants escortaient Anémone dans le corridor, voyage crayonné au milieu de l'inconcevable. Dans une profusion de rouge, des géants barbus égorgeaient de petites silhouettes tordues de douleur, coupaient des têtes, mitraillaient des familles. Des bulles commentaient les images : *Ma mère*, *Mon*

frère, Ma famille. On apercevait des poignards recourbés, rappelant celui d'Oman le concierge, des
haches, des kalachnikovs. Une scène de village par-
semée de corps démembrés, survolée d'une nuée de
corbeaux, était dédiée *Aux martyrs de la Mitidja.*
Mais ici et là apparaissaient les couleurs du ciel, un
rayon de soleil, parfois l'éclat d'un sourire. Le travail
des courageux enseignants de Sidi-Hamed produisait
un lent apaisement, pour un difficile retour à la vie.

— Voudriez-vous visiter notre salle de réadap-
tation ? demanda Lahla Salhi en pointant une porte
entrouverte sur laquelle était suspendu un ours en
peluche. Elle est le fruit de nombreux dons en provenance du Canada.

Anémone accepta avec empressement, désireuse
de voir comment on aidait ces enfants à reconstruire
leur vie. Les deux femmes entrèrent dans une pièce
baignée d'une vive lumière déversée par de larges
fenêtres. Ici, il y avait un atelier de dessin ou de pâte
à modeler. Là, un espace voué aux peluches.

— L'ours en peluche est le symbole de notre travail,
expliqua la directrice. Il arrive souvent qu'un enfant
dispose divers personnages autour d'un ours étendu,
une façon de mettre en scène le deuil du père assassiné.

Des magnétophones étaient posés sur une table de
travail. Anémone imagina la détresse qui devait se
déverser sur ses bandes.

— La meilleure thérapie reste toujours de relater
les événements, reprit Lahla Salhi. Cela concourt à
signifier le deuil. Celui-ci terminé, l'enfant est prêt à
reprendre le cours de sa vie.

Un coin photo montrait des frimousses souriantes
sur la plage.

— Nous envoyons les enfants en France ou en Belgique pour des camps de vacances. Ils sont quelquefois accompagnés de leurs grands-parents. Cela apporte une ambiance extraordinaire et permet d'échapper à l'oppression que génère parfois le quotidien à Sidi-Hamed.

Anémone s'approcha d'une plaque collée au mur sur laquelle une liste de noms était inscrite en langues arabe et française :

— Ce sont les donateurs ?

— Oui, beaucoup sont des expatriés au Canada. Ismaël Gunaratna était le plus généreux d'entre eux. Il subventionnait du matériel scolaire ou l'envoi d'enfants à des camps.

Anémone parcourut la liste des noms et y découvrit avec surprise celui de Zaouïa Sabir Ullamah.

— Vous connaissez madame Ullamah ?

Lahla Salhi répondit par un petit rictus d'ignorance :

— Pas vraiment. C'était une amie d'Ismaël, je crois. Elle envoie toujours un généreux don à l'Aïd, la fête qui marque la fin du ramadan[23], la journée où le massacre de nos enfants fut perpétré.

Anémone se rappela que Zaouïa Sabir Ullamah avait affirmé ne pas connaître son voisin de palier. La coïncidence ne pouvait être fortuite. Elle devait avoir reçu des confidences de Gunaratna.

— Madame Laurent ? Madame Laurent ?

Hassan, le chauffeur, entra précipitamment dans la pièce :

— Nous devons partir, un faux barrage policier érigé par des terroristes a été signalé à deux kilomètres !

---

23. Neuvième mois du calendrier islamique, pendant lequel les musulmans doivent s'astreindre à certaines privations (nourriture, boisson, tabac, relations sexuelles) entre le lever et le coucher du soleil.

— J'aimerais interroger d'autres témoins, répliqua Anémone, peut-être des gens de la famille.

— C'est trop dangereux. Le colonel est responsable de votre sécurité, il exige que nous retournions à Alger.

— Il a raison, convint la directrice. Ces terroristes pourraient investir le village. Ils s'attaqueraient en priorité à une étrangère.

Anémone se demanda comment ces gens pouvaient survivre à une telle atmosphère empoisonnée, sous la menace constante d'être attaqués, de voir leurs enfants massacrés. Elle remercia la directrice avec effusion, puis suivit le chauffeur en direction de la sortie. Un soleil éclatant l'accueillit dans la cour. Des enfants jouaient tout près, profitant de la récréation. Malgré l'horreur et la menace, la joie reprenait ses droits à Sidi-Hamed.

Alors qu'elle prenait place à l'arrière de la voiture, son reflet brilla dans la vitre. Cela lui procura une drôle de sensation : elle ne s'habituerait jamais au foulard.

CHAPITRE 26

Retour à Nangarthar

Une heure avant l'aube, alors que la nuit frémissait sous les vents du large, son tapis de prière enroulé comme seul bagage, Nabil sortit dans la cour. Les lourds soupirs avaient fait place aux ronflements sonores des clients repus de luxure. Il passa le mur entourant l'hôtel et atterrit sur un monticule de détritus dans lesquels des chiens décharnés fouinaient à la recherche de déchets à dévorer.

Quelques lampadaires peignaient les rues défoncées de cercles jaunâtres. Des mendiants dormaient ici et là sous des bâches de plastique. Nabil déboucha sur les quais qui grouillaient déjà d'animation. Les lampes accrochées aux mâts des chalutiers éclairaient les matelots affairés à charger vivres et filets. Des capitaines irascibles criaient leurs ordres afin d'appareiller les premiers. Les chalutiers faisaient la course tous les matins pour atteindre les bancs de poissons.

Un boutre bleu aux flancs écaillés s'enfonçait dans les eaux sous le poids des ballots que transbordaient des manœuvres épuisés. Un homme corpulent surveillait étroitement les opérations, notant scrupuleusement les entrées de stocks dans un cahier noir. Un ouvrier assez âgé reprenait son souffle près d'un paquet. Il répondit d'une voix geignarde au capitaine qui le réprimandait :

— Laisse-moi quelques minutes, par Dieu. Mes os vont craquer.

— Tes os sont de pierre, Rami, mais ta paresse est de fer !

L'air écœuré, le capitaine emprunta la passerelle afin de surveiller l'arrimage des lourds ballots sur le pont. Nabil interrogea le travailleur qui s'était exprimé avec l'accent rocailleux d'un Waziri.

— Que fais-tu ici, mon frère ?

— Je tente de nourrir ma famille.

— Tu n'étais pas bien dans nos montagnes ?

L'homme contempla de ses yeux usés les faibles lueurs de l'aube traverser l'horizon, puis répondit tristement :

— Je ne puis y retourner, mon frère.

Nabil se sentit rempli d'empathie pour cet homme affligé : pour quelle Aicha soupirait son cœur ? Fuyait-il lui aussi un sombre Badal ?

— Je suis aussi en fuite. Est-ce qu'on peut faire confiance à ce capitaine ?

— Sa voix est forte, son cœur aussi. C'est un homme droit et pieux.

— Connais-tu la destination de son bateau ?

— Pasni[24].

— Sais-tu s'il accepte des voyageurs ?

— Demande-le-lui, mon frère.

L'homme chargea l'énorme colis sur ses épaules, puis emprunta la passerelle branlante d'un pas lent et régulier. Nabil le suivit, se frayant un chemin entre les caisses jusqu'au capitaine qui criait son exaspération devant la lenteur du chargement. Nabil finit enfin par se faire entendre de l'officier bouillant de colère.

---

24. Ville portuaire pakistanaise.

— Oui, oui, je vais à Pasni ! Si ces abrutis me laissent appareiller !

— Tu prends des passagers ?

L'homme délaissa son cahier noir pour examiner le jeune homme avec circonspection.

— Tu n'as pas de bagages ?

— On me les a volés. Je retourne chez moi.

— Tes voleurs sont des gens pieux, puisqu'ils t'ont laissé ton tapis !

— Je conservais mon argent sur moi. Je me le suis procuré à Karachi.

Le capitaine le considéra d'un regard approbateur :

— C'est le meilleur des bagages. Pour toi et ton tapis, ce sera 1000 roupies !

Nabil se tenait au bastingage du boutre qui tanguait doucement sur une mer tranquille. Le moteur hoquetait dans la cale comme le cœur d'un géant malade. Les matelots assuraient les cordages autour des balles en chantant des hymnes pieux. Une atmosphère bonhomme régnait à bord. Nabil dînait avec les marins et couchait sur le pont enroulé dans une couverture fournie par le capitaine. Il priait à l'aube en compagnie de ces hommes de mer à la foi simple. Les deux chiites du bord faisaient bon ménage avec les sunnites.

Des navires de pêche les croisaient en les hélant au passage. Nabil répliquait à l'aide de grands signes. L'air marin lui ouvrait les poumons et le rassérénait. Sa peur se dissolvait peu à peu dans les embruns. Il imaginait parfois l'ombre de Safiya l'accompagnant sur le pont. Le courage et la bonne humeur de son cousin lui manquaient, mais l'exemple de son martyre raffermissait son cœur. Il débarquerait bientôt à Pasni d'où il remonterait vers les provinces du nord. De là, il pourrait reprendre sa lutte.

Un grondement sourd lui fit lever la tête : un avion à hélices tournait au-dessus d'eux comme un oiseau bruyant.

— C'est un Orion américain, dit le capitaine en s'approchant.

— Que fait-il ?

— Il surveille la zone à la recherche de terroristes en fuite. Au moindre soupçon, ils envoient un Zodiac rempli de soldats qui fouillent le navire.

— Cela t'est déjà arrivé ?

Le capitaine se fendit d'un large sourire :

— Par le Dieu Tout-Puissant, cela ne leur donnerait pas grand-chose !

Il reprit d'un ton sérieux :

— Certains se sont fait prendre. Ils transportaient des armes ou de la drogue. D'autres, des passagers terroristes. Au fait, tu ne m'as pas montré tes papiers.

Puis, comme s'il faisait une bonne blague :

— Je ne voudrais pas me faire poser des questions embêtantes à ton sujet par des soldats surgissant d'un bateau.

Nabil sourit sans se compromettre. La personnalité du capitaine lui paraissait dure à cerner. Il se mêlait peu à son équipage ; il tenait le cap et gardait toujours l'œil ouvert. Il ne lui avait pratiquement pas adressé la parole durant le voyage. Nabil extirpa ses documents pakistanais. Il conservait son passeport canadien et son argent dans une pochette sous son pantalon. Le capitaine les examina soigneusement, puis les lui remit.

— Mes matelots m'avaient déjà annoncé que tu es un Waziri. Que tu es très religieux, aussi. Que fais-tu loin de tes montagnes ?

— J'essaie de gagner un peu d'argent avant d'y retourner.

— Qu'est-ce qui t'a poussé à choisir mon bateau ?

— J'ai interrogé un manœuvre waziri à Karachi. Il m'a conseillé ton navire. Il faut être prudent quand on voyage. Je ne veux pas me faire voler une deuxième fois.

Le capitaine hocha sa lourde tête en signe d'approbation :

— Il faut toujours être prudent. Les bons musulmans se font rares de nos jours.

Nabil examina l'avion qui semblait pourchasser une lourde masse de nuages. Il s'enquit d'un ton neutre :

— Tu accepterais de faire fouiller ton navire par des infidèles ?

Le capitaine s'esclaffa de nouveau :

— Ces infidèles, comme tu les appelles, ne sont pas de bons musulmans. Mais ils sont trop bien armés pour qu'on proteste !

Puis il plongea son regard dans celui de Nabil.

— Je n'aime pas les Américains, mais je déteste les terroristes. Je n'en voudrais pas à mon bord.

Nabil s'enquit sobrement :

— Et pourquoi donc ?

— Ces gens dénaturent l'islam. Plutôt que le djihad, ils pratiquent le sacrilège. Il existera toujours un infidèle ou un musulman qu'ils qualifieront d'hérétique et qu'ils assassineront au nom d'Allah. Ces meurtres ne finiront jamais. La parole du Prophète ne leur sert que d'exutoire à leur haine.

— Tu exagères, répliqua Nabil plus sèchement qu'il n'aurait voulu. Il y a des saints qui conduisent cette bataille.

Le capitaine le toisa, puis reprit :

— Des saints ? Au nom de quoi peux-tu les qualifier ainsi ? Des hommes habités d'un incommensurable orgueil, veux-tu dire. Les véritables saints brillent par leur humilité. Aucun d'eux n'aurait songé à s'accaparer la parole du Très Grand, comme certains le font afin d'envoyer de jeunes gens à la mort.

Nabil sentit la colère monter en lui ; ce capitaine scélérat récusait le combat de saints comme l'Élu de la Montagne ! Il se reprit et réussit à répliquer d'un ton pondéré :

— Je ne suis pas un moudjahid, mais je les respecte. Les Américains attaquent nos frères en Palestine, en Irak, en Afghanistan. Ils pervertissent nos frères et nos sœurs avec leur propagande athée. Le combat est juste !

— Le Prophète se redressait à l'approche des chrétiens et des juifs pour les saluer. On doit prêcher par l'exemple, non par le poignard. Ces gens cherchent la guerre, ils croient que tuer leur prochain conduira à leur salut. Quelle folie !

— Ces infidèles polluent jusqu'à l'âme de la Terre. Nous devons arrêter le sacrilège qu'ils commettent sur la création divine.

Nabil avait utilisé presque textuellement les thèses de l'imam Ajama. Tout lui paraissait si clair et limpide. Il ne comprenait pas l'ignorance de son interlocuteur. Pourquoi ne percevait-il pas l'extrême danger que représentait la croisade des infidèles envers les pratiquants de la vraie foi ?

Le capitaine le considérait d'un air songeur.

— Mes matelots avaient raison : tu es un intégriste. En fait, tu tiens le même discours que mon fils qui s'est fait embrigader dans une mosquée wahhabite[25].

Il sembla s'abîmer dans de douloureux souvenirs, puis reprit tristement :

— Comme lui, tu crois que le Malin réside chez les autres. Un peu d'expérience te montrera qu'il habite

---

25. Pratique musulmane intégriste d'Arabie saoudite.

plutôt le cœur des arrogants. Dieu ne te demande pas de convertir les infidèles, mais de cultiver ta propre fidélité.

— Tu crois donc ces Américains des gens humbles ! s'exclama Nabil, incapable cette fois de contenir sa colère. Ils tuent des musulmans, corrompent les femmes, pervertissent la sexualité. Ils nous traitent d'ignorants, parce que nous suivons la voie du Prophète. Ils veulent nous forcer à leur pseudo-démocratie qui n'est qu'une licence à la débauche…

— Laisse Dieu juger de la débauche des autres. La luxure est certes une faute, mais tuer son prochain est bien pire. Bien sûr, il est beaucoup plus facile de tuer un infidèle que son propre orgueil…

— Mourir en martyr est l'humilité suprême…

Nabil serra les lèvres afin de clore cette discussion qui prenait un tour dangereux. Il avait déjà suffisamment dévoilé son allégeance. Le capitaine l'observait avec circonspection. Mais comme son vis-à-vis semblait décidé à se taire, il reprit d'une voix douce :

— Ne crois pas que la voie qui mène au salut soit si simple qu'il suffise de mourir pour y parvenir.

Le capitaine montra les rives escarpées entourant Pasni se profilant à l'horizon, puis fixa de nouveau Nabil :

— Nous arriverons bientôt à destination. Ne crains rien pour ton débarquement. Je n'avertirai pas la police portuaire à ton sujet. Tu me sembles aussi égaré que mon fils.

Il soupira, puis conclut gravement :

— Prends garde au seuil de ta mort, Nabil le Waziri : l'Ange qui viendra te quérir ne sera peut-être pas celui que tu souhaites si ardemment.

La camionnette filait au milieu de paysages escarpés qui les entouraient comme d'énormes châteaux forts rocailleux. Les passagers entassés dans le grand coffre découvert du pick-up se rendaient à la clinique de la Fondation pour la charité des croyants, dirigée par le Dr Ullamah. Une fillette jouait avec une poupée de plastique tandis qu'un garçonnet mitraillait les dunes avec une kalachnikov imaginaire. Les femmes portaient de lourdes burkas noires. Les hommes, barbus, arborant turbans et pantalons bouffants, voyageaient armés.

Quant à Nabil, le visage dissimulé derrière un foulard de désert, il ne transportait qu'un léger sac et son tapis.

Le débarquement à Pasni s'était déroulé sans histoire. Le capitaine l'avait ignoré dès l'accostage, et la police du port ne l'avait pas inquiété. Il s'était procuré quelques articles nécessaires dans la ville, puis avait embarqué à bord d'un des nombreux autobus surchargés afin de remonter vers le Waziristân Sud. Il voyageait dans un autobus de classe économique, négligeant ceux réservés aux touristes.

Rendu à la ville poussiéreuse de Wara, il s'était joint à un taxi communautaire en route pour Nangarthar. Le siège passager était occupé par une femme enceinte. Par chance, il restait une place à l'arrière. Le prix de la course était raisonnable, mais, surtout, il appréciait la sûreté d'un voyage au milieu de ces gens.

Les barrages militaires rencontrés ne l'avaient pas alarmé. Les contrôles étaient d'ailleurs plus rares depuis qu'ils avaient pénétré dans le Waziristân Sud. Les guerriers waziris n'obéissaient qu'au pachtounwali, le strict code d'honneur pachtoune. Les hommes ne se déplaçaient presque jamais sans armes, toujours prêts à défendre farouchement leur indépendance. Les quelques postes tenus par des militaires pakistanais faisaient très attention à ne pas s'attirer leur hostilité.

Le danger ne provenait donc plus des services de sécurité pakistanais, mais plutôt du Badal. Pour cette raison, Nabil dissimulait en permanence son visage derrière son foulard de sable. Ses prières constantes servaient aussi à l'isoler de ses compagnons : les farouches pachtounes honoraient la piété.

Leur course soulevait une nuée de sable qui s'amoncelait sur les vêtements des passagers. Une femme s'essuyait discrètement le visage sous le voile à moitié relevé de sa burka. L'écharpe saturée de poussière de Nabil le laissait respirer avec peine. En raison des cahots de la piste, il perdait parfois sa position sur son rosaire. Dévotement, il reculait alors de quelques billes avant de reprendre ses oraisons, attentif à ne pas omettre une prière.

Sa pratique spirituelle, alliée à la vue des cimes majestueuses, calmait son angoisse. Nabil se retrouvait chez lui, au milieu de sa tribu. Le déracinement qu'il avait ressenti toute sa vie dans les rues de Montréal disparaissait dès qu'il mettait les pieds dans ce pays. La peur qui l'avait saisi à Karachi s'était maintenant métamorphosée en assurance : entouré de ses frères, il ne craignait plus rien.

Une mansarde de briques de boue séchée apparut à un tournant de la piste. La camionnette ralentit, puis se gara au milieu d'une large cour déjà occupée par quelques véhicules. Des chèvres faméliques broutaient consciencieusement des brindilles sèches qu'elles arrachaient à des arbustes rétifs. Le vent des montagnes faisait rouler des canettes de Mecca-Cola[26] au milieu de pierres rondes disséminées sur le sol crevassé.

---

26. Breuvage prôné par les musulmans désirant boycotter celui de l'Oncle Sam.

Les voyageurs s'extirpèrent avec peine du coffre découvert. Le mari prévenant vint aider sa femme enceinte à descendre du siège passager. Les femmes en burka ajustèrent leurs voiles, s'assurant ainsi de leur dignité, puis suivirent les hommes dans une immense salle pleine de tables abîmées. Des poèmes d'écoliers vantant le djihad ornaient les murs. Nabil en étudia quelques-uns ; il distingua un vers pachtoune que Safiya récitait constamment :

« Dans les nids d'aigles, nos mères nous ont allaités. »

Un grand réfrigérateur non branché trônait contre un mur, ses portes vitrées révélant des rangées de Mecca-Cola. Un tenancier jovial leur servit des verres de thé bouillant. Les femmes et les enfants se dirigèrent vers la pièce attenante qui leur était réservée, tandis que les hommes prirent place sur des bancs de bois. Nabil défit le nœud de son foulard tout en prenant soin de camoufler la moitié de son visage. Il sirota doucement son thé, tandis que le chauffeur s'informait de l'état des pistes auprès de ses confrères.

— La route est sûre, répondit l'un d'eux qui s'abreuvait à une canette de Mecca-Cola, mais l'armée a installé un poste de contrôle sur la piste principale.

Un voyageur porteur d'un turban noir et qui tenait ostensiblement une kalachnikov entre ses genoux fit une mine de dégoût.

— Ces chiens de fédéraux recherchent nos frères moudjahidin pour les vendre aux Américains ! Certains osent même fouiller nos maisons. Une patrouille a essayé de perquisitionner la maison de mon oncle. Tout le village s'est rassemblé et les a encerclés. Ils se sont enfuis piteusement.

— Nous prendrons alors une piste secondaire, dit le chauffeur. Je refuse que leurs mains sales touchent à ma camionnette. Nous irons vite. Un dernier sprint, et nous sommes rendus.

Nabil se demandait comment le chauffeur pouvait s'imaginer aller plus vite, alors qu'il filait à toute vitesse depuis leur départ.

L'homme au turban noir interpella Nabil :

— Tu possèdes un beau poignard. D'où vient-il ?

— Je l'ai acheté à Islamabad, répondit Nabil avec un serrement de cœur.

Il s'en voulut de ne pas l'avoir suffisamment dissimulé. Sa position assise entrebâillait sa tunique ; le riche manche cerclé d'or du poignard d'apparat de Safiya avait brillé dans le soleil déversé par le carré d'une fenêtre.

— Je peux le voir ?

— C'est pour offrir. Il doit demeurer caché entretemps.

L'homme le dévisagea quelques instants, avala une courte gorgée, puis reprit :

— C'est un présent de prix. L'ami à qui il est destiné a de la chance.

— Il le mérite, répondit sentencieusement Nabil.

— J'aimerais quand même le voir, insista l'homme qui se releva à moitié.

Le chauffeur leva légèrement le ton.

— Ce passager est sous ma protection. Ne l'embête pas, je te prie.

Soudain, l'atmosphère se tendit dans la salle.

— Pourquoi ton passager n'enlèverait-il pas son foulard ? reprit l'homme au turban. Nous comprendrions mieux ses explications au sujet de son poignard.

— Je n'ai rien à expliquer, répondit Nabil d'une voix neutre.

— Tu as peur…

— Assez ! coupa le chauffeur d'une voix irritée.

Au Waziristân, on ne jouait pas avec l'honneur d'un guide. Celui-ci passait un pacte tacite avec ses passagers. Il les conduisait au milieu des tempêtes de sable, des aléas des barrages militaires, des rencontres de brigands. Il négociait les conflits entre passagers, servait d'intermédiaire au milieu des vendettas. Les guides formaient une confrérie qui transcendait même les intérêts claniques. Leur négoce descendait en droite ligne des caravaniers.

L'homme au turban répliqua d'un rictus, s'alluma une pipe de kif, puis s'entoura d'un nuage de fumée en dévisageant Nabil d'un air narquois. Nabil sentait la colère lui tenailler le ventre. Cet homme l'avait peut-être reconnu, mais, vraisemblablement, désirait plutôt s'emparer du poignard. Nabil ne désirait qu'une chose : lui couper la gorge. Toutefois, l'homme espérait sûrement une attaque qui lui aurait permis de s'emparer de l'objet de sa convoitise. Ses amis, tous armés, l'entouraient.

Nabil prit comme excuse d'aller se soulager aux toilettes afin d'échapper à l'esclandre. Il regarda son visage dans un miroir fendillé. Il paraissait pâle et anxieux. Peut-être cet air défait avait-il encouragé l'homme au turban à le défier. Il espérait ne pas avoir été reconnu. Ils approchaient de Nangarthar où la vendetta faisait rage. Il replaça son foulard, puis alla reprendre place dans le coffre de la camionnette. L'homme au turban demeura dans la salle, ne semblant pas s'intéresser à lui outre mesure.

Les passagers le rejoignirent bientôt. Le mari prévenant aida sa femme à boucler sa ceinture à l'avant. Les enfants bondirent joyeusement à ses côtés dans le coffre. Certaines femmes le dévisagèrent avec curiosité derrière leur voile. Les hommes l'ignorèrent. À la surprise de Nabil, le chauffeur réussit à aller plus vite, secouant les voyageurs en tous sens. Nabil eut une pensée pour la femme enceinte assise à l'avant. Ils empruntèrent une piste secondaire qui leur épargna les barrages militaires des soldats fédéraux. Après quelques heures, le dôme de terre cuite de la clinique du Dr Ullamah apparut, auréolé de massifs enneigés.

Nabil soupira en songeant à sa prochaine rencontre avec Aicha. Comment le recevrait-elle ? Il l'imagina éplorée, portant le deuil de son frère Safiya. Nabil ferait de son mieux pour la consoler. Un gerfaut tournoyait au-dessus du village en longs cercles menaçants. Tout en s'agrippant d'une main à la rambarde du coffre, Nabil posa une paume au-dessus des yeux afin de mieux discerner le vol du rapace. Un éclair blanc : l'oiseau plongea vers sa proie.

CHAPITRE 27

Bunker

Des rafales mouillées fouettaient l'imperméable de Lucien qui avançait avec peine au milieu des feuilles tourbillonnantes. La Players allumée à ses lèvres rougeoyait sous la bourrasque, tandis que son visage ruisselait sous la pluie glacée. Il se mit à l'abri sous le porche d'un immeuble de la rue Somerled, examina l'adresse derrière lui, puis consulta son calepin. Son écriture fine se dissolvait rapidement sous les gouttes charriées par le vent, mais il découvrit qu'il arrivait bientôt à la fin du quadrilatère qui lui était dévolu.

Lucien se sentait glacé jusqu'aux os, son corps criait pour un café bouillant. Il arpentait le quartier depuis des jours afin d'interviewer le plus de gens possible. Tous les policiers de l'escouade cherchaient frénétiquement le lieu d'où on aurait pu déclencher l'explosion qui avait rasé le refuge des terroristes. Selon les études topographiques exécutées par le SCRS, il devait être possible d'espionner la maison détruite depuis les derniers appartements de la face nord de cet immeuble.

Bernard fourra le calepin dans sa poche, puis s'engouffra dans le vestibule. Il repéra douze logements localisés aux étages supérieurs. Il entreprit de contacter chacun d'eux par l'interphone. De lourds silences, suivis d'excuses mal formulées, répondaient à ses requêtes d'information. Il se rabattit finalement sur sa technique habituelle : il somma l'un des occupants d'ouvrir, sous la menace d'un mandat de perquisition fictif. Une sonnerie stridente lui permit enfin de pénétrer dans la bâtisse. Il prit l'ascenseur jusqu'au septième.

Il sonna à un premier logement et fut reçu par une femme obèse en pyjama. Lucien présenta son badge :

— Désolé de vous déranger, madame, nous sommes à la recherche d'un homme d'origine moyen-orientale portant une barbe rousse, teinte au henné.

— Moyen-oriental ?

Lucien pesta intérieurement contre le glossaire censé épargner la susceptibilité des personnes immigrées.

— Un Pakistanais, la barbe teinte en roux.

— Une barbe teinte ? reprit la dame, fort perplexe.

— Semble-t-il, répondit Bernard. Il s'agirait d'un dangereux terroriste.

La dame montra cette fois un air apeuré :

— Ceux qui ont fait sauter la maison près d'ici ?

— C'est fort possible.

La locataire considéra Bernard avec stupéfaction, comme si elle ne pouvait concevoir qu'un type aussi maigrelet puisse la protéger d'un tel danger. Puis elle parut produire un réel effort pour se souvenir :

— Non, vraiment, cela ne me dit rien.

Lucien grogna un vague remerciement, puis entreprit de cogner à toutes les portes des trois derniers étages. À chaque individu qui refusait d'ouvrir, il menaçait de rappliquer avec un mandat de perquisition. On lui répondait d'abord avec réticence, puis les langues se déliaient quand il expliquait être à la recherche de terroristes. On comméra sur certains locataires fort bruyants du deuxième, on dénonça certains agissements iniques du concierge, puis on rapporta que le 907 semblait inoccupé depuis fort longtemps.

Lucien se rendit au logement indiqué où il cogna plusieurs fois contre la porte. Il observa les alentours, sortit un passe-partout et crocheta la serrure. Il entreprit de visiter prudemment toutes les pièces, prenant garde à toute bombe dissimulée. Il ne dénicha aucun vêtement ou objet personnel. Des boîtes de nourriture en provenance d'un restaurant pourrissaient dans la poubelle de la cuisine. Il tira un rideau de mousseline qui couvrait la fenêtre du salon : les ruines de la maison de Barberousse apparurent bien en évidence au milieu d'une rue transversale, aspergées par la pluie.

Songeur, le lieutenant Stifer considérait les milliers d'objets alignés dans le hangar réquisitionné par les services de police. Tous ceux recueillis dans les ruines de la maison de Barberousse y avaient été rassemblés. Un laboratoire mobile avait été monté à la hâte, près d'un îlot de bureaux où s'activait une équipe d'enquêteurs. Tout indice était analysé, scanné, classé, puis transmis pour examen approfondi aux SCRS et FBI.

De tout ce travail commençait à émerger un portrait de la cellule terroriste. La maison de Khan servait de laboratoire d'explosifs et de cache d'héroïne. Le logement d'Abou Ziride était utilisé pour les transmissions électroniques. Lucien avait découvert le logement de la rue Somerled utilisé comme lieu de repli ; on y avait recueilli des empreintes semblables à celles de la rue Ellendale.

Les pas de Stifer le menèrent près d'un cadre à la vitre brisé représentant un faucon. C'était la seule photographie retrouvée dans la maison. Les services d'immigration n'ayant jamais été informés de l'arrivée de Khan au pays, on n'avait retracé aucune photographie du personnage. La maison était enregistrée au nom de sa femme, Souhila Khan, reçue comme réfugiée politique cinq années auparavant. Les seuls indices propres à l'identifier restaient sa barbe teinte, ainsi que deux doigts arqués à la main gauche, tel que rapporté par Abou Ziride lors de son interrogatoire à Guantanamo Bay.

— Julien!

La silhouette rondouillarde du capitaine Rochard zigzaguait entre les lignes d'objets. Le capitaine figea quelques instants devant les vêtements ensanglantés de la femme sacrifiée de Barberousse, puis obliqua vivement en direction de Stifer qu'il interpella avec autorité:

— Julien! La révision du budget! Où en est-on là-dessus?

— Révision du budget? demanda Stifer éberlué. N'avions-nous pas un quart de million en réserve?

— Nous débordons de trois millions depuis l'instauration du code rouge!

— Hum, répondit Stifer en examinant de nouveau la photographie du faucon. Anémone devrait s'en occuper bientôt. Elle excelle dans les documents administratifs.

Quelque chose intriguait Stifer dans cette image, mais il ne pouvait mettre le doigt dessus.

— Elle se repose du décalage horaire avec Alger. Il me faut ce document dans une heure!

Stifer délaissa momentanément la photographie :

— Mais comment avons-nous pu dépenser trois millions ?

Le capitaine parut outragé :

— Tu devrais le savoir ! C'est toi qui fouettes tout le monde, qui envoies les détectives dans toute la ville, qui fais travailler les techniciens de nuit, qui utilises des hélicos pour tes repérages, qui loues ce hangar mille dollars par jour ! Tu es en train de brûler l'enveloppe complète allouée aux villes canadiennes afin de combattre le terrorisme !

— Voilà tout un exploit, railla Stifer. J'entendais à la télévision le Premier ministre se plaindre que la nervosité des douaniers américains nous coûtait cent millions par jour en exportations perdues. Trois millions pour résoudre cette crise, ça ne doit pas être trop cher.

— Le Premier ministre pleure sur nos exportateurs, mais pour payer nos factures, il exige des justifications.

— Des justifications ? s'emporta Stifer. Mais il s'agit d'un code rouge ! Qu'ils nous fichent la paix avec ces budgets et nous laissent travailler !

— Bien dit, répliqua le capitaine, mais pour ça, il me faut des justifications. Dans une heure !

Stifer composa le document à la hâte. Après une rapide explication du problème, il y alla rondement avec les chiffres : une enveloppe de cinq millions supplémentaires devait être autorisée sans délai. Confiant d'avoir satisfait la boulimie budgétaire de Rochard, il transmit sa requête. Le faucon de Barberousse lui revint alors en mémoire. Qu'est-ce qui clochait donc dans ce cliché ? Il quitta le recoin entouré de paravents où il avait établi ses quartiers, puis se faufila entre les objets pour revoir la photo.

Stifer retrouva l'image stockée dans l'ordinateur. Le faucon pèlerin apparaissait dans toute sa splendeur. Le regard vif, les ailes à moitié dépliées, les serres puissantes agrippées au gant de cuir. Stifer zooma sur le paysage, aperçut des érables qui brillaient de tout leur éclat automnal. Il observa ensuite la lanière de plus près : celle-ci pendait librement devant le lourd gant de cuir.

Il composa le numéro de Grant afin de le convoquer dans son bureau. L'agent du SCRS arriva bientôt, l'air épuisé.

— Bonjour, lieutenant ? Du nouveau ?

— Regardez cette photo, dit Stifer en lui prêtant son siège devant l'ordinateur. Qu'en pensez-vous ?

— Le faucon ? Oui, j'avais déjà remarqué. Les tribus pachtounes sont entichées des oiseaux de proie depuis toujours.

— Khan est probablement un pachtoune, c'est ça ?

— Tout porte à le croire, dit l'agent de renseignements qui examinait le rapace à l'écran.

— Ce faucon provient-il d'Amérique du Nord ?

— Je ne suis pas expert en oiseaux de proie, mais nous apercevons des feuilles multicolores à l'arrière : la scène a dû être prise chez nous. D'ailleurs, le labo rapporte que le tirage photographique est assez récent.

— Examinez maintenant la lanière…

Grant manipula adroitement la souris afin de recadrer l'image.

— Je… je ne vois pas…

Grant fit tournoyer la scène sous différents angles, les ailes du rapace parurent battre à l'écran :

— La lanière est lâche, les ailes sont dépliées, il s'apprête à prendre son envol !

— Où se pratique la chasse au faucon au Québec ? demanda Stifer.

Déjà, Grant se précipitait vers son espace de travail encombré d'ordinateurs et d'engins de recherches.

— Je trouverai !

Anémone examina son visage fripé dans la glace, les traces du décalage horaire. Elle appliqua un léger fond de teint, accrocha ses boucles d'oreilles, puis revint à la cuisine où elle servit un bol de lait à Grosse Lune. Sa chatte ne semblait pas avoir trop souffert de l'absence de sa maîtresse ; une vieille dame du voisinage s'était fait un plaisir de la chaperonner. Anémone avala rapidement un bol de céréales, tout en regardant les images d'un nouveau carnage à la télé : les voitures piégées continuaient de ravager le centre-ville de Bagdad.

Le commentateur reprit les images de la rue Ellendale, montrant les ruines entourées de cordons jaunes et gardées par des policiers, puis interviewa le ministre de la Justice du Québec. Le ministre expliqua que les forces policières étaient encore à la recherche des terroristes, vanta l'excellente collaboration avec les services américains, puis entreprit de dédramatiser la situation :

— Le code rouge a été décrété par le secrétaire américain à la sécurité intérieure afin d'assurer une protection maximale à ses concitoyens. Tous les services policiers nord-américains collaborent sur cette affaire. Nos citoyens ne sont pas en danger : nous maîtrisons la situation. Toute rumeur concernant la présence d'armes de destruction massive à Montréal est sans fondement.

Des images montrèrent ensuite d'immenses filées de camions stoppés aux postes douaniers. Des camionneurs excédés se plaignirent amèrement de la situation. Puis le Palais des congrès de Montréal apparut à l'écran ; on rapporta qu'un important colloque de dentistes s'y déroulerait bientôt. Un congressiste au sourire éclatant assura qu'il se présenterait à Montréal malgré les difficultés de transport aérien générées par la situation politique.

Anémone quitta la maison. Les feuilles mortes crissaient sous ses bottes, un vent froid souleva sa chevelure. Elle conduisit tranquillement à travers la ville, se rappelant son garde du corps en Algérie, mitraillette sur les genoux. Elle fila le long d'édifices scintillants comme des cubes dorés, puis emprunta Dickson. Elle roula plein sud et obliqua pour pénétrer dans le stationnement d'une grande construction gardée par des policiers lourdement armés. Des cars de reportage étaient garés près de la guérite. Anémone stoppa afin de s'identifier. Une journaliste s'approcha vivement pour l'interpeller, alors qu'elle présentait sa carte d'identité au policier de faction.

— Détective Laurent !

Déjà, un cameraman la filmait tandis qu'un micro apparaissait à la vitre :

— Réjeanne Berger, de Télé-Plus, est-ce que ce bunker sert de quartier général à l'opération antiterroriste en cours ?

Anémone reconnut la reporter qui couvrait les principales opérations policières de la métropole. Elle sourit, calme et concentrée :

— Il sert à étudier les indices amassés à la suite de l'explosion de la rue Ellendale.

— Sur la supposée explosion d'un laboratoire de drogue ? répliqua la journaliste d'un ton sarcastique.

Anémone se rappela sa prestation devant la presse afin de leur vendre l'explication du capitaine Rochard. Personne n'avait semblé la croire.

— L'enquête évolue. Les indices portent à croire qu'une bombe aurait explosé.

Une pluie fine s'était mise à tomber, de violentes bourrasques plaquaient des feuilles mortes sur son pare-brise.

— Détective Laurent! demanda un autre journaliste. Est-ce exact que la rue Ellendale servait de cache pour des armes de destruction massive?

— À ma connaissance, nous n'en avons trouvé aucune.

— Est-ce exact que la police effectue des rafles dans la population musulmane de la ville? cria un troisième en brandissant agressivement son micro.

Anémone regarda le reporter, choquée. Elle se rappelait trop bien la douleur des martyrs de la Mitidja.

— Le terrorisme touche tous les gens de notre communauté, encore plus les citoyens de religion musulmane qui doivent en subir l'opprobre.

— Détective Laurent!

Elle referma la vitre, dépassa le groupe d'interviewers, s'identifia à la guérite, puis conduisit son véhicule près du bâtiment. Des hommes accompagnés de chiens patrouillaient le long d'une clôture grillagée.

Anémone parcourut l'immense salle, où la maison de Khan semblait avoir été transportée en pièces détachées.

Elle découvrit le lieutenant dans un cubicule, occupé à visionner une photo d'oiseau. Stifer la reçut, l'air fatigué, puis alla se servir un nouveau café à même un gobelet usé. Anémone se garda de le lui faire remarquer, ne sachant si le lieutenant agissait ainsi par souci écologique ou par simple négligence due à l'épuisement. Grant surgit alors dans la pièce, excité:

— Nous n'avons identifié aucun endroit de chasse au faucon dans la province.

Le lieutenant parut déçu.

— Par contre, il existe des organisations qui recueillent les oiseaux de proie blessés, poursuivit Grant.

Le lieutenant haussa les sourcils :

— Ils ne les dressent sûrement pas à chasser.

— Non, répliqua l'agent du SCRS avec le sourire, mais ils les relâchent quand ils sont guéris.

En cette heure de pointe, les conducteurs se montraient impatients, certains s'emportaient et brûlaient les feux rouges de la rue Notre-Dame. Stifer décida de ne pas leur coller de contraventions : on devait retrouver une bombe atomique, il fallait mettre les priorités à la bonne place. Les grues géantes se dressaient le long des quais, déchargeant sans arrêt d'énormes boîtes multicolores. La proue arrondie d'un cargo russe se détachait près des grands silos à grains.

— Lucien m'a parlé de votre œuvre de bénévolat, dit Anémone. Pourquoi avez-vous choisi l'accompagnement aux mourants ?

— Œuvre de bénévolat ? grogna Stifer. Ce n'est sûrement pas Lucien qui s'est exprimé ainsi.

Anémone pouffa :

— Non, pas vraiment. Il a dit quelque chose comme : « Le lieutenant est toqué des macchabées. Il en fréquente même durant ses temps libres. »

Ils dépassèrent un vaste atelier d'objets pour plateaux de cinéma, puis enfilèrent l'avenue Papineau vers le nord. L'énorme tablier métallique du pont Jacques-Cartier scintillait sous les feux orangés d'un soleil couchant. Anémone serra à gauche pour emprunter la voie gravissant la butte de la rue Sherbrooke.

— J'ai passé ma carrière à résoudre la mort de certaines personnes, dit Stifer. J'aide maintenant des mourants à dénouer leur vie. Il me semble que cela apporte un sens nouveau à mon travail.

Ils longeaient les façades de l'hôpital ; les branches dénudées des arbres du parc La Fontaine se dressaient sous de lourds nuages.

— Je ne vois pas…

— Après des centaines d'enquêtes aux homicides, on commence à s'interroger sur le destin des gens. Certains disent que les choses sont écrites et qu'elles se déroulent selon un plan établi par la volonté divine, d'autres que cela provient de la vie antérieure de l'individu. Personnellement, en examinant une personne décédée de mort violente, je me questionne toujours sur ses derniers instants. Quelles furent ses dernières pensées ? Qu'a-t-elle ressenti avant de partir ? Pour moi, ces instants sont les plus importants de l'existence. Ils offrent la conclusion de toute une vie.

La voiture pénétra dans le rond-point, stoppa devant les portes tournantes de l'hôpital.

— Merci pour le transport, je retournerai en taxi.

— Vous devriez plutôt aller vous coucher, vous paraissez épuisé. Cette visite ne peut-elle pas attendre ?

— Pas vraiment. Je serais désolé si ce jeune homme mourait accompagné seulement de personnages de bandes dessinées.

Stifer salua le gardien dans sa guérite de verre, puis se dirigea vers l'ascenseur. Il se sentait habité d'un sentiment d'urgence, comme s'il recevait un appel. Il pressa une nouvelle fois le bouton ; l'ascenseur avait l'air bloqué à un autre étage. Il allait emprunter les escaliers quand les portes s'ouvrirent sur le mur en face. L'ascenseur monta lentement, puis Stifer

surgit enfin de la cage. Il passa au bureau de l'étage
où l'infirmière-chef classait des dossiers.

— Du nouveau pour Éric ?

France Vernant lui fit un sourire triste :

— Il part peu à peu. Les médicaments l'empêchent
de souffrir. Est-ce qu'il s'ouvre à vous ?

— Il s'entrebâille un peu.

Stifer se dirigea jusqu'à la chambre, cogna doucement, mais n'obtint aucune réponse. Il poussa le
battant. Assis dans son fauteuil, Éric regardait par la
fenêtre. Stifer remarqua avec soulagement que le
téléviseur était éteint.

— Bonsoir, Éric.

— Salut, répondit-il d'une voix crispée.

Les yeux du jeune homme lui parurent d'une pâleur
extrême, comme si la maladie lui délavait les pupilles.
Sa maigreur s'accentuait, ses mains décharnées émergeaient des manches effilochées d'une vieille robe de
chambre bleue.

— Vous êtes policier, c'est ça ?

Stifer hocha simplement la tête.

— Alors, ce sera mieux qu'un curé. J'ai quelque
chose à vous dire. Je crois que vous n'aimerez pas.

— C'est à voir.

Éric se cala dans son fauteuil et fixa longuement
les nuages qui couraient dans le ciel.

— Ma mère morte, mon père et moi, on s'est mis
à se chicaner comme des chiens enragés. Un jour, j'ai
sacré mon camp. Je me suis trouvé un travail dans un
garage, quelques heures par semaine. J'aimais ça, mais
j'étais toujours seul, alors j'ai rejoint un gang de rue.
Nous faisions des coups, au début, pas trop méchants,
puis ça a empiré.

Éric se tut, cherchant ses mots, ou le courage pour
les prononcer.

— Les gars violaient des filles, dans des parcs du West Island. C'est grand, il fait noir, il y a des boisés. Moi, je faisais le guet, avec Shooter.

Il soupira, exhalant un souffle rauque, puis reprit en mots saccadés, comme s'il voulait se débarrasser au plus vite de ces souvenirs :

— Shooter pouvait sentir un intrus à des centaines de mètres. Moi, j'entendais les filles crier et pleurer. Mais je ne pouvais pas dire non, j'aurais reçu un coup de couteau, ou une balle. On ne laisse pas tomber le gang.

Éric se tourna vers Stifer, ses yeux blêmes luisant doucement sous les paupières.

— Voilà, je l'ai dit.

Le cœur serré, Stifer imagina les filles terrifiées dans le boisé. Le souvenir de sa fille Chloé, kidnappée huit années auparavant, lui brûla le cœur.

— Que faisiez-vous, ensuite, avec les filles ?

Éric parut hésiter, puis répondit :

— On les laissait s'en aller.

Stifer ne savait que penser : les délinquants mentaient toujours. Quand ils avouaient, c'était du bout des lèvres, en niant leurs responsabilités. Même la mort ne les contraignait pas à avouer leurs crimes. Ils enfouissaient des pans entiers de leur vie, incapables d'affronter leur propre vérité.

— Pourquoi t'es-tu confié à moi ?

Le regard d'Éric dévoilait une profonde détresse.

— Vous êtes le seul qui vient me voir. Et parler à un policier, c'est comme à un curé, non ? Je ne voulais pas mourir avec ça sur le cœur.

— Que faisais-tu d'autres avec le gang ?

— Des vols, des rixes, ce n'est pas grave. Mais ces filles, elles me rappellent ma mère, vous comprenez.

Stifer scruta le jeune homme : il paraissait à la fois fuyant et défiant, même dans ses confidences.

— Qui c'était, ce gang ?

Éric prit un air buté :

— Je ne les trahirai pas.

Éric s'affala un peu plus dans son fauteuil. Une infirmière fit son apparition pour vérifier son soluté. Stifer attendit, impatient. Il s'aperçut qu'il souffrait. Ces confidences ravivaient de douloureux souvenirs : ces nuits d'angoisse en attendant le retour de sa fille Chloé disparue, ses recherches frénétiques dans la ville, les hurlements de douleur de sa femme. Son mariage avait sombré peu après. Il sentit sa compassion pour le jeune homme refroidir violemment. Il s'était imaginé aider un adolescent mourant, voilà qu'il menait un interrogatoire afin de découvrir le destin de pauvres filles assaillies par un gang.

L'infirmière lui conseilla d'épargner le patient. Stifer hocha la tête, mais reprit dès qu'elle eut franchi la porte :

— Comment s'appelait le leader ?

— Je ne vous dirai rien là-dessus. Vous êtes supposé recevoir mes confidences, c'est tout !

— Il faut tout dire, Éric. Tu ne peux pas t'en tirer avec des demi-vérités.

Le jeune homme allait répliquer, mais une toux violente l'interrompit. Stifer l'aida à essuyer un filet de bave qui serpentait sur son menton. Éric reprit difficilement son souffle, puis il demanda à s'étendre. Stifer sonna l'infirmière qui aida l'adolescent à regagner le lit.

— Tu n'as rien d'autre à dire, Éric ?

— Laissez-moi tranquille.

Chapitre 28

Aicha

Nabil aida le mari à porter la femme enceinte jusqu'à la clinique. La malheureuse laissait échapper de longs cris plaintifs en se tenant le ventre. Une infirmière vêtue d'un long tchador noir et portant un brassard vert les conduisit jusqu'à la salle des lits. Ils déposèrent la pauvre patiente sur un brancard.

Des aides-soignantes vaquaient entre les malades, dispensant les soins. Les soignantes portaient toutes le tchador. Mais la fierté de son maintien ne laissait planer aucun doute sur l'identité de celle qui devisait avec un jeune médecin au-dessus du lit d'un enfant malade. On alla quérir le praticien afin de s'occuper de la nouvelle venue.

Nabil observait toujours Aicha, ne pouvant détourner le regard de cet ange camouflé de noir. Se sentant observée, la jeune femme leva les yeux. Elle sursauta, se détourna vivement, puis quitta les lieux sans répondre aux saluts des malades. Nabil la poursuivit à travers la salle d'attente, pour finalement la rejoindre sur le parvis de la clinique.

— Aicha, attends-moi !

La jeune femme s'enfuit encore de quelques pas, les pans de son tchador balayant la poussière de la cour. Elle désirait manifestement s'éloigner afin de ne pas provoquer un esclandre dans la clinique de son père. Des malades se pressaient à la porte, déversés par des camionnettes-taxis.

— Réponds-moi. J'ai tellement pensé à toi, à Safiya...

Elle se tourna vivement vers lui :

— Safiya est mort !

La dureté de la réplique le surprit. Il comprit qu'elle se consumait de douleur. Il désirait tant la consoler.

— Il a été tué au combat... d'une mort sainte...

— Safiya est mort ! Mort comme son père ! Mort comme Ouri ! Mort comme le jeune frère d'Ouri ! Mort comme mon cousin Brahim !

Elle se mordit les jointures de la main gauche aux doigts fermés qu'elle tenait contre sa bouche.

— Morts ! Ils sont tous morts !

Soudain, elle releva la tête, les traits blafards tendus par la rage.

— Et toi, tu n'es pas mort ?

Elle eut un rictus, puis reprit :

— Ah oui, tu es un mort en sursis... tu rejoindras bientôt tes amis !

— Nous mourons pour la cause !

— Vous mourez pour vous-mêmes ! Vous mourez à vous-mêmes !

Un moteur de camionnette rugit dans les rues avoisinantes, accompagnant les paroles d'Aicha comme une musique hargneuse.

— Aicha, je comprends ta souffrance...

— Tu ne comprends rien : tu es déjà mort ! La cause, c'est la vie ! C'est sauver cet enfant qui va mourir ! C'est aider cette femme à garder son bébé ! Prier pour le frère d'Ouri qui ne jouera plus avec les faucons...

— Aicha, tu vas bien ?

Le jeune médecin venait d'arriver dans la cour, inquiet.

— Laisse, Khattabba, il s'agit de Nabil, mon cousin…

Le rugissement de la camionnette se rapprocha, en crescendo, des pneus crissèrent sur le gravier. Des cris de terreur s'élevèrent autour d'eux. Nabil ne s'en préoccupait guère, ses pensées entièrement portées vers la femme qui lui échappait à jamais.

— Je ne désire que ton honneur et ton bonheur, Aicha, je…

Ses paroles furent coupées par un hurlement rempli de haine :

« BADAL ! BADAL ! »

Les claquements secs des fusils-mitrailleurs remplirent la cour. Des cris de douleur les entourèrent. Le tchador noir d'Aicha se perla de larges coulées sanglantes. Nabil la vit chanceler. Il voulut lui porter secours, mais une balle frappa sa tête. Il bascula vers l'arrière. Sa tempe le brûlait atrocement. Le visage couvert de sang, il distingua l'homme au turban noir qui mitraillait dans sa direction. Un enfant pleurait près de son père abattu. Des villageois commencèrent à répliquer, une roquette RPG s'écrasa dans la cour, puis la camionnette fit demi-tour pour bondir vers la sortie.

À travers un voile comateux, il aperçut le jeune médecin penché sur Aicha qui hoquetait de douleur. Son capuchon avait glissé pour dévoiler sa dense chevelure sombre. Ses longs bras minces reposaient sur le sol comme des ailes brisées. Ses yeux fixaient un ciel pur où tournoyait un grand gerfaut aux plumes blêmes.

Nabil perdit conscience.

Une lampe à pétrole dansait devant ses paupières closes. Des chuchotements mêlés à des bruits de bottes l'entouraient, telle une mélodie tenace. Sa tête le faisait horriblement souffrir, comme si on lui avait grillé la tempe gauche avec un chalumeau. Toutefois, Nabil refusait d'ouvrir les yeux, car le cauchemar apparaîtrait alors dans toute son horreur.

La vision du corps sans vie d'Aicha revenait sans cesse le hanter. La peine et la culpabilité lui enserraient la poitrine dans une gaine d'acier. Nabil était revenu au pays, on l'avait reconnu à la halte routière, on l'avait attaqué sur le parvis même de la clinique. Le Badal avait fait son œuvre sanglante. Aicha en était la victime innocente. Par sa seule faute.

Il désirait mourir. Tout de suite. Il le désirait si ardemment qu'il ne pouvait se résoudre à attendre son martyre. Pourquoi la balle l'avait-elle ratée ?

— Il revient à lui, dit une voix sèche.

Au ton de cette phrase, Nabil sursauta. Était-il entouré d'ennemis ? Peut-être le village ennemi avait-il réussi à s'emparer de lui ? Il aurait donc la chance de mourir bientôt. Il ouvrit les yeux. Une forme floue apparut au-dessus de son lit. Avec stupeur, il reconnut le visage de Khattabba penché sur lui. Les traits cernés, le visage cendreux, il s'empara brusquement de son poignet et ausculta son pouls.

— Il va bien.

Le jeune homme recula, comme s'il ne pouvait se résoudre à regarder plus longtemps son patient. Puis le Dr Ullamah apparut dans son champ de vision. Nabil tenta de tourner la tête dans l'espoir d'apercevoir sa cousine, mais sa tempe gauche s'incendiait sous l'effort. Il s'aperçut qu'un énorme bandage lui couvrait la moitié de la tête.

— A… Aicha?

Son oncle le fixa de longs instants, puis répondit dans un souffle :

— Nous l'avons enterrée hier.

Nabil ferma les yeux, des larmes perlèrent sous ses cils.

Il pria pour mourir.

Pour la première fois depuis l'attaque, Nabil sentait ses forces revenir. Il se leva sans trop de difficultés, puis réussit à marcher convenablement jusqu'au bivouac. Un garde discutait avec le Dr Ullamah qui, vêtu d'un accoutrement de montagne, se reposait, le dos calé contre un rocher. Son oncle se leva vivement à son approche pour le serrer dans ses bras.

— Tu as meilleure mine, mon neveu. Je suis heureux de te voir en vie.

— Je suis désolé pour Aicha, c'est de ma faute.

Résigné, son oncle le rassura :

— Ce n'est pas toi qui as tiré au fusil-mitrailleur, mon neveu.

Il l'attira près du rocher qu'il occupait précédemment. Nabil s'assit avec difficulté, puis croisa les jambes sur le sol rugueux. Une vue majestueuse s'offrait à eux : une vallée immense, vestige du passage d'un glacier, s'étendait à perte de vue. Des escadrons rocheux les entouraient pour les dérober aux regards. La cachette devait être utilisée depuis des millénaires par les tribus de la région.

— Safiya est mort en guerrier, mon oncle, fauché par un missile envoyé par ces traîtres d'Américains.

Son oncle hocha lourdement sa tête grise.

— J'ai reçu un message de l'Émir à ce sujet.

Le Dr Ullamah pointa le couteau d'apparat que Nabil gardait à la ceinture.

— Tu as pu sauver son trophée.

— Je désirais l'offrir à Aicha. Maintenant, je ne sais qu'en faire.

— Garde-le. Safiya aurait été heureux de te l'offrir.

Ils s'abîmèrent longuement dans la contemplation du canyon qui serpentait dans la poussière du crépuscule. Des vautours fendaient paresseusement l'azur gris, dans leur quête d'un repas.

Le Dr Ullamah hocha la tête.

— J'ai perdu mes deux enfants adoptifs. Il ne me reste que toi. Mais tu dois partir. Le Badal est impitoyable. Quand j'ai su que tu étais revenu, j'ai cru que tu abandonnais ta quête de martyr.

Nabil soupira lourdement.

— La police militaire a investi la cache que je partageais avec des frères combattants à Karachi. Je n'avais pas de position de repli, alors je suis revenu.

— Mais pourquoi à la clinique ?

— Je désirais revoir Aicha une dernière fois.

Son oncle le fixa longtemps. Les traits tirés de son neveu accentuaient son air désemparé. Il fut pris de pitié.

— Alors, tu dois savoir qu'elle avait épousé Khattabba, celui qui t'a soigné.

Nabil sentit son cœur se serrer, se rappelant le jeune médecin à l'air sombre.

— Aicha désirait ce mariage ?

— Aicha et Khattabba ont été faits prisonniers par nos ennemis de la vallée. Khattabba a sauvé l'honneur d'Aicha en la faisant passer pour sa femme. Il l'a épousée peu après.

Nabil jouait négligemment avec la crosse du couteau de nacre passé à sa ceinture. Il sourit tristement, comprenant combien sa passion pour Aicha était irréaliste : de l'amour, il ne connaîtrait que les vierges du paradis.

— Je te remercie pour ta franchise, mon oncle. Je suis sincèrement désolé.

— Où iras-tu ?

Nabil demeura muet, hésitant sur la conduite à suivre. Il devait retrouver ses frères du djihad, mais ensuite ? Il se sentait envahi par la peur et le doute. La peur de se tromper, le doute sur ses capacités. Possédait-il la fibre d'un guerrier du djihad ? Ses tergiversations passées envers Aicha avaient miné sa confiance en lui.

— Pourquoi donc Khattabba m'a-t-il soigné ? Il doit me haïr.

Le Dr Ullamah répondit d'une voix altérée :

— Il pratique un djihad différent, peut-être plus difficile que le nôtre.

Deux hommes apparurent, escortés par le garde. L'un, recroquevillé, portait une longue barbe grise. Son compagnon, plus jeune, transportait un arsenal de roquettes RPG sur ses minces épaules.

— Voici Nabil Ullamah, de Nangarthar, dit le garde.

— On nous a annoncé votre malheur, compatit le vieux guerrier à l'aspect farouche.

— Nous ne laisserons pas cette agression impunie, répliqua le garde avec dureté. Ces chiens paieront leur ignominie.

Nabil voulut répondre par des paroles apaisantes. La mort inutile d'Aicha démontrait bien les effets du cycle infernal du Badal, mais déjà le guerrier lui tendait un large pli qu'il avait tiré de sa tunique avec révérence :

— Un message de l'Élu de la Montagne à l'intention de Nabil Ullamah.

D'une main tremblante, Nabil ouvrit l'enveloppe cachetée. On avait tracé quelques strophes à l'encre verte sur un simple papier à dactylo :

« Le djihad, c'est la force, l'honneur, le triomphe.
Ton honneur réside dans ta foi,
Ta force croît dans ta souffrance,
Ton triomphe te vient du martyre,
Retourne dans ton pays,
Attends les instructions.

Sois patient comme le vautour,
Impitoyable comme le gerfaut,
N'oublie pas ton testament,
Jeune moudjahid. »

Nabil fut ému aux larmes en reconnaissant le vers de Safiya dans le poème de l'Élu. Une plume blanche s'échappa de la missive. Nabil la recueillit au milieu des cailloux. Elle provenait du rapace qu'il avait transporté sur son dos jusqu'au repaire de Gul Mogul.

L'aîné s'empara ensuite d'une gourde accrochée à sa ceinture.

— Un présent de l'Élu de la Montagne pour les guerriers de Nangarthar : l'eau d'une source pure des montagnes où il réside.

Avec onction, le vieux guerrier aspergea le sol afin de former un cercle de gouttelettes autour d'eux.

— L'Élu a dit : « Que ce cercle vous protège à jamais des doutes et des peurs. »

Le vieux guerrier enleva son turban et s'aspergea lui-même. Il récita une courte prière, puis jeta la gourde dans le feu.

Nabil sentit ses doutes s'envoler. La douleur demeurait, certes, mais il l'acceptait entièrement. Elle faisait dorénavant partie de son sacrifice.

L'Élu de la Montagne l'avait intronisé comme martyr. Il se devait d'abandonner toute douleur, tout espoir, tout regret. La mort d'Aicha relevait de la volonté divine. Il n'y pouvait rien. Il lui fallait aussi repousser toute culpabilité inutile pour se concentrer totalement sur son propre combat. Il devait parfaire le vœu solennel qu'il avait prononcé devant son maître Ajama: offrir son être entier au djihad.

Avec émotion, il inséra la plume du gerfaut sous sa tunique, près du couteau à crosse nacrée de Safiya. À présent, il pouvait entreprendre sa mission: frapper l'Amérique du Badal.

CHAPITRE 29

Le conteneur du Siberian Queen

Gus Giggs examinait les papiers de transbordement d'un nouveau conteneur en transit de La Haye. La marchandise provenait en majeure partie de Lahore, plus quelques caisses envoyées par la Peshawar Garments, la fabrique fétiche de Barberousse. Khan portait un complet gris et une chemise blanche, mais, surtout, il avait le menton glabre. Sans sa barbe de pirate, Giggs avait peine à le reconnaître.

— Vous avez abdiqué devant les lames de rasoir, Khan ?

— Je suis en deuil, répondit le trafiquant d'un ton neutre.

— Vous m'en voyez désolé. Puis-je savoir de qui il s'agit ?

— De ma femme.

Giggs replaça ses lunettes, entreprit de scruter une nouvelle fois les documents portuaires, à la recherche d'un indice quelconque qui expliquerait la nervosité de son interlocuteur.

Khan gardait une pose raide, ses lèvres trahissant de légères crispations. Trente ans de vie criminelle avaient apporté un sixième sens à Giggs : il flairait rapidement la position de faiblesse d'un partenaire.

Un type aussi coriace que ce Khan ne pouvait vérita-
blement être affecté par la simple disparition de sa
femme. Il devait s'agir de la cargaison. Combien de
kilos d'héroïne pouvaient donc se camoufler dans
les malles de la Peshawar Garments?

— Comment pensez-vous régler votre dû, cette
fois-ci, Khan?

— À votre convenance, Giggs: liquide ou quote-
part.

Giggs remonta prestement son pantalon sur son
énorme ventre, un geste machinal qui dénotait sa
profonde satisfaction. Le Pakistanais commençait
enfin à entendre raison. La qualité des armes reçues
devait l'avoir amadoué. Le club serait heureux de recevoir une nouvelle cargaison. Des gars comme Stop
n'arrêtaient pas de se plaindre du manque de poudre.

— Combien de kilos pensez-vous recevoir? demanda-t-il d'une voix gourmande.

— Deux cents kilos d'une poudre pas entièrement
raffinée mais pure.

— La quote-part du club est de vingt pour cent,
mentit Giggs.

Khan se caressa le menton d'un geste lent, comme
s'il lissait le fantôme de sa barbe, et répliqua:

— Quinze pour cent est le tarif standard. Mais,
entre nous, je peux monter jusqu'à dix-sept. Personne
ne saura pour ce deux pour cent.

Pour Giggs, cette commission de deux pour cent
représentait une fortune. Le motard remercia d'un
sourire gourmand. Khan ajouta d'un ton négligent:

— Vu l'ampleur de la cargaison, il nous faudrait dé-
roger aux règles de sécurité habituelles. Yar Muhammad
m'accompagnera au hangar.

Giggs examina avec soin son vis-à-vis: toute trace
de nervosité semblait avoir subitement disparu chez lui.

— Pas de problèmes, mais il ne montera pas dans le conteneur.

— Évidemment, répondit Khan d'une voix tranquille.

Lucien abandonna sa voiture dans le champ utilisé comme terrain de stationnement par l'organisme PROIES. Il suivit les indications menant au bureau d'accueil. Ses chaussures élimées s'accrochaient aux aspérités du sentier. Quelques visiteurs se promenaient entre des cages grillagées servant d'abri à de nombreux oiseaux de proie. Il s'arrêta devant la cage d'un pygargue à tête blanche. L'oiseau le fixa sombrement alors qu'il allumait une cigarette.

Lucien allait poursuivre sa route quand il aperçut une plaque vissée remerciant l'apport financier de l'organisation des Bloody Birds.

— Je serais curieux de savoir s'ils parrainent aussi un harfang des neiges, rigola Lucien.

Il poussa le battant d'un petit bâtiment où une jeune femme aux cheveux courts le reçut. Il s'identifia, puis demanda des informations au sujet de Haji Khan Hajan.

— Monsieur Khan est un généreux donateur de notre organisme.

— Vous n'auriez pas sa photographie ?

— Il est de coutume de photographier la remise en liberté de nos rapaces, répondit la jeune femme. Nous offrons ce privilège à nos principaux donateurs. Cependant, monsieur Khan insistait pour ne pas apparaître sur les clichés.

Lucien brandit la photo du faucon retrouvée dans les décombres de la chambre à coucher du terroriste :

— Reconnaissez-vous cet oiseau ?

— Oui, c'est Karkar. Monsieur Khan le parraine.

— L'avez-vous encore en votre possession ?

— Non, monsieur Khan l'a remis en liberté, il y a peu.

— Pourriez-vous décrire cet homme ?

La jeune femme répondit sans effort ; apparemment, la physionomie de Barberousse était facile à se rappeler.

— Trapu, avec une curieuse barbe teinte en rousse. Il s'exprime en anglais, d'un ton toujours poli, il connaît bien les oiseaux de proie.

Lucien fut déçu : la description recoupait celle fournie par Abou Ziride, mais aucun détail ne permettait de mieux l'identifier. La barbe teinte en rousse représentait un bon indice, mais facile à camoufler. Le suspect n'avait qu'à cesser de la teindre ou simplement la raser.

— Vous rappelez-vous un élément qui nous permette de le retrouver ?

La jeune femme fit la moue :

— L'avertir que nous avons recueilli un nouveau faucon blessé.

Les quais grouillaient d'une activité intense, les cargos se hâtant de livrer leurs marchandises avant les glaces hivernales qui bloqueraient le fleuve. Giggs et Khan longèrent un énorme cargo rouge, le *Siberian Queen*, en train d'être déchargé, puis rencontrèrent une équipe de policiers portuaires. Ceux-ci n'osèrent les importuner, soucieux de ne pas contrarier un puissant chef syndical. Ils arrivèrent enfin à l'immense hangar de triage.

Les conteneurs s'alignaient par milliers, chacun regroupé selon sa destination en Amérique du Nord. L'heure de la pause syndicale garantissait la tranquillité des lieux. Comme à l'accoutumée, deux camions à remorque disposés dos à dos attendaient leur arrivée dans un coin retiré du grand hangar. Les deux hommes affectés à leur surveillance s'esquivèrent. Les *hang around* prirent position autour du camion, et Yar Muhammad se planta un peu en retrait. Giggs et le trafiquant grimpèrent dans la boîte où se trouvait le conteneur.

Giggs éclaira la porte scellée, vérifiant une nouvelle fois le numéro de série :

— C'est bien celle-là ?

— Le numéro concorde, répondit le trafiquant d'une voix altérée.

— Vous êtes ému, Khan ? railla le motard.

Le trafiquant passa ses doigts arqués sur sa joue fraîchement rasée.

— J'attends ce jour depuis longtemps.

— Ces deux cents kilos vous rendront riche ! dit Giggs en assénant un solide coup de marteau sur le sceau métallique.

Khan sourit mystérieusement, imaginant les délices sans fin promises aux martyrs.

— Riche pour l'éternité…

Les portes s'ouvrirent dans un grincement. Giggs balaya l'intérieur de sa puissante lampe de poche, cherchant les boîtes de la Peshawar Garments.

— Là-bas, au fond, dit le trafiquant.

Giggs se dirigea vers le lieu indiqué. Il se mit à ahaner en tirant la grosse caisse, ne remarquant pas l'ombre qui émergeait du fond du conteneur.

— Donnez-moi un coup de main, Khan !

Giggs figea devant les silhouettes qui se dressaient devant lui.

— Mais… Qui êtes-vous ?

Il plongea la main droite dans la poche de son dossard. Le poignard de Khan lui trancha la gorge ;

un jet sanglant macula les parois des boîtes de la Peshawar Garments. Giggs s'écroula lourdement sur la travée métallique. Khan s'écarta de la large coulée, essuya la lame sur un mouchoir, puis s'empara de son cellulaire.

Yar Muhammad prit l'appel, écouta d'un air grave, puis interpella les deux *hang around* d'une voix pressée :

— Votre patron a eu un malaise cardiaque !

Les motards se ruèrent vers le camion à remorque, l'Algérien sur les talons.

La Toyota blanche ralentit doucement. Le jeune gardien remarqua deux passagers supplémentaires sur la banquette arrière. Ceux-ci avaient des barbes fournies et paraissaient fatigués. Le surveillant hésita sur la conduite à suivre. La situation était inhabituelle, mais il n'osait embêter les invités de Gus Giggs. Personne n'avait intérêt à contrecarrer les affaires du syndicat. Une colère de Giggs était plus impressionnante qu'un code rouge décrété par un président américain. Il leur souhaita bonne journée et les laissa sortir.

L'immense hangar était entouré de policiers. Tout près, un camion de communication pointait sa coupole en direction du ciel. L'air grave, des débardeurs occupaient les lieux. La rumeur avait couru de l'assassinat d'un chef syndical. Stifer entra dans le vaste bâtiment où s'alignaient des milliers de conteneurs dans l'attente de leur transbordement. Le lieutenant salua une sentinelle, puis gravit un petit escabeau placé devant la porte latérale d'un gros camion à remorque. Des spots halogènes alimentés par batterie en éclairaient l'intérieur. Un homme maigre reposait sur le ventre, la moitié du crâne arraché.

Stifer continua jusqu'aux portes de l'énorme caisson métallique encastré dans la boîte du camion. Stifer apprécia le stratagème : les trafiquants pouvaient ainsi fonctionner à l'intérieur des limites portuaires, à l'abri des regards. Des boîtes de toutes tailles étaient stockées dans le conteneur. Un passage entre les caisses menait à l'arrière. Il le suivit, remarquant des paquets de cigarettes chiffonnés, jusqu'à apercevoir un individu gisant dans son sang, la gorge profondément entaillée, la main droite enserrée sur la crosse d'un automatique. La scène lui rappela étrangement celle de « l'Égorgé de la rue Walkley ».

Vadnais apparut entre les caisses, accompagné du technicien-chef Miron.

— Deux Bloody Birds assassinés, un grièvement blessé. On croirait revenir au temps de la guerre des gangs avant Harfang.

— Qui a signalé le crime ? demanda Stifer.

— Le chauffeur du camion.

Les deux officiers regardèrent un moment l'énorme silhouette de Giggs étendue près d'une caisse étiquetée Peshawar Garments.

— Dommage, grogna Vadnais, Harfang arrivait à son terme. Quelques preuves supplémentaires, et je coffrais ce salopard pour de longues années.

— Il a eu son compte, répondit Stifer, mais qui a pu lui trancher la gorge de cette façon ? Cela ressemble drôlement à l'assassinat de Gunaratna.

— La technique utilisée est la même, approuva le technicien-chef. Un seul coup, large, puissant, projetant une forte giclée sur le mur. Propreté parfaite pour l'exécuteur.

— Des gens squattaient-ils ce conteneur ? interrogea Stifer. J'ai remarqué des paquets de cigarettes.

— Peut-être turques. Il y a effectivement un campement, par là, à gauche. Tu viens voir ?

Après avoir progressé sur quelques mètres, les policiers débouchèrent sur un endroit aménagé entre les caisses. Des lits de camp, des couvertures, un réchaud, des jerricans vides démontraient la solide organisation des squatters.

— Giggs s'apprêtait à récupérer une cargaison de contrebande dans ce conteneur, reprit Vadnais. De la drogue, sûrement. Il aura rencontré des immigrants illégaux qui lui ont réglé son compte. Ils auront ensuite abattu les fiers-à-bras qui l'accompagnaient.

— Une balle derrière la tête ? questionna Stifer.

— Ils les auront d'abord maîtrisés, puis exécutés par-derrière. L'un est mort, l'autre est à l'hôpital, dans un état grave.

— Par où ces immigrants auraient-ils pu s'enfuir ?

— Depuis l'instauration du code rouge, la sécurité a été renforcée, répondit Vadnais. Selon moi, ils sont encore dans la zone, peut-être même dans cet entrepôt. J'ai fait boucler toutes les sorties par des autopatrouilles. Personne n'a le droit de quitter le port.

Stifer entreprit d'examiner le campement avec minutie. La cuisine était installée dans un coin, d'où on profitait d'une vue dégagée sur l'entrée du conteneur. Des trous avaient été vrillés dans les parois d'acier afin de faciliter la ventilation. Des boîtes de conserve, des bonbonnes de gaz, de grosses poches de riz s'empilaient en bon ordre, la plupart couvertes d'inscriptions en arabe. Une théière abandonnée paraissait très bien récurée. Deux matelas étaient stratégiquement disposés entre de grosses caisses. On avait roulé les couvertures avec soin avant de les abandonner.

Les anciens occupants ne semblaient pas du genre nerveux.

S'ajoutait enfin la précision presque militaire des exécutions : rapides, discrètes, par-derrière, sûrement le fruit d'une embuscade.

— Ce ne sont pas des illégaux ordinaires, dit Stifer, songeur.

Vadnais ne trouva rien à répliquer, ce qui dénotait son extrême perplexité. Il se tourna vers le technicien-chef :

— Miron, laisse-nous un instant.

Le technicien hocha la tête et quitta les lieux. Vadnais s'assit pesamment sur une boîte, puis considéra son interlocuteur :

— J'ai pris l'affaire, parce que c'est relié à Harfang. Mais cela ne ressemble pas à un meurtre ordinaire.

— C'est peut-être relié à Moïse.

— Possible, dit Vadnais. Nous suspections ce trafic de conteneurs depuis des années, mais n'avions jamais pu le prouver. Le syndicat contrôle le port, et les Bloody Birds contrôlent le syndicat. Le port est une entité autonome, le gouvernement y a privatisé les services de sécurité. Les agents qui y travaillent sont trop peu nombreux et sont facilement intimidés par les motards. Même Harfang s'est retrouvé impuissant devant ce cartel.

— Donc, les Bloody Birds font entrer ce qu'ils veulent au pays.

— À peu près, dit Vadnais. Ils isolent un certain conteneur, avant même son passage à la douane, en vident le contenu, reposent de nouveaux scellés, puis le remettent dans la file. La combine parfaite.

Stifer n'appréciait pas le carriérisme de son confrère, mais le tenait pour un bon flic. Vadnais prenait ses enquêtes à cœur, tirait le maximum de ses subordonnés, menait durement ses interrogatoires, se montrait intègre. Ils travaillaient côte à côte depuis vingt ans, et jamais Stifer ne l'avait aperçu aussi soucieux.

— Tu crois qu'ils auraient pu faire entrer la valise atomique ?

— Bat Plante n'est pas fou. Jamais il ne permettrait à son organisation d'entrer dans une combine pareille.

— Les compteurs Geiger auraient dû l'intercepter.

— Les détecteurs sont utilisés aux douanes ; ce conteneur a été dévié avant d'y arriver.

Stifer redoutait de plus en plus la perspective qui semblait se dessiner.

— Et Gus Giggs ?

Vadnais grimaça de mépris :

— Il était tellement cupide, qui sait ? Peut-être que pour des millions. Mais il aurait signé son arrêt de mort auprès des Bloody Birds. Ces gars ne chevauchent que des motos américaines ; à leur façon, ce sont des patriotes.

Les deux hommes demeurèrent silencieux, en pensant aux énormes conséquences de leurs suppositions. Les voix des techniciens leur parvenaient du camion à remorque ayant servi d'abri aux activités de contrebande de Giggs. Les spots halogènes installés sur les caisses chauffaient le conteneur comme un four. Vadnais s'essuya le front d'une de ses larges mains :

— Alors, qu'est-ce qu'on fait ?

— Si ces types sont dans le port, il faut les retrouver. Appelons du renfort : les autopatrouilles, la Sûreté du Québec, les fédéraux, tout le monde.

Un rictus déforma les traits épais de Vadnais :

— Je pense que nous devrions y penser à deux fois avant d'appeler la cavalerie. Crois-moi, Moïse est mille fois plus politique qu'Harfang. Il faut s'adresser au capitaine Rochard.

Stifer était conscient qu'il devait suivre le conseil de Vadnais et s'en tenir à la voie hiérarchique.

— J'en parlerai au capitaine, mais ce processus peut prendre du temps. Le port est immense, ces types savent se dissimuler, et nous manquons d'effectifs. Si rien ne bouge d'ici dix minutes, j'appelle l'ONU en renfort !

— T'en fais pas pour les effectifs, grogna Vadnais, j'ai mon idée. Contacte Rochard, et retrouvons-nous dans la remorque.

Stifer contacta Rochard qui, tétanisé, en oublia son budget. Le capitaine lui ordonna d'attendre sa venue avant de commencer quoi que ce soit. Stifer émit un vague grognement, peu disposé à laisser ces assassins se promener dans la nature sans réagir. Il rebroussa chemin jusqu'à la boîte du camion à remorque et vit alors une demi-douzaine d'hommes entourant le cadavre du *hang around*.

— Écoutez bien, dit Vadnais, vous avez vu Gus Giggs, ainsi que votre confrère dont on a fait sauter la tête. Un autre repose à l'hôpital entre la vie et la mort. Ceux qui ont fait ça se cachent dans le port. Comme responsables syndicaux, vous pouvez ameuter vos gars. Il n'y a pas mieux que vous pour fouiller les lieux, trouvez-les !

La rage au ventre, les hommes se ruèrent vers la sortie. Vadnais accrocha l'un d'eux au passage, un type maigre arborant des tatouages dans le cou.

— Attends un peu, Stop. Tu me reconnais ?

— Ouais, t'es Vadnais, de Harfang.

Le policier l'empoigna solidement par le collet :

— Je suis le LIEUTENANT Vadnais. Et j'ai un message pour Bat Plante.

Debout sur la pointe des pieds, le représentant syndical considéra le policier d'un air méprisant :

— Lâche-moi, t'es pas dans ton poste de police ici, t'es au port, chez nous autres !

Vadnais, bouillant de colère, resserra encore sa prise :

— Dis à Bat que les Bloody Birds ont fait une grosse erreur en frayant avec des terroristes !

Cette fois, le motard parut secoué. Il répondit avec véhémence :

— Le club ne fait pas de terrorisme !

Vadnais le relâcha pour le repousser vers la porte :

— Dis-lui que Harfang, ce n'était rien comparé à ce qui s'en vient. Vous êtes dans la mire de Moïse, maintenant. Trouvez ces gars, ou vous le paierez cher !

Une nuit froide d'automne tombait sur le port, percée par les faisceaux des projecteurs. Des équipes composées de débardeurs et de policiers fouillaient les quais, sans arrêt survolés par des hélicoptères. Un cordon de policiers montait la garde sur des kilomètres de barrière, empêchant toute sortie. Des vedettes garde-côtes scrutaient les eaux noirâtres du fleuve. Les services de sécurité mettaient le paquet, mais Payne doutait du résultat.

Le campement installé dans le conteneur lui rappelait trop l'Afghanistan : la position stratégique, les lits éloignés, la vieille théière, la nourriture spartiate, l'organisation dans les moindres détails. Payne avait visité le site de défense près de l'entrée, véritable mur de caisses percé de meurtrières. Le fortin montrait des traces d'occupation. Qui diable possédait suffisamment de vigilance pour organiser un tour de garde dans un caisson métallique isolé au milieu de l'énorme cargo *Siberian Queen* ?

Payne pénétra d'un pas pesant dans le camion de communications. Grant scrutait les ordinateurs d'Échelon à la recherche d'indices. Stifer coordonnait les fouilles, le capitaine Rochard discutait au téléphone afin d'avertir ses maîtres politiques au fur et à mesure.

— Je crois que nous avons un problème, dit l'Américain d'un ton lourd.

Stifer délaissa un instant son micro pour répliquer d'un grognement :

— Vous trouvez ?

Payne grimaça un sourire forcé, avant de reprendre :

— Premièrement, ils ont sûrement quitté la zone portuaire, parce qu'ils jouissaient de la complicité de ce Giggs. Deuxièmement, ils devaient être lourdement armés afin d'être en mesure de mettre à profit le fortin qu'ils avaient établi dans le conteneur. Troisièmement...

Stifer leva le doigt pour le faire taire, écoutant d'un air concentré dans ses écouteurs.

— Nous avons du nouveau ! Un surveillant de barrière a peut-être reconnu les assassins.

On cogna à la porte. Stifer se déplaça pour ouvrir. Un jeune homme intimidé fit son entrée dans le fourgon en compagnie d'un chef syndical qui le présenta aux policiers :

— Paulo, ce gardien est un nouveau. Il avait terminé son quart, on ne pensait pas à lui. Je l'ai appelé à son domicile. Il s'est rappelé avoir aperçu des gars suspects.

— C'est exact, dit le jeune gardien. Un invité de monsieur Giggs est sorti, dans une voiture blanche, accompagné de trois hommes. Quand il est arrivé au port, il n'était accompagné que d'un seul.

— Bingo! dit Grant devant la console. Nous avons une concordance d'empreintes en provenance du Pakistan!

Les policiers s'approchèrent de l'écran où une photo s'affichait lentement. Au-dessous s'inscrivaient les coordonnées de Haji Khan Hajan, suspecté d'appartenir à la Légion du courroux divin.

Payne fit approcher le gardien:

— Vous le reconnaissez?

— Tout à fait, c'est lui! Mais il n'avait pas sa barbe rouge!

— Sa barbe rouge? demanda le capitaine en roulant des yeux inquiets.

— Il est déjà venu plusieurs fois au port, afin de rencontrer Gus Giggs. Il portait alors une barbe teinte en roux. Il était accompagné d'un type, qui était là aujourd'hui. Mais deux visiteurs les accompagnaient à la sortie. Je n'ai pu les voir de près, mais ils paraissaient d'origine arabe.

Les policiers se regardèrent, mal à l'aise.

— Moïse aurait-il franchi les eaux de l'Atlantique?

Rochard fixait son cellulaire d'un air effaré, s'interrogeant sur la façon d'annoncer un tel développement au bureau du maire.

CHAPITRE 30

Retour à Montréal

L'appareil en provenance de Londres se posa à l'aéroport Pierre-Elliott-Trudeau balayé par des vents violents. L'avion zigzagua légèrement sur la piste, provoquant des gémissements chez les passagères assises près de Nabil. L'agente de bord débita quelques formules de bienvenue, puis Nabil suivit la lente file de passagers qui s'engageait dans le terminal d'accueil. Il alla cueillir ses bagages au tapis circulaire, puis fit la queue devant les guérites de la douane.

L'attente lui parut interminable ; le code rouge décrété par toute l'Amérique alourdissait énormément les procédures de contrôle. Nabil s'efforçait de respirer lentement, l'esprit concentré sur une prière. Son recueillement était tout de même perturbé par le babillage de ses voisines de vol, deux dentistes fort excitées par le congrès auquel elles assisteraient dans les prochains jours.

Il fut surpris de la présence de policiers équipés d'armes automatiques surveillant le hall. Il remarqua aussi que des agents en civil aidaient les douaniers dans leur travail. Il déglutit avec peine, ayant du mal à se concentrer sur sa prière. Pour occuper son mental, il entreprit de réciter les strophes du poème que l'Élu avait rédigé à son intention : « Sois patient comme le vautour, impitoyable comme le gerfaut. » Le but approchait, il ne devait pas échouer.

Après plusieurs minutes, il arriva devant le douanier à qui il tendit son passeport canadien. Ce dernier entra le numéro de série dans l'ordinateur, vérifia son dossier à l'écran, feuilleta longuement le document, puis leva la tête :

— Vous avez résidé deux années au Pakistan, monsieur Ullamah ?

— J'étudiais à l'université d'Islamabad.

— Vous avez obtenu votre diplôme ?

Comme pris d'une inspiration subite, Nabil fouilla dans son sac de voyage et en extirpa une grande enveloppe :

— Je l'ai justement avec moi.

Le douanier y jeta un coup d'œil, puis le tendit à l'agent en civil qui l'accompagnait. Le diplôme, rédigé en anglais et en arabe, certifiait que Nabil Ullamah avait réussi avec une mention d'excellence un premier cycle universitaire en littérature arabe. Le document était authentique, fourni par la section opérationnelle de la Légion du courroux divin qui possédait une antenne à l'université d'Islamabad.

L'agent considéra Nabil avec attention : soigneusement rasé, les cheveux courts, il portait un veston sombre et un pantalon de toile. Il paraissait assez maigre, quoique en bonne santé. Son regard était tranquille, il n'affichait aucune fébrilité, et son accent indiquait qu'il avait vécu à Montréal.

— Que pensez-vous faire au pays ?

Nabil fit la moue, soupira légèrement :

— J'aimerais dénicher un travail d'enseignant. Peut-être au cégep en littérature étrangère.

— Avez-vous un endroit pour habiter ?

Nabil donna le nom de sa mère, ainsi que son adresse. Le douanier s'informa de la date de naissance de sa mère, ainsi que de son nom de jeune fille, puis effectua quelques vérifications à l'ordinateur. Satisfait, l'agent remit le passeport au douanier, qui le tendit à Nabil :

— Bon retour au pays, monsieur Ullamah.

L'autobus roulait à toute allure sur l'autoroute 40 en direction de Montréal. Les maisons cossues du West Island défilaient comme des petites boîtes de briques. Un soleil vif dansait sur les carrosseries des voitures qui les entouraient. D'énormes panneaux publicitaires exhibaient des corps de femmes pour promouvoir des produits de luxe. Les tours du centre-ville se dressaient dans le lointain, telles des montagnes de verre enveloppées de smog. L'autobus s'engagea sur le boulevard Métropolitain, surplombant les toits d'immenses centres commerciaux. L'autobus croisa une église aux toits parsemés de drapeaux et d'affiches proclamant sa transformation prochaine en con-dominiums de luxe. Pour Nabil, cette vision illustrait parfaitement la menace qui pesait sur l'islam.

Le véhicule fut bloqué dans un embouteillage, puis s'engagea sur le boulevard Décarie, aux voies emmurées par des remparts de béton. Il emprunta la bretelle s'élevant jusqu'au chemin Queen-Mary, puis surgit sous un soleil radieux au cœur de Montréal. Sa petite valise à la main, Nabil descendit devant le métro et remonta le col de son veston pour se pro-téger du vent violent.

Il acheta un ticket dans l'autobus 51, destination ouest dans Queen-Mary, prit place sur une banquette simple, déposant sa mallette à ses pieds. Il ressentit un haut-le-cœur en se rappelant ses voyages quotidiens vers l'école, alors qu'il angoissait pour ses examens, tout en reluquant les filles inaccessibles qui papotaient dans le fond du bus. Celui-ci prit la rue Fielding et dépassa de grands immeubles à logements. Des gens de toutes nationalités déambulaient dans la rue, effectuant leurs achats. Puis le véhicule se présenta à l'arrêt Walkley : l'endroit lui parut aussi familier qu'avant son départ, à croire qu'il n'avait jamais quitté le quartier.

Il aida une dame noire à descendre son landau. Des étudiants se pressaient autour d'eux pour revenir à la maison. Nabil ne s'était jamais hâté pour revenir chez lui. Son père avait occupé plusieurs emplois pour subvenir aux besoins de sa famille. Fils unique, Nabil s'était ennuyé ferme en compagnie de sa mère. Il avait trompé son ennui en jouant au soccer en soirée avec des amis, puis avait finalement intégré le gang qui hantait le parc. Maintenant moudjahid, il ne pouvait comprendre comment il avait pu alors en arriver là.

Il remonta la rue Walkley vers le nord, croisant quelques barbus qui lui rappelèrent ses voisins de Karachi. Les feuilles mortes s'accumulaient sur les parterres comme un tapis froissé. Quelques pigeons déambulaient avec superbe au beau milieu de la rue ; à Karachi, un commerçant les offrirait à la broche. Un barbu, avec une calotte blanche sur la tête, discutait aimablement avec un passant. Nabil reconnut l'iman Mesta qui officiait à la mosquée du quartier. Celui-ci le dévisagea un instant, cherchant à se souvenir du jeune homme :

— Nabil ! Quelle joie de te revoir !

Ils se donnèrent l'accolade.

— Ta mère m'a dit que tu étudiais à Islamabad.

Nabil répondit vaguement, puis s'informa des activités à la mosquée.

— Excellentes, répondit l'imam avec bonne humeur. Nous préparons les Joies du Ramadan, une distribution gratuite de repas en soirée pour les jeûneurs, ainsi que pour les gens d'autres confessions qui désireront nous visiter. Ce sera une grande célébration pour tous les croyants !

— Il n'existe que des croyants musulmans, répliqua Nabil d'un ton réprobateur.

Mesta le regarda d'un air indulgent :

— Étudiais-tu la théologie dans une école coranique du Waziristân ? Il est vrai qu'ils sont assez rigides, là-bas.

— Non, se défendit Nabil, j'étudiais la littérature arabe à Islamabad.

— Magnifique ! Peut-être alors pourrais-tu réciter quelques poèmes ?

Cette demande le prit de court, lui rappelant un douloureux souvenir : Safiya, son cousin, déclamant ses strophes guerrières devant l'Élu de la Montagne. Ce temps à jamais disparu appartenait à la plus belle époque de sa vie : l'amitié chaleureuse de Safiya l'exaltait, tandis que l'amour d'Aicha paraissait à sa portée.

— Je ne crois pas que cela soit le moment…

L'imam Mesta partit joyeusement à rire :

— Ne t'inquiète pas ! Nous organiserons aussi un événement culturel afin de célébrer notre attachement à Dieu. Nous réunirons des musiciens, des peintres, des chefs cuisiniers et des poètes. Tu pourrais y participer, qu'en dis-tu ?

Nabil s'efforça de garder sa contenance.

— Le ramadan est une période de sacrifice, je ne crois pas que cela soit vraiment indiqué…

— Ce n'est pas seulement une privation, mais aussi une célébration. Cela sera en même temps une excellente occasion de se réunir. Tous les Montréalais sont invités.

— Même les juifs ? demanda Nabil d'une voix étranglée.

— Surtout ceux-là ! répliqua l'imam avec un grand rire. Notre équipe de foot étudiante a battu la leur lors d'un match amical. Un ami rabbin doit venir payer son dû avec un excellent goulasch polonais. Alors qu'en dis-tu ?

— Je verrai, répondit Nabil en quittant brusquement l'imam.

Cette idée de célébration œcuménique l'emplissait de dégoût. L'Occident avec ses idéaux d'universalité détruisait la vraie religion. Pour sa part, il célébrerait le ramadan à la façon des moudjahidin : tous les infidèles seraient invités.

Zaouïa Ullamah parut fort surprise par l'apparition d'Anémone à sa porte. Elle ouvrit quand même de bonne grâce, fidèle à la tradition d'hospitalité de son pays natal. Elle prépara un thé à la menthe, servit quelques biscuits aux amandes, puis prit place dans un fauteuil face à la policière. Anémone avala une petite gorgée du liquide parfumé, puis aborda le sujet de sa visite :

— Je reviens d'Algérie, madame Ullamah, de Sidi-Hamed, précisément.

La dame parut se raidir quelque peu, puis croqua un biscuit, peut-être pour se donner une contenance.

— J'ai rencontré la directrice de l'école, madame Salhi, qui m'a raconté la terrible histoire d'Ismaël Gunaratna, ainsi que de tous les habitants du village.

Zaouïa Ullamah baissa la tête. Anémone crut apercevoir une larme briller dans ses yeux.

— Les enseignants de Sidi-Hamed ont effectué un travail magnifique avec les enfants. J'ai aperçu la plaque des donateurs qui les ont soutenus. Votre nom y figurait, en compagnie de monsieur Gunaratna. Pourriez-vous m'expliquer ?

La dame se leva lentement pour aller s'emparer d'un mouchoir de papier. Elle sécha quelques larmes, se moucha, puis revint prendre place sur le divan. Elle contempla un instant la photo de son fils, puis tourna son regard vers Anémone qui l'observait avec intensité :

— Je connaissais Ismaël, il m'avait raconté le massacre de sa famille. Cela m'avait profondément touchée, j'envoie depuis lors des dons à l'Aïd, cette journée sacrée marquant la fin du ramadan que ces monstres ont utilisé pour perpétrer leur crime.

Anémone se recueillit quelques instants sur le souvenir des victimes, puis attaqua le sujet de front :

— Quelle relation entreteniez-vous avec monsieur Gunaratna ?

La dame parut troublée par le côté direct de la question.

— Je…

Elle se tut, semblant fort gênée. Anémone déposa sa tasse sur la petite table basse, puis reprit d'un ton plus sec :

— Madame Ullamah, je comprends votre pudeur, mais je crois que vous ne comprenez pas la gravité de la situation.

Anémone pointa un petit téléviseur dans un coin :

— Vous écoutez les nouvelles à la télévision ?

— Bien sûr.

— Vous devez donc savoir que le code rouge a été décrété dans toute l'Amérique. La situation est grave. Des terroristes s'apprêtent à frapper, de façon aussi cruelle qu'à Sidi-Hamed.

— Mais, répliqua la dame, Ismaël n'était pas un terroriste.

— Comment pouvez-vous en être aussi certaine ?

La dame parut prise à l'improviste.

— Monsieur Gunaratna stockait de l'information terroriste sur son ordinateur, reprit Anémone, il visitait régulièrement des sites terroristes sur Internet, il vivait de manière très modeste malgré son salaire, et il s'est fait assassiner par un poignard à lame recourbée, de type arabe. De fait, les services de sécurité considèrent Ismaël Gunaratna comme un membre d'une cellule terroriste à Montréal.

Zaouïa Ullamah considéra longuement la policière, comme si elle ne pouvait croire ce qu'elle entendait. Elle laissa son regard errer dans la pièce, puis fixa ses minces doigts entrecroisés avant de répondre d'une voix presque inaudible :

— Ismaël et moi, nous nous fréquentions depuis une année. Mon mari décédé, mon fils parti à l'étranger, je me sentais si seule. Ismaël était un homme généreux, intègre, quoique très tourmenté. Il aidait les femmes à monter leurs sacs d'épicerie, il assistait monsieur Oman dans de petits travaux pour l'immeuble, il offrait la majorité de son salaire aux différentes organisations caritatives de Sidi-Hamed. Il était bon pratiquant, fort respectueux des croyances d'autrui. Mais il existait un côté sombre à sa personnalité.

Madame Ullamah leva le regard vers Anémone.

— Cette terrible sucette le rendait fou.

Anémone se rappela la sucette retrouvée dans la main ensanglantée d'Ismaël Gunaratna. Nerveuse, madame Ullamah se mordilla les lèvres puis reprit :

— Il avait commis de grands crimes par vengeance, dans les maquis d'Algérie. Il avait torturé des terroristes du GIA afin de leur faire cracher la vérité : il lui fallait découvrir les meurtriers de sa famille afin de les punir. Il en a tué plusieurs. Puis, il a décidé d'émigrer afin de refaire sa vie. Il avait tenté de se racheter par la prière et le jeûne, mais la haine gardait son emprise. Il passait ses nuits à fouiller les sites Internet afin de retrouver les moudjahidin du GIA qu'il n'avait pu découvrir. Peu avant sa mort, il m'a confié qu'il en avait retracé un à Montréal.

— Son meurtrier serait donc l'un des bourreaux de Sidi-Hamed ?

— C'est probable, répondit Zaouïa Ullamah d'un ton désespéré.

Soudain, la clé se mit à tourner dans la serrure. La porte s'ouvrit doucement, un jeune homme entra dans la pièce et déposa une valise sur le plancher. Il y eut un instant de stupeur. Puis, Zaouïa Ullamah se jeta dans les bras du nouvel arrivé.

Elle l'embrassa passionnément sur le front et les joues. Elle pleurait tout en lui caressant les mains, marmonnant de douces incantations maternelles en arabe. Puis elle le tira avec douceur en direction du divan où elle le fit asseoir. Le jeune homme répondait de façon calme, quoique d'un ton distant. Anémone s'excusa, consciente d'être une étrangère au milieu de ces retrouvailles. Le jeune homme la regarda à peine alors qu'elle saluait madame Ullamah sur le pas de sa porte.

Anémone descendit en direction du sous-sol où elle entendait retrouver monsieur Oman afin de lui raconter son voyage en Algérie. Son périple à Sidi-Hamed l'avait bouleversée. Elle comptait sur la compassion du sage soudanais pour la rasséréner, comme Ismaël Gunaratna avant elle.

Zaouïa contemplait son fils d'un air extasié. Après avoir tellement craint pour sa vie, voilà qu'il apparaissait comme un ange envoyé du ciel. Elle le trouvait profondément transformé. Un adolescent inquiet l'avait laissée deux années plus tôt, elle accueillait à présent un jeune homme à l'air volontaire, mais au regard curieusement éteint. Elle lui servit du thé, lui offrit des gâteaux, l'interrogea sur son périple au Pakistan.

— Je suis demeuré la plupart du temps à Nangarthar, c'était assez tranquille, répondit Nabil en buvant son thé.

— Tu as effectué ton devoir au Waziristân, répondit Zaouïa pleine d'espoir, tu peux maintenant revenir avec honneur fonder une famille.

— Mon devoir ne fait que commencer, mère.

Zaouïa déglutit, sentant une sourde panique l'envahir. Le ton utilisé dénotait plus une fin qu'un début. Elle demanda des nouvelles de leur famille. Nabil narra les derniers mariages à Nangarthar, quelques naissances de garçons, le travail incessant du Dr Ullamah à la clinique de la Fondation.

— J'ai su qu'il avait perdu ses deux enfants adoptifs, répondit Zaouïa d'une voix étouffée.

Le regard de Nabil parut se perdre dans le lointain; Zaouïa ressentit la souffrance de son fils dans sa chair. Son fils unique, qu'elle avait allaité, soigné, nourri, bercé de comptines pachtounes. Ce garçon aux yeux clairs qui lui récitait des strophes d'amour. Cet adolescent qui souffrait tant de l'absence de son père. Ce jeune homme au cœur brûlant, en quête d'absolu. Elle tenta de deviner les souffrances qui l'assaillaient : des amitiés perdues, une innocence détruite, un amour laissé à Nangarthar ?

— Veux-tu déposer ta valise dans ta chambre ?

Son fils la dévisagea quelques instants, puis se leva sans un mot pour aller dans la petite pièce. Il en fit lentement le tour, observant le lit qu'il avait occupé durant son enfance. Les lieux brillaient de propreté, les modèles réduits de ses avions de guerre s'alignaient près de la fenêtre. Il saisit le petit ours en peluche qui l'avait rassuré durant son sommeil d'enfant, le tint à bout de bras un court moment, puis le déposa sur l'oreiller. Enfin, il quitta la pièce, en refermant avec soin la porte derrière lui.

Nabil reprit place sur le divan, invitant sa mère à s'asseoir à ses côtés. Elle accepta avec empressement. Zaouïa observait avec appréhension la petite valise restée dans l'entrée. Nabil prit sa mère par les épaules, puis dit d'un ton pressant :

— Tu dois retourner à Islamabad.

— Mais pourquoi ? Je suis bien à Montréal.

— Tu es seule, tu n'as plus de famille.

Zaouïa enserra le genou de son fils :

— Mais tu es revenu !

— Je devrai de nouveau partir, mère. Tu serais mieux dans notre pays.

— Mon pays est ici.

— C'est un pays d'incroyants !

Zaouïa parut fort surprise :

— Cet immeuble est rempli de croyants ! Nous avons notre propre mosquée où l'imam Mesta nous conseille. Nous organisons les Joies du Ramadan afin de nous rassembler et fêter notre foi. L'islam est une grande famille qui plonge ses racines ici même.

Nabil parut se raidir. Zaouïa reconnaissait les symptômes de sa colère, comme à l'époque où il argumentait pour aller rejoindre ses amis dans le parc. Il admirait le chef du gang qui rôdait dans le quartier. Nabil était si influençable : il recherchait toujours un mentor pour guider sa vie. Elle se désolait qu'il n'ait pu fréquenter l'imam Mesta durant son adolescence. On l'aurait initié aux fleurs du Coran plutôt qu'à ses sabres.

Nabil lui prit les mains, plongeant les yeux dans les siens.

— Tu dois partir, mère, ce lieu est dangereux.

Zaouïa sentit sa gorge s'assécher :

— Que veux-tu dire ?

— Je sais... de source sûre, que l'Amérique sera frappée d'un grand châtiment. Tu es innocente, tu ne dois pas demeurer ici.

— Mais tous ces gens, nos amis, nos concitoyens, que leur arrivera-t-il ?

— Tu dois partir, mère. Tout de suite.

— Est-ce relié à ce code rouge dont parlent tous les journaux ?

Nabil se pencha vers elle afin de la prendre dans ses bras. À travers les vêtements de son fils, elle perçut ses muscles, ses os, se rendant compte combien il avait maigri. Qu'avait-il vécu au Waziristân ?

Il répondit d'une voix douce :

— J'ai de l'argent. Tu achèteras un billet d'avion dès ce soir, la famille t'attend à Nangarthar.

Zaouïa était complètement désorientée.

— Ce soir ! Mais... Nabil ?

Nabil la regarda longuement de ses yeux sombres :

— Mère, ne me fais-tu pas confiance ?

Zaouïa plongea ses yeux dans ceux de l'homme qui la tenait dans ses bras. Lui faire confiance ? Le regard de son fils brillait d'amour pour elle, mais son visage trahissait une dureté qu'elle ne lui connaissait pas.

— Nabil… que se passe-t-il ? Qu'as-tu fait ?

Nabil parut décontenancé. Une lueur inquiète brilla dans ses yeux sombres ; elle espéra l'avoir touché. Il baissa la tête, un geste d'enfant pris en faute. Puis, il lui releva le chef, le regard brûlant :

— Mère, écoute-moi bien. Père est décédé. Je suis l'homme de la famille. Tu dois m'obéir ! Tu pars ce soir pour une terre sacrée d'islam !

— Mais Nabil… cette terre est sacrée ! Ses habitants sont sacrés ! Nous sommes tous des enfants de Dieu !

Elle s'aperçut qu'elle le secouait en tous sens, les yeux baignés de larmes. Elle aurait tant voulu le réveiller. L'extirper de ce cauchemar ! Après toutes ces horreurs qu'elle avait entendues d'Ismaël, verrait-elle son fils se métamorphoser en un bourreau comme ceux qui avaient martyrisé la Mitidja ?

Le téléphone sonna. Des sonneries stridentes, qui écorchaient les nerfs. Nabil repoussa doucement sa mère et alla répondre. Il écouta avec une attention extrême. Il parut se transformer, comme si une énergie puissante avait transité par le combiné. Il murmura un bref assentiment, puis raccrocha. Zaouïa se leva sur-le-champ pour lui prendre les mains.

— Mère, fais tes valises. Des amis sont prêts à t'accompagner à l'aéroport. Un avion décolle ce soir pour Londres. De là, tu embarqueras pour Islamabad.

Zaouïa ne savait que faire. Des monstres avaient-ils séduit l'âme ardente de son fils afin de l'induire au mal ?

Elle ne le reconnaissait plus, mais il demeurait Nabil, le garçon qu'elle avait allaité. Elle se devait de le sauver.

— J'accepte de partir ce soir si tu m'accompagnes.

Zaouïa aperçut une étincelle de pitié dans les yeux de son fils. Il lui sourit tendrement, caressa son épaule. Le frôlement d'un ange.

— Tu pars ce soir, et je te rejoindrai dans trois jours. C'est promis. Tu n'as rien à craindre. Nous marcherons bientôt dans notre village natal, au milieu de notre famille.

Il lui embrassa le front. Puis il se retourna brusquement, s'empara de sa valise, franchit la porte. Ses pas claquèrent dans les escaliers, la porte du vestibule grinça sur ses gongs. Zaouïa mordit ses poings d'une bouche tremblante. Verrait-elle son fils de nouveau?

Nabil sortit dans un soleil éclatant d'automne qui scintillait sur les feuilles dorées des érables. Il remonta rapidement Walkley en direction de Fielding. Parvenu au coin de la rue, il aperçut la Toyota blanche garée près de l'arrêt d'autobus. Un homme solide tenait le volant, un rosaire inséré entre deux doigts arqués. Nabil passa par le trottoir, cogna deux petits coups sur la vitre. Un déclic se fit entendre à la portière avant. Il prit place, sa valise sur les genoux.

— Es-tu prêt pour le sacrifice? demanda le chauffeur.

— La Mort sainte est l'Arche du Paradis, répondit Nabil.

— Je suis Haji Khan Hajan, dit l'homme en l'embrassant par deux fois sur les joues. Ta mère est-elle prête pour l'aéroport?

— Elle prépare ses valises, déclara Nabil d'une voix altérée.

Inquisiteur, Khan le dévisagea, comme à la recherche de fragilité.

— Elle sera fière de son fils.

Nabil en doutait. Il fit alors descendre la force du djihad dans son cœur. Il se rappelait trop bien sa faiblesse envers Aicha. Les djinns de l'amour ne devaient pas l'empêtrer.

Khan prit son cellulaire :

— Escortez-la à l'aéroport.

Il lorgna le rétroviseur puis démarra :

— Ne t'inquiète pas, des amis veilleront sur elle dès son arrivée à Islamabad. La mère d'un martyr est une personne sacrée.

Rassuré sur le sort de sa mère, Nabil se sentit en proie à une grande excitation. Il allait enfin découvrir les détails de sa mission.

— Où allons-nous ?

— Rencontrer un ami.

— Qui donc ?

Khan se gratta le menton de ses doigts arqués, tout en souriant :

— Moïse, qui d'autre ?

CHAPITRE 31

L'égorgeur de la rue Walkley

Stifer cheminait au milieu du parc La Fontaine d'un pas pesant. Il hésitait sur la conduite à suivre. Selon son expérience, les faits confessés par des délinquants n'étaient jamais complets. Ils gommaient souvent les aspérités de leurs souvenirs, spécialement ceux qui pouvaient les troubler. Mais Éric était mourant, peut-être devrait-il le ménager. Par contre, son engagement envers le jeune homme perdrait de son essence s'il évacuait les vrais enjeux à la veille de sa mort. Toutefois, Stifer doutait de son propre motif : désirait-il obtenir la vérité pour le bénéfice d'Éric ou du sien ?

Stifer prit place sur un banc, chauffant son visage au soleil, en dessous d'un grand chêne qui déployait son ombrage multicolore. Des chardonnerets sautillaient entre des branches. Il prit conscience qu'il appréciait le simple fait d'être en vie. Peut-être cette sensation provenait-elle de la nuit précédente : une nuit noire, à angoisser, en pensant aux terribles conséquences de Moïse. Ou, peut-être, il n'osait se l'avouer, parce qu'il ne reposait pas à l'hôpital, branché à des solutés pleins d'opiacés, victime d'un assassin silencieux qui décimait ses cellules.

Une circulation dense s'écoulait vers le centre-ville; les gens ne semblaient pas troublés par le code rouge.

Les services de la police contrôlaient l'information, mais des rumeurs circulaient dans les milieux policiers. Personne n'était capable d'affirmer qu'une bombe atomique naine avait été introduite dans la ville, mais il était impossible d'en écarter l'éventualité. La panique pouvait prendre à tout moment.

Ce qui le ramenait à Éric. Celui-ci voyait enfin sa mort prochaine. Stifer avait senti la peur dans sa voix. Le jeune homme craignait-il d'affronter sa mort, ou sa propre vérité? Dans ce contexte, comment Stifer pouvait-il l'aider dans son passage? Par une écoute compréhensive de ses confidences, par une prospection de ses souvenirs ou par un interrogatoire?

Ce qui le ramenait à lui-même. Stifer détestait les dossiers non résolus. Il en faisait une affaire personnelle. Il récusait toute négligence vis-à-vis des victimes et traquait la vérité sans compromis afin de rendre justice. Mais comme toute chose, la justice était relative. Souvent, il ne s'agissait que de proclamer la vérité, d'extirper les faits de leurs sombres cachettes. Stifer ne pouvait tolérer qu'on laisse croupir ces victimes de viol dans l'oubli.

Stifer observa des écureuils qui se chamaillaient pour la possession d'une noix, puis quitta son banc. Il ne savait quelle attitude adopter envers Éric, mais il avait pris l'engagement de ne pas l'abandonner.

Anémone écoutait les contes du désert, fascinée par l'éloquence de monsieur Oman. Le destin tragique d'Ismaël Gunaratna racontée par madame Ullamah et l'angoisse de la policière face à la terrible menace de Moïse se dissipaient dans la magie des légendes bédouines.

Assis au milieu du vieux divan, Oman demanda doucement:

— Permettez que je prépare un nouveau thé, madame Laurent?

Anémone s'ébroua du rêve magique dans lequel elle baignait depuis son arrivée, consulta sa montre, puis quitta vivement son fauteuil:

— Non merci, je dois revenir au bureau.

Le concierge la raccompagna à la porte. Il lui offrit un livre.

— De vieilles légendes soudanaises y sont narrées, autant musulmanes qu'animistes. Peut-être seriez-vous désireuse de le consulter?

Anémone le remercia, heureuse de découvrir un monde de djinns, de guerriers valeureux, de sorcières intrigantes. Elle franchit la porte, le livre dans une main, son sac dans l'autre. Elle approchait des marches menant au rez-de-chaussée, quand la porte extérieure s'ouvrit. Un homme mince, le teint foncé, le visage dur, pénétra dans l'entrée. Ce fut son regard qui la frappa: vide, comme un ciel noir d'hiver.

Oman, qui observait du pas de sa porte, dit dans un souffle:

— Il est venu quelquefois, je le reconnais. Madame Ullamah est terrorisée par cet individu.

Anémone décida de l'intercepter; elle avait des questions à lui poser.

Affreusement maigre, Éric reposait sur le lit. Il respirait avec difficulté, et, sous sa chemise de nuit, ses jambes ressemblaient à des échasses. Le sac à soluté fiché dans sa veine débitait des gouttes opiacées, probablement dosées au maximum. La photo de Shooter reposait bien en évidence sur la commode de formica blanc. Le jeune homme tourna doucement la tête quand Stifer prit place sur la chaise d'invité.

— Ça va, mon gars ?

Les lèvres minces exhalaient un souffle rauque.

— Ça fait de plus en plus mal. Ils ont de la difficulté à doser, j'ai toujours envie de vomir.

La peau du visage collait sur les os, les taches d'acné semblaient se dissoudre dans la chair. La main posée près du corps rappelait celle d'un vieillard. Stifer s'en empara doucement et la tint dans la sienne. Éric ne s'en offusqua pas. Les doigts pâles disparurent dans la grosse main tavelée de Stifer.

— Tu as montré du courage en narrant tes histoires de surveillant pour le gang. Te sens-tu mieux ?

— Ouais, un peu, répondit Éric en soupirant.

Stifer observa sa propre main, si forte comparée à celle qu'elle serrait. La vie filait à toute allure. Un jour, sa propre main reposerait peut-être dans celle d'un autre. Quels secrets confierait-il alors ?

— Il est important de faire le tour de la question, Éric.

Éric regardait le plafond en silence. Une infirmière stagiaire fit son apparition près du lit ; elle surveilla les instruments, régla le sac à soluté.

— Les choses ont dû déraper plus d'une fois, continua Stifer. Des victimes se sont débattues, des témoins se sont pointés. Qu'est-il alors arrivé ?

Éric crachota rageusement :

— Vous ne lâchez jamais, hein ?

Le ton irrité d'Éric fit sourciller la stagiaire. Elle invita aussitôt Stifer à quitter la chambre. Celui-ci obtempéra, pour se retrouver dans le corridor où cheminait difficilement une colonne de patients en direction du solarium. La jeune femme appela la chef d'étage qui se présenta quelques minutes plus tard.

— Bonjour, Julien.

— Bonjour, France.

— Qu'est-ce qui ne va pas ?

— Ce bénévole prend trop de libertés avec le patient, expliqua la jeune stagiaire, offusquée.

— C'est-à-dire ? interrogea calmement la responsable.

— Ce monsieur harcèle le patient de ses questions. J'ai aperçu son manège plusieurs fois. Il le met toujours de mauvaise humeur. Il l'épuise ! Il n'a pas le droit de faire cela !

L'infirmière-chef considéra Stifer d'un air préoccupé.

— On ne devrait pas troubler ses derniers instants, Julien. La tranquillité est la seule qualité de vie qu'il lui reste.

Stifer appréciait les actes accomplis dans un but de justice. Il était reconnaissant à cette stagiaire de prendre fait et cause pour son patient. Il lui répondit avec bienveillance :

— Vivre sa vérité est la seule qualité de vie qui soit, mademoiselle. J'essaie de l'offrir à Éric avant son passage.

— Qu'en savez-vous ? répondit sèchement la jeune femme. Qui êtes-vous pour affirmer une telle chose ?

Stifer soupira, s'interrogeant de nouveau sur l'identité du véritable motif de cette quête de vérité : le salut d'Éric ou sa propre soif de justice ?

— Je ne suis qu'un flic fatigué. Demandez au patient ce qu'il désire.

L'infirmière-chef opina, puis s'engouffra dans la chambre. Stifer offrit un sourire à la stagiaire, mais elle le surveillait avec circonspection, craignant peut-être qu'il aille terroriser les autres patients de l'étage. Stifer s'attendait à être congédié. France Vernant fit son apparition et s'adressa directement à la stagiaire :

— Le patient désire la présence du bénévole.

Cette requête surprit Stifer. Il rejoignit Éric qui reposait sur le lit, les yeux mi-clos. Stifer reprit place près de lui. Le silence dura si longtemps que Stifer eut l'impression que le jeune homme s'était endormi.

— Ça fait mal, gémit Éric en s'ébrouant légèrement.

Stifer lui reprit la main, froide comme un glaçon.

— J'appelle l'infirmière ?

De petites rivières serpentaient entre les joues décharnées du jeune homme. Stifer s'aperçut qu'il pleurait silencieusement depuis longtemps.

— Non… il n'y a pas de remèdes pour ça. Je…

— Oui.

— Je veux raconter ce qui est arrivé. Ce n'était… pas de ma faute.

Stifer demeura silencieux, attentif comme une chouette dans un sapin.

— Je promenais Shooter toutes les nuits, je le laissais courir en liberté. J'avais remarqué une lueur derrière une église. Je me suis arrêté, j'ai vu une femme sur un banc, qui fixait une chandelle. Alors, je me suis dit…

Éric déglutit, exhala un râlement d'agonie, lécha ses lèvres. Stifer lui humecta la bouche avec un tampon mouillé.

— Ouais, alors je me suis dit… que je pouvais faire ça moi-même. Parce que… parce que ça… ça m'excitait. Shooter serait mon surveillant. Ouais, Shooter, il était bon pour ça… Pour surveiller.

Il pivota la tête sur le côté, remonta la gorge, haleta de douleur.

— Ah, que ça fait mal !

Des larmes coulaient sur les joues décharnées d'Éric. Tétanisé par cette révélation, Stifer visualisait le jardin derrière la petite église du West Island où il s'était promené de nombreuses fois en compagnie de Paul Adams.

— Ouais, alors, alors… j'ai ouvert la grille, je suis entré avec Shooter. Elle m'a aperçu, Shooter s'est mis à gronder. Elle a eu peur. J'ai voulu la retenir par la manche, elle s'est débattue, elle est tombée, sa tête a frappé une pierre. C'est… c'est ça.

Éric ne bougea plus, épuisé. Stifer revit la femme pasteur allongée sur le sol, la tête auréolée d'une grande flaque sanglante. Un appel au 911 aurait pu la sauver, mais Éric avait plutôt déguerpi. Il se remémora les visites du mari éploré, les indices qu'il énumérait pour relancer l'enquête : sa femme priant derrière l'église, la petite chandelle, la grille non cadenassée, la manche déchirée, les crottes de chien. Ne restait que la canette.

— Tu buvais de la bière, Éric ?

Il répondit d'un ton faible, lointain :

— Tous les soirs… en sortant Shooter.

Stifer caressa doucement le front du jeune malade, prisant son courage : il avait affronté sa vérité.

Effondrée sur son tapis de prière, Zaouïa suppliait l'Éternel pour le salut de son fils. Elle récitait ses suppliques, les yeux baignés de larmes, sourde aux grincements de la porte qui s'ouvrit dans son dos. Elle offrait sa propre vie pour celle de Nabil, la chair de sa chair, cet enfant que le ciel lui avait confié. Elle transcendait son chagrin, sa culpabilité, ses rêves brisés, sa solitude, son effroi pour s'immerger dans l'amour de l'Éternel, se dissoudre dans sa compassion. Le plancher craqua tout près. Zaouïa releva la tête.

Avec horreur, elle aperçut la silhouette maigre de Yar Muhammad dans le salon.

— Que faites-vous ici ?

L'homme sourit sans chaleur.

— Je dois vous amener à l'aéroport. Où sont vos valises ?

— Je… Je…

Zaouïa se rendit alors compte que l'amour de son fils lui faisait perdre la raison. Elle s'apprêtait à s'enfuir, abandonnant les gens de sa communauté à leur sort. Dans quel horrible crime Yar Muhammad allait-il entraîner Nabil ?

Yar Muhammad surprit son hésitation. Il se jeta sur elle, l'agrippa à la gorge, la fit tournoyer et la souleva violemment. Une prise d'acier lui enserra la nuque, un souffle lourd envahit son oreille, un éclair scintilla, ses pieds glissèrent sur le tapis de prière, un coup de tonnerre frappa la pièce, un fil froid lui entailla la gorge.

Zaouïa tombait dans un précipice aussi noir que la mort. Des voix crièrent tout près. Une vitre explosa, le bois des meubles éclata, des masses s'effondrèrent avec fracas. Le bruit terrible lui fit croire qu'elle descendait aux enfers.

Anémone gravissait les marches à toute allure. Elle poussa le battant resté entrouvert, brandissant son revolver. Elle aperçut l'homme qui soulevait la femme aussi facilement qu'une poupée. La lame brilla dans la lumière de la lampe. Anémone tira aussitôt. L'homme fut projeté contre le mur, mais le terrible cercle de sa lame frôla Zaouïa qui s'effondra sur le tapis.

Zaouïa semblait blessée à la gorge. Anémone se précipita à son chevet. Une flaque de sang tâchait sa robe grise. La policière cherchait frénétiquement un linge pour arrêter l'hémorragie. Elle enroula la blessure de son écharpe de laine, puis se rendit compte que l'assaillant avait disparu. Un fauteuil s'envola dans sa direction pour la heurter violemment à la poitrine. Une lampe explosa dans la fenêtre derrière elle. Le souffle court, elle repoussa le canapé, tentant vivement de retrouver l'arme qui lui avait échappé.

Une forme sombre fonçait vers elle. Elle se plaqua au sol pour échapper au cercle mortel du poignard. Elle frappa un tibia, entendit un cri de douleur. Anémone tenta de se relever, mais une souffrance intense lui vrillait l'épaule. Son adversaire lui décrocha un coup de pied au ventre, puis l'accrocha par les cheveux, arquant violemment sa nuque. Anémone comprit avec horreur que sa gorge, nue, sans défense, s'apprêtait à se faire violer par la lame.

Alors, elle hurla pour sa vie et rabattit sa tête de toutes ses forces. Son crâne s'embrasa, quand les cheveux s'arrachèrent par poignées. La lame frôla la tête, fauchant sa chevelure à moitié arrachée. Anémone roula sur le côté et ramena brutalement ses pieds dans le ventre de son adversaire. L'homme fut projeté contre le divan. L'épaule ensanglantée, il se releva lentement pour la dévisager avec haine.

Anémone vit alors la crosse du revolver sous un fauteuil retourné et se rua pour s'en emparer. L'égorgeur s'élança à son tour, mais happé par-derrière, il virevolta sur lui-même. La silhouette dégingandée d'Oman apparut, brandissant le poignard de son père. Il l'abattit farouchement sur l'assassin qui s'écroula à ses pieds. Enjambant sa victime, le concierge s'approcha de Zaouïa afin de raffermir le garrot de tissu sur la gorge.

— La blessure paraît superficielle, dit Oman avec soulagement. Mais il y a beaucoup de sang. Elle s'est évanouie. Comment allez-vous ?

— Pas trop mal, répondit Anémone en grimaçant. Merci pour votre assistance.

La calotte de son crâne la brûlait atrocement, son épaule l'élançait jusqu'en haut de la nuque. Oman tira le téléphone par le fil jusqu'à ce qu'il arrive à sa hauteur. Il appela le 911 pour obtenir du secours. Zaouïa émergeait peu à peu de son inconscience. Elle s'agrippa la gorge, haleta violemment pour reprendre son souffle. Oman la rassura avec douceur :

— Calmez-vous, vous êtes hors de danger. Demeurez couchée, l'ambulance est en route.

Anémone regarda avec stupeur ses boucles ensanglantées qui tapissaient le plancher. La sensation avait été horrible, comme si on lui avait écorché le crâne. Elle se releva avec peine pour aller examiner l'homme allongé. Oman lui avait planté le poignard en plein cœur.

Elle s'approcha de Zaouïa blessée. Le linge entourant sa gorge n'était pas trop ensanglanté. Anémone se rappela l'avoir aperçue glisser sur son tapis de prière. Cette chute devait lui avoir sauvé la vie. Mais elle tremblait violemment, en état de choc. Des bruits de pas précipités provenaient de la cage d'escalier. Des policiers entrèrent, prudents.

Anémone s'identifia, puis donna quelques instructions aux ambulanciers qui arrivèrent peu après. Une policière considérait son crâne à moitié scalpé d'un air effaré. Oman s'empara d'un foulard de madame Ullamah et lui enveloppa la tête. Il le noua d'une main experte, puis conclut avec le sourire :

— Il vous va à merveille, madame la détective Laurent.

L'ambulance roulait à toute allure, sirène hurlante. Les automobiles se déplaçaient en tous sens pour leur céder le passage. Anémone laissa un message dans la boîte vocale de Stifer afin de l'avertir des événements, puis s'empara de la main de Zaouïa allongée sur sa civière. La dame hoquetait et pleurait sans arrêt. Elle tenta de la réconforter avec des paroles apaisantes. La dame serra la main d'Anémone, puis dit en haletant :

— Mon fils est en danger !

— Pourquoi donc ? demanda Anémone d'un ton alarmé.

— Il… Il…

La dame parut hésiter, se tut. Elle respirait fortement, comme en hyperventilation. Sa gorge enflait sous le bandage.

— Vous connaissiez votre agresseur ? interrogea Anémone avec délicatesse.

Zaouïa demanda d'un ton suppliant :

— Mon rosaire, s'il vous plaît, il est dans la poche de ma robe !

Anémone fouilla rapidement, puis tendit le chapelet. Zaouïa le saisit avec force. Ce geste parut la calmer. Sa respiration prit un rythme plus régulier.

— Qui était l'agresseur ? redemanda Anémone.

Le regard de Zaouïa était en proie à un profond désespoir.

— C'est… l'assassin d'Ismaël.

— Comment pouvez-vous le savoir ?

— Ismaël avait découvert un des terroristes du GIA et voulait le confondre. Il m'en avait parlé, j'avais tenté de le dissuader. J'ai cru qu'il avait abandonné cette idée. Mais, un soir, on a cogné à ma porte. C'était…

Lui… Yar Muhammad… Il portait des taches de sang… celui d'Ismaël !

Elle se mit à trembler de nouveau ; Anémone posa une main rassurante sur son épaule. La blessée se mit à observer de gauche à droite, d'un air inquiet.

— On m'amène à l'hôpital ?

— Nous voulons nous assurer que vous ne souffrez pas d'une blessure interne. Continuez, je vous prie. Que s'est-il passé cette nuit-là ?

— Yar Muhammad s'est caché dans mon appartement. Il s'est lavé du sang d'Ismaël, il a nettoyé le plancher du corridor, puis il est parti deux heures plus tard.

— Deux heures ? s'étonna Anémone.

— Oh ! Pauvre Ismaël ! dit la dame en sanglotant de plus belle. Son assassin était dans mon logement, et je ne pouvais rien faire.

— Il vous a bâillonnée ?

— Non, il m'a demandé de prier.

Anémone était complètement déroutée.

— Prier ? Pour Ismaël ?

— Non, pour mon fils.

— L'assassin connaissait donc votre fils ?

Les yeux mouillés, Zaouïa renifla fortement.

— Yar Muhammad servait de chauffeur à Souhila, une dame qui m'apportait le courrier de mon fils.

Anémone s'approcha, sidérée.

— Souhila, la dame qui a péri dans l'explosion de la rue Ellendale ?

L'ambulance envoyait de bruyants coups de sirène afin de faire dégager un taxi.

— Oui, c'est elle.

— Pourquoi n'avez-vous rien dit au sujet de cet assassin ?

Totalement désemparée, Zaouïa se mordait les poings.

— Il… Il apportait le courrier de mon fils.

— Il croyait votre fils en danger ?

— Ces requêtes à la prière, c'étaient à la fois une requête et une… menace. Contre mon fils. Je ne savais que faire. Quand il est parti, j'ai téléphoné à la police.

Anémone saisit subitement le sens de ces paroles :

— Votre fils fait donc partie de la cellule terroriste d'Ellendale ?

Zaouïa pressa son rosaire contre ses lèvres, puis prononça avec horreur :

— Je… Je le crois. Il s'est allié à des monstres comme Yar Muhammad ! Il s'est trompé de djihad, on a leurré son âme !

CHAPITRE 32

La souris de l'Élu

La Toyota blanche se gara rue Notre-Dame face à un prestigieux immeuble de condominiums. Nabil descendit de voiture, transportant sa valise. Les eaux glauques du fleuve Saint-Laurent paraissaient figées dans les bassins du Vieux-Port. Un vent frisquet chassait les feuilles mortes au milieu des pavés. Khan inséra de la monnaie dans un parcomètre, puis conduisit le jeune homme vers une entrée entourée de vieilles pierres.

Ils franchirent un vaste vestibule, empruntèrent un ascenseur pour émerger au quatrième étage. Ils stoppèrent devant une lourde porte. Khan frappa deux fois. Le battant s'entrouvrit, et le cheikh Isamuddan apparut pour le saisir à bras-le-corps et l'embrasser fraternellement sur les joues.

— Bienvenue, mon frère, en cette terre du djihad !

Le cœur battant, Nabil entra dans l'appartement. Il pleura de joie à la vue de Mahazza Bin Émir. Le visage glabre, aminci et fatigué, son chef lui offrit une chaleureuse accolade, puis l'entraîna dans un salon. La cage de la souris brune était installée sur le rebord de la fenêtre, profitant des derniers rayons de soleil. Nabil s'émerveilla une nouvelle fois de la piété de son chef. Il avait transporté le présent de l'Élu à travers la moitié du monde.

Une théière, des pâtisseries et des cigarettes turques reposaient sur une table de verre. L'émir fit asseoir le jeune homme près de lui, sur un divan de cuir. Il servit lui-même le thé, tandis que Kahn et le cheikh prenaient place dans des fauteuils.

— Depuis quand êtes-vous arrivés à Montréal?

— Quelques jours, répondit le cheikh Isamuddan d'une voix éraillée. Le voyage fut difficile. Mais enfin, nous avons posé pied en Amérique!

— Vous avez voyagé en avion?

— Nous avons emprunté une voie différente, répondit l'émir en sirotant son verre de thé bouillant.

Le jeune homme contemplait son chef d'un air fasciné. Leur dernière rencontre s'était déroulée dans le désert, alors qu'ils voyageaient au milieu d'une caravane. Voilà maintenant qu'ils se retrouvaient dans un appartement luxueux de Montréal, vêtus à l'occidentale, profitant d'une vue sur le Vieux-Port. Il scruta la pièce, aperçut des caisses de munitions empilées dans un coin, mais ne vit pas la valise. Il avala une gorgée de thé sucré, observant les hommes qui l'entouraient.

Le cheikh Isamuddan ressemblait aux musiciens qui égayaient les cérémonies de mariage pakistanaises à Montréal. Khan rappelait un commerçant de tapis de l'avenue du Parc. L'Émir, vêtu simplement, évoquait les immigrants employés dans les usines de textiles de Saint-Laurent. Il était curieux d'imaginer que ces hommes feraient bientôt trembler l'Amérique.

— J'ai su que tu avais éprouvé des difficultés au Pakistan, dit l'émir.

— Les combattants chez qui je logeais ont été attaqués par les services de sécurité. Mais j'ai pu m'enfuir.

— Tu t'es bien débrouillé, apprécia l'émir.

Puis, d'un ton ému, il reprit :

— Le docteur Ullamah m'a tenu informé des événements de Nangarthar.

Le visage de Nabil s'assombrit au souvenir d'Aicha fauchée par la rafale du fusil-mitrailleur. Il se remémora sa visite sur sa tombe. Il s'était déplacé de nuit, afin d'échapper aux foudres du Badal. La lune blanche peignait la stèle d'une triste auréole. Il avait longuement prié pour l'arrivée d'Aicha au paradis. Une chouette avait hululé, tout près. Il avait compris que l'âme de son Aimée attendrait la venue de Khattabba, le jeune interne, et non la sienne.

— Les houris te consoleront, dit doucement le cheikh Isamuddan. Tu peux oublier ta peine.

Le cheikh était curieusement serein, cela provenait peut-être de la conclusion prochaine de sa quête. Mais les promesses des houris réservées aux martyrs n'émouvaient pas Nabil outre mesure. Il se sacrifiait pour mériter la rédemption, pas les plaisirs.

— Ta résolution est-elle intacte ? s'informa Mahazza Bin Émir.

— Elle n'a pas faibli.

— Bien. Le châtiment du Grand Satan approche.

Nabil sentit un frisson d'excitation dans sa colonne.

— Je suis prêt, émir.

— Ton rôle est primordial, tu as été choisi par l'Élu lui-même, parce qu'il a décelé ta fermeté face à la souffrance.

Nabil fronça les sourcils, il ne comprenait pas comment une explosion atomique pouvait le faire souffrir. Elle volatiliserait son corps en une fraction

de seconde et soufflerait son âme vers le paradis.
Soudain, Nabil s'inquiéta :

— J'aimerais voir la valise.

Le cheikh Isamuddan observa son chef, qui
accepta d'un signe de tête. Le garde du corps ac-
compagna Nabil jusqu'à une chambre adjacente où
trônait un énorme lit en bronze. Il se pencha en dessous pour en extraire la valise. Nabil observa la
malle aux flancs blindés qui l'avaient sauvée des
éclats du missile. Safiya n'avait pas eu cette chance.

Il s'approcha pour l'ausculter. Cabossée, sale, elle
faisait mauvaise impression. Il semblait improbable
qu'elle puisse receler une puissance aussi terrifiante.
Le cheikh s'en empara pour la ramener au salon. Khan
et l'émir s'affairaient à ranger armes et munitions
dans de gros sacs de sport.

— Où la ferais-je exploser ? demanda Nabil.

Les moudjahidin finirent de ranger le matériel près
de la porte. Khan et le cheikh Isamuddan embrassèrent
solennellement Nabil, puis s'esquivèrent en emportant
le matériel. Le cheikh Isamuddan partit à son tour,
charriant la valise. Nabil se retrouva seul en compagnie
de l'émir et de la souris.

— Tu restes ici, fils.

— Que dois-je faire ?

— Ton djihad.

— Mais comment ? Vous emportez la valise !

Mahazza Bin Émir se retourna pour pointer la
souris qui reposait dans sa cage :

— Elle t'est dédiée, fils.

Nabil se sentait complètement désorienté :

— Je dois la nourrir ?

L'Émir le considéra de ses yeux perçants, puis
reprit d'une voix lente :

— De ta chair.

— Je ne comprends pas, émir.

— L'Élu t'a choisi pour ta fermeté dans la foi. Ton dévouement à la cause. Ta fermeté face à la douleur. Rappelle-toi ses paroles !

Nabil se rappela le poème reçu des mains du vieux guerrier à Nangarthar, et murmura : « Sois patient comme le vautour, impitoyable comme le gerfaut. »

L'émir enserra son épaule d'une poigne vigoureuse :

— Tu t'es montré suffisamment patient, fils. L'heure est maintenant venue d'être impitoyable.

Stifer quittait l'hôpital d'un pas lent, songeant aux hasards de l'existence qui avaient mis Éric sur son chemin. Comment concevoir qu'un des dossiers du Temple de l'oubli puisse se résoudre dans cet hôpital ? L'écran de son cellulaire indiquait un message en attente. Il écouta celui d'Anémone qui narrait l'attentat commis contre madame Ullamah et ses révélations quant à son fils. Il fut sidéré d'apprendre qu'un nouvel homicide se réglait dans la journée. Gunaratna avait été assassiné par l'un des meurtriers de sa propre famille. Il transmit aussitôt le message à l'agent Grant du SCRS, lui demandant de lancer les recherches afin de retrouver Nabil Ullamah.

Son cellulaire vibra dans sa main :

— Julien, c'est Conrad. Viens me rejoindre au parc La Fontaine.

Stifer observa la rangée d'arbres qui bordait le parc de l'autre côté de la rue.

— Anémone est blessée, je veux la voir.

Stifer imaginait l'horreur que son adjointe avait dû subir.

— Lucien est déjà près d'elle. Bat Plante veut nous rencontrer. Viens me rejoindre près de l'étang.

Stifer traversa la rue en direction du parc. Il emprunta un sentier, marchant d'un bon pas en direction du bassin. Des visages connus sillonnaient les alentours, des hommes du service qui assuraient la sécurité. Il reconnut un couple qui s'embrassait passionnément contre un arbre : des petits nouveaux qui faisaient du zèle. Vadnais patientait sur un banc, observant les écureuils qui se chamaillaient pour du maïs soufflé qu'il leur lançait. Stifer prit place à ses côtés

Vadnais consulta l'énorme montre qui ornait son poignet. Modèle antichoc, propre aux interrogatoires vigoureux.

— Bat devrait arriver d'un instant à l'autre.

Ils attendirent quelques minutes. Stifer se rappela le message d'Anémone, narrant l'attentat. Il était furieux : Anémone ne cessait de se plaindre de la présence de Lucien comme chaperon. Elle aurait pu facilement y rester. Une chance que ce concierge était intervenu.

— Tu accompagnais un mourant ? demanda Vadnais avec une légère brusquerie qui trahissait son malaise.

— Je fais ça depuis quelque temps.

— J'ai su que tu avais accompagné Antoine.

— Oui, dit Stifer, se rappelant l'inspecteur souffrant d'un cancer. C'était mon premier client.

— J'ai travaillé avec lui, aux mœurs. C'était un type bien. Il était tout seul, veuf, sans enfant.

Stifer admira les feuilles sèches naviguant sur l'étang comme de petits bateaux multicolores ; elles lui rappelèrent les âmes traversant le Styx.

Vadnais empoigna son cellulaire pour répondre à un appel.

— Il arrive. Avec deux gardes du corps, tel que convenu.

Stifer remarqua des enfants qui couraient autour d'eux. Il espérait que la rencontre ne tourne pas mal. L'endroit se prêtait peu aux fusillades.

Un homme trapu, l'air dur, approchait en boitant un peu, deux hommes derrière lui. Il stoppa devant eux. À l'invitation de Vadnais, il s'assit sur le banc. Les deux *hang around* prirent position entre les arbres. Le motard alluma une cigarette, souffla un jet de fumée, puis s'adressa brusquement à Vadnais :

— Mon avocat m'a averti que vous alliez assimiler les Bloody Birds à une organisation terroriste. Ça n'a pas de bon sens !

Vadnais sortit une lourde enveloppe de son manteau et la tendit au chef motard sans un mot. Celui-ci la parcourut rapidement, puis pâlit.

— Sacre ! Ce n'est pas vrai !

— Tu remarqueras les signatures, Bat. Le Solliciteur général du Canada et le ministre de la Justice du Québec qualifient officiellement les Bloody Birds d'organisation terroriste. Le secrétaire de la sécurité intérieure des États-Unis fera de même dans les vingt-quatre heures suivantes pour tous les chapitres américains. Le club sera interdit dans toute l'Amérique, ses possessions saisies, ses membres emprisonnés.

Vadnais laissa l'information couler profondément dans la conscience de Plante, puis reprit :

— Comment vont réagir les chapitres américains, Bat ? Quand ils apprendront que les gars du Québec les ont qualifiés pour être une organisation terroriste ?

— Ça n'a pas de sens ! Vous n'avez pas le droit !

Vadnais leva le ton :

— Oublie Harfang, Bat. Nous jouons dans une autre ligue, maintenant. C'est Moïse ! La sécurité de l'Amérique est en jeu ! Il n'y a plus de droit qui tienne !

— C'est quoi, Moïse ?

— C'est la menace qui justifie le code rouge, dit Stifer. Qui provient du conteneur que les Bloody Birds ont intercepté.

Plante se mit presque à crier :

— Mais qu'est-ce qu'il y avait dans ce fichu conteneur ?

— À toi de nous le dire, et vite, dit Vadnais d'un ton menaçant.

Le chef motard parut se ramasser sur lui-même. Il grimaça, écrasa rageusement son mégot sous sa botte. Puis, il répondit d'une voix sombre :

— C'était une transaction entre ce renégat de Giggs et Haji Khan Hajan, appelé Barberousse. Khan trafiquait de l'héroïne qu'il importait du Pakistan. Il a tué Giggs, c'est sûr, mais je ne sais rien d'autre. J'ai mis toute l'organisation aux trousses de Khan, on va finir par le retrouver.

— Il sera trop tard, dit Stifer.

Le chef motard considéra Stifer avec rancœur :

— Ouais, je sais, on sera déjà identifiés comme des terroristes.

— Pire que ça, Bat. Tu as des enfants ?

Le motard jeta un regard noir en direction du policier.

— J'en ai quatre. Que personne ne s'avise de les menacer !

— Moïse les menace. Khan a fait entrer une arme de destruction massive dans le pays. Dans la catastrophe qui s'annonce, les enfants seront les plus touchés. Les tiens, et tous les autres.

Bat Plante s'alluma une nouvelle cigarette, puis s'abîma dans ses pensées. Les deux *hang around* près des arbres observaient la scène, mal à l'aise. Vadnais examinait ses gros poings d'un air songeur.

Stifer tentait de chasser de son esprit les images d'écoles dévastées.

Le chef motard releva finalement le torse, montrant qu'il avait pris une décision :

— Si je vous ai demandé de me rencontrer ici, c'est que j'ai un gars dans l'hôpital d'en face.

— Oui, dit Vadnais. Un des *hang around* qui accompagnait Giggs dans le conteneur. Sa condition est sérieuse.

— Je dois lui parler.

Vadnais empoigna son cellulaire pour aviser le capitaine. Il résuma la situation, puis, gardant le cellulaire en main, s'adressa à Plante :

— Je t'accompagnerai dans la chambre.

— Pas question, il ne dira rien si t'es là.

Vadnais expliqua la position de Plante au capitaine, hocha la tête, fourra l'appareil dans sa poche. Il tapota l'enveloppe de l'arrêté ministériel :

— Si tu fais des conneries, cela devient officiel dans la minute qui suit.

Ils escortèrent Plante jusqu'à la chambre gardée par une équipe de policiers armés. Ils avisèrent le chef de garde qui laissa entrer Plante, non sans l'avoir soigneusement fouillé. Stifer fit quelques pas dans le corridor afin de s'éloigner. Il appela le mari de la femme pasteur. Il lui narra la confession d'Éric, qui reposait quelques étages plus haut, puis ils prirent rendez-vous.

Bat Plante demeura près de quinze minutes dans la chambre, puis il réapparut, l'air préoccupé. Un bataillon d'infirmières s'engouffra après lui afin de s'assurer de l'état du patient. Plante suivit les deux policiers dans une pièce inoccupée.

— Max n'a pas eu le temps d'apercevoir ce que Barberousse transportait dans le conteneur, dit Bat.

Il a été abattu par-derrière alors qu'il allait retrouver Giggs dans le camion.

— Cela ne nous avance pas à grand-chose, répliqua Vadnais d'une voix dure.

Plante s'appuya contre un lit aux draps minutieusement ajustés.

— Max accompagnait Giggs dans tous ses déplacements. Giggs était son parrain dans l'organisation. Ils ont livré des cargaisons d'armes à Barberousse en échange de kilos d'héroïne.

Plante ne put s'empêcher de grimacer en imaginant les profits perdus :

— Giggs agissait pour son propre compte, sans en parler au club. Il nous volait !

— Où ont-ils effectué les livraisons ? demanda Stifer.

Le chef motard regarda Vadnais dans les yeux :

— Dans la ferme de Barberousse, près de la frontière américaine.

La tension monta d'un cran dans la pièce.

— La frontière est vaste, dit Vadnais. Où, exactement ?

Bat Plante considéra les policiers de ses petits yeux sombres :

— Si je suis un terroriste, pourquoi vous le dire ?

— Nous déchirerons l'arrêté ministériel si tu nous mènes à ces types.

— Tu n'as pas ce pouvoir, Vadnais.

Le lieutenant téléphona de nouveau au capitaine Rochard, l'informa de la situation, puis tendit l'appareil à Giggs. Le chef motard prit l'appel, écouta en silence, puis marmonna :

— OK pour Moïse, mais Harfang ?

Bat parut réfléchir, puis ajouta :

— Vous conservez les accusations de meurtre à mon égard ?

Le chef motard parut de fort mauvaise humeur. Il ferma le cellulaire, l'envoya à Vadnais qui l'attrapa au vol.

— Le village de Stanhope, près de la frontière. Troisième rang. Une maison de briques jaunâtres. L'allée est fermée par une chaîne.

— Quelles armes ont-ils livrées ? interrogea Stifer.

— Des fusils-mitrailleurs, des lance-roquettes, des grenades...

— Rien que ça ? grimaça Vadnais.

Plante fit un rictus de plaisir morbide, imaginant peut-être la réception qui attendait les services de police dans la ferme de Stanhope. Stifer contacta aussitôt Grant pour l'aviser. Une telle opération relevait de l'armée canadienne.

Quelques infirmières devisaient près du poste de garde, les murmures de la télévision se déversaient d'une chambre. Paul Adams avançait à pas lents, rempli d'appréhension en examinant les numéros qui défilaient à sa gauche. Adams s'étonnait des destins croisés qui avaient mené à la vérité. Un mourant avait décidé de se confier à un bénévole, ce bénévole œuvrait aux homicides, Paul harcelait celui-ci depuis des années au sujet de la mort de sa femme.

Ils stoppèrent devant une chambre silencieuse. Le lieutenant Stifer posa une main sur son coude.

— Il se nomme Éric. Il ne lui reste plus beaucoup de forces.

Adams hésitait à entrer. Ses belles intentions s'étaient envolées. La vérité avait éclaté, alors pourquoi insister ? Le souvenir de sa femme le poussait dans cette chambre. Son cœur lui criait le désir de Julia. Il poussa le battant, Stifer demeura dans le corridor, fermant derrière lui. Adams prit place sur la chaise de cuirette verte. Un léger râle provenait d'une forme frêle enfouie sous les couvertures.

Puis, il discerna la tête, les traits du visage. Un jeune homme le regardait. Adams fut horrifié par sa maigreur. Une peau jaunâtre s'étirait mollement sur ses joues, les lèvres étaient asséchées.

— Je suis Paul Adams, le mari de Julia.

Le jeune homme le fixa longuement, puis articula avec peine.

— Je... Je...

Adams attendit patiemment. Mais le jeune homme demeurait muet. Il semblait incapable d'articuler une parole, trop épuisé. Adams s'attendait à des confidences, peut-être une confession larmoyante. Voilà qu'il se butait au silence. Il ne savait comment réagir. Il répugnait à mettre les mots dans la bouche du jeune homme. Il revit Julia, la tête fracassée contre une pierre. L'auréole sanglante autour de sa chevelure blonde. « À lui de confesser son crime. »

Puis le visage souriant de Julia lui revint en mémoire, sa compassion envers ceux qui avaient erré. Pour qui venait-il ce soir ? Pour lui-même ou Julia ?

Au prix d'un immense effort, il dit :

— Éric, vous avez tué Julia ?

Le jeune homme hocha la tête. Adams éclata en sanglots. Il se rappela le jour de ses noces, la main de Julia dans la sienne. Ses lèvres dans ses paumes alors qu'elle s'excusait d'une colère. Leurs marches silencieuses le long des berges du Saint-Laurent. Leurs soirées à admirer les étoiles dans la cour de l'église.

— Pourquoi ?

Un long râle, puis le jeune homme articula avec difficulté :

— Ma... ma faute.

Adams comprit qu'Éric regrettait son geste. Qu'il emporterait cet acte avec lui dans l'éternité. Il imagina le visage souriant de Julia flottant dans la chambre. Au prix d'un grand effort, il s'empara de la main aussi froide qu'une pierre :

— Éric, Julia te pardonne. Je... je te pardonne aussi.

Il garda la main dans la sienne jusqu'à ce que le souffle s'éteigne.

CHAPITRE 33

L'invasion de l'Amérique

Le museau brunâtre frémissait d'impatience devant le morceau de fromage que Nabil présentait devant les barreaux. Sa prestance montrait bien que le courage ne se mesurait pas à la taille. Son rôle avait consisté à traverser la moitié de la planète afin de porter le Badal en Amérique. Elle avait survécu à l'assaut contre le refuge de l'Élu, à la traversée du champ de mines, à l'attaque au missile, à la traversée de l'océan.

Nabil agita de nouveau le fromage, excitant encore plus la souris, qui jeûnait depuis plusieurs jours. Celle-ci le fixait de ses yeux furieux. Ils s'affrontaient ainsi au milieu de la salle de bains aux murs recouverts de marbre. Nabil avait préalablement pris son bain rituel dans l'imposante baignoire, puis s'était soigneusement récuré les doigts. Mahazza Bin Émir l'avait bien prévenu : ce bain serait le dernier. Il ne pourrait subir aucune autre immersion, de peur de compromettre sa mission.

Il récita une courte prière, brassa la cage, ouvrit le fermoir, puis fourra le doigt dans l'ouverture. Il tressaillit quand la bête le mordit violemment. Des larmes lui vinrent aux yeux, mais il ne cria pas. Il retira le doigt ensanglanté, résista à l'envie de se précipiter au robinet pour laver la blessure. Il se dirigea vers le salon où il tira les portes coulissantes donnant sur le balcon.

Il ouvrit la cage, laissant sortir la souris wazirie. La brave bête avait accompli sa mission. Elle pouvait maintenant courir vers son destin. Le rongeur observa Nabil quelques instants, peut-être surpris de sa remise en liberté, puis sa queue coupée disparut entre deux briques.

Mike scrutait intensément les écrans de la base al-Udeid où des images de la ferme de Stanhope prenaient différentes teintes olivâtres. Le drone volait à très basse altitude. La zone avait été interdite à la circulation aérienne dans un radian de cinquante kilomètres. Mais des bourrasques violentes bousculaient le léger appareil, et les imprécations enragées du pilote gâchaient parfois sa concentration.

Le protocole antiterroriste nord-américain prévoyait des opérations conjointes canado-américaines du même type que celles effectuées en Afghanistan. L'assaut en cours suivait ce mode de fonctionnement. Les contrôleurs de la base al-Udeid au Qatar analysaient ces images, puis les retransmettaient aux forces d'élite du FOI2[27] qui encerclaient les bâtiments. Un appareil de chasse F18 survolait la zone, prêt à écraser la cible d'une bombe intelligente.

Le sergent-chef Vernier posa le genou près d'un arbre, ses hommes prenant silencieusement position aux alentours. Ils portaient de lourds vêtements blindés, un casque triple épaisseur, des gants tissés d'acier.

---

27. La Deuxième Force opérationnelle interarmée (FOI2), l'unité des forces d'opérations spéciales des Forces canadiennes, responsable des opérations fédérales antiterroristes.

Leur assaut contre la ferme ressemblerait aux charges insensées des chevaliers d'autrefois. On foncerait sans reculer, peu importaient les pertes. Il fallait s'emparer de la bombe naine.

Les fenêtres du bâtiment dégorgeaient d'une lueur intense dans ses lunettes de vision nocturne. Les arbres se découpaient comme de grandes sentinelles près d'un hangar qui se dressait à sa droite.

— Prenez vos positions, dit la voix du contrôleur dans son oreille gauche.

Vernier prit place au sein de l'unité de trois hommes chargée d'enfoncer la porte d'entrée. Les autres trios s'établirent devant les fenêtres. Il ajusta son casque, enfila deux chargeurs dans sa ceinture, défit le cran de sûreté de son fusil-mitrailleur à canon court. Une ombre passa devant le mince croissant de lune. Si les choses tournaient mal, ils ne seraient pas seuls. Leur sacrifice serait capté par un ange de métal.

— GO !

Vernier se mit à courir derrière son partenaire avant qui balança un missile dans la porte. Un escalier apparut dans son champ de vision. Son partenaire arrière balança une grenade à percussion au-dessus de sa tête : une foudre blanche explosa dans le corridor. Vernier se rua dans les marches, posa le pied sur le palier. Trois portes closes s'alignaient le long d'une petite galerie. Il enfonça celle du centre. La pièce montrait un lit défait, un pot à eau sur une commode. Il passa son arme sous le lit, ouvrit vivement une garde-robe. Il entendait les bruits de fouille de ses partenaires dans les pièces adjacentes. Il se rapporta au contrôleur :

— Chambre centrale : vide !

Une striée de balles le frôla de près à sa gauche. Vernier se jeta contre le sol. Il roula vivement en direction du mur, empoigna un paquet explosif à sa jambe, le plaça contre la cloison, pressa le détonateur, roula d'un mètre. Le mur s'ouvrit dans une explosion de plâtre. Vernier écrasa la gâchette du fusil-mitrailleur, bondit en tirant droit au travers de l'ouverture.

Une nouvelle rafale entra par une porte encastrée dans le mur de droite, faisant crépiter le plâtre autour de lui. Il chuta sur le dos, criant dans son micro : « Ennemi dans la salle de bains ! » Les bruits des équipes de soutien gravissant les marches résonnaient tout près. Vernier se retourna sur le ventre, enfila un nouveau chargeur, fonça droit sur la porte qui se désintégrait sous son tir.

Une massue le frappa à la poitrine, son cou tournoya violemment. Il tomba sur le ventre, tirant toujours. Une explosion retentit, les fusils hurlaient comme des sirènes, les crépitements du métal soumis à la mitraille résonnaient dans ses oreilles. Puis un grand silence se fit dans la maison.

Des voix grésillèrent dans les écouteurs de Mike, rapportant un terroriste abattu dans une baignoire. On annonça deux blessés, sérieux, mais sans danger. Les autres terroristes demeuraient introuvables.

— La bombe naine ? L'avez-vous retrouvée ? demanda anxieusement Mike à son correspondant du FOI2.

— Nulle part à la ferme. Les compteurs Geiger ne détectent rien non plus aux alentours.

Nabil souffrait mille morts. Sa peau, sa bouche, ses yeux le démangeaient de façon atroce. Il se consumait de fièvre depuis des heures, des pustules commençaient à apparaître sur son corps. Il se grattait alors furieusement, un liquide sombre s'en écoulait,

puis le supplice augmentait d'intensité. Il se leva
péniblement du lit pour se diriger d'un pas incertain
vers la salle de bains. Il s'observa un moment dans
l'immense glace : sa peau tournait au gris, un abcès
se développait sous son oreille gauche.

La baignoire se reflétait dans le miroir comme le
mirage d'une oasis. Il imagina l'eau tiède couler sur
sa tête, cascader sur ses épaules, laver ses plaies,
baigner ses pieds. Il se remémora les ordres de
Mahazza Bin Émir l'enjoignant à fuir l'eau jusqu'à
la fin. Il se regarda de nouveau dans la glace. Ses
yeux brillaient d'une curieuse lueur : la peur.

Il tenta de se raisonner. La crainte n'avait pas sa
place dans son combat. Il obéissait aux injonctions
de ses chefs. Il suivait la voie qui menait au salut.
Que pouvait-il craindre, hormis la souffrance ? Il défiait
pourtant la douleur depuis des heures. Il aperçut
avec horreur des fissures sanguinolentes sur ses lèvres.
Il ouvrit la bouche avec difficulté, laissant échapper
un faible gémissement. Bientôt, il ne serait peut-être
plus en mesure de prononcer une parole.

Nabil revint vers le salon, traînant son corps comme
un grand sac brûlant. Il ouvrit la porte-fenêtre, un air
vif d'automne le rafraîchit un peu. Un grand bouleau
aux feuilles jaunes s'élevait au milieu d'un jardin.
Une chatte à robe noire somnolait sur un banc. Cela lui
rappela des jours heureux, alors qu'Aicha rayonnait
de beauté sous son austère burka noire. Nabil se rendit jusqu'à sa valise, en extirpa le poignard au manche
ciselé d'argent que Safiya avait gagné au bouzkachi,
et l'enfila à sa ceinture. L'arme lui rendit son courage.
Il consulta sa montre : encore onze heures à supporter
la douleur.

Stifer franchit la porte enfoncée avec précaution. Des douilles tapissaient les planchers, la mitraille avait éventré murs et plafonds. Anémone suivait derrière, ses bottes écrasant les débris de verre. Ils prirent pied sur le palier aux murs éventrés par les tirs. Ils entrèrent dans une salle de bains maculée de sang. Un homme était étendu dans la baignoire, le front cisaillé par une rafale.

Une kalachnikov reposait près de lui, entourée de chargeurs vides. Deux doigts arqués de la main gauche serraient un rosaire taché de sang. Stifer se pencha pour examiner le cadavre. Une barbe naissante couvrait son menton.

— Barberousse ? demanda Anémone.

La tête enveloppée d'un foulard, Anémone gardait une posture raide, comme si elle craignait tout mouvement. Son épaule paraissait encore fragile. Stifer s'étonna de la résistance de la jeune femme. Peu d'inspecteurs auraient survécu à l'assaut de Yar Muhammad. Stifer avait examiné au laboratoire des touffes de sa chevelure scalpée durant l'agression. Anémone Laurent méritait de vivre.

— Cela en a tout l'air, dit Stifer en comparant le cadavre avec un cliché en provenance du Pakistan.

Grant apparut derrière eux :

— Des traces mènent vers les bois. Il s'agit sûrement des types qui ont assassiné Giggs. Peut-être ont-ils la valise naine avec eux. La moitié des forces de l'Amérique est à leur recherche. Ils finiront bien par les retrouver.

Stifer quitta la pièce, laissant Barberousse rencontrer son Créateur.

La chambre se peignait de zones d'ombre, la journée tirait à sa fin. Ses yeux avaient commencé à couler, sa peau se couvrait, par endroits, de plaques suintantes. Une acidité dégoûtante lui rongeait la gorge. Ses entrailles lui paraissaient la proie de milliers de poignards. Son lit était trempé de sueur. Il observa le réveil: encore deux heures pour sa délivrance.

Des rires résonnaient dans la rue. Les dentistes nord-américains quittaient le palais des Congrès pour se rendre dans le Vieux-Montréal. Un feu d'artifice y serait lancé en leur honneur. Ils reprendraient ensuite l'avion vers leurs villes d'origine. Nabil ne serait alors plus seul dans la douleur. L'Ange de la Mort viendrait s'emparer de ces gens par milliers. Il prendrait aussi leurs familles, leurs enfants, leurs amis. L'Amérique entière se tordrait dans le supplice et le repentir. La vision de l'Élu de la Montagne se réaliserait par la grâce de son propre sacrifice. Le Badal serait consommé.

Sa poitrine maigre courbée devant les écrans, Mike scrutait nerveusement la forêt multicolore qui s'étendait sous les ailes du drone. Une agitation affolée régnait dans le centre de contrôle. Les drones survolaient le Québec en rangs aussi serrés qu'une immense volée d'oies en automne. Il leur fallait découvrir une bombe naine sous cette toiture de feuilles rougeoyantes.

Le pilote engagea l'avion miniature au-dessus d'une vallée, auscultant le torrent qui coulait en son milieu, puis vira en direction ouest. Les senseurs infrarouges scrutaient le paysage à la recherche de chaleur humaine. Les analystes travaillaient avec l'hypothèse que les terroristes se déplaçaient à pied, ce qui concentrait la zone de recherches à un cercle de dix kilomètres de Stanhope, mais qui s'agrandissait de cinq kilomètres à l'heure.

— Personne en dessous, dit le pilote.

L'avion vira de trente degrés afin d'obtenir un meilleur angle de vue. Les puissantes caméras zoomèrent sur le groupe immobile au milieu de la forêt. L'écran exposa deux individus portant des sacs à dos et parlementant avec des militaires. Les soldats patrouillaient les pistes de randonnée qui sillonnaient la région. Mike demanda au pilote de reprendre sa course au-dessus des denses forêts.

Les rayons d'un soleil déclinant apparurent sur son écran de surveillance.

— Cibles mouvantes détectées, dit le pilote.

Les senseurs infrarouges indiquaient cette fois trois formes calorifiques se déplaçant à vitesse de marche au milieu de la forêt. Le pilote fit descendre l'appareil afin d'obtenir une meilleure visibilité dans l'obscurité qui s'installait. Les caméras fouillèrent la forêt, puis captèrent des ombres noires entre les arbres. L'engin-espion modifia de nouveau sa trajectoire : une ourse noire apparut soudain à l'écran, suivie de deux petits qui couraient derrière elle.

Les phares balayaient les rues de Montréal. Anémone ouvrit la fenêtre pour respirer l'air frisquet. Elle enleva délicatement son foulard, effleura le pansement sur sa tête. La sensation de brûlure s'estompait. Elle appréciait le fait d'être en vie, de respirer l'air pimenté de feuilles mortes, de sentir son corps ballotté par la voiture.

La lame apparut dans sa mémoire, étincelante sous sa gorge. Elle n'osait imaginer l'effroi des victimes de Sidi-Hamed quand les terroristes avaient défoncé leurs portes, éventrant toute leur famille. Les rares survivants de l'attaque s'étaient retrouvés seuls, sans leurs proches pour les consoler. Elle-même, qui avait-elle pour la réconforter ? Ses parents étaient décédés. Les hommes passaient dans sa vie comme des étoiles filantes.

— Ça va ? demanda Stifer d'un air inquiet.

— Ça va, répondit-elle en esquissant un sourire courageux.

Elle hésitait à se confier au lieutenant. Elle ne voulait pas se placer en position de faiblesse. Stifer s'empara de son cellulaire qui sonnait :

— Stifer.

Le lieutenant écouta, l'air grave. Puis il déposa le gyrophare sur le toit et enfonça l'accélérateur. Les traits bleus et rouges cisaillèrent frénétiquement l'obscurité.

— Que se passe-t-il ?

— On aurait vu Nabil Ullamah au Vieux-Port. L'endroit est plein de congressistes venus assister à un feu d'artifice. On craint un attentat suicide.

Mahazza Bin Émir agrippa une poignée de feuilles mortes, la froissa dans sa main gauche, puis en huma la fragrance pétillante. L'imposante silhouette du cheikh Isamuddan se dévoilait sous un gros amas de branchages. Des faisceaux de lance-roquettes étaient camouflés dans une cavité mousseuse. Les flancs de la valise émergeaient sous un tas de bois mort.

Mahazza ressentait la fatigue d'une marche éreintante. Les moudjahidin étaient familiers des montagnes désertiques du Waziristân, mais éprouvaient de la difficulté à se déplacer au milieu des forêts touffues d'Amérique du Nord. Ils devaient sans cesse vérifier leurs positions au GPS et scruter leurs cartes. Ils avaient peu progressé, affrontant des ravins, des marécages boueux, des fourrés aux branchages aussi entrecroisés que des barbelés. Les vastes horizons waziris leur manquaient.

Les rafales entendues au loin démontraient que leur refuge avait été découvert. Khan devait avoir péri en martyr. Mahazza espérait que la mission de Nabil réussirait. Il craignait pour sa part de ne pouvoir se rendre à New York afin d'y faire détoner la bombe. Une armée complète semblait avoir envahi la forêt. Mais Mahazza ne craignait pas les soldats dont il pourrait facilement découvrir l'approche. Il redoutait plutôt les drones invisibles qui les épiaient comme des rapaces. Ils demeuraient cachés sous des amas de feuilles le temps de courtes pauses. Ils se restaurèrent d'une ration de dattes, puis reprirent leur route.

Des coups de feu retentirent non loin. Ils se jetèrent sur le sol, rampèrent jusqu'à l'abri d'un rocher.

— Ce n'était pas un M16, chuchota le cheikh Isamuddan.

— C'est du gros calibre. Peut-être des chasseurs.

— Ils ont sûrement un véhicule, dit le cheikh en caressant la cicatrice de son œil.

Un véhicule tout-terrain leur permettrait de s'éloigner rapidement de la zone de recherches. Prudents, ils se dirigèrent vers le lieu du coup de feu. Ils débouchèrent sur une clairière où deux hommes éventraient un gros ours noir. Les chasseurs furent abattus d'une rafale. Mahazza fouilla les cadavres tandis que le cheikh Isamuddan coupait une touffe de poils de la bête. Il l'enfouit sous sa veste comme porte-bonheur.

Deux oursons apparurent alors entre les branches, hésitant à rejoindre leur mère. Isamuddan leur parla doucement en pachtoune, puis récita une courte prière à leur intention. Les guerres saintes ne devaient pas toucher l'innocence des animaux sauvages. Ils reprirent leur route, marchant avec précaution. Isamuddan peinait à transporter la lourde valise dans la semi-obscurité qui s'installait. Ils trébuchaient sur des racines, les branches des sapins leur fouettaient le visage. Ils parvinrent enfin sur un mince chemin serpentant entre les feuillages cramoisis.

Un bruit d'hélicoptère les fit trembler un moment. Mais l'appareil s'éloigna dans un rugissement de rotor. Ils se cachèrent dans un ravin, où ils demeurèrent jusqu'à l'arrivée de la nuit. Mahazza Bin Émir enfila alors ses lunettes de vision nocturne. Le paysage apparut sous un aspect fantomatique, comme s'il accédait au royaume des morts. Il scruta les alentours. Des yeux immenses le firent sursauter. Un hibou le contemplait solennellement d'une haute branche. Mahazza entoura son rosaire autour de la gâchette de sa kalachnikov.

Nabil portait le poignard de Safiya sous son manteau, les billes de son rosaire cliquetaient sur sa poitrine. Chaque mouvement engendrait son lot de douleurs. Les croûtes de ses plaies frottaient contre le tissu de ses vêtements, suintant un pus blanchâtre qui coulait le long de ses membres, déclenchant des démangeaisons horribles.

Des explosions colorées envahissaient le ciel. Une musique criarde assaillait ses oreilles. Il distinguait difficilement sa route à travers le brouillard qui voilait ses yeux brûlants. Il traversa lentement la rue Notre-Dame. Une calèche faillit le heurter, le conducteur entreprit de l'invectiver. Des touristes affluaient de toutes parts. Une explosion orangée embrasa le ciel alors qu'il posait le pied sur les galets de la place Jacques-Cartier. Des hourras s'élevèrent de la foule.

Des gyrophares de police striaient la nuit au-delà. Nabil n'y prit pas garde, il avançait toujours vers les quais du Vieux-Port où la foule se faisait plus dense. Il s'arrêta un moment. La souffrance lui parut si intense qu'il crut défaillir. Une fillette quitta le cercle protecteur de sa famille pour s'approcher.

— Allez-vous bien, monsieur ?

Ses grands yeux noirs flamboyaient sous les explosions lumineuses. Elle lui rappela Aicha, alors qu'elle fixait le gerfaut. Il imagina alors des pustules lui dévorer le visage. Il entendit ses cris pendant qu'elle se tordait de douleur dans son lit. Il entrevit son maigre cadavre enveloppé d'un linceul maculé de pus.

— Viens, chérie, laisse le monsieur tranquille.

Une dame tira l'enfant par la main, tandis que le père le considérait d'un air suspicieux.

— Avez-vous besoin d'aide ? Vous paraissez malade.

Nabil émit un grognement, puis poursuivit sa route. Il désirait s'éloigner le plus possible de cette famille. Des gens l'entouraient, mais il s'en écartait instinctivement. Il trébucha sur les pavés de la rue Saint-Paul. Les bâtiments portuaires étincelaient sous les gerbes colorées qui cascadaient du ciel étoilé. Il eut une pensée pour Zaouïa, sa mère, qui devait être rendue à Londres, peut-être à Islamabad. Il espérait qu'elle comprendrait son geste.

La pente se faisait plus raide en direction du fleuve. Nabil descendait trop vite. Il se reprit alors qu'il allait tomber. Il franchit les barrières du Vieux-Port entourées d'énormes bouches de plastique gonflées. Une affiche lumineuse souhaitait la bienvenue aux dentistes d'Amérique. Il titubait de plus en plus, les passants le dévisageaient avec curiosité, ignorant qu'ils croisaient une bombe vivante.

Nabil s'accouda enfin contre la rambarde surplombant les quais flottants de la marina. Les eaux glauques l'attiraient irrésistiblement. Il imagina les flots glacés envelopper son corps brûlant d'une délicieuse fraîcheur. Il recula vivement, se rappelant les injonctions de l'émir : le bacille ne résistait pas à la submersion. Il provenait d'une souche militaire de la peste mise au point par les laboratoires soviétiques.

Soudain, Nabil prit conscience qu'il hésitait à terminer sa mission. Il avait laissé la maladie accomplir son œuvre sur lui, mais il ne l'avait transmise à personne. Il hésitait à transmettre sa douleur à autrui. La souffrance était trop intolérable pour la partager. Elle représentait son destin, son châtiment pour la mort injuste d'Aicha, pour son Badal sur Ouri le fauconnier, pour le meurtre insensé de l'adolescent qui l'accompagnait.

Il ne savait que faire. Le djihad devait être si simple, si lumineux.

— Nabil !

Une femme à la tête recouverte d'un foulard s'approchait en gesticulant. Il crut apercevoir Aicha courir vers lui. Il serra le manche ciselé de son poignard en souvenir de Safiya, son cousin. La vie heureuse du Waziristân refluait en lui. Il mourrait avec le souvenir de ses deux amis. Il brandit l'arme. Des gens se mirent à crier.

Mike refusa la cafetière tendue par un assistant ; il préférait le liquide stagnant au fond de son verre dont le fiel amer fouettait sa concentration. Il déplia brusquement son corps maigre vers l'écran à sa gauche, mastiquant avec frénésie sa vieille plaquette de chewing-gum. Les nouvelles signatures corporelles captées par le drone lui semblaient fort suspectes.

Elles n'étaient que deux, alors que les militaires patrouillaient par groupes de trois. Elles suivaient un tracé forestier menant vers un étang à l'ouest : un couple de cerfs de Virginie cheminant vers un point d'eau ?

Le pilote fit tournoyer l'engin afin de parvenir à un meilleur angle de vue. Les puissantes caméras scrutèrent les ombres sous les feuillages, puis captèrent deux silhouettes dans un rayon de lune. La première, de petite taille, portait un faisceau de lance-roquettes sur le dos. La deuxième, plus massive, ressemblait à un énorme bossu. Cette scène lui rappela une image antérieure, alors qu'une colonne de moudjahidin s'enfuyait en direction d'une barrière montagneuse. Mike avertit le QG, fit armer les deux missiles Hellfire sous les flancs de l'engin.

L'ordre revint aussitôt : « Destruction de la valise. »

— La bosse sur le gros type, les deux missiles en tandem.

Le pilote peignit la forme sombre d'un rayon laser, poursuivant la cible qui s'était remise en mouvement, comme le joueur attentif d'un jeu vidéo.

— Mise à feu.

— Missiles lancés.

Les propulseurs brillèrent faiblement sur les écrans verdâtres, puis les branches éclatèrent au milieu d'une forte lueur.

Mike observa ensuite les silhouettes vêtues de lourdes combinaisons avancer prudemment au milieu des débris de chair et de métal. Les techniciens s'employaient déjà à décontaminer la zone des débris radioactifs. Les lynx pourraient s'y promener dès la venue de l'hiver.

Une escouade de policiers se rassemblait à l'arrière du bâtiment historique de l'hôtel de ville. Une intervention était planifiée afin de mettre fin aux réjouissances de la place Jacques-Cartier sans engendrer la panique. Stifer lui demanda de patienter quelques minutes, avant de s'engouffrer dans le véhicule de commandement, mais Anémone ressentait l'urgence d'agir. Elle savait qu'elle était la seule policière à avoir croisé le jeune homme. Elle se mit à courir en direction du Vieux-Port.

Une marée d'adultes déambulait avec de petits cartons autour du cou. Les haut-parleurs déversaient une musique entraînante au-dessus des têtes. Anémone circulait entre les groupes, essayant de reconnaître le jeune homme parmi les badauds. Son épaule blessée l'élançait à chaque pas posé sur les pavés. Elle ciblait surtout les hommes solitaires, doutant que Nabil ait pu s'intégrer à un groupe. Elle surgit sur les abords du fleuve où des dizaines de personnes applaudissaient à l'apparition d'une nouvelle figure dans le ciel.

Elle aperçut une silhouette voûtée au-dessus de la rambarde jouxtant la marina. Son profil lui parut familier. Il tremblait, semblait malade. Elle augmenta son allure, sortit le revolver de son sac. Elle stoppa à deux mètres :

— Nabil !

Le jeune homme se retourna pour la fixer d'un regard fiévreux. Il brandit un poignard à lame recourbée. Anémone éleva son bras valide et tira. Nabil bascula derrière la rambarde, un grand bruit d'eau éclaboussa la nuit.

Épilogue

Zaouïa jeta une poignée de terre sur l'urne d'argile qui reposait dans la fosse. L'imam Mesta récita une dernière oraison, puis la petite foule se dispersa tout doucement. Les journaux avaient rapporté la mort du jeune homme par noyade lors du feu d'artifice. Son cadavre était demeuré fort longtemps à la morgue. On avait ensuite brûlé son corps, contrairement aux rites mortuaires musulmans. Mais personne ne posa de questions. Les fidèles de la mosquée tenaient simplement à apporter un peu de réconfort à la mère éplorée.

Zaouïa délaissa le bras de l'imam qui la soutenait, puis rejoignit Anémone qui assistait en retrait à la cérémonie. Elle avait tenu à être présente pour le dernier repos du jeune homme qu'elle avait abattu. Un béret bleu couvrait sa calvitie balafrée. La mère la supplia du regard :

— Je vous en prie, dites-moi la vérité sur sa mort.

L'affaire avait été classée « secret défense », et aucune information au sujet de la bombe naine ou du bacille de la peste n'avait été dévoilée au public. Mais cette dame avait offert la vie de son fils pour la justice. Anémone pesa doucement ses mots avant de répondre :

— Des témoins ont raconté l'avoir aperçu zigzaguer parmi la foule lors du feu d'artifice. Il paraissait malade et évitait les contacts. Il s'est isolé près des rambardes du fleuve. On l'y a cerné et il est tombé dans l'eau glacée. Il a coulé aussitôt.

Anémone déglutit en se remémorant le cadavre couvert de pustules qu'elle avait examiné à la morgue.

— Nabil s'est ravisé aux derniers moments. Il a refusé d'accomplir l'attentat dont on l'avait chargé, peut-être à la vue des enfants sur la place. Il a démontré beaucoup de courage.

Zaouïa contempla un moment les bouleaux dénudés, puis une expression de fierté éclaira son visage blême. Elle remercia Anémone d'un signe de tête, enserra fermement son rosaire, puis marcha pour rejoindre l'imam qui l'attendait près du sentier.

JACQUES BISSONNETTE...

... est né en 1953 dans le quartier Villeray, à Montréal. Il s'inscrit à l'université en psychologie, mais décroche rapidement pour entreprendre, dans l'ordre, un tour de l'Afrique, un travail à la baie James et un retour à la terre en Gaspésie. Revenu à Montréal, il complète des études en informatique et publie, en 1986, un premier roman intitulé *Programmeur à gages*. Suivront *Cannibales* (1991), *Sanguines* (1994) et *Gueule d'Ange* (1998), trois romans qui lui permettront d'être reconnu comme l'un des meilleurs auteurs de romans policiers du Québec. Jacques Bissonnette est le père de deux garçons, Raphaël et Félix.

EXTRAIT DU CATALOGUE

Collection « Romans » / Collection « Nouvelles »

VOUS VOULEZ LIRE DES EXTRAITS
DE TOUS LES LIVRES PUBLIÉS AUX ÉDITIONS ALIRE ?
VENEZ VISITER NOTRE DEMEURE VIRTUELLE !

www.alire.com

BADAL
est le cent dix-neuvième titre publié
par Les Éditions Alire inc.

Il a été achevé d'imprimer
en avril 2007 sur les presses de